KB071087

채털리부인의 연인

# 채털리 부인의 연인 상

## Lady Chatterley's Lover

데이비드 허버트 로런스 장편소설　이미선 옮김

**LADY CHATTERLEY'S LOVER**
**by DAVID HERBERT LAWRENCE (1928)**

이 책은 실로 꿰매어 제본하는 정통적인 사철 방식으로 만들어졌습니다.
사철 방식으로 제본된 책은 오랫동안 보관해도 손상되지 않습니다.

# 제1장

우리 시대는 본질적으로 비극적이어서 우리는 그것을 비극적인 것으로 받아들이려 하지 않는다. 대변혁이 일어났고 우리는 폐허 속에 살며 조그만 거주지를 새로 짓고 작은 희망을 새롭게 품기 시작한다. 이것은 상당히 힘든 일이다. 지금은 미래로 가는 평탄한 길이 전혀 없다. 그러나 우리는 장애물을 비켜서 돌아가거나 기어 넘는다. 하늘이 골백번 무너져도 우리는 살아가야만 한다.

콘스턴스 채털리는 대략 이런 상황에 처해 있었다. 전쟁 때문에 그녀는 머리 위로 천장이 무너져 내리는 것 같은 일을 겪었다. 그리고 사람은 반드시 살아서 배워야 한다는 것을 깨달았다.

콘스턴스는 1917년에 한 달 동안 휴가를 받아 고향에 돌아와 있던 클리퍼드 채털리와 결혼했다. 두 사람은 한 달간 신혼 생활을 보냈다. 그런 다음 클리퍼드는 플랑드르[1]로 돌아갔고 여섯 달 후에 부상으로 온몸이 거의 바스러진 상태로

1 벨기에 서부를 중심으로 네덜란드와 프랑스에 걸쳐 있는 지방.

다시 영국으로 후송되어 돌아왔다. 그때 콘스턴스는 스물세 살이었고 클리퍼드는 스물아홉 살이었다.

삶에 대한 클리퍼드의 집착은 대단했다. 그는 죽지 않았고 망가진 몸은 점차 다시 회복되는 것처럼 보였다. 그는 2년 동안 의사의 치료를 받은 다음, 치료가 다 끝났다는 말을 듣고 하반신이 영영 마비된 채 일상생활로 다시 돌아왔다.

1920년에 일어난 일이었다. 그들, 클리퍼드와 콘스턴스는 집안의 〈영지〉인 랙비 저택으로 돌아왔다. 클리퍼드의 아버지가 세상을 떠났기 때문에 이제 클리퍼드는 준남작인 클리퍼드 경이 되었고 콘스턴스는 채털리 부인이 되었다. 그들은 별로 넉넉하지 못한 수입으로 채털리 가의 상당히 외진 저택에서 결혼 생활을 시작했다. 클리퍼드에게는 누이가 한 명 있었지만 집을 떠나고 없었다. 그 외에 가까운 친척이라곤 전혀 없었다. 클리퍼드의 형은 전사했다. 영원히 불구가 되어 자식을 낳을 수 없다는 것을 알고 있었던 클리퍼드는 할 수 있는 한 오랫동안 채털리 가문의 이름을 지켜 나가기 위해 연기 자욱한 중부 지방의 고향으로 돌아왔다.

그는 사실 기가 죽지는 않았다. 휠체어를 타고 돌아다닐 수 있었고, 작은 모터가 부착된 바퀴 달린 의자가 있었기 때문에 그걸 타고 천천히 정원을 돌거나 우울해 보이는 멋진 공원에 들어갈 수도 있었다. 그는 이 공원을 무척 자랑스럽게 여겼지만 겉으로는 별것 아닌 척했다.

너무나 많은 고통을 겪었기 때문에 그는 고통을 받아들이는 능력을 어느 정도 잃어버렸다. 그는 항상 묘하게 밝고 명랑했으며, 혈색 좋은 건강한 얼굴에 연한 파란색 눈을 도전적으로 반짝이는 모습은 쾌활해 보인다고까지 말할 수 있을 정도였다. 어깨는 넓고 튼튼했으며 손은 매우 억셌다. 그는 비싼 옷을 입었고 본드 가²에서 산 멋진 넥타이를 맸다. 그럼에도 불구하고 그의 얼굴에는 장애인 특유의 경계하는 듯한 시선과 공허한 표정이 엿보였다.

거의 목숨을 잃을 뻔했기 때문에 그는 남아 있는 삶을 대단히 소중하게 여겼다. 불안한 듯 반짝이는 눈빛에서는 큰 충격을 겪고 나서도 살아남은 것을 그가 얼마나 자랑스럽게 여기는지 여실히 드러났다. 그러나 너무 많은 상처를 입었기 때문에 그의 마음속에서 무엇인가가 죽어 버렸고, 감정의 일부가 사라져 버렸다. 마음속에 아무것도 느낄 수 없는 공허가 자리 잡고 있었다.

그의 아내인 콘스턴스는 부드러운 갈색 머리에 몸이 튼튼했으며, 느린 동작에는 미처 쓰지 못한 기운이 넘치는, 혈색 좋은 시골 아가씨처럼 생긴 여자였다. 놀란 토끼 같은 커다란 눈에 목소리는 부드럽고 온화했으며 막 고향 마을을 떠나온 사람처럼 보였다.

그러나 전혀 그렇지 않았다. 그녀의 아버지는 한때 유명했던 왕립 미술원 회원인 노(老) 맬컴 리드 경이었다. 어머니는 라파엘 전파³ 전성기에 페이비언 협회⁴의 교양 있는 회원이었

---

2 고급 상점들이 있는 런던의 거리.
3 1848년에 영국의 혁신적인 화가들이 모여 결성한 예술 운동으로 라파엘로Raffaello(1483~1520) 이전의 이탈리아 그림, 특히 명확한 세부 묘사와 자연에 대한 즉각적인 반응을 찬양했다.

다. 화가들과 교양 있는 사회주의자들 속에서 콘스턴스와 언니 힐다는 예술 분야에서 관습에 얽매이지 않는 가정교육을 받으며 자랐다. 그들은 부모를 따라 파리와 피렌체와 로마에 가서 예술을 실컷 들이마셨고, 반대쪽에 있는 헤이그와 베를린으로 따라가서 대규모 사회주의자 총회들에도 참석했다. 그곳에서 연사들이 온갖 세련된 언어로 연설을 해도 그들은 당혹스러워하지 않았다.

그래서 두 자매는 어릴 적부터 예술이든 이상적인 정치사상에 대해서든 조금도 주눅이 들지 않았다. 그것들은 그들에게 공기처럼 자연스러웠다. 그들은 세계인인 동시에 지방인으로, 순수한 사회적 이상과 예술의 세계주의적 지방성을 동시에 지니고 있었다.

그들은 무엇보다 음악 공부를 위해 열다섯 살의 나이에 드레스덴[5]으로 보내졌다. 그리고 그들은 그곳에서 즐거운 시간을 보냈다. 그들은 학생들 속에서 자유롭게 생활했고 철학, 사회학, 예술의 문제들에 대해 남자들과 토론을 벌였으며 남자들에게 뒤지지 않을 정도로 토론을 잘했다. 아니 여자이기 때문에 더 뛰어나다 할 수 있었다. 그리고 그들은 기타를 매고 팅팅! 튕겨 대는 건장한 청년들과 숲 속을 돌아다녔다. 그들은 반더포겔[6] 노래를 부르면서 자유를 만끽했다. 자유! 그

4 1848년에 온건한 사회주의를 촉진하기 위해 설립된 협회.
5 독일 동부에 위치한 작센 주의 주도로 제1차 세계 대전이 일어나기 전 영국인 음악가들이 많이 유학하던 곳이었다.
6 Wandervogel. 〈철새〉라는 의미로 야외 활동, 특히 하이킹을 장려하는 독일 유소년 단체를 말한다.

것은 멋진 말이었다. 탁 트인 세상으로, 아침 숲으로 나가서 유쾌하고 멋진 목소리를 지닌 젊은 친구들과 함께 어울리며 마음대로 행동하는 자유, 그리고 무엇보다 마음대로 말할 수 있는 자유. 가장 중요한 것은 이야기를 나누는 것, 서로 열정적으로 이야기를 나누는 것이었다. 사랑은 단지 사소한 부산물에 지나지 않았다.

힐다와 콘스턴스 모두 열여덟 살 무렵 시험 삼아 연애를 해보았다. 그들과 그토록 열정적으로 대화를 나누고 그토록 유쾌하게 노래를 부르며 그토록 자유롭게 나무 밑에서 야영을 했던 청년들은 당연히 사랑의 결합을 원했다. 두 처녀는 망설였다. 그러나 당시 그 문제에 대한 이야기가 굉장히 많았고 그러한 결합은 대단히 중요한 일로 간주되었다. 그리고 남자들은 너무나 겸손하게 간절히 원했다. 처녀가 여왕처럼 굴면서 자기 자신을 선물로 주지 못할 이유가 어디 있겠는가?

그래서 그들은 각자 가장 은밀하고 친밀한 토론을 나눈 청년에게 자신을 선물로 주었다. 논쟁과 토론은 멋진 일이었다. 그러나 성행위나 육체적 결합은 일종의 원시적인 상태로 되돌아가는 것으로, 살짝 실망을 안겨 주었다. 사랑을 나눈 다음에는 청년에 대한 사랑이 식었고 마치 자신의 사생활과 내적 자유를 침범당하기라도 한 것처럼 상대 남자를 미워하는 마음이 들기까지 했다. 그것은 젊은 아가씨의 삶에서는 모든 존엄성과 의미가 바로 절대적이고, 완벽하며, 순수하고 고상한 자유를 성취하는 데 있었기 때문이다. 낡고 지저분한 결합과 예속을 떨쳐 내는 것 말고 여자의 삶이 무슨 의미가 있겠는가?

그리고 아무리 달콤하게 표현한다 해도 이 성관계 문제야 말로 가장 오래되고 지저분한 결합이자 예속 중 하나였다. 그것을 찬미한 시인들은 대부분 남자였다. 여자들은 항상 더 나은 무엇인가가, 더 고상한 무엇인가가 있다는 것을 알고 있었다. 그리고 이제 그들은 어느 때보다 그것을 더 분명하게 알게 되었다. 여자의 아름답고 순수한 자유는 어떤 성적인 사랑보다 한없이 더 훌륭한 것이었다. 유일하게 불행한 일은 그 문제에 있어서는 남자가 여자보다 훨씬 뒤처져 있다는 사실이었다. 남자들은 개처럼 성관계를 졸라 댔다.

그러면 여자는 굴복해야 했다. 남자는 욕구로 가득 찬 아이와 같았다. 여자는 남자가 원하는 것을 주어야 했다. 그렇지 않으면 남자는 아이처럼 심술을 부리며 뛰쳐나가서 매우 기분 좋았던 관계를 망쳐 놓는다. 그러나 여자는 내면의 자유로운 자아를 내주지 않고서도 남자에게 자기를 내줄 수 있었다. 성에 대해 말한 시인과 이야기꾼은 그 점을 충분히 고려하지 않았던 것 같다. 여자는 자신을 정말로 내주지 않고서도 남자를 받아들일 수 있었다. 오히려 여자는 이 성관계를 이용해 남자를 좌지우지할 수 있었다. 성교를 할 때 여자는 감정을 억제하고 있다가 절정에 이르지 않은 채 남자로 하여금 일을 마치고 기진맥진하게 만들기만 하면 되었다. 그런 다음 여자는 남자를 단지 자신의 도구로 이용하면서 관계를 연장해 오르가슴과 절정에 이를 수 있었다.

전쟁이 일어났을 무렵에는 두 자매 모두 사랑의 경험을 쌓

앉고 그들은 서둘러 집으로 돌아왔다. 두 사람 모두 말로 가까워지지 않은 청년과는 사랑에 빠져 본 적이 없었다. 즉, 깊은 관심을 가지고 서로 이야기를 나눌 수 없다면 사랑에 빠지지 않았다. 정말로 똑똑한 청년과 몇 달 동안 날마다 이야기를 이어 가며 몇 시간씩 이야기를 나누다 보면 놀랍고 심오하며 믿을 수 없는 쾌감이 생겨났다……. 실제로 겪고 난 후에야 그들은 비로소 이런 사실을 깨달았다. 〈그대에게 이야기를 나눌 남자들을 주리라!〉는 천국의 약속은 한 번도 명확하게 말로 표현된 적이 없었다. 그 약속이 어떤 것인지 그들이 깨닫기도 전에 그것은 이루어졌다.

그리고 이런 활기차고 영혼을 밝혀 주는 토론으로 친밀감이 생겨난 후에 성관계가 어느 정도 불가피해지면 그렇게 하는 수밖에 없었다. 그것은 한 장(章)이 끝났다는 것을 의미했다. 성관계에도 나름의 쾌감이 있었다. 그것은 몸속에서 느껴지는 묘하게 떨리는 전율이자 자기주장의 마지막 경련으로, 마지막 말처럼, 한 단락이 끝나고 주제가 바뀌는 것을 보여 주기 위해 집어넣은 별표들의 행렬처럼 자극적이었다.

스무 살의 힐다와 열여덟 살의 코니가 1913년에 여름휴가를 보내러 집으로 돌아왔을 때 그들의 아버지는 딸들이 사랑의 경험을 했음을 분명히 알았다. 누군가 말했듯이 〈사랑이 그곳을 지나간 L'amour avait passé par là〉 것이었다. 그러나 그 자신도 경험이 많은 사람이었기 때문에 그는 딸들의 인생을 그대로 내버려 두었다. 그들의 어머니로 말하자면 목숨이 몇 달밖에 남지 않은 신경과민 상태의 병자였기 때문에 그녀는 딸들이 〈자유〉롭고 〈자신의 능력을 한껏 발휘하기〉만을 바랄 뿐이었다. 그녀는 한 번도 완전하게 자기 자신이 될 수 없었다. 그녀에게는 그것이 허용되지 않았다. 무슨 이유 때문이었는지는 아무도 몰랐다. 그녀에게는 자신의 수입이 있었고 얼마든지 자기 뜻대로 살 수 있었던 여자였기 때문이다. 그녀는 남편을 탓했다. 그러나 사실 그것은 그녀 자신의 마음이나 영혼에 오래전에 각인된 어떤 권위의 낙인을 그녀가 지워 버릴 수 없었기 때문이다. 그것은 맬컴 경과는 아무 상관이 없었다. 맬컴 경은 자기 방식대로 살면서 신경질적이고 적대적이며 고상하기 그지없는 아내가 자기 마음대로 하도록 내버려 두었기 때문이다.

그래서 두 딸은 〈자유〉로웠고 음악과 대학과 청년들이 있는 드레스덴으로 돌아갔다. 그들은 각자 사귀는 청년을 사랑했고 청년들은 정신적인 매력에 이끌려서 온갖 열정을 다해 그들을 사랑했다. 청년들이 생각하고 표현하고 글로 쓴 모든 멋진 것은, 전부 두 젊은 아가씨들을 위해 생각하고 표현하고 글로 쓴 것들이었다. 코니의 남자는 음악을 공부했고 힐다의 남자는 공학을 공부했다. 그러나 그들은 오로지 자신들의 젊은 아가씨를 위해 살았다. 즉, 그들의 마음과 정신적인 흥분이라는 면에서는 그랬다. 그들은 알아차리지 못했지만 그 외의 다른 면에서는 여자들에게 약간 퇴짜를 맞고 있었다.

그들이 사랑을 경험했다는 것, 즉 육체적 경험을 했다는 표시가 그들의 몸에 분명하게 나타났다. 그것이 남자와 여자의 육체에 아주 미묘하지만 명백한 변화를 가져온다는 것은 참으로 신기한 일이다. 여자는 더 활짝 피어나고 더 미묘하게 둥그스름해지며 미숙한 모난 구석이 부드러워지고 표정은 초조해지거나 아니면 의기양양해진다. 남자는 훨씬 더 조용해지고 더 사색적이 되며 어깨와 엉덩이의 형태는 덜 당당하고 더 주저하는 모습을 띤다.

몸 안에서 일어나는 실제 섹스의 전율 상태에서 두 자매는 이상한 남성적인 힘에 거의 굴복할 뻔했다. 그러나 그들은 재빨리 정신을 가다듬고 섹스의 전율을 감각으로 받아들여 자유로운 상태를 유지했다. 반면에 남자들은 성적인 경험을 하게 해준 여자에 대한 고마움에 자신들의 영혼을 여자에게 내주었다. 그런 다음 그들은 1실링[7]짜리 백동전을 잃어버렸다가 6펜스짜리 은화를 찾은 것처럼 실망한 표정을 지었다. 코니의 남자는 조금 심술을 부렸고 힐다의 남자는 약간 빈정거렸다. 그러나 남자들은 원래 그렇다! 고마운 줄도 모르고 만족할 줄도 모른다. 그들은 자신을 받아 주지 않으면 받아 주지 않는다는 이유로 여자를 미워하고, 받아 주면 다른 이유 때문에 여자를 미워한다. 아니면 불만에 가득 찬 아이들처럼 여자가 어떻게 해주든, 무엇을 얻든 절대 만족할 줄 모른다는 이유 외에는 아무 이유도 없이 미워한다.

그러나 전쟁이 일어났고, 어머니의 장례식 때문에 5월에 이미 집에 다녀왔지만, 힐다와 코니는 서둘러 집으로 돌아왔다. 1914년 크리스마스가 되기도 전에 그들이 사랑했던 독일인 청년들이 모두 세상을 떠났기 때문이다. 청년들을 열렬히

7 12펜스.

사랑했던 두 자매는 눈물을 흘렸지만, 마음속 깊은 곳에서는 그들을 잊었다. 그들은 더 이상 존재하지 않았다.

두 자매는 켄싱턴[8]에 있는 아버지의 — 사실은 어머니 소유였던 — 집에 살면서 케임브리지 출신 청년들과 어울렸다. 그들은 〈자유〉와 플란넬[9] 바지, 목 부분이 트인 플란넬 셔츠와 온건한 감정적 무정부주의, 속삭이며 중얼거리는 목소리, 극도로 예민한 태도를 표방했다. 그러나 힐다는 갑자기 자기보다 열 살이나 많은 남자와 결혼해 버렸다. 그는 케임브리지 출신 모임의 고참 회원으로 상당한 재산이 있었고 정부에서 안정된 일을 하는 집안 출신이었으며 철학 논문도 썼다. 그녀는 웨스트민스터[10]에 있는 자그마한 집에서 그와 함께 살면서 최상류층은 아니지만 영국의 진정한 지식 계급이고 장차 그렇게 될 정부 인사들로 이루어진 훌륭한 사교계에 출입했다. 그들은 자신들이 무슨 말을 하는지 잘 알거나, 아는 것처럼 이야기하는 사람들이었다.

코니는 전시(戰時) 부역 가운데 쉬운 일을 하면서 플란넬 바지를 입은 케임브리지 출신 청년들과 어울렸다. 그들은 그때까지는 모든 것을 점잖게 비웃는 비타협적인 사람들이었다. 그녀의 〈친구〉가 된 사람은 스물두 살 난 청년으로 독일의 본에서 탄광 기술을 공부하다가 서둘러 고향으로 돌아온 클리퍼드 채털리였다. 그는 전에 케임브리지에서 2년 동안

---

8 런던의 부유한 지역.

9 면의 한쪽 또는 양면을 기모 가공 처리해 보풀이 일어나게 한 면이나 모직 원단.

10 의회와 정부 관청들이 있는 런던의 지역.

공부를 하며 지낸 적이 있었다. 지금은 괜찮은 연대의 중위가 되어 군복을 입고 있었기 때문에 모든 것을 비웃는 태도가 훨씬 더 잘 어울렸다.

클리퍼드 채털리는 코니보다 상류 계급이었다. 코니는 부유한 지식인 계급이었지만 그는 귀족 계급이었다. 대단한 귀족은 아니었지만 그래도 귀족 계급이었다. 아버지는 준남작이었고 어머니는 자작의 딸이었다.

그러나 클리퍼드는 코니보다 더 좋은 가문 출신에 더 〈상류 사회〉 사람이었지만 개인적인 면에서는 코니보다 더 촌스럽고 소심했다. 그는 제한된 〈지체 높은 세계〉, 즉 지주 귀족 계급 사회 내에서는 편안해했지만 수많은 중하층 계급 무리와 외국인들로 이루어진 나머지 넓은 세계에 대해서는 겁을 내고 두려워했다. 솔직히 말하면 그는 거대한 무리를 이룬 중하층 계급 사람이나 자신과 계급이 다른 외국인에 대해 조금 공포감을 느꼈다. 특권 계급이 제공해 주는 온갖 보호에도 불구하고 그는 자신이 무방비 상태라고 의식하고 있었고 그것은 그를 상당히 무력하게 만들었다. 이상한 일이지만 그것은 우리 시대의 한 현상이다.

그래서 콘스턴스 리드 같은 아가씨의 독특하면서도 부드러운 자신감은 그를 매료했다. 혼돈으로 가득한 외부 세계 속에서 그녀는 그보다 훨씬 더 자신을 잘 통제했다.

그럼에도 불구하고 그 역시 반역자였다. 심지어 자신의 계급에 대해서조차 반기를 든 반역자였다. 어쩌면 반역자란 말은 너무 강한 표현인지도 모른다. 아니, 정말로 너무 강한 표현이다. 그는 그저 관습과 모든 종류의 실제 권위에 대해 젊은이들 사이에 유행처럼 널리 퍼져 있던 반발 심리에 휘말렸을 뿐이었다. 아버지들은 우스꽝스러웠고 그의 완고한 아버지는 특히 더 우스꽝스러웠다. 그리고 정부들도 우스꽝스러웠다. 〈두고 보자〉식의 현재 정부는 특히 그랬다. 군대도 우스꽝스러웠고 늙은 장군들 모두 우스꽝스러웠다. 붉은 얼굴의 키치너[11]는 극도로 우스꽝스러웠다. 상당히 많은 사람이 죽었지만 전쟁조차 우스꽝스러웠다.

사실 모든 것이 조금은, 아니 매우 우스꽝스러웠다. 군대든 정부든, 아니면 대학이든 권위와 연관된 모든 것이 분명히 어느 정도는 우스꽝스러웠다. 그리고 지배 계급이 다스리기 위해 어떤 주장을 하든 그것 역시 우스꽝스러웠다. 클리퍼드의 아버지, 제프리 경은 몹시 우스꽝스럽게도 자기 소유의 나무들을 잘라서 바치고 자신의 탄갱에서 사람들을 뽑아 전쟁 속으로 밀어 넣었다. 정작 그 자신은 너무나 안전한 곳에서 애국자처럼 굴었지만 한편으로는 자신이 벌어들이는 것보다 더 많은 돈을 조국을 위해 쓰기도 했다.

채털리 양 — 에마 — 이 간호 일을 하기 위해 잉글랜드 중부 지방에서 런던으로 내려왔을 때 그녀는 아버지 제프리 경과 그의 결연한 애국심에 대해 조용하게 무척 재치 있는 재담을 했다. 장남이자 상속자인 허버트는 참호의 버팀목용으로

11 Kitchener(1850~1916). 영국의 육군 원수로 그의 얼굴이 실리고 〈당신의 조국이 당신을 필요로 합니다〉라는 문구를 손가락으로 가리키는 유명한 징병 포스터로 제1차 세계 대전 중 불후의 명성을 얻었다. 1914년에 전쟁성 장관이 되었다.

베어지는 나무들이 자기가 물려받을 산림의 나무임에도 불구하고 대놓고 웃음을 터뜨렸다. 그러나 클리퍼드는 약간 불안하게 미소만 지었을 뿐이었다. 모든 것이 우스꽝스러웠다. 정말 우스꽝스러웠다. 그러나 그 모든 것이 너무 가까운 곳에서 일어나고 자기 자신도 덩달아 우스꽝스러워진다면……? 코니 같은 다른 계급의 사람들에게는 적어도 진지하게 여기는 무엇인가가 있었다. 그들은 무엇인가를 믿었다.

그들은 영국 병사들과 징병의 위협에 대해, 아이들에게 줄 설탕과 태피[12]가 부족한 상황에 대해 진지하게 생각했다. 물론 이 모든 면에서 정부 당국이 우스꽝스러울 정도로 잘못하고 있었다. 그러나 클리퍼드는 그것을 진지하게 받아들일 수 없었다. 그가 보기에 정부 당국은 태피나 영국 병사들 때문에 우스꽝스러워진 것이 아니라 애초에 생길 때부터 *ab ovo* 우스꽝스러웠다.

그런데 정부 당국이 우스꽝스러운 분위기를 자아내더니 상당히 우스꽝스럽게 행동했고 한동안 미친 모자 장수의 다과회[13]처럼 온통 뒤죽박죽이 되었다. 결국 저쪽에서는 상황이 악화되었고 이쪽에서는 로이드 조지[14]가 사태를 수습하러 나섰다. 그러자 상황은 우스꽝스러운 정도를 넘어섰고 경박한

12 설탕과 버터 등으로 만든 과자.
13 루이스 캐럴Lewis Carroll(1832~1898)의 『이상한 나라의 앨리스*Alice's Adventures in Wonderland*』(1865) 7장에 묘사된 우스꽝스러운 혼란에 대한 언급이다.
14 Lloyd George(1863~1945). 영국의 자유당 당수로 1916~1922년까지 연정의 수상을 역임했다.

젊은이들조차 더 이상 웃지 않았다.

　1916년에 허버트 채털리가 전사하자 클리퍼드가 상속자가 되었다. 그는 이것에 대해서조차 두려움을 느꼈다. 제프리 경의 아들로서, 랙비의 자손으로서 자신이 지닌 중요성에 대한 의식이 마음속에 너무 깊이 각인되어 있었기 때문에 그것을 절대 벗어던질 수가 없었다. 그럼에도 불구하고 그는 이것 역시 들끓어 오르는 광대한 세상의 눈에는 우스꽝스럽게 보인다는 것을 알고 있었다. 이제 그는 상속자가 되어 랙비를, 낡은 랙비를 책임져야 한다. 그것은 정말 무서운 일이 아닌가! 또한 굉장한, 정말 굉장한 일이 아닌가! 어쩌면 동시에 진짜로 웃기는 일일 수도 있고 말이다.

　제프리 경은 그런 웃기는 생각을 전혀 용납하지 않았다. 그는 창백하고 긴장된 얼굴로 생각에 깊이 몰두한 채 로이드 조지건 누구건 상관없이 조국과 자신의 지위를 구하겠다고 굳게 결심을 다졌다. 세상과 너무나 단절된 채, 현실 속의 진짜 영국과 철저히 유리된 채, 완전히 무능해진 그는 호레이쇼 보텀리[15]조차 훌륭하다고 여길 정도였다. 제프리 경은 자기 조상이 영국과 성 조지[16]를 지지했던 것처럼 영국과 로이드

---

15 Horatio Bottomley(1860~1933). 저널리스트이자 금융업자에 자유당 원이었고 무모한 투기로 많은 돈을 벌었다가 잃었다. 1922년에는 사기 혐의로 유죄 판결을 받았고 7년간의 징역형을 선고받았으며 주간지인 『존 불 John Bull』(1906~1929)을 설립하고 편집했다. 이 잡지는 1928년 10월 20일자와 1929년 1월 19일자에 『채털리 부인의 연인』을 맹렬하게 공격했다.

16 St. George(270?~303?). 라틴어 이름은 게오르기우스Georgius이며 영국의 수호성인.

조지를 지지했다. 그러나 그는 두 경우가 다르다는 것을 전혀 깨닫지 못했다. 그래서 제프리 경은 목재를 베어 바쳤고 로이드 조지와 영국을, 영국과 로이드 조지를 지지했다.

그는 클리퍼드가 결혼해서 상속자를 낳기를 바랐다. 클리퍼드는 아버지를 구제 불가능할 정도로 시대에 뒤떨어진 사람이라고 생각했다. 그러나 모든 것이 우스꽝스럽고 자신의 처지야말로 가장 우스꽝스럽다는 것을 느끼며 움찔하는 것을 제외하고는 도대체 어떤 면에서 그가 아버지보다 더 앞섰다고 할 수 있을까? 싫든 좋든 별로 심각하게 여기지 않고 준남작 지위와 랙비를 받아들였으니 말이다.

전쟁에 대한 즐거운 흥분은 사라져 버렸……. 죽어 버렸다. 너무나 많은 죽음과 공포가 남았다. 남자들에게는 의지하고 위로해 줄 사람이 필요했다. 남자들에게는 안전한 세상에 내릴 닻이 필요했다. 남자들에게는 아내가 필요했다.

채털리 가의 자손, 즉 두 형제와 누이는 친척들이 있음에도 불구하고 랙비에서 자기들끼리 이상하게 고립된 채 틀어박혀 살았다. 고립감 때문에 가족 간의 유대 관계는 더 강해졌다. 귀족의 작위와 소유한 토지에도 불구하고, 아니 오히려 그것들 때문에 자신들의 지위가 취약하고 무방비 상태라는 느낌이 더 강화되었다. 그들은 자신들이 살고 있던 공업 지대인 중부 지방과도 단절되었다. 그리고 그들은 아버지 제프리 경의 우울하고 완고하며 폐쇄적인 성격 때문에 같은 계급 사람들과도 단절되었다. 그들은 그런 아버지를 조롱하면서도 아버지에 대해 다른 사람들이 하는 말에 대해서는 굉장히 민감하게 반응했다.

그들 세 사람은 언제나 함께 모여 살겠다고 말하곤 했다. 그러나 이제 허버트가 세상을 떠났고 제프리 경은 클리퍼드가 결혼하기를 바랐다. 제프리 경은 이것을 입에 올린 적은 거의 없었다. 그는 거의 말을 하지 않았다. 그러나 침묵으로 강요하는 그의 뜻을 클리퍼드로서는 거스르기 어려웠다.

그러나 에마는 〈안 돼!〉라고 말했다. 클리퍼드보다 열 살이나 나이가 더 많았던 그녀는, 클리퍼드가 결혼하는 것은 집안의 젊은 자손들이 지지했던 것을 저버리고 배신하는 행위라고 생각했다.

그럼에도 불구하고 클리퍼드는 코니와 결혼했고 그녀와 한 달간 신혼 생활을 했다. 그것은 끔찍했던 1917년의 일이었고, 그들은 침몰하는 배에 함께 탄 두 사람처럼 서로 다정했다. 결혼 당시 클리퍼드는 숫총각이었다. 그리고 성 문제는 그에게 크게 중요하지 않았다. 그녀와 그, 그들은 그 문제와 상관없이 무척 사이가 좋았다. 그리고 코니는 남자의 〈만족〉을 초월한 이런 친밀함에 약간 기쁜 마음이 들었다. 너무나 많은 남자들과 달리 클리퍼드는 어쨌든 자기의 〈만족〉을 채우는 데 그렇게 열중하지 않았다. 아니, 그들의 친밀함은 그것보다 더 깊고 더 사적인 것이었다. 그리고 성이란 단지 우연이나 부수적인 것에 지나지 않았다. 이상하고 낡아 빠진 신체 기관의 여러 작용 중 하나로, 보기 흉한 꼴로 고집스럽게 지속되지만 정말로 필요한 것은 아니었다. 그러나 코니는 아이를 갖고 싶어 하긴 했다. 시누이인 에마에 맞서 자신의 입지를 굳히기 위해서라도 그러고 싶었다.

　그러나 1918년 초에 클리퍼드는 몸이 완전히 뭉개진 채 고
국으로 후송되어 돌아왔고 아이는 생기지 않았다. 제프리 경
은 화병으로 세상을 떠났다.

# 제2장

1920년 가을에 코니와 클리퍼드는 고향인 랙비로 왔다. 동생의 배신에 여전히 기분이 상해 있던 채털리 양은 집을 떠나 런던에 있는 작은 아파트에서 살고 있었다.

랙비는 적갈색 사암으로 지어진 길고 나지막한 오래된 저택으로, 18세기 중엽에 지어지기 시작해 증축이 계속되다 결국에는 별다른 특징 없이 토끼장처럼 건물이 빽빽이 들어선 집이 되었다. 저택은 참나무가 우거진 상당히 훌륭한 옛 공원 내 언덕에 서 있었지만 아쉽게도 가까운 곳에서는 수증기와 연기가 뭉게뭉게 피어나고 있는 테버셜 탄광의 굴뚝이 보였고, 멀리 습기 차고 흐릿해 보이는 언덕 위로는 집들이 뿔뿔이 흩어져 있는 테버셜 마을이 보였다. 마을은 거의 공원의 출입문들 앞에서부터 시작되어 더할 나위 없이 흉한 모습으로 2킬로미터가량 길게, 끔찍하게 이어졌다. 검은 슬레이트 지붕을 뚜껑처럼 덮고 모서리가 날카롭게 각이 진, 초라하고 지저분한 벽돌집들이 제멋대로 단조롭고 황량하게 줄을 지어 서 있었다.

코니는 켄싱턴이나 스코틀랜드의 구릉 지대, 혹은 서식스 고원 지대에는 익숙했다. 그것이 그녀가 아는 영국이었다. 젊은이의 냉철함으로 그녀는 석탄과 철을 생산하는 중부 지방의 영혼이 없는 지극히 추한 모습을 한눈에 파악한 다음 그대로 내버려 두었다. 그것은 도저히 믿기지 않는 일이었고 생각하지 말아야 할 것이었다. 상당히 음울한 랙비의 방에서 그녀는 탄광의 석탄 거르는 체들이 덜걱거리는 소리, 감아올리는 기계 엔진이 증기를 푹푹 뿜어내는 소리, 선로를 바꾸는 무개화차들이 찰깍이는 소리, 탄광 기관차에서 나는 귀에 거슬리는 작은 기적 소리를 들었다. 테버셜 탄광 갱구는 불타고 있었고,[17] 여러 해 동안 불타고 있어서 그것을 끄려면 수천 파운드의 돈이 들어가기 때문에 계속 타도록 내버려 두어야만 했다. 그리고 종종 그랬지만 바람이 그쪽에서 불어오면, 집 안은 대지의 배설물이 연소되면서 풍기는 유황 냄새 나는 악취로 가득 차곤 했다. 그러나 바람이 없는 날에도 공기에서는 항상 유황, 철, 석탄, 혹은 산(酸) 같은 지하 광물질의 냄새가 풍겼다. 그리고 크리스마스로즈[18]에도 검은 얼룩이 믿을 수 없을 정도로 줄기차게 내려앉아 마치 최후 심판의 날 하늘에서 떨어지는 검은 만나[19] 같았다.

글쎄, 그곳은 그렇게 존재했다. 다른 모든 것과 마찬가지

17 탄광 갱구에는 석탄이 분류되고 걸러지는 곳에 폐기물 더미가 쌓이는데 이곳에 저절로 불이 붙어서 여러 해 동안 타기도 한다.
18 미나리아재빗과의 식물.
19 이스라엘 백성들이 이집트를 탈출해서 약속의 땅으로 가고 있을 때 하느님이 이스라엘 백성들에게 내려 준 양식. 「출애굽기」 16장 참조.

로 운명 지어진 채 말이다! 상당히 끔찍하지만 그렇다고 걷어차 봐야 무슨 소용이 있겠는가? 걷어차서 없앨 수도 없는 법이지 않은가. 그것은 그저 계속되었다. 다른 모든 것과 마찬가지로 삶은 그저 계속되었다. 밤이면 낮고 어둡게 깔린 구름 위로 붉은 반점들이 너울거리며 타올랐고, 고통스러운 화상(火傷)처럼 얼룩졌다 부어올랐다 사그라졌다. 그것은 용광로의 불꽃이었다. 처음에 코니는 두려움을 느끼면서도 그것에 매료되었다. 그녀는 자신이 지하 세계에서 살고 있는 것 같다고 느꼈다. 그러다가 그것들에 익숙해졌다. 그리고 아침이면 비가 내렸다.

클리퍼드는 런던보다 랙비가 더 마음에 든다고 말했다. 이 지방에는 불굴의 의지 같은 것이 있었고 주민들에게는 배짱이 있었다. 코니는 그들에게 그것 말고 또 무엇이 있을지 궁금했다. 분명히 그들에게는 눈도, 정신도 없었다. 주민들은 그 지방만큼 볼품없고 초췌했으며 따분하고 무뚝뚝했다. 다만 그들이 굵고 낮은 목소리로 웅얼거리는 사투리와 일을 마치고 떼를 지어 집으로 돌아갈 때 아스팔트 위로 질질 끄는 징 박힌 광부용 장화의 저벅거리는 소리에는 무서우면서도 살짝 신비스러운 점이 있었다.

젊은 지주 나리의 귀향을 맞는 환영회는 없었다. 잔치도, 대표를 통한 인사도, 꽃 한 송이조차 없었다. 단지 자동차를 타고 어둡고 축축한 차도를 따라 우중충한 나무들 사이를 습기에 젖은 채 지나서, 축축한 잿빛 양들이 풀을 뜯고 있는 공원의 비탈로 빠져나온 후 저택의 암갈색 정면이 보이는 작은 언덕에 이르자, 가정부 내외가 불안한 소작인들처럼 땅 위를 서성이다가 더듬거리며 환영의 인사말을 한마디 건넸을 뿐이었다.

랙비 저택은 테버셜 마을과 아무 교류가 없었다. 전혀 없었다. 모자를 들어 올리며 인사하는 사람도, 부산하게 무릎을 굽혀 인사하는 사람도 전혀 없었다. 광부들은 그저 빤히 쳐다보기만 했다. 장사꾼들은 아는 사람에게 하듯이 모자를 들어 올리며 코니에게 인사를 했지만 클리퍼드에게는 어색하게 고개를 숙여 인사했다. 그것이 전부였다. 그들 사이에는 도저히 건널 수 없는 심연이 자리 잡고 있었고 양쪽 모두 서로에 대해 은근히 적개심을 지니고 있었다. 처음에 코니는 줄기차게 내리는 가랑비처럼 마을 사람들에게서 풍기는 적개심 때문에 마음고생을 했다. 그러다가 그녀는 그것에 차츰 단련되었고 그것을 일종의 강장제로, 맞서 살아야 하는 어떤 대상 같은 것으로 여기게 되었다. 그녀와 클리퍼드가 인기가 없었던 것은 아니었다. 그들은 그저 광부들과는 완전히 다른 부류에 속해 있었을 뿐이었다. 도저히 건널 수 없는 심연, 말로 표현할 수 없는 불화가 존재했다. 그런 것은 아마도 트렌트강[20] 남쪽에는 전혀 존재하지 않을 것이다. 그러나 중부 내륙 지방과 북부의 산업 지역에는 건널 수 없는 심연이 존재했고 그 심연을 가로질러 어떤 교류도 일어날 수가 없었다. 〈너는

---

20 스태퍼드셔에서 발원해 남동쪽으로 흐른 뒤 북동쪽으로 흐르고 다시 북쪽으로 270킬로미터를 흘러 북해에서 65킬로미터 떨어진 험버 강어귀로 유입되는 영국 중부의 강.

네 쪽에나 충실해라. 나는 내 쪽에 충실할 테니까!〉 그것은 인류가 지닌 공동의 맥박을 이상하게도 부정하는 것이었다.

그러나 마을 사람들은 추상적으로는 클리퍼드와 코니와 같은 생각을 지니고 있었다. 구체적으로 그것은 양쪽 모두에게 〈내 일에 상관하지 마!〉라는 식으로 나타났다.

교구 목사는 예순 살가량의 착한 남자로 자신의 의무에 충실했지만, 마을의 이 무언의 — 〈내 일에 상관하지 마!〉 — 주의 탓에 개인적으로는 거의 없는 것이나 다름없는 존재로 전락해 있었다. 광부의 아내들은 거의 모두 감리교도였다. 광부들은 어느 종파도 아니었다. 그러나 목사가 입는 성직자 복장만으로도 그가 다른 사람들과 마찬가지로 한 사람의 인간이라는 사실을 완전히 가려 주기에 충분했다. 아니, 그는 애시비 목사 선생님으로, 말하자면 자동으로 설교하고 기도하는 존재였다.

처음에 코니는 이 완고하고 본능적인 사람들이 보여 주는 〈당신이 채털리 부인일지언정 우리도 당신만큼 괜찮은 사람이야!〉라는 식의 태도에 극도로 난감하고 당혹스러웠다. 그녀가 다가가서 말을 걸 때 광부의 아내들이 보여 주는 묘하게 의심쩍어하는 거짓된 상냥함, 절반쯤 아첨이 섞인 목소리 속에서 항상 울려 퍼져 나와 그녀에게 들려오는 〈어머나! 채털리 부인이 나한테 말을 걸다니 난 이제 대단한 사람이야! 그렇지만 그렇다 해도 내가 자기보다 못한 사람이라고 생각할 필요는 없지!〉라는 식의 묘하게 기분 나쁜 투의 태도는 참을 수 없이 불쾌했다. 그것을 모르는 체 그냥 넘어가는 것은 불가능했다. 그것은 어찌할 도리 없는, 불쾌한 비국교도[21]적인 태도였다.

클리퍼드는 그들을 그냥 내버려 두었고 코니도 똑같이 하는 법을 배웠다. 그녀는 그들을 거들떠보지도 않은 채 그냥 지나쳤고 그들은 그녀를 걸어 다니는 밀랍 인형을 보듯이 빤히 쳐다보았다. 그들을 상대해야 하는 경우에 클리퍼드는 상당히 거만하고 깔보는 듯한 태도를 취했다. 더 이상 친절하게 대해 줄 수 없는 상황이었다. 사실 그는 자신과 같은 계급이 아닌 사람에게는 누구에게나 대체적으로 상당히 거만하게 대했고 얕잡아 보는 태도를 취했다. 그는 어떤 화해의 시도도 하지 않은 채 자기 위치를 고수했다. 그는 사람들에게서 호감도 미움도 받지 않았다. 그는 탄광 갱구나 랙비 저택 자체처럼 그저 사물의 일부일 뿐이었다.

그러나 클리퍼드는 불구였기 때문에 사실 극도로 소심하고 자의식이 강했다. 그는 자기 시중을 드는 하인들 이외에 어느 누구와도 만나기를 꺼렸다. 휠체어나 환자용 바퀴 달린 의자에 앉아 있어야 했기 때문이다. 그럼에도 불구하고 그는 예전과 다름없이 런던의 고급 양재사가 만든 옷을 꼼꼼하게 차려입고 예전과 다름없이 본드 가에서 세심하게 고른 넥타이를 맸다. 상체만 보면 그는 예전과 다름없이 말쑥하고 인상적이었다. 그가 현대의 곱상한 젊은 신사처럼 보였던 적은 한 번도 없었다. 불그스름한 얼굴과 넓은 어깨 때문에 오히려 촌

---

21 영국 국교회인 영국 성공회 이외의 개신교 교파들인 장로교, 침례교 또는 회중교회를 믿는 신자들을 가리킨다.

스러워 보였다. 그러나 몹시 조용하고 주저하는 목소리와, 대담하면서도 겁에 질려 있고 확신에 찬 듯하면서도 불안해하는 눈빛에 그의 성격이 드러났다. 그는 간혹 불쾌할 정도로 거만했다가도 곧 겸손하고 자기를 내세우지 않으며 마치 겁을 먹은 것 같은 태도를 보였다.

코니와 클리퍼드는 다소 초연하고 현대적인 방식으로 서로에게 애정을 가지고 있었다. 그는 불구가 되면서 큰 충격을 받아 마음속에 너무나 깊은 상처를 입었기 때문에 느긋하거나 가벼운 기분을 가질 수가 없었다. 그는 상처 입은 존재였다. 그래서 코니는 그를 그런 존재로 받아들이고 열성을 다해 그에게 충실했다.

그러나 그녀는 그가 사람들과 관계를 거의 맺지 않는다는 느낌을 떨쳐 버릴 수가 없었다. 광부들은 어떤 의미에서 그가 거느린 사람들이었다. 그러나 그는 그들을 사람이라기보다 물건으로, 삶의 일부라기보다 탄광의 일부로, 그와 함께 살아가는 인간이라기보다 거칠고 조야한 자연 현상으로 간주했다. 그는 어떤 면에서 그들을 두려워했고, 지금은 불구가 되었기 때문에 그들에게 자신의 모습을 보이는 것을 견딜 수 없어 했다. 그리고 그들이 지닌 기묘하고 거친 남자다움은 그에게 고슴도치처럼 부자연스럽게 느껴졌다.

그는 멀리 떨어진 채 관심을 보였지만 그것은 현미경을 들여다보거나 망원경을 올려다보는 사람이 느끼는 것과 같은 관심이었다. 그는 전혀 접촉이 없었다. 그는 실제로 어느 것과도, 어느 누구와도 접촉하지 않았다. 전통적으로 맺어 온 랙비와의 접촉과 가족끼리 서로를 지켜 준다는 긴밀한 유대감을 통한 에마와의 접촉을 제외하면 말이다. 그 외에는 그 누구와도 접촉하지 않았다. 코니는 자신도 진정으로 그와 접촉하지 못하고 있다고 느꼈다. 그녀는 결국 그에게 가닿은 적이 한 번도 없었다. 어쩌면 궁극적으로는 다가가 닿을 것이 전혀 없었는지도 모른다. 인간적인 접촉에 대한 부정만 있을 뿐이었다.

그러나 그는 절대적으로 그녀에게 의지했다. 그는 매 순간 그녀를 필요로 했다. 체격이 크고 튼튼했음에도 그는 무력했다. 휠체어를 타고 이리저리 다닐 수 있었고 모터가 달린 환자용 바퀴 의자가 있어 모터 소리를 내며 천천히 공원을 돌아다닐 수도 있었다. 그러나 그는 혼자서는 길 잃은 아이나 마찬가지였다. 그는 코니가 옆에 있어 주기를, 자신이 존재하고 있다는 것을 확인해 주기를 원했다.

그럼에도 불구하고 그에게는 야심이 있었다. 그는 소설 쓰는 일에 열중해서 자신이 아는 사람들에 대해 기묘하고 매우 개인적인 이야기들을 쓰기 시작했다. 재기 넘치고 상당히 짓궂지만 불가사의하게도 무의미한 이야기들이었다. 그의 관찰력은 특이하고 기묘했다. 그러나 접촉이, 실제적인 접촉이라곤 전혀 없었다. 마치 모든 것이 인위적인 세상에서 벌어진 것 같았다. 그리고 오늘날에는 삶의 영역이 주로 인공적으로 조명을 밝힌 무대이기 때문에 그의 이야기들은 묘하게도 현대의 삶, 즉 현대의 심리에 잘 들어맞았다.

클리퍼드는 자기가 쓴 이야기들에 대해 거의 병적일 정도로 예민했다. 그는 모든 사람이 자기 작품들을 훌륭하다고, 최고라고, 극치 *ne plus ultra*라고 생각해 주길 원했다. 그의 작품들은 가장 현대적인 잡지들에 실렸고 일반적으로 그렇듯이 찬사를 받기도 하고 비난을 받기도 했다. 그러나 클리퍼드에게는 그런 비난이 한꺼번에 여러 개의 칼에 찔리는 것 같은 고문이었다. 마치 그의 존재 전부가 그 이야기 속에 들어 있는 것 같았다.

코니는 할 수 있는 한 성심성의껏 그를 도왔다. 그녀는 처음에는 신이 났다. 그는 단조롭고 끈질기고 고집스레 모든 것을 이야기해 주었고 그녀는 젖 먹던 힘까지 다해 반응을 보여야 했다. 그녀의 영혼과 육체와 성 모두가 분발해서 깨어나 그의 이야기 속으로 들어가야 하는 것 같았다. 이것은 그녀를 흥분시켰고 몰입하게 만들었다.

그들은 육체적인 면에서는 거의 하는 일이 없었다. 코니는 저택을 관리해야 했지만 가정부는 제프리 경을 여러 해 동안 모신 사람이었고, 식사 시중을 드는 여자는 쭈글쭈글하니 늙고 지극히 정확하게 일을 처리하는 — 잔심부름하는 하녀라고 부를 수도 없고 심지어 여자라고도 부를 수 없는 — 사람으로 저택에서 산 지 40년이나 되었다. 하녀들조차 더 이상 젊지 않았다. 끔찍했다! 그런 곳에서 무엇을 할 수 있겠는가? 그냥 내버려 두는 수밖에! 아무도 사용하지 않는 끝없이 이어지는 이 모든 방, 중부 지방의 되풀이되는 모든 일과, 기계적인 청결함과 기계적인 질서! 클리퍼드는 자기가 런던 집에서 부리던 경험 많은 여자를 새 요리사로 데려오자고 고집했다. 나머지 집안일은 기계적인 무질서에 의해 움직이는 것처럼 보였다. 모든 일이 상당히 훌륭한 질서와 엄격한 청결함, 엄격한 시간 엄수, 그리고 정말로 상당히 엄격한 정직성이 지켜지는 가운데 진행되었다. 그럼에도 불구하고 코니가 보기에 그것은 질서 정연한 무질서였다. 그것을 유기적으로 결합시켜 주는 따뜻한 감정이 없었다. 저택은 더 이상 아무도 다니지 않는 길처럼 황량했다.

그냥 내버려 두는 것 말고 달리 그녀가 할 수 있는 일이 무엇이 있겠는가? 그래서 그녀는 그냥 내버려 두었다. 이따금 채털리 양이 귀족적인 갸름한 얼굴로 찾아와서는 아무것도 바뀌지 않은 것을 보고 의기양양해했다. 그녀는 남동생과 정신적 유대 관계를 맺고 있던 자신을 쫓아낸 코니를 절대 용서하려 하지 않았다. 클리퍼드와 함께 이 이야기들을, 이 책들을 세상에 내놓아야 할 사람은 바로 그녀, 에마였다. 그것은 채털리 가문의 이야기들로 이 세상에는 없었던 새로운 것이었다. 그것만이 중요했다. 이 세상에는 없었던 새로운 것. 그들 채털리 가문 사람들이 세상에 내놓은 것이라는 사실만이 중요했다. 다른 기준은 전혀 존재하지 않았다. 이전에 존재했던 생각과 표현과는 어떤 유기적 관련도 없었다. 세상에 없었던 새로운 것, 즉 완전히 사적인 채털리 가문의 작품들이었다.

랙비에 잠깐 들른 코니의 아버지는 딸에게 은밀하게 말했다. 〈클리퍼드의 글은 말이야, 괜찮긴 한데 글 속에 들어 있는 게 전혀 없어. 절대 오래가지 못할 거야!〉 코니는 평생 동안 호화롭게 살아온 우람한 스코틀랜드 훈작사(勳爵士)를 바라보았다. 그녀의 두 눈이, 커다랗고 항상 호기심으로 반짝이던 푸른 두 눈이 멍해졌다. 글 속에 들어 있는 게 전혀 없다니! 글 속에 들어 있는 게 전혀 없다니 무슨 말일까? 비평가들에게 찬사를 받았고, 클리퍼드의 이름이 유명해지다시피 한 데다 돈까지 벌어들이고 있는 마당에…… 클리퍼드의 글 속에 들어 있는 게 전혀 없다니 아버지가 무슨 말을 하는 것일까? 다른 무엇이 더 들어 있을 수 있단 말인가?

그것은 코니가 젊은이의 기준을 가지고 있었기 때문이다. 즉, 그 순간에 존재하는 것이 전부였다. 그리고 매 순간은 굳이 서로 연관되지 않더라도 줄지어 이어졌다.

코니가 랙비에서 두 번째 겨울을 나고 있을 때 아버지가 그녀에게 말했다.

「코니야, 상황 때문에 네가 어쩔 수 없이 반(半)처녀 *demi-vierge*로 사는 것은 아니길 바란다.」

「반처녀라고요!」 코니가 멍하게 대답했다. 「왜요? 왜 안 되는데요?」

「물론 네가 좋아서 그런다면 괜찮지만 말이다.」 아버지가 황급히 덧붙였다.

남자들끼리 있게 되었을 때 그는 클리퍼드에게도 똑같은 말을 했다.

「코니에게는 반처녀로 사는 게 썩 맞지 않는 것 같네.」

「반은 처녀처럼 사는 여자라고요!」 클리퍼드가 그 말의 뜻을 분명하게 하기 위해 영어로 바꿔 말하며 대답했다.

그는 잠시 생각에 잠기더니 얼굴이 새빨개졌다. 화가 나고 기분이 상한 듯했다.

「어떤 면에서 그녀와 맞지 않는다는 말씀인가요?」 그가 무뚝뚝하게 물었다.

「그 애가 점점 더 여위고…… 앙상해지고 있네. 그 애답지가 않아. 그 애는 살집 없이 길쭉한 정어리 같은 여자애가 아니네. 팔팔한 스코틀랜드 송어 같은 아이지.」

「물론 반점도 없고 말이죠!」 클리퍼드가 말했다.

그는 나중에 코니에게 반처녀 문제에 대해…… 반은 처녀처럼 사는 그녀의 상황에 대해 뭔가 말하고 싶었다. 그러나 그럴 엄두를 낼 수가 없었다. 그는 그녀와 굉장히 가까운 동시에 충분히 가깝지 않았다. 그와 그녀는 정신적으로는 합일을 이루었지만 육체적으로는 서로에게 존재하지 않았고 두 사람 중 어느 누구도 실질적 문제인 몸을 끌어들이는 것을 견딜 수 없어 했다. 그들은 아주 가까웠지만 완전히 동떨어져 있었다.

그러나 코니는 자기 아버지가 무슨 말인가 했고, 클리퍼드가 마음속에 무슨 생각을 품고 있다고 추측했다. 그가 전혀 모르는 한, 어쩔 수 없이 보게 되지 않는 한, 그녀가 반처녀이든 반화류계 여자이든 클리퍼드가 개의치 않는다는 것을 코니는 알고 있었다. 눈으로 보지 못하고 머리로 알지 못하는 것은 존재하지 않는 것이나 다름없다.

코니가 랙비에서 산 지 거의 2년이 다 되었다. 그동안 코니는 클리퍼드와 그가 그녀를 필요로 한다는 것, 그리고 그의 작품에 몰두해서, 특히 그의 작품에 온 정신을 쏟으며 막연한 삶을 살았다. 그들의 관심사는 한 번도 멈춘 적 없이 그의 작품 위로 함께 흘러 내렸다. 그들은 글 쓰는 작업이 한창일 때 서로 이야기를 나누고 씨름하면서, 무엇인가가 일어나고 있다고, 공허 속에서 무엇인가가 정말로 일어나고 있다고 느꼈다.

그리고 그런 점에서는 그것을 삶이라 할 수 있었다. 그것은 공허 속에서의 삶이었다. 나머지는 무존재였다. 랙비가 있었고 하인들도 있었다. 그러나 유령과 같아서 실제로 존재하는 것이 아니었다. 코니는 공원과 공원 옆 숲으로 산책을 나가 적막함과 신비를 즐겼고, 가을에는 갈색 낙엽을 발로 차고 봄에는 앵초 꽃을 꺾었다. 그러나 그것은 전부 꿈이었다. 아니 오히려 그것은 현실의 환영(幻影)이었다. 참나무 잎들은 거울에 비쳐 흔들리는 것 같았다. 그녀 자신은 누군가 읽은 책에 나오는 등장인물로 그림자나 기억이나 낱말에 지나지 않는 앵초 꽃을 꺾고 있을 뿐인 것 같았다. 그녀에게든, 그 무엇에게든 실체가 전혀 없었다. 어떤 접촉도, 어떤 교제도 없었다! 클리퍼드와의 이 생활만이, 이야기의 그물망을, 상세한 의식(意識)의 그물망을 끝없이 짜나가는 일만이 존재했다. 맬컴 경이 아무것도 들어 있지 않으며 절대 지속될 수 없다고 말한 이야기들을 짜내는 일 말이다. 왜 그것들 속에 꼭 뭐가 들어 있어야 하고 왜 꼭 그것들이 지속되어야 한단 말인가? 〈하루의 괴로움은 그날에 겪는 것만으로 족하다.〉[22] 이 순간에 족한 것은 현실처럼 보이는 것이면 된다.

클리퍼드에게는 친구, 정확하게 말하자면 지인이 상당히

22 「마태오의 복음서」 6장 34절.

많았고 종종 그들을 랙비에 초대했다. 그는 비평가와 작가를 비롯해 자신의 책을 칭찬해 주는 데 도움이 될 온갖 부류의 사람을 초대했다. 그리고 그들은 랙비에 초대받은 것에 우쭐해하며 찬사를 보냈다. 코니는 그 모든 것을 완벽하게 이해했다. 그러지 못할 이유가 어디 있겠는가? 이것 역시 거울 속에 잠시 비쳤다 사라지는 형태 중 하나였다. 그게 뭐가 잘못되었단 말인가?

그녀는 안주인으로서 이 사람들 — 대부분 남자들 — 을 맞았다. 그녀는 또한 이따금씩 찾아오는 클리퍼드의 귀족 친척들도 안주인으로서 맞았다. 크고 푸른 눈과 갈색 곱슬머리, 부드러운 목소리와 다소 튼튼하면서도 잘록한 허리에 온화하고 혈색이 좋으며 살짝 주근깨가 있는 시골풍의 아가씨였기 때문에 그녀는 약간 구식이면서 〈여자다운〉 여자로 여겨졌다. 그녀는 남자아이처럼 납작한 가슴에 엉덩이가 작은 자그마한 정어리과의 물고기가 아니었다. 그녀는 너무 여성스러워서 멋지다고 표현하기는 힘든 여자였다.

그래서 남자들, 특히 더 이상 그리 젊다고 할 수 없는 남자들이 그녀에게 정말로 무척 다정하게 대해 주었다. 그러나 그녀 쪽에서 시시덕거리는 표시를 눈곱만큼이라도 보인다면 불쌍한 클리퍼드가 어떤 고통을 겪을지 알고 있었기 때문에 그녀는 남자들을 부추기는 행동은 무엇이건 일절 하지 않았다. 그녀는 조용하고 막연한 태도를 보였으며 그들과 전혀 접촉하지 않았고 그럴 생각도 없었다. 클리퍼드는 그것을 몹시 자랑스러워했다.

그의 친척들은 그녀에게 매우 상냥하게 대했다. 그녀는 그 친절함이 자신을 두려워하지 않는다는 뜻이라는 것을, 그리고 자기를 조금 두려워하게 만들지 않으면 이 사람들이 자기에게 예의를 차리지 않으리라는 것을 알고 있었다. 그러나 사실 그녀는 그들과 아무 접촉이 없었다. 그녀는 그들을 그냥 내버려 두었다. 그들이 친절하면서도 경멸하는 듯한 태도를 취하도록 내버려 두었다. 언제든지 뽑아 들 수 있도록 칼을 준비해 둘 필요가 없다고 느끼게끔 내버려 두었다. 그녀는 그들과 실제로 연결되는 것이 전혀 없었다.

시간은 흘러갔다. 무슨 일이 일어나든 아무 일도 일어나지 않은 것이나 다름없었다. 왜냐하면 그녀가 너무나 훌륭하게 모든 접촉에서 벗어나 있었기 때문이다. 코니와 클리퍼드는 자신들의 생각과 그의 작품 속에 묻혀 살았다. 그녀는 손님들을 맞이해서 그들을 대접했다. 저택에는 손님이 끊이지 않았다. 7시 반이 지나면 8시 반이 되듯이, 시곗바늘이 돌아가듯 시간이 흘러갔다.

# 제3장



그러나 코니는 마음속에서 불안감이 점점 커지는 것을 느끼고 있었다. 단절로부터 생겨난 불안감이 광기처럼 그녀를 사로잡았다. 불안감 때문에 움직이고 싶지 않을 때에도 팔다리가 씰룩씰룩 움직였고, 허리를 펴지 않은 채 편히 쉬고 싶을 때에도 갑자기 등이 홱 젖혀지며 곧추서기도 했다. 불안감은 그녀의 몸속에서, 자궁 속 어딘가에서 전율을 일으켰고 결국에는 물에 뛰어 들어가 수영하며 그것에서 벗어나야 할 것 같은 기분이 들 정도였다. 광적인 불안감이었다. 그것 때문에 아무 이유 없이 심장이 격렬하게 뛰었다. 그리고 그녀는 점점 더 여위어 갔다.

그것은 확실히 불안감이었다. 그녀는 공원을 가로질러 달려 나가서 클리퍼드를 혼자 내버려 둔 채 고사리 덤불 속에 엎드려 있곤 했다. 집에서 벗어나기 위해서였다. 그녀는 집과 모든 사람에게서 벗어나야 했다. 숲은 그녀의 유일한 도피처이자 성역이었다.

그러나 숲은 진정한 도피처나 성역이 아니었다. 그녀가 숲과 전혀 관련을 맺지 않았기 때문이다. 그곳은 그저 그녀가 다른 것들로부터 벗어날 수 있는 장소일 뿐이었다. 그녀는 숲 자체의 영혼과 진정으로 접촉해 본 적이 없었다. 숲에 그런 황당한 것이 있다면 말이다.

막연하게 그녀는 자신이 어딘지 모르게 엉망이 되어 가고 있다는 것을 알고 있었다. 막연하게 그녀는 자신이 관계로부터 벗어나 있다는 것을 알고 있었다. 그녀는 실재하는 살아 있는 세상과의 접촉을 잃어버렸다. 클리퍼드와 실제로 존재하지도 않고 ─ 안에 아무것도 들어 있지 않은 ─ 그의 작품들만 있을 뿐이었다! 공허에서 공허로의 이어짐. 막연하게 그녀는 알고 있었다. 그러나 그것은 바위에 머리를 찧는 것과 같았다.

아버지가 그녀에게 다시 경고했다. 〈코니야, 애인을 찾아보는 게 어떻겠니? 세상에 존재하는 좋다는 것은 모조리 다 해보아라!〉

그해 겨울에 마이클리스가 며칠 동안 랙비에 머물렀다. 그는 희곡으로 미국에서 이미 엄청난 재산을 모은 젊은 아일랜드인이었다. 그는 런던의 일류 사교계에서 한동안 열광적인 환영을 받았다. 그가 일류 사교계에 관한 희극들을 썼기 때문이다. 그러다가 일류 사교계는 보잘것없는 더블린의 쥐새끼 같은 놈이 자신들을 조롱거리로 만들었다는 사실을 차츰 깨닫게 되었고 이제는 거꾸로 극도의 반감을 갖게 되었다. 마이클리스는 비열하고 상스러운 놈의 결정판이 되었다. 그가 반영국주의자라는 사실이 밝혀졌고 그것을 발견해 낸 계급의 사람들에게는 그것이 그 어떤 추악한 범죄보다 더 흉악하게 느껴졌다. 그는 도살당하듯이 완전히 관심권 밖으로 밀려났고 그의 시체는 쓰레기통에 던져졌다.

그럼에도 불구하고 마이클리스는 메이페어[23]의 아파트에 살면서 전형적인 신사의 모습으로 본드 가를 활보했다. 아무리 일류 양복점이라 해도 고객이 돈을 내는 한, 아무리 비천한 사람이라도 딱 잘라 거절하진 못하기 때문이다.

클리퍼드가 서른 살 된 이 젊은이를 초대했을 때 마이클리스는 경력에서 불운을 겪고 있었다. 그러나 클리퍼드는 주저하지 않았다. 마이클리스는 족히 수백만 명의 사람들로부터 관심을 받고 있었다. 게다가 그는 상류 사회에 어울리지 않는 사람이라고 가망 없을 정도로 배척을 당하고 있었기 때문에 상류 사회의 다른 모든 사람들이 그와 관계를 끊고 있는 바로 그 시점에 랙비로 내려와 달라는 초대를 틀림없이 감사히 여길 것이었다. 그리고 감사하게 생각한다면 그는 틀림없이 저 건너 미국에서 클리퍼드에게 〈유익한〉 일을 해줄 것이다. 명성! 무엇이 되었건 적당히 사람들 입에 오르내리기만 하면 큰 명성을 얻게 된다. 〈저 건너편〉에서는 특히 그렇다. 클리퍼드는 장래가 촉망되는 신진 작가였지만 인기를 얻고자 하는 본능이 놀라울 정도로 강했다. 마침내 마이클리스는 한 연극에서 클리퍼드를 아주 훌륭하게 묘사했고 클리퍼드는 일종의 대중적인 영웅이 되었다. 적어도 자신이 조롱당했다는 것을 깨닫고 클리퍼드가 반발하기 전까지는 그랬다.

23 런던 시내의 고급 주택 지역.

코니는 유명해지고 싶어 하는 클리퍼드의 맹목적이고도 절실한 욕망에 약간 놀라워했다. 그는 자신이 잘 알지도 못하고 한편으로 불안하고 두려운 마음까지 품고 있는 광대하고 형체 없는 세상에서 유명해지고자 했고 작가로, 그것도 일류 현대 작가로 유명해지고자 했다. 코니는 나이가 들었지만 원기 왕성하며 허세 부리기 좋아하는 성공한 맬컴 경을 통해 예술가들도 자기선전을 하고 자신의 상품이 호평을 얻도록 애쓴다는 것을 알고 있었다. 그러나 그녀의 아버지는 다른 모든 왕립 미술원 회원들이 그림을 팔 때 이용하는 기존의 경로를 이용했다. 반면에 클리퍼드는 온갖 종류의 새로운 홍보 경로를 찾아냈다. 그는 — 실제로 자신의 격을 떨어뜨리지 않은 채 — 온갖 종류의 사람을 랙비에 초대했다. 그러나 그는 명성의 기념비를 한시라도 빨리 쌓겠다는 굳은 결심 때문에 잡석까지도 손에 잡히는 대로 모두 재료로 사용했다.

마이클리스는 아주 멋진 차를 타고 운전기사와 남자 하인을 대동한 채 제시간에 도착했다. 완전히 본드 가 자체였다. 그러나 그를 보자마자 〈상류층〉인 클리퍼드의 영혼 속 무언가가 주춤했다. 마이클리스는 자신의 겉모습으로 보여 주고자 하는 것과 정확히 — 아니, 사실은 전혀 — 일치하지 않았다. 클리퍼드에게 그것은 최종적인 판단이었고 그것으로 충분했다. 그럼에도 불구하고 그는 그 남자에게, 그가 거둔 놀라운 성공에 대해 아주 정중하게 대했다. 이른바 성공이라는 암캐 여신[24]이 반쯤 겸손하면서도 반쯤 거만한 마이클리스의 발치 주변을 보호하듯 으르렁대며 배회하면서 클리퍼드를 완전히 주눅 들게 만들었다. 왜냐하면 클리퍼드 또한 성공이라는 암캐 여신이 자기를 받아 주기만 한다면 그 암캐 여신에게 자신을 팔고 싶었기 때문이다.

런던 최고급 지역에 있는 양복점과 모자점, 이발소와 구두점을 통해 온갖 단장을 했음에도 불구하고 마이클리스는 분명히 영국인이 아니었다. 절대 영국인이 아니었다. 납작하고 창백한 얼굴과 태도가 영국인과는 달랐고 가지고 있는 불만도 달랐다. 그는 원한과 불만을 품고 있었고 그것은 진정한 영국 신사라면 분명하게 알아볼 수 있는 것이었다. 진정한 영국 신사라면 자기 자신의 행동 속에서 그런 것이 눈에 띄게 드러나는 것을 경멸할 것이다. 불쌍한 마이클리스는 하도 많이 걷어차여서 지금도 다리 사이에 꼬리를 감추고 쩔쩔매는 듯한 모습이 조금 남아 있었다. 그는 자신의 희곡 작품들을 가지고 순수한 본능과 그보다 더 순수한 뻔뻔스러움으로 무대에 진출했고 정상까지 올랐다. 그는 대중을 사로잡았다. 그리고 걷어차이는 시절은 끝났다고 생각했다. 그러나 슬프게도 그것은 끝나지 않았다. 절대 끝나지 않을 것이다. 그가 어떤 의미에서 걷어차이길 자청했기 때문이다. 그는 자신이 속하지 않은 곳으로, 즉 영국의 상류 계급으로 들어가기를 간절히 원했다. 그런데 그들은 그를 이리저리 걷어차며 얼마나 짜릿한 흥분을 즐겼던가! 그리고 그는 얼마나 그들을 증오했던가!

24 *bitch-goddess*. 윌리엄 제임스William James(1842~1910)가 물질적, 세속적 성공을 빗대어 부른 말.

그럼에도 불구하고 그는 하인을 대동한 채 너무나 근사한 차를 타고 여행했다. 이 더블린 잡종 개가 말이다.

마이클리스에게는 코니의 마음에 드는 점이 있었다. 그는 자기 자신에게는 허세를 부리지 않았다. 그는 자신에 대해 아무 환상을 가지고 있지 않았다. 그는 클리퍼드가 알고 싶어 하는 모든 것을 조리 있고 간결하게 실제적으로 알려 주었다. 그는 부풀리거나 자제력을 잃는 법이 없었다. 그는 자신이 쓸모가 있어서 랙비에 초대받았다는 사실을 잘 알고 있었고, 노련하고 교활하며 거의 무심해 보이는 사업가처럼, 아니 거물 사업가처럼 질문을 받았고 감정의 낭비를 최소화하면서 대답했다.

「돈이라!」 그가 말했다. 「돈이란 일종의 본능입니다. 돈을 번다는 것은 인간이 지닌 일종의 본성입니다. 그것은 우리가 하는 행동이 아닙니다. 우리가 부리는 술책도 아닙니다. 우리 자신의 본성이 만들어 내는 일종의 영원한 사고라 할 수 있죠. 일단 시작하면 돈을 벌게 되고 계속 그 상태로 나아갑니다. 어느 지점까지는 말입니다……」

「그렇지만 일단 시작은 해야 하겠지요.」 클리퍼드가 말했다.

「아, 물론입니다! 안으로 발을 들여놓아야만 합니다. 밖에 계속 있다가는 아무것도 할 수가 없으니까요. 비집고 안으로 들어가야만 합니다. 일단 그렇게 하고 나면 돈은 저절로 벌게 되어 있습니다.」

「그런데 당신은 희곡 말고 다른 방법으로 돈을 벌 수 있었을까요?」 클리퍼드가 물었다.

「아니요. 아마 못 벌었을 겁니다! 훌륭한 작가일 수도, 형편없는 작가일 수도 있겠지만 어쨌든 나는 작가이고 희곡 작가야말로 현재의 나이자 내가 되어야 하는 것이었습니다. 그 점에 대해서는 의문의 여지가 없습니다.」

「그러면 당신이 꼭 되어야만 했던 게 인기 있는 희곡 작가라는 말인가요?」 코니가 물었다.

「바로 그겁니다!」 마이클리스가 갑자기 그녀 쪽으로 몸을 휙 돌리며 말했다. 「그 안에는 아무것도 들어 있지 않습니다! 인기에는 아무것도 들어 있지 않습니다. 덧붙이면, 대중의 안에도 아무것도 들어 있지 않습니다. 내 희곡들에도 사실 인기를 끌 만한 것이 아무것도 들어 있지 않아요. 정말입니다. 그것들은 그저 날씨처럼…… 당분간…… 존재했다 사라져야만 할 그런 것들입니다.」

그가 도저히 측량할 수 없을 만큼 깊은 환멸 속에 빠져 본 적이 있는 커다란 눈으로 천천히 코니를 바라보자, 그녀의 몸이 살짝 떨렸다. 그가 무척 늙어 보였다. 지층처럼 환멸의 층들이 겹겹이 쌓여 대대로 그에게 내려앉은 것처럼 한없이 늙어 보였다. 그리고 동시에 버림받은 아이처럼 쓸쓸해 보였다. 어떤 의미에서 그는 부랑자였다. 그러나 그에게는 쥐새끼같이 살아가는 존재가 지닌 필사적인 용기가 있었다.

「적어도 그 나이에 당신이 이룬 일은 대단한 겁니다.」 클리퍼드가 생각에 잠긴 채 말했다.

「나는 서른 살입니다. 그래요, 서른 살입니다!」 마이클리스는 돌연 날카롭게 말하고는 공허하면서도 의기양양하고 씁

쓸하면서도 묘한 웃음을 터뜨렸다.

「그런데 혼자세요?」 코니가 물었다.

「무슨 말씀이시죠? 혼자 사느냐고요? 하인이 있습니다. 아내가 없는 남자에게는 반드시 하인이 있어야 하는 법이죠. 하인은 자기 말로는 그리스인이라 하는데 참 일을 못 합니다. 그래도 그를 데리고 있습니다. 그런데 결혼은 할 생각입니다. 아, 물론 결혼을 해야죠.」

「머리를 자를 예정이라고 말하는 것처럼 들리네요.」 코니가 웃었다. 「그게 노력을 기울여야만 하는 일인가요?」

감탄하는 눈빛으로 그가 코니를 바라보았다.

「글쎄요, 채털리 부인. 어느 정도는 그럴 겁니다! 제가 깨달은 것은 — 실례되는 말씀입니다만 — 절대 영국 여자와는 결혼할 수 없을 것 같다는 겁니다. 아일랜드 여자와도 결혼할 수 없을 겁니다.」

「미국 여자를 찾아봐요.」 클리퍼드가 말했다.

「아, 미국 여자요!」 마이클리스가 공허한 웃음을 터뜨렸다. 「안 돼요. 하인에게 터키 여자든, 누구든 동양인에 가까운 여자로 한번 찾아보라고 부탁해 두었습니다.」

코니는 엄청난 성공을 거둔 이 묘하고 우울한 괴짜 남자에게 진심으로 감탄했다. 들리는 말에 의하면 그는 미국에서만 연간 5만 달러의 수입을 벌어들인다고 했다. 이따금씩 그가 잘생겨 보일 때가 있었다. 그가 눈을 내리뜨고 옆을 바라보고 있을 때 불빛이 그를 비출 때면 커다란 눈과 묘하게 활처럼 굽은 짙은 눈썹, 가만히 꼭 다문 입 등이 마치 상아로 조각한

흑인 얼굴같이 고요하면서도 영속적인 아름다움을 띠었다. 순간적으로 드러나는 부동의 모습. 그것은 부처가 목표로 하고 흑인들이 전혀 의도하지 않았음에도 때로 표출되는 부동의 모습이자 영원의 모습으로 아주 오랜 시간 동안 종족을 묵묵히 따른 어떤 것이었다! 개별적으로 저항하는 대신 영겁의 시간 동안 종족의 운명에 묵종하는 모습이 나타났다가 어두운 강물을 헤엄쳐 나아가는 쥐들처럼 사라져 버렸다. 코니는 그에 대한 연민이 돌연히 이상하게 솟구쳐 오르는 것을, 동정심과 섞이고 혐오감이 가미되어 거의 사랑에 이르는 감정이 솟구쳐 오르는 것을 느꼈다. 국외자! 이방인! 게다가 사람들은 그를 상놈이라고 불렀다! 클리퍼드야말로 얼마나 더 상스럽고 독단적으로 보이는가! 얼마나 더 멍청해 보이는가!

마이클리스는 자신이 코니에게 깊은 인상을 심어 주었다는 것을 즉시 알아차렸다. 그는 완전히 초연한 표정을 하고 크고 약간 튀어나온 담갈색 눈으로 그녀를 바라보았다. 그는 그녀를, 자신이 그녀에게 어느 정도까지 깊은 인상을 심어 주었는지 가늠해 보고 있었다. 영국인들과의 관계에서는 그 무엇도, 사랑조차 그를 영원한 국외자 신세에서 벗어나게 해주지 못할 것이다. 그러나 여자들은, 영국 여자들조차 때로 그에게 연민을 느꼈다.

그는 클리퍼드와의 관계에서는 정확하게 자신의 위치가 어디인지 알고 있었다. 그들은 서로에게 으르렁거리고 싶었겠지만 대신 억지로 미소를 짓고 있는 두 마리의 이질적인 개들이었다. 그러나 이 여자에 대해서는 정확하게 자신의 위치가 어디인지 그다지 확신할 수가 없었다.

아침 식사는 각자 침실에서 하도록 되어 있었다. 클리퍼드는 점심 식사 전에는 전혀 모습을 드러내지 않았고 식당은 약간 황량했다. 커피를 마신 다음 잠시도 편안하게 앉아 쉬지 못하는 마이클리스는 무엇을 해야 할지 궁리했다. 11월의 화창한 날이었다. 랙비에서는 화창한 날이었다. 그는 음울한 공원을 내려다보았다. 세상에! 정말 끔찍한 곳이군!

그는 하인을 보내 채털리 부인에게 자신이 도움이 될 만한 일이 없는지 물었다. 그는 셰필드[25]로 드라이브를 갈까 생각하고 있었다. 채털리 부인으로부터 거실로 올라오지 않겠느냐는 답변이 내려왔다.

코니의 거실은 저택 중앙부의 맨 위층인 4층에 있었다. 클리퍼드의 방은 당연히 1층에 있었다. 마이클리스는 채털리 부인의 거실로 올라오라는 초대를 받은 것에 우쭐해졌다. 그는 아무것도 눈에 들어오지 않는 상태로 하인의 뒤를 따라갔다. 그는 물건들을 유심히 살펴본다든지 주변과 접촉한다든지 하는 일은 일절 하지 않았다. 그녀의 방에 들어가서 르누아르와 세잔 그림의 훌륭한 독일산 복제화를 멍하게 훑어보기는 했다.

「이곳은 참 아늑하네요!」 그는 미소를 지으면 아프기라도 한 듯이 이를 드러내는, 특유의 묘한 미소를 지었다. 「맨 위층으로 올라와 계시다니 참 현명하십니다.」

「네, 저도 그렇게 생각해요.」 그녀가 말했다.

25 영국 중부의 공업 도시.

그녀의 방은 저택에서 화려하고 현대적인 유일한 방이자, 랙비에서 그녀의 개성이 조금이라도 드러나 있는 유일한 장소였다. 클리퍼드는 이 방을 한 번도 본 적이 없었고, 그녀가 사람들을 이 방으로 초대하는 경우는 매우 드물었다.

코니와 마이클리스는 벽난로 앞에 마주 보고 앉아 이야기를 나눴다. 코니는 마이클리스 자신과 부모 형제에 대해 물었다. 그녀에게 다른 사람들은 항상 어느 정도 경이로움의 대상이었고, 마음에 동정심이 일면 계급 의식은 완전히 잊어버렸다. 마이클리스는 아주 솔직하게 자신에 대해 이야기했다. 그는 비참하고 무관한 떠돌이 개와 같은 영혼을 꾸밈없이 드러냈고 곧 자신의 성공에 대해 복수심 가득한 자부심을 어렴풋이 보여 주었다.

「그런데 당신은 왜 그렇게 외톨이 새처럼 지내나요?」 코니가 묻자 다시 그가 탐색하는 듯한 커다란 담갈색 눈으로 그녀를 바라보았다.

「어떤 새들은 그렇게 살게끔 타고나지요.」 그가 대답했다. 그러고는 허물없이 빈정대는 투로 물었다. 「그런데 잠깐만요. 당신은 어떻습니까? 당신이야말로 외톨이 새처럼 지내고 있지 않나요?」

코니는 약간 놀라서 잠시 그 말에 대해 생각해 보더니 대답했다.

「어떤 면에서만 그렇죠! 당신처럼 모든 면에서 그런 것은 아니에요!」

「제가 완전히 외톨이 새란 말인가요?」 그가 마치 치통이라도 않는 것처럼 보일 정도로 기묘하게 이를 드러낸 미소를 지으며 물었다. 그 미소는 너무나 심술궂었고 두 눈은 너무나 완벽하게 한 치의 변화도 없이 우울하거나 금욕적이거나, 아니면 환멸에 빠져 있거나 두려워하는 것처럼 보였다.

「왜요?」 코니가 그를 바라보면서 약간 숨이 차서 물었다. 「그렇잖아요. 아닌가요?」

그녀는 그에게서 대단한 매력이 밀려오는 것을 느꼈고 그 때문에 거의 평정을 잃을 뻔했다.

「아, 당신 말이 백번 옳습니다!」 그가 고개를 돌리며 이렇게 말하고는 우리가 사는 현대의 이곳에서는 거의 존재하지 않는, 오래된 종족의 그 이상하고 갑작스러운 부동의 모습으로 비스듬히 아래를 내려다보았다. 바로 그것 때문에 코니는 그를 자신과 분리해서 바라볼 수 있는 힘을 잃어버렸다.

그는 모든 것을 보고, 모든 것을 기록하는 듯한 충만한 시선으로 그녀를 올려다보았다. 동시에 한밤중에 울어 대는 어린아이[26] 같은 존재가 그의 가슴속에서 그녀를 향해 울고 있었고 어떤 면에서 그것은 그녀의 자궁, 바로 그곳에 영향을 미쳤다.

「그렇게 저를 생각해 주시니 정말 친절하시군요!」 그가 짧게 말했다.

「제가 당신을 생각하면 안 되는 이유라도 있나요?」 그녀는

26 영국 시인 앨프리드 테니슨Alfred Tennyson(1809~1892)의 『인 메모리엄In Memoriam』(1850) 54권 2장 17~20행, 〈나는 누구인가?/밤에 울고 있는 어린아이/빛을 찾아 울고 있는 어린아이/말은 할 줄 모르고 울기만 한다네〉에서 인용되었다.

거의 말이 안 나올 정도로 숨이 막혀서 외치듯 말했다.

그가 짧게 뒤틀린 웃음을 피식 터트렸다.

「아, 그런 의미군요! 잠깐 손을 잡아도 될까요?」 그가 불쑥 물으면서 최면을 거는 듯한 마력이 담긴 시선을 그녀에게 고정한 채 그녀의 자궁에 직접적으로 영향을 미치는 매력을 발산하고 있었다.

코니는 멍하니 꼼짝도 못 한 채 그를 빤히 바라보았다. 그가 다가와서 그녀 옆에 무릎을 꿇고 양손으로 그녀의 두 발을 부여잡고 그녀의 무릎에 얼굴을 파묻은 채 꼼짝도 하지 않았다. 정신이 완전히 흐릿하고 몽롱해진 채 그녀는 상당히 부드러운 그의 목덜미를 감탄 비슷한 감정을 느끼며 내려다보았다. 그의 얼굴이 허벅지를 누르는 것이 느껴졌다. 그러자 당혹감으로 온통 달아오르면서도 그녀는 무방비 상태로 드러난 그의 목덜미를 애정과 연민이 담긴 손길로 쓰다듬지 않을 수 없었다. 그가 갑자기 부르르 몸을 떨었다.

그러고는 불타오르는 커다란 두 눈에 지독한 매력을 담고 그녀를 올려다보았다. 그녀는 도저히 저항할 수가 없었다. 그녀의 가슴속에서 그것에 응답하는, 그에 대한 엄청난 갈망이 솟구쳤다. 그녀는 그에게 어떤 것이든, 무엇이든 다 주지 않을 수가 없었다.

그는 묘하면서도 매우 다정한 연인으로, 주체할 수 없이 몸을 떨면서도 무척 다정하게 그녀를 대했지만, 한편으론 초연했으며 밖에서 들리는 모든 소리를 전부 의식하고 있었다.

코니에게는 그에게 몸을 주었다는 것 외에 아무 의미도 없었다. 그리고 마침내 그는 몸을 떠는 것을 멈추고 가만히, 정말로 아주 가만히 누워 있었다. 그러자 그녀는 연민이 깃든 모호한 손길로 자기 가슴 위에 놓인 그의 머리를 쓰다듬었다.

이윽고 몸을 일으킨 그는 그녀의 두 손에 입을 맞추고 가죽 슬리퍼를 신은 그녀의 두 발에 입을 맞춘 다음 조용히 방 한쪽 끝으로 걸어가서는 등을 돌린 채 서 있었다. 몇 분 동안 침묵이 흘렀다.

그러다가 그가 몸을 돌리더니 벽난로 옆의 원래 자기 자리로 돌아가 앉아 있던 그녀에게 다가갔다.

「이제 당신이 절 미워할 것 같군요!」 그가 조용히 변함없는 어조로 말했다.

그녀가 재빨리 그를 올려다보았다.

「제가 왜 그래야 하는데요?」 그녀가 물었다.

「대개 그러니까요.」 그가 그렇게 말하고는 멈칫거렸다. 「제 말은…… 여자란 그러도록 되어 있다는 겁니다.」

「지금은 결코 당신을 미워할 수 없는 순간인 것 같은데요.」 그녀가 분개해서 말했다.

「압니다! 알아요! 그래야 하죠! 당신은 저에게 대단히 친절하게 대해 주시는군요.」 그가 비참해하며 소리쳤다.

그녀는 왜 그가 그렇게 비참해하는지 알 수가 없었다.

「앉지 않을래요?」 그녀가 말했다.

그가 문 쪽을 힐끗 바라보았다.

「클리퍼드 경이!」 그가 말했다. 「혹시 알게 되면 그가……그가……?」

그녀는 잠깐 동안 가만히 생각에 잠겼다.

「아마 그럴지도 모르죠!」 그녀가 말했다. 그러고는 그를 올려다보았다. 「저는 클리퍼드가 알게 되는 것을 원치 않아요. 그 사람이 의심을 품는 것조차 원치 않아요. 알면 큰 상처를 받을 거예요. 그렇지만 이 일이 잘못이라고 생각하지는 않아요. 당신은 어떻게 생각하나요?」

「잘못이라니요! 절대 아닙니다! 당신이 그저 제게는 너무 한없이 친절할 뿐입니다…… 몸 둘 바를 모를 지경입니다.」

그가 옆으로 몸을 돌렸고 코니는 그가 금방이라도 흐느껴 울 것이라고 생각했다.

「그렇지만 클리퍼드에게 알릴 필요는 없어요, 그렇지 않나요?」 그녀가 간청했다. 「그 사람에게 큰 상처를 줄 거예요. 그렇지만 그 사람이 전혀 모르거나 조금도 눈치채지 못하면, 아무도 상처 받지 않을 거예요.」

「저한테서는!」 그가 격렬하다시피 한 목소리로 말했다. 「저한테서는 그가 절대 아무것도 알아내지 못할 겁니다. 그러는지 두고 보세요! 제 스스로 비밀을 발설하다니요! 하하!」 그가 그런 생각을 비웃으며 공허하게 웃었다.

그녀는 놀라서 그를 주시했다. 그가 그녀에게 말했다.

「당신 손에 입을 맞추고 나가도 될까요? 셰필드로 달려가 볼까 합니다. 할 수 있으면 거기서 점심을 먹고 차를 마시기 전에 돌아올 겁니다. 당신을 위해 해드릴 일은 없나요? 당신이 절 미워하지 않는다고 믿어도 될까요? 그리고 앞으로도 그러지 않으리라는 것을요?」 그가 절망적인 냉소를 띤 어조로 말을 마쳤다.

「아니에요. 당신을 미워하지 않아요.」 그녀가 말했다. 「당신이 근사하다고 생각해요.」

「아!」 그가 그녀에게 격하게 말했다. 「당신이 절 사랑한다고 말해 주는 것보다 그렇게 말해 주니 더 좋군요! 그게 훨씬 더 많은 의미가 있으니까요! 그러면 오후에 봐요……. 그때까지 생각할 게 많군요.」

그가 그녀의 양손에 겸손하게 입을 맞춘 다음 떠났다.

「그 젊은 친구를 견딜 수 없을 것 같소.」 점심 식사를 하면서 클리퍼드가 말했다.

「왜요?」 코니가 물었다.

「그는 그럴듯한 겉모습을 한 ── 그저 우리에게 허풍을 치려고 노리고 있는 ── 상놈일 뿐이오.」

「내 생각에는 사람들이 그에게 너무 모질게 대한 것 같아요.」 코니가 말했다.

「당연하지! 그러면 당신은 그가 화려한 시절을 좋은 일을 하면서 보낸다고 생각하오?」

「그에게는 너그러움 비슷한 게 있는 것 같은데요.」

「누구에 대해서 말이오?」

「잘은 모르겠어요.」

「모르는 게 당연하지. 당신은 비양심적인 것과 너그러움을 혼동한 것 같소.」

코니가 말을 멈췄다. 과연 그녀가 혼동한 것일까? 그럴 수도 있었다. 그러나 마이클리스의 비양심적인 면에는 뭔가 매력적인 점이 있었다. 그는 클리퍼드가 소심하게 엉금엉금 몇 걸음 기어가 본 곳을 끝까지 가보았다. 자기 나름의 방식으로 그는 세상을 정복했고 그것이야말로 클리퍼드가 원하는 것이었다. 수단과 방법이 문제라고……? 마이클리스가 써먹은 방법과 수단이 클리퍼드가 택한 방법과 수단보다 더 비열했을까? 불쌍한 국외자가 직접적으로든 뒷문을 통해서든 앞으로 밀치고 나아가는 방식이 자신을 선전해서 유명해지려는 클리퍼드의 방식보다 더 형편없는 것일까? 성공이라는 암캐 여신의 뒤를 수천 마리의 개가 혀를 내민 채 숨을 헐떡이며 쫓고 있다. 그녀를 맨 처음 차지한 개가 개들 중의 진짜 개였다. 성공을 기준으로 삼는다면 말이다! 따라서 마이클리스는 꼬리를 꼿꼿이 세우고 있을 수 있었다.

그런데 이상하게도 그는 그렇게 하지 않았다. 그는 제비꽃과 백합을 한 움큼 꺾어들고 예의 그 고독하고 비열한 표정으로 차를 마실 무렵에 돌아왔다. 때때로 코니는 혹시 그 표정이 적을 무장 해제하기 위한 일종의 가면이 아닐까 생각하곤 했다. 지나칠 정도로 변화가 거의 없었기 때문이다. 정말로 그가 그렇게 슬픈 사람일까?

자아가 소멸된 슬픈 개 같은 그의 태도는 저녁 내내 지속되었고 클리퍼드는 그 너머에 뻔뻔함이 감춰져 있다고 느꼈다. 하지만 코니는 그것을 느끼지 못했다. 아마도 그것이 여자들을 향한 것이 아니라 남자들과 그들의 건방진 태도와 억측을 향한 것이기 때문이었는지도 모른다. 비쩍 마른 남자에게 나타나는 그 파괴할 수 없는 내적 뻔뻔함 때문에 남자들은 마이클리스를 그토록 끔찍이 싫어하게 되었다. 그가 아무리 훌륭한 태도로 꾸며서 감추고 있다 해도 그의 존재 자체가 상류 사회 남자들에게는 모욕이었다.

코니는 그를 사랑하게 되었다. 그러나 그녀는 자수를 놓으며 앉아서 남자들끼리 이야기를 나누게 함으로써 자신의 속마음을 드러내지 않았다. 마이클리스로 말하자면 그는 완벽했다. 그 전날 밤과 똑같이 우울하고 주의 깊으며 초연한 젊은이의 모습을 보여 주면서 주인 부부로부터 수백만 리 떨어져 있으면서도 요구되는 만큼만 간결하게 그들의 기분을 맞춰 주었지만 한순간도 그들 앞으로 다가오지는 않았다. 코니는 그가 아침에 일어난 일을 잊어버린 것이 틀림없다고 느꼈다. 그는 잊은 것이 아니었다. 그러나 그는 자신의 위치를, 즉 태어날 때부터 국외자인 사람들이 있는, 전과 다름없는 세상 바깥의 똑같은 자리에 자신이 있다는 것을 잘 알고 있었다. 그는 성관계에 개인적인 의미를 전혀 부여하지 않았다. 그는 그것으로 인해 자신의 신세가, 어쩌다 황금 목줄을 차게 되어 모두의 시샘을 받는 주인 없는 개에서 편안한 상류 사회의 개 신세로 절대 바뀌지 않으리라는 것을 잘 알고 있었다.

결정적인 사실은 영혼의 맨 밑바닥에서는 그가 국외자이며 반사회적이라는 점이었고, 겉모습을 아무리 본드 가의 물건들로 치장한다 해도 마음속으로는 그 자신도 그 사실을 인정했다. 고립은 그에게 반드시 필요한 것이었다. 순응하는 것처럼 보이고 멋진 사교계 사람들과 어울리는 것처럼 보이는 것이 반드시 필요했던 것과 마찬가지로 말이다.

그러나 이따금 찾아오는 사랑은 위안과 위로를 주는 것으로 역시 좋은 것이었고 그가 그것을 감사하게 여기지 않은 것은 아니었다. 오히려 반대로 그는 약간의 자연스럽고 자발적인 친절함에 대해서도 열렬하고 절실하게 고마워했으며 거의 눈물까지 흘릴 정도였다. 창백하고 환멸에 찬 부동의 얼굴 밑에서 어린아이 같은 그의 영혼은 여자에 대한 고마움으로 흐느끼고 있었고 그녀에게 다시 다가가고 싶은 열망으로 불타오르고 있었다. 그러나 사실 그의 영혼은 자신이 그녀로부터 떨어져 피하리라는 것 또한 알고 있었다.

　두 사람이 홀에서 촛불을 켜고 있을 때 마이클리스가 코니에게 말 걸 기회를 포착했다.

　「당신에게 가도 되나요?」

　「내가 당신에게 갈게요.」 그녀가 말했다.

　「아, 좋아요!」

　그는 오랫동안 그녀를 기다렸다. 마침내 그녀가 왔다. 그는 사랑을 나눌 때 몸을 떨며 흥분하다 재빨리 절정에 이르러서는 곧 끝나 버리는 스타일이었다. 그의 벌거벗은 몸에는 이상하게도 어린아이 같으면서도 무방비 상태처럼 보이는 면이 있었다. 마치 어린아이가 벌거벗고 있는 것 같았다. 그의 방어 무기는 모두 재치와 교활함, 바로 그 본능적인 교활함에 있었다. 그러나 이것들을 사용하지 않을 때면 그는 이중으로 벌거벗은 듯했고, 미숙하고 부드러운 육체를 지닌 채 어쩐지 무기력하게 버둥거리는 어린아이처럼 보였다.

　그는 여자에게 일종의 격렬한 연민과 갈망, 거칠게 갈구하는 육체적인 욕망을 불러일으켰다. 그는 그녀의 이런 육체적인 욕망을 충족시켜 주지 못했다. 그는 항상 너무 빨리 절정에 이르러서 끝내 버리고는 그녀가 멍하니 실망해서 어찌할 바를 모르는 동안 그녀의 가슴 위에서 오그라들며 축 늘어졌고 뻔뻔함을 어느 정도 다시 회복하곤 했다.

그러나 그녀는 그의 절정이 끝났을 때 그를 붙들어 두는 법을, 그를 자기 몸 안에 붙잡아 두는 법을 이내 알아냈다. 그리고 그는 그 점에 대해 관대했고 이상하게도 성적인 능력을 계속 유지해 주었다. 그는 그녀에게 몸을 맡긴 채 그녀의 몸 안에서 단단한 상태를 유지했고 그동안 그녀는 활발히 격렬하고 열정적으로 몸을 움직여 절정에 이르렀다. 그리고 그는 단단하게 발기된 자신의 수동적 상태에서 그녀가 성적인 만족을 얻어 내며 격렬한 흥분에 이르는 것을 느끼면서 묘한 자부심과 만족감을 느꼈다.

「아, 너무 좋았어요!」 그녀가 떨리는 목소리로 속삭였다. 그러더니 그의 몸에 꼭 달라붙어 꼼짝도 하지 않았다. 그러면 그는 혼자 고독에 잠긴 채 누워서 어쩐지 뿌듯한 기분을 느꼈다.

당시 그는 딱 사흘만 그곳에 머물렀고 클리퍼드에게는 첫날 저녁과 다름없는 태도로 대했다. 코니에게도 마찬가지였다. 그의 외관을 흐트러뜨리는 것은 불가능했다.

그는 예의 그 애처롭고 우울한 어조로 때로는 재치 있는 편지를 코니에게 써 보냈는데, 기묘하게도 성적인 의미가 전혀 담겨 있지 않은 애정이 배어 있었다. 그는 그녀에 대해 일종의 희망 없는 애정을 느끼는 것 같았고, 근본적인 거리감은 그대로 남아 있었다. 그의 마음속 깊은 곳에는 희망이 없었고 그는 희망이 없는 상태를 원했다. 그는 희망을 증오했다. 그는 어디에선가 〈무한한 희망이 대지를 휩쓸고 지나갔다*Une immense espérance a traversé la terre*〉[27]라는 말을 읽고 그것에 대해 이렇게 논평했다. 〈그리고 그것은 소유할 만한 가치가 있는 모든 것을 물속에 처박아 깡그리 몰살시켰다.〉

코니는 그를 전혀 이해하지 못했다. 그러나 그녀는 나름의 방식으로 그를 사랑했다. 그리고 항상 그의 절망이 그녀 자신에게 그대로 반영되는 것을 느꼈다. 사실 그녀는 절망 상태에서는 진짜 사랑을 할 수 없었다. 그리고 그는 희망이 없었기 때문에 사실 사랑이라는 것을 전혀 할 수 없는 사람이었다.

그렇게 그들은 편지를 주고받고 이따금씩 런던에서 만나기도 하면서 상당히 오랫동안 관계를 유지했다. 그녀는 그의 짧은 오르가슴이 끝나면 스스로 움직여 그에게서 육체적, 성적 흥분을 얻고 싶어 했다. 그리고 그 역시 그녀에게 성적 흥분을 주고 싶어 했다. 그것은 두 사람의 관계를 이어 주기에 충분했다.

그리고 그것은 그녀에게 미묘한 자신감을, 맹목적이면서도 약간 오만한 태도를 부여해 주기에 충분했다. 그것은 자신의 용감함에 대한 거의 기계적인 자신감이었고 엄청난 쾌활함을 동반했다.

---

27 프랑스 시인이자 극작가인 알프레드 드 뮈세Alfred de Musset (1810~1857)가 한 말이다.

그녀는 랙비에서 놀라울 정도로 쾌활했다. 그리고 그녀는 일깨워진 기민함과 만족감을 이용해 클리퍼드를 자극했고 그 결과 그는 이 시기에 최고의 작품을 썼으며 그만의 기묘하고 맹목적인 방식으로 거의 행복감을 느끼기까지 했다. 그는 코니가 자신의 몸 안에 발기된 채 수동적으로 있어 준 마이클리스의 남성성에서 얻어 낸 성적인 만족감의 열매를 실제로 수확했다. 그러나 당연히 그는 그 사실을 전혀 몰랐고 설사 알았다 해도 절대 고맙다고 하지는 않았을 것이다.

　　그럼에도 불구하고 그녀가 대단히 즐거워하며 쾌활하게 생활하고 정신적 자극을 주던 그 시절이 끝나 완전히 흘러가 버리고 그녀가 우울해하며 짜증을 부리는 날들이 왔을 때, 클리퍼드는 그 시절이 다시 오기를 얼마나 갈망했던가! 사실을 알았다 해도 그는 어쩌면 그녀와 마이클리스를 다시 만나게 해주고 싶었을지도 모른다.

# 제4장

코니는 — 사람들이 보통 그를 부르는 것처럼 — 믹과의 연애에 희망이 없다는 것을 늘 예감하고 있었다. 그러나 다른 남자들은 그녀에게 아무 의미가 없는 것처럼 보였다. 그녀는 클리퍼드에게 애정이 있었다. 그는 그녀의 삶에서 많은 것을 원했고 그녀는 그것을 주었다. 그러나 그녀 또한 남자의 삶에서 많은 것을 원했지만 클리퍼드는 그것을 주지 않았다. 아니, 줄 수가 없었다. 이따금씩 마이클리스와 만나 사랑을 나눴다. 그러나 그녀가 예감으로 알고 있듯이 그것은 끝이 날 터였다. 믹은 그 무엇도 계속 유지할 수 없는 사람이었다. 어떤 관계든지 끊어 버리고, 매이지 않은 채 완전한 외톨이가 되어 혼자 지내는 상태로 되돌아가는 것이 그의 존재를 구성하는 요소의 일부였다. 그것은 그에게 가장 중요한 필수 요소였다. 비록 그는 항상 〈그녀가 날 차버렸어!〉라고 말하곤 했지만 말이다.

세상은 가능성들로 가득 차 있다고 하지만 대부분의 개인적인 경험에서는 그 가능성들이 극소수로 줄어든다. 바다에는 괜찮은 물고기들이 득실댄다. 아마 그럴 것이다! 그러나 대부분은 고등어나 청어처럼 보이고 자기 자신이 고등어나 청어가 아니라면 바다에서 찾아낼 수 있는 괜찮은 물고기는 극소수일 가능성이 높다.

클리퍼드는 명성을 향해, 그리고 돈을 향해 성큼성큼 다가 가고 있었다. 많은 사람들이 그를 만나러 왔다. 랙비에는 코 니가 접대해야 할 사람들이 거의 끊이지 않았다. 그러나 이따 금씩 메기나 붕장어도 있었지만 대개는 고등어 아니면 청어 였다.

그러나 정기적으로 변함없이 찾아오는 남자들이 몇 명 있 었다. 그들은 클리퍼드와 케임브리지를 함께 다닌 남자들이 었다. 그중에는 계속 군에 남아서 여단장이 된 토미 듀크스 가 있었다. 〈군대는 내게 생각할 시간을 주고 인생이라는 전 투에 맞서야 하는 것에서 나를 구해 준다네〉라고 그는 말한 바 있었다. 또한 아일랜드인으로 별에 대해 과학적인 글을 쓰 는 찰스 메이가 있었다. 또 다른 작가인 해먼드도 있었다. 그 들 모두 클리퍼드와 비슷한 연배로 그 시대의 젊은 지성인들 이었다. 그들은 모두 정신적인 생활을 믿었고 정신의 고결함 을 순수하게 지켜야 한다고 믿었다. 그것과 관계없이 하는 일 은 개인적인 문제였고 그것은 그리 크게 중요하지 않았다. 어 느 누구도 다른 사람에게 몇 시에 화장실에 가는지 물어볼 생 각을 하지 않는다. 그것은 당사자 이외의 어느 누구에게도 관심거리가 아니다.

그리고 어떻게 돈을 버는지, 아내를 사랑하는지 아닌지, 아니면 〈바람〉을 피우는지 아닌지 같은 일상적인 삶의 문제 대부분도 마찬가지이다. 이 모든 문제는 당사자들에게만 관련이 있을 뿐이고 화장실에 가는 것과 마찬가지로 다른 사람들에게는 전혀 관심거리가 아니다.

「성적인 문제에 대한 요점은 말이야.」 아내와 두 아이가 있지만 타자수와 훨씬 더 긴밀한 관계를 맺고 있는 큰 키에 깡마른 해먼드가 말했다. 「거기에 아무 요점도 없다는 거야. 엄격히 말해서 아무 문제도 없네. 우리는 어떤 사람을 따라 화장실에 들어가고 싶어 하진 않네. 그렇다면 그 사람이 여자와 함께 침대에 들어가는 것을 우리가 따라가려고 할 이유가 어디 있겠나? 그리고 여기에 문제가 있어. 우리가 첫 번째 일에 신경을 쓰지 않는 것과 마찬가지로 두 번째 일에도 신경을 쓰지 않는다면 아무 문제도 없을 거라는 거야. 그것은 완전히 무분별하고 무의미한 짓이야. 그릇된 호기심의 문제지.」

「맞네, 해먼드! 맞아! 그러나 누군가 줄리아와 잠자리를 같이하기 시작하면 자네 속이 부글거리기 시작할 걸세. 그리고 그 남자가 그 짓을 계속하면 자네는 곧 끓어올라 폭발하기 직전이 될 걸세.」 줄리아는 해먼드의 아내였다.

「그야 당연하지! 그놈이 우리 집 거실 구석에서 오줌을 싸기 시작하면 틀림없이 그럴 테지. 그런 짓을 하기에 적당한 곳은 따로 있으니까.」

「그 남자가 어디 적당한 구석방에서 줄리아와 사랑을 하면 자네는 개의치 않겠다는 말인가?」

찰리 메이가 약간 빈정대듯 말했다. 그가 예전에 줄리아와 아주 살짝 시시덕거리자 해먼드가 아주 거칠게 난리를 피운 적이 있었기 때문이다.

「물론 신경을 쓰겠지. 섹스는 나와 줄리아 사이의 개인적인 문제야. 우리 사이에 누군가가 끼어들려고 하면 신경을 쓰는 게 당연하지.」

「사실 말이지.」 마르고 주근깨가 있는 토미 듀크스가 말했다. 창백하고 다소 뚱뚱한 메이보다 그가 훨씬 더 아일랜드인처럼 보였다. 「사실, 해먼드. 자네는 소유 본능이 강하고 자기를 주장하려는 의지가 강한 데다 성공하고 싶어 하지. 군에 입대한 후, 분명히, 나는 세상의 방식에서 벗어났고 이제는 자기주장과 성공에 대한 갈망이 남자들의 내면에 얼마나 강하게 똬리를 틀고 있는지 알게 되었네. 그것은 엄청날 정도로 과도하게 발달되어 있네. 우리의 모든 개성이 그쪽으로 달려가고 있지. 그리고 당연히 자네 같은 남자들은 여자가 뒷받침해 주면 더 잘 헤쳐 나갈 수 있을 것이라고 생각하네. 바로 그것 때문에 자네가 그렇게 질투를 하는 걸세. 그것이 바로 섹스가 자네에게 의미하는 바일세. 섹스가 성공을 가져다주고 자네와 줄리아 사이에 없어서는 안 될 작은 발전기라는 의미 말일세. 성공하지 못하면 자네는 다른 여자에게 수작을 걸기 시작할 걸세. 성공하지 못한 찰리처럼 말일세. 자네와 줄리아 같이 결혼한 사람들은 여행자들의 여행 가방처럼 몸에 꼬리표를 달고 있지. 줄리아에게는 아널드 B. 해먼드 부인이라는 꼬리표가 붙어 있네. 누군가 주인이 있는 기차 선반 위의 여행 가방처럼 말일세. 그리고 자네에게도 꼬리표가 붙어 있네. 아널드 B. 해먼드 부인 댁내 아널드 B. 해먼드 씨라고. 아, 자네 말이 맞네. 백번 맞아! 정신적인 삶을 살려면 안락한 집과 제대로 된 요리가 필요하네. 자네 말이 지당하네. 자손조차 필요하지. 그러나 그 모든 것은 성공하고자 하는 본능에 따라 정해지는 법일세. 모든 것이 그러한 본능을 중심축으로 해서 돌고 있지.」

해먼드는 약간 기분이 상한 것 같았다. 그는 자신의 정신이 고결하다는 것과 자신이 시류에 편승하지 않는 사람이라는 것에 대해 상당히 자부심을 가지고 있었다. 그럼에도 불구하고 그는 사실 성공을 강하게 원했다.

「정말 맞는 말이네. 돈이 없으면 살 수가 없지.」 메이가 말했다. 「반드시 어느 정도 돈은 가지고 있어야 하네. 그럭저럭 살 나가려면 말일세. 심지어는 자유롭게 생각하기 위해서도 어느 정도 돈은 가지고 있어야 하네. 그렇지 않으면 위(胃)가 우리를 방해할 테니까. 그런데 내가 보기에는 섹스에서 꼬리표를 떼어 내도 될 것 같네. 우리는 자유롭게 누구에게나 말할 수 있네. 그렇다면 왜 사랑하고 싶은 마음이 드는 여자와 내키는 대로 자유롭게 사랑을 나눠서는 안 된다는 말인가?」

「이 음탕한 켈트인[28] 말씀하시는 것 좀 들어 보게나.」 클리퍼드가 말했다.

「음탕하다라! 글쎄, 그러면 왜 안 되는데? 여자와 잔다고 해서 여자와 춤을 추는 것이나 여자와 날씨 이야기를 나누는 것보다 여자에게 더 해가 된다고 생각하지는 않네. 그건 생각

28 아일랜드, 웨일스, 스코틀랜드에서 사는 아리아 인종의 한 분파.

대신 감각의 교환일 뿐이야. 그렇다면 안 될 이유가 어디 있 겠는가?」

「토끼처럼 문란해질지어다!」 해먼드가 말했다.

「왜 그러면 안 된다는 건가? 토끼가 뭐가 어때서? 신경과 민에다 혁명이나 일으켜 대고 신경질적인 증오로 가득 찬 인 간들보다 토끼가 조금이라도 나쁜 게 뭐가 있다는 건가?」

「하지만 그렇다 해도 우리는 토끼가 아닐세.」 해먼드가 말 했다.

「정확히 맞는 말이야! 내게는 정신이 있으니까. 내게는 삶 과 죽음보다 더 많이 나와 연관된 어떤 천문학적인 문제들에 대해 계산해야 할 것들이 있네. 그러나 때로는 소화 불량이 날 방해하네. 허기는 날 비참할 정도로 방해하지. 마찬가지 로 굶주린 성이 날 방해하네. 그러니 어쩌겠어?」

「과식에서 생겨난 성적 소화 불량이 자네를 더 심각하게 방해한 것은 아닐까 하고 난 생각했는데.」 해먼드가 비꼬듯 이 말했다.

「그건 아니네. 난 과식을 하지 않아. 과도하게 섹스를 하지 도 않고. 과식하느냐 마느냐 문제에 대해 우리는 선택할 수 있네. 그런데 자네는 날 완전히 굶기고 싶어 하는군.」

「전혀 아니네! 자네는 결혼할 수 있네.」

「내가 결혼할 수 있다는 걸 자네가 어떻게 아는가? 그것은 내 정신 작용에 적합하지 않을지도 모르네. 결혼은 내 정신 작용을 망쳐 놓을 수도 있어. 아니, 망쳐 놓을 걸세. 난 그쪽 으로는 소유 본능이 움직이질 않네. 그렇다 해도 내가 반드시 수도승처럼 개집에 묶여 있어야 한단 말인가? 당치도 않은 말이지. 이보게, 난 살아야 하고 계산을 해야 하네. 때로는 여자가 필요하지. 그런 사소한 문제를 크게 부풀리지는 말게나. 그리고 그 누구의 도덕적 비난이나 금지도 난 사절하겠네. 여행용 옷 가방처럼 주소와 기차역이 적힌 내 이름표를 달고 걸어 다니는 여자를 보면 난 부끄러워질 걸세.」

이 두 남자는 줄리아와 시시덕거린 일에 대해 아직 서로를 용서하지 못한 상태였다.

「재미있는 생각이군, 찰리.」 듀크스가 말했다. 「섹스가 대화의 또 다른 형태로, 입으로 말하는 대신에 행동으로 말한다는 생각 말이네. 그 말이 진짜 맞는 것 같아. 날씨나 그 밖의 일에 대해 생각을 나누는 것만큼 여자들과 많은 감각과 감정을 교환할 수 있을 것 같아. 섹스가 남자와 여자 사이의 일종의 정상적인 육체적 대화가 될지도 모르지. 공통된 생각을 가지고 있지 않으면 우리는 여자와 이야기를 나누지 않으니까 말일세. 즉, 흥미롭게 대화를 나눌 수 없다는 거지. 마찬가지로 여자와 공통된 감정이나 공감이 조금이라도 없으면 절대 그 여자와 잠자리를 같이하고 싶지 않을 거야. 그러나 만약 우리가 그것을 갖게 된다면…….」

「만약 여자와 적절한 종류의 감정이나 공감을 갖게 된다면 그 여자와 당연히 잠자리를 같이해야지.」 메이가 말했다. 「그녀와 잠자리를 같이하는 것만이 유일하게 적절한 행동일세. 마치 자네가 여자와 이야기를 나누면서 흥미를 느낀다면, 끝장을 볼 때까지 이야기를 나누는 게 유일하게 적절한 행동인 것처럼 말일세. 이빨 사이에 혀를 넣고 깨물면서 얌전을 빼지는 않잖아. 그냥 하고 싶은 말은 내뱉어야지. 그리고 여자 관계도 마찬가지네.」

「아니야.」 해먼드가 말했다. 「그건 틀렸네. 예를 들어 자네 말이야, 메이. 자네는 자네 능력의 반을 여자들한테 낭비하고 있네. 그 때문에 자네는 그토록 훌륭한 정신을 가지고 있으면서도 꼭 해야만 하는 일들을 결코 진정으로 해내지 못할 걸세. 자네 능력은 다른 데로 너무 많이 탕진되고 있단 말일세.」

「어쩌면 그럴지도 모르지. 그런데 해먼드, 이 친구야, 결혼을 했든 안 했든 자네는 그쪽에 쏟는 게 너무 적어서 탈일세. 자네는 정신의 순수함과 고결함을 지킬 수 있을지는 모르겠지만 정신은 지독하게 메말라 가고 있네. 내가 본 바로는 자네의 순수한 정신이 바이올린 활처럼 메말라 가고 있네. 자네는 소금에 절여 수분을 없애듯이 정신을 말려 죽이고 있을 뿐이네.」

토미 듀크스가 웃음을 터뜨렸다.

「힘내게, 두 정신의 대가들!」 그가 말했다. 「날 보게. 나는 몇 가지 생각을 적어 두는 것 말고는 고상하고 순수한 정신 작업은 전혀 하고 있지 않네. 또 난 결혼을 한 것도 아니고 여자들 꽁무니를 쫓아다니지도 않네. 난 찰리 말이 꽤 옳다고 생각하네. 설사 찰리가 여자들 꽁무니를 쫓아다니고 싶어 한다 해도 너무 빨리 쫓아다니지 않건 너무 자주 쫓아다니지 않건 그거야 찰리 마음대로 할 수 있겠지. 그러나 난 찰리가 여자 꽁무니를 쫓아다니는 것을 막지는 않을 걸세. 해먼드로 말하자면 그에게는 소유 본능이 있으니까 당연히 곧은길과 좁은 문이 그에게 적당하겠지.[29] 그는 죽기 전에 머리끝부터 발끝까지 영국의 문학가[30]가 되어 있을 걸세. 다음으로는 내가 있는데 난 아무것도 아니야. 그저 폭죽 같은 존재일 뿐이네. 그런데 자네는 어떤가, 클리퍼드? 자네는 섹스가 남자가 세상에서 성공할 수 있도록 도와주는 발전기라고 생각하나?」

이럴 때 클리퍼드는 거의 말을 많이 하지 않았다. 그는 전혀 자기 의견을 장황하게 늘어놓지 않았다. 자신의 생각에 충분히 힘이 있는 것처럼 여겨지지 않았기 때문인데, 그는 사실 너무 혼란스러운 상태였고 감정적이었다. 지금 그는 얼굴이 붉어지고 불편해 보였다.

「글쎄!」 그가 말했다. 「내 자신이 전투력을 상실한 상태 *hors de combat*이기 때문에 그 문제에 대해서는 할 말이 전혀 없는 것 같네.」

「전혀 그렇지 않네!」 듀크스가 말했다. 「자네 머리야 결코 전투력을 상실한 상태가 아니지 않은가. 자네는 건강하고 온전한 정신적인 삶을 살고 있네. 그러니 자네 생각을 들려주게.」

「글쎄!」 클리퍼드가 우물거렸다. 「그렇다 해도 나한테는 딱히 생각이랄 게 별로 없는 것 같네. 〈결혼해서 그것을 해결

---

29 『마태오의 복음서』 7장 13~14절에 대한 언급. 〈좁은 문으로 들어가거라. 멸망에 이르는 문은 크고 또 그 길이 넓어서 그리로 가는 사람이 많지만 생명에 이르는 문은 좁고 또 그 길이 험해서 찾아드는 사람이 적다.〉

30 몰리Morley(1838~1923) 경이 67권으로 된 『영국의 문학가들*English Men of Letters*』(1878~1919) 시리즈를 편집했는데 이 시리즈에 포함되는 작가는 일류 작가라는 의미였다.

하라〉는 말이 그나마 내 생각을 상당히 잘 보여 주는 것 같네. 물론 서로 좋아하는 남자와 여자 사이에서는 그게 대단히 중요한 일이지만 말이네.」

「어떤 종류의 대단히 중요한 일이란 말인가?」 토미가 물었다.

「아…… 그것은 친밀감을 완성시켜 주지.」 클리퍼드는 그런 이야기를 나눌 때 여자들이 그러듯이 불편해했다.

「글쎄, 찰리와 난 성행위가 대화처럼 일종의 의사소통이라고 믿네. 또한 대화처럼 자유로워야 한다고 믿네. 어떤 여자든 나와 성적인 대화를 시작하면 그녀와 함께 잠자리에 들어 대화를 끝내는 것이 자연스럽다고 생각하네. 모두 적당한 때가 되면 말이지. 불행히도 나와 그런 특별한 시작을 하려는 여자가 없어서 난 그냥 혼자 잠자리에 든다네. 그렇다고 그것 때문에 내가 더 나빠지진 않아. 어쨌든 그러길 바란다는 것이네. 내가 알 수 있는 길이 없을 테니까. 어쨌든 난 별을 계산하느라 방해받을 일도, 불후의 작품을 쓸 일도 없네. 그저 군대에 숨어 노닥거리는 놈일 뿐이야…….」

침묵이 흘렀다. 네 남자는 담배를 피웠다. 그리고 코니는 그곳에 앉아 한 땀씩 바느질을 했다. 그렇다, 그녀는 그곳에 앉아 있었다! 그녀는 아무 말 없이 앉아 있어야만 했다. 그녀는 쥐 죽은 듯이 조용히 있으면서, 몹시 정신적인 이 신사들의 엄청나게 중요한 사색을 방해하지 말아야 했다. 그러나 그녀는 그곳에 있어야만 했다. 그녀가 없으면 그들은 이야기를 썩 잘 이어 나가지 못했다. 그들의 생각이 거침없이 흘러나오지 못했다. 클리퍼드는 코니가 없으면 훨씬 더 방어적이고 신경질적이 되었으며 더 빨리 용기를 잃었다. 그래서 대화가 제대로 이어지지 않았다. 토미 듀크스가 이야기를 제일 잘 이끌어 나갔다. 그는 그녀가 옆에 있다는 사실에 약간 고무되곤 했다. 그녀는 사실 해먼드를 썩 좋아하지 않았다. 정신적인 면에서 그는 무척 이기적인 사람처럼 보였다. 그리고 비록 찰스 메이에게는 코니가 좋아하는 점이 있다 해도 그는 별을 연구하는 사람임에도 불구하고 약간 불쾌하고 두서가 없어 보였다.

얼마나 많은 저녁을 코니는 이 네 남자의 의견에 귀를 기울이며 앉아 있었던가! 간혹 한두 사람이 더 끼기도 했다. 그들의 이야기가 제대로 진전되지 않는 것처럼 보인다 해도 그녀는 크게 신경 쓰지 않았다. 그녀는 그들이 떠들어 대고 싶어 하는 이야기를 듣는 것이 좋았고 토미가 그 자리에 있을 때는 특히 그랬다. 그것은 재미있는 일이었다. 남자들은 키스하고 몸으로 접촉하는 대신 자신들의 정신을 드러냈다. 그것은 굉장히 재미있는 일이었다. 그러나 그 정신들은 얼마나 차가웠던가!

게다가 한편으로는 약간 짜증스러운 일이기도 했다. 그녀는 그들보다 마이클리스가 더 낫다고 생각했지만 그들 모두 마이클리스를 작은 잡종 개 같은 출세 지상주의자라거나 끔찍하기 그지없는 무식한 상놈이라며 그의 이름에 엄청나게 지독한 모욕을 가했다. 잡종 개든 상놈이든, 그는 자기 나름대로 이미 결론을 내려 놓은 사람이었다. 그는 정신적인 생활을 과시하면서 수백만 마디의 말로 결론 주변을 서성거리기만 하지는 않았다.

코니는 정신적인 생활을 매우 좋아했고 그것에서 큰 기쁨을 얻었다. 그러나 그녀는 그것이 약간 도를 지나쳤다고 생각했다. 그녀는 단짝 친구들 — 그녀 혼자 마음속으로 이렇게 불렀는데 — 이 모이는 그 유명한 저녁 모임에 가서 담배 연기 자욱한 가운데 자리를 함께하는 것을 좋아했다. 그녀는 자신이 침묵을 지키면서 그 자리에 함께 있지 않으면 그들이 이야기조차 나눌 수 없다는 사실에 한없이 즐거워했고 또한 뿌듯해했다. 그녀는 사유에 대해 엄청난 경의를 품고 있었고, 적어도 이 남자들은 정직하게 사고하려고 노력했다. 그러나 고양이가 한 마리 있는데 그 고양이가 절대 뛰어오르려 하지 않는 것과 같은 상황이 벌어지고 있었다. 그들 모두 똑같이 무엇인가에 대해 망설였다. 그것이 무엇인지 그녀가 아무리 애를 써도 말로 표현할 수 없었다. 믹 역시 그것에 대해서는 분명하게 밝혀 주지 못했다.

그러나 다시 생각해 보면 믹은 무엇인가를 하려고 애를 썼던 것이 아니라 그저 자신의 삶을 헤쳐 나가면서 다른 사람들이 자기를 속이려고 애쓰는 것만큼 다른 사람들을 속이려 했을 뿐이었다. 그는 정말로 반사회적이었다. 그것이 바로 클리퍼드와 그의 단짝 친구들이 믹에게 반감을 느꼈던 점이었다. 클리퍼드와 그의 단짝 친구들은 반사회적이지 않았다. 그들은 인류를 구원하는 일이나 적어도 인류를 가르치는 일에 어느 정도 열정을 가지고 있었다.

일요일 저녁에 현란한 이야기가 오갔고 대화는 다시 사랑으로 흘러갔다.

「〈서로 마음이 잘 맞는 무엇인가로 우리의 가슴을 연결해 주는 끈은 복되도다.〉[31] 토미 듀크스가 말했다. 「난 그 끈이 무엇인지 알고 싶네! 바로 지금 우리를 묶어 주는 끈은 서로에 대한 정신적인 마찰이지. 그리고 그것 말고는 우리를 묶어 주는 끈이 빌어먹게도 거의 없다네. 세상의 다른 모든 빌어먹을 지성인들처럼 우리는 따로따로 떨어져 나가서 서로에게 악의에 찬 말을 퍼붓지. 그 문제에 있어서는 빌어먹게도 다들 똑같아. 모두 그렇게 하니까 말일세. 아니면 우리는 각자 떨어져 나가서도 서로에게 느끼는 악의에 찬 감정을 달콤한 거짓말로 덮어 버리지. 이상하게도 정신생활이라는 것은 악의에, 말로 표현할 수도 없고 깊이를 헤아릴 수도 없는 악의에 뿌리를 박고 번성하는 것처럼 보인다는 걸세. 옛날부터 항상 그래 왔어! 플라톤의 글에 묘사된 소크라테스와 그 주변 무리를 보게! 그 모든 것에 나타나는 그 완전한 악의를 말이네! 프로타고라스건 누구건 다른 누군가를 갈기갈기 찢어발기며 느끼는 그 완전한 기쁨이란! 그리고 알키비아데스[32]와 논쟁에 참여한 다른 모든 비열한 제자 놈들을 보게! 바로 그 때문에 보리수나무 밑에 조용히 앉아 있는 부처나, 정신적 불꽃을 터뜨리는 법 없이 평화롭게 제자들에게 간단한 주일 말씀을

31 존 포셋John Fawcett(1740~1817)이 쓴 찬송가 가사로 우리나라 찬송가 525장 「주 믿는 형제들」에는 〈주 믿는 형제들 사랑의 사귐은 천국의 교제 같으니 참 좋은 친교라〉로 번역되어 있다.
32 Alkibiades(기원전 450~기원전 404). 아테네의 정치가, 웅변가이자 장군.

들려주는 예수를 사람들이 더 좋아하게 된다고 말하지 않을 수가 없네. 아니야, 정신생활은 뭔가가 근본적으로 잘못되어 있네. 그것은 악의와 시기, 시기와 악의에 뿌리를 두고 있네. 〈열매를 보아 나무를 알 수 있다〉[33]일세.」

「우리가 그렇게 완전히 악의에 사로잡혀 있다고는 생각하지 않네.」 클리퍼드가 항변했다.

「친애하는 클리퍼드, 우리가 — 우리 모두가 — 서로에 대해 말하는 방식을 생각해 보게. 나 자신이 다른 누구보다 훨씬 더 지독하지. 거짓으로 알랑거리는 말보다 자연스러운 악의를 더 좋아하니 말일세. 오늘날 거짓으로 알랑거리는 말은 독약이네. 클리퍼드가 얼마나 멋진 놈인지 등등에 대해 내가 늘어놓기 시작한다면 불쌍한 클리퍼드는 동정이나 받는 신세가 되고 마는 거지. 제발 자네들 모두 나에 대해 악의에 찬 말을 해보게. 그러면 난 나 자신이 자네들에게 뭔가 의미 있는 존재라는 것을 알게 될 걸세. 아첨일랑 하지 말게. 그러면 난 끝장이네.」

「아, 난 우리가 진심으로 서로를 좋아한다고 생각하는데.」 해먼드가 항의했다.

「내 생각을 말하자면…… 틀림없이 그럴 걸세! 우리가 등 뒤에서 서로에게 서로에 대해 그런 악의에 찬 말을 하고 있으니 말이네! 내가 최악일세.」

「그런데 자네는 정신생활을 비판 행위와 혼동한 것 같네. 나도 자네 말에 동의하네. 소크라테스는 거창하게 비판 행위

33 「마태오의 복음서」 12장 33절.

를 시작했네. 그러나 그는 그 이상의 일을 했네.」 찰리 메이가 상당히 거만하게 말했다. 이 단짝 친구들은 겸손함을 가장하고 있었지만 그 밑바닥에는 아주 묘한 오만함이 깔려 있었다. 그 모든 것이 매우 권위 있는 태도로 *ex cathedra* 이루어졌고 또한 무척 겸손한 척하는 가운데 이루어졌다.

듀크스는 소크라테스에 대한 논쟁에 끌려 들어가지 않았다.

「정말 맞는 말일세. 비판과 지식은 똑같은 것이 아니네.」 해먼드가 말했다.

「당연히 같지 않죠.」 듀크스를 만나러 왔다가 그날 밤 머무르게 된 갈색 피부에 수줍음을 타는 청년인 베리가 맞장구를 쳤다.

다들 마치 당나귀가 말을 한 것처럼 그를 바라보았다.[34]

「난 지금 지식에 대해 말한 게 아니네. 정신생활에 대해 말한 걸세.」 듀크스가 웃었다. 「진짜 지식은 의식의 총체로부터 나오네. 뇌나 정신에서 나오는 것만큼 배와 페니스로부터도 나오는 거지. 정신은 그저 분석하고 합리적으로 설명할 뿐이라네. 정신과 이성을 다른 나머지 것들 위에 군림하게 해놓으면 그것들이 할 수 있는 일이라곤 고작 비판하고 죽이는 것뿐이네. 난 그것들이 할 수 있는 일이 고작이라고 말했네. 그것은 엄청나게 중요하네. 맙소사, 오늘날 세상은 비판이 필요하네. 죽도록 가해지는 비판이 말이야. 그러니까 정신생활을 하면서 우리의 악의를 자랑하고 썩어 빠진 낡은 껍데기는 벗

---

34 「민수기」 22장에서 발람의 당나귀가 갑자기 주인에게 말을 하며 그를 꾸짖는다.

어 버리세. 그러나 명심해야 할 것이 있는데 그건 바로 이런 것이네. 살아가는 동안 우리는 어느 정도 온전한 생명력을 지닌 유기적 총체이네. 그러나 일단 정신생활을 시작하면 그 순간 사과를 따버리는 것이 되네. 사과와 나무의 연결, 즉 유기적인 연결을 끊어 버리는 것이지. 그리고 우리의 삶에 정신생활 이외에 아무것도 없다면, 우리는 따버린 사과가 되는 거야. 나무에서 떨어져 나온 거지. 그러면 우리가 악의에 가득 차게 되는 것이 논리적 필연이네, 따버린 사과가 썩는 것이 자연적 필연인 것처럼.」

클리퍼드가 눈을 크게 떴다. 그에게는 그런 이야기가 전부 쓸데없는 소리였다. 코니는 혼자 몰래 웃었다.

「글쎄, 그렇다면 우리 모두는 떨어진 사과인 셈이군.」해먼드가 다소 신랄하고 퉁명스럽게 말했다.

「그렇다면 우리 자신으로 사과주를 만들자고.」찰리가 말했다.

「그런데 볼셰비키주의를 어떻게들 생각하세요?」마치 모든 것이 그 문제로 귀결된다는 양 갈색 피부의 베리가 물었다.

「좋았어!」찰리 메이가 고함을 질렀다. 「자네들은 볼셰비키주의를 어떻게 생각하나?」

「자, 볼셰비키주의를 한번 박살내 보세!」듀크스가 말했다.

「볼셰비키주의라, 좀 거창한 문제인 것 같은데.」해먼드가 진지하게 머리를 저으며 말했다.

「내가 보기에 볼셰비키주의는 말이야.」찰리가 말했다. 「소위 부르주아라는 것에 대한 극도의 증오일 뿐이야. 그런데 사실 부르주아가 무엇인지 명확하게 정의되지 않은 상태지. 다른 무엇보다 그것은 자본주의라 할 수 있네. 감정과 정서 역시 너무나 확고하게 부르주아적인 것이라 그것을 지니지 않은 사람은 만들어 내지 않고서는 찾아볼 수 없을 걸세. 그렇다면 개인, 특히 개별적인 인간은 부르주아적이고 그래서 그는 반드시 억압을 받아야 하네. 개인들은 더 큰 것들 속에, 소비에트 사회와 같은 것 속에 함몰되어야 하네. 유기체조차 부르주아야. 그래서 이상적인 것은 기계적일 수밖에 없네. 하나의 단위로서 유기체가 아닌 것, 서로 다르지만 똑같이 중요한 여러 부분들로 이루어진 것은 기계밖에 없으니까 말일세. 각각의 인간은 기계의 부품이고 기계를 움직이는 동력은 증오이지. 부르주아에 대한 증오 말이네! 내가 보기엔 그것이 볼셰비키주의야.」

「그렇고말고!」 토미가 말했다. 「그렇지만 내게 그것은 또한 산업의 이상 전체에 대한 완벽한 서술처럼 보이는군. 그것은 간단히 표현하면 공장 소유주 이상이네. 그 동력이 증오라는 것을 그가 부정할 거라는 점을 제외하고는 말이야. 그럼에도 불구하고 증오가 바로 그 동력이네. 생명 자체에 대한 증오 말일세. 여기 중부 지방을 한번 보게. 그게 적나라하게 드러나 있지 않은가 말일세. 그러나 그것은 모두 정신생활의 일부분일세. 그것이 논리적인 발전이야.」

「난 볼셰비키주의가 논리적이라는 걸 거부하네. 그것은 전제를 대부분 부정하네.」 해먼드가 말했다.

「여보게, 그것은 물질적인 전제를 허용하고 있네. 순수한 정신 역시 그렇네. 서로 배타적으로 말일세.」

「적어도 볼셰비키주의는 맨 밑바닥까지 내려갔네.」찰리가 말했다.

「맨 밑바닥이라고! 그건 바닥이 없는 바닥이라네! 볼셰비키주의자들은 무척 짧은 시간 안에 가장 훌륭한 기계 장비를 갖춘, 세상에서 가장 훌륭한 군대를 갖게 될 걸세.」

「그러나 이런 식으로 지속될 수는 없을 거야. 이 증오의 행위 말일세. 틀림없이 반발이 일어날 거야.」해먼드가 말했다.

「글쎄…… 우리는 10년이나 기다려 왔네만…… 더 기다려 봐야지. 증오란 다른 것과 마찬가지로 점점 더 커지는 것일세. 그것은 생각을 삶에 강요하는 것에서, 사람의 가장 깊은 본능들을 강요하는 것에서 불가피하게 생겨난 산물이네. 우리가 어떤 생각에 따라 우리의 가장 깊은 본능들, 우리의 가장 깊은 감정들을 강요하는 것에서 말이야. 기계처럼 공식을 가지고 우리 자신을 몰아대는 거지. 논리적인 정신이 우리의 삶을 지배하는 척하지만 우리의 삶은 순전한 증오로 변하고 만다네. 우리 모두가 볼셰비키주의자이긴 하지만 우리는 위선자들이네. 러시아인들이 위선이 없는 볼셰비키주의자들이지.」

「그러나 다른 방식들도 많네.」해먼드가 말했다. 「소비에트 방식 이외에도 말일세. 볼셰비키주의자들이 사실 지적이진 않잖아.」

「물론 그렇지. 그러나 때로는 아둔한 것이 지적인 것이네. 목적을 이루고자 한다면 말일세. 개인적으로 난 볼셰비키주의가 아둔하다고 생각하네. 그러나 서구에 사는 우리의 사회적 삶도 그렇다고 보네. 아둔하다고 말이야. 심지어 널리 알려진 우리의 정신생활도 그렇다고 보네. 아둔하다고 말이야. 우리 모두 얼간이들처럼 냉정하지. 우리 모두 백치들만큼 열정이 없네. 우리는 모두 볼셰비키주의자들이야. 단지 우리가 그것에 다른 이름을 붙인 것뿐이네. 우리는 자신을 신이라고 생각하지. 신과 같은 인간들이라고 말이야! 그건 바로 볼셰비키주의와 똑같은 것일세. 신이 되거나 볼셰비키주의자가 되는 것을 피하려면, 반드시 인간이 되어야 하고 심장과 페니스를 가져야 하네. 신이든 볼셰비키주의자든 똑같아. 둘 다 너무 훌륭해서 진짜일 수가 없는 것들이거든.」

찬성하지 않는다는 의미의 침묵이 흘렀고 베리가 불안해하며 질문을 던졌다.

「그렇다면 당신은 사랑이라는 것을 정말로 믿는 거죠, 토미? 그렇죠?」

「자네 참 귀여운 친구로군!」 토미가 말했다. 「아닐세, 귀여운 친구. 십중팔구는 아니라네! 오늘날에는 사랑이라는 것이 아둔한 연기(演技) 행위 중 하나일 뿐이라네. 허리를 흔들어 대는 놈들이, 두 개의 목깃 장식용 단추처럼 작아서 어린 사내아이의 것처럼 보이는 엉덩이로 재즈 춤을 추는 어린 소녀들과 섹스를 하는 것 말인가? 자네가 말하는 것이 그런 종류의 사랑인가? 아니면 재산을 공동으로 소유하고 그것으로 성공을 이끌어 내고, 내 남편이니 내 아내니 하는 식의 사랑 말인가? 아닐세, 멋진 친구여. 난 그런 것을 눈곱만큼도 믿지 않는다네!」

「그렇지만 당신은 분명히 뭔가를 믿고 있어요.」

「내가! 아, 지적으로야 착한 마음씨와 팔팔한 페니스, 활기
찬 지성, 숙녀 앞에서도 〈빌어먹을!〉이라고 말할 용기를 가
지고 있어야 한다는 것을 믿네.」

「그렇다면 당신은 그것들을 전부 가지고 있어요.」 베리가
말했다.

토미 듀크스가 큰 소리로 웃음을 터뜨렸다.

「천사 같은 친구여! 그럴 수만 있다면! 그럴 수만 있다면
좋겠네! 하지만 아니라네. 내 가슴은 감자처럼 무감각하고,
내 페니스는 축 늘어져서 한 번도 고개를 쳐든 적이 없네. 우
리 어머니나 숙모 앞에서 ― 분명히 밝혀 두지만 그분들은
진짜 숙녀라네 ― 〈빌어먹을!〉이라고 말하느니 차라리 거기
를 싹둑 잘라내 버리겠네. 그리고 난 사실 지적이지 못하네.
그저 정신생활을 하는 사람에 지나지 않아. 지적인 사람이 된
다면 정말 좋을 텐데. 그러면 앞에서 언급한 부분이든 차마
언급할 수 없는 부분이든 모든 부분이 살아 있게 될 텐데 말
이야. 페니스가 고개를 쳐들고 말하겠지. 정말로 지적인 사람
이라면 누구에게나 〈안녕하십니까!〉 하고 말이야. 르누아르
는 페니스로 그림을 그렸다고 말했다는군. 정말로 그랬지.
아름다운 그림들을 말이야. 나도 내 페니스로 뭔가 할 수 있
으면 좋을 텐데. 세상에, 할 수 있는 게 말밖에 없다니! 지옥
에 추가된 또 다른 고통이지! 그리고 그건 소크라테스가 시
작한 것이네.」

「세상에는 괜찮은 여자들이 있어요.」 코니가 마침내 고개

를 들고 말했다.

남자들은 그것을 불쾌해했다. 그녀는 아무 말도 듣지 못하는 척하고 있어야 했다. 그들은 그녀가 그런 대화에 열심히 귀를 기울이고 있었다는 티를 내는 것을 싫어했다.

「저런! 〈나한테 친절하게 대해 주지 않는다면 그들이 아무리 괜찮은들 나와 무슨 상관이 있겠어요!〉[35] 그래요, 가망이 없어요. 난 그저 여자와 하나가 되어 교감으로 몸을 떨 수 없을 뿐입니다. 얼굴을 마주했을 때 내가 정말로 원할 수 있는 여자가 전혀 없어요. 그리고 억지로 그런 마음을 갖고 싶지도 않습니다…… 아이고! 난 지금처럼 지내면서 정신생활을 할 겁니다. 그것이 내가 할 수 있는 유일하게 정직한 일이니까요. 여자들과 이야기를 나누면서 제법 행복해질 수는 있습니다. 난 여자들을 좋아합니다. 하지만 그것은 완전히 순수한 것입니다. 아무 가망이 없을 정도로 순수한 것입니다. 정말이지 아무 가망이 없을 정도로 순수한 것입니다! 내 애송이 친구, 힐데브란트.[36] 자네 생각은 어떤가?」

「순수한 상태로 남아 있으면 훨씬 덜 복잡할 겁니다.」 베리가 말했다.

「맞아! 삶이란 정말 너무나 단순한 것이지!」

35 조지 위더George Wither(1598~1667)의 「연인의 결심The Lover's Resolution」에 나오는 구절.

36 사제들의 독신 생활을 지지했던 교황 그레고리우스 7세Gregorius Ⅶ (1021~1085)는 원래 힐데브란트Hildebrand라는 이름의 수도사였다.

# 제5장

  2월의 햇살이 약하게 내리쬐는 어느 서리 내린 날 아침에 클리퍼드와 코니는 공원을 가로질러 숲으로 산책을 하러 나갔다. 그러니까 클리퍼드는 칙칙 소리를 내는 모터 달린 의자를 타고 갔고 코니는 그 옆을 걸어갔다.

  쌀쌀한 공기에서는 여전히 유황 냄새가 났지만 두 사람 모두 그것에 익숙해져 있었다. 가까운 지평선 주변으로는 서리와 연기가 뒤섞여 우윳빛을 띤 안개가 끼어 있었고 위로는 파란 하늘이 조금 펼쳐져 있었다. 그래서 어떤 울타리 안에 있는 것 같은, 언제나 안에만 있는 것 같은 느낌이 들었다. 삶이란 울타리 안에서의 꿈 아니면 광란이었다.

  공원의 거칠고 말라비틀어진 풀밭에서 양들이 기침을 했는데, 풀덤불 밑둥마다 서리가 푸르스름하게 내려앉아 있었다. 길이 공원을 가로질러 예쁜 분홍색 띠처럼 나무 대문까지 이어져 있었다. 클리퍼드는 탄광 갱구에서 가져다가 골라 낸 자갈로 길을 새로 깔게 했다. 땅속에서 나온 바위와 잡석은 불에 타서 유황 성분이 날아가고 나면 건조한 날에는 새우처럼 밝은 분홍색을 띠었고 비 오는 날에는 꽃게처럼 더 짙은 분홍색을 띠었다. 지금은 푸르스름한 하얀 서리로 덮여 연한 새우 빛깔을 띠고 있었다. 골라서 고르게 깔아 놓은 발밑의 밝은 분홍색 자갈길은 항상 코니를 즐겁게 해주었다. 세상 모든 것이 누군가에게는 쓸모가 있는 법이다.

클리퍼드는 저택에서부터 언덕의 비탈을 따라 조심스럽게 아래를 향해 나아갔고, 코니는 그가 탄 모터 의자를 한 손으로 붙잡고 있었다. 앞에는 숲이 펼쳐져 있었다. 가장 가까운 곳에는 개암나무 숲이 있었고 그 너머로는 참나무가 빽빽하게 들어서서 보랏빛을 띠고 있었다. 숲 가장자리에서 토끼들이 깡충거리며 나와 풀을 뜯어 먹고 있었다. 떼까마귀들이 검은색 열을 지어 하늘로 날아올라 작은 하늘 위로 길게 무리를 지어 날아갔다.

코니가 숲의 출입문을 열자 클리퍼드가 칙칙 소리를 내며 천천히 문을 지나 넓은 승마로로 들어섰다. 이 길은 깨끗하게 가지치기가 된 개암나무 숲 사이로 비탈을 따라 위로 이어졌다. 숲은 로빈 후드가 사냥했던 거대한 산림 중에서 남은 부분이었고, 이 승마로는 옛날에는 이 고장을 가로질러 지나가는 아주 오래된 길이었다. 그러나 지금은 당연히 개인 소유의 숲을 지나가는 승마로에 지나지 않았다. 맨스필드 쪽에서 이어진 길은 북쪽으로 굽이지며 뻗어 있었다.

숲에서는 모든 것이 미동도 없이 고요했고 땅 위에 깔려 있는 오래된 낙엽 밑에는 서리가 내려앉아 있었다. 어치 한 마리가 날카롭게 울어 대자 수많은 작은 새들이 푸드덕거리며 날아올랐다. 그러나 사냥감 새는 — 꿩은 — 한 마리도 없었다. 전쟁 동안 다 죽어 없어졌고 클리퍼드가 근자에 사냥터지기를 다시 두기 전까지 숲은 무방비 상태로 방치되어 있었기 때문이다.

클리퍼드는 숲을 사랑했다. 그는 오래된 참나무들을 사랑했다. 그는 그 나무들이 여러 대를 거쳐 자신에게 전해 내려왔다고 느꼈다. 그는 그 나무들을 보호하고 싶어 했다. 그는 이곳을 세상과 격리해서 침범당하지 않게 하고 싶어 했다.

모터 의자는 얼어붙은 흙덩어리에 흔들리고 부딪히면서 칙칙 소리를 내며 천천히 비탈을 올라갔다. 그러자 갑자기 왼쪽에 빈터가 나타났다. 그곳에는 엉켜 있는 죽은 고사리 덤불과 여기저기에 쓰러질 듯 비스듬히 서 있는 가늘고 허약한 어린 나무들, 잘린 둥치와 갈퀴 같은 뿌리를 드러낸 채 죽어 널려 있는, 톱으로 잘린 커다란 나무 그루터기들밖에 없었다. 그리고 나무꾼들이 잔 나뭇가지와 잡동사니를 태우고 남은 검은 자국이 몇 군데 남아 있을 뿐이었다.

이곳은 제프리 경이 전쟁 중에 참호용 목재를 베어 냈던 곳 가운데 하나였다. 승마로 오른편으로 부드럽게 솟아오른 언덕 전체가 벌거숭이가 되어 기이하게 쓸쓸해 보였다. 참나무들이 서 있던 언덕 꼭대기에는 이제 황량함만이 남아 있었다. 그리고 그곳에서는 나무들 너머로 탄광 철로와 스택스 게이트의 새 공장들까지 보였다. 코니는 그곳에 서서 바라본 적이 있었다. 그곳은 완전히 격리된 숲에 나 있는 틈새였다. 바깥 세상을 안으로 끌어들이는 틈새였다. 그러나 그녀는 클리퍼드에게 말하지 않았다.

　벌거벗은 이곳을 보면 클리퍼드는 항상 이상하게 화가 났다. 그는 전쟁을 겪었고 그것이 무엇을 의미하는지 잘 알고 있었다. 하지만 그가 정말로 화가 난 것은 이 벌거벗은 언덕을 보고 난 다음이었다. 그는 이곳에 다시 나무를 심게 하고 있었다. 그러나 그 때문에 그는 제프리 경을 미워하게 되었다.

　클리퍼드는 모터 의자가 천천히 오르는 동안 굳은 얼굴로 앉아 있었다. 그들이 언덕 꼭대기에 이르렀을 때 그가 의자를 멈춰 세웠다. 그는 몹시 덜커덕거리는 긴 내리막길을 내려가 보고 싶은 마음은 전혀 없었다. 그저 승마로가 초록빛을 띠고 굽이치며 내려가는 모습을 바라보며 앉아 있었다. 고사리와 참나무들 사이로 선명하게 난 길이었다. 길은 언덕 기슭에서 휘어져 사라져 버렸다. 그러나 너무나 멋지고 완만한 곡선을 그리고 있어 말을 탄 기사들과 작은 말을 탄 숙녀들에게 잘 어울릴 것 같았다.

　「난 여기가 진짜 영국의 심장이라고 생각하오.」 클리퍼드가 흐릿한 2월의 햇살을 받으며 그곳에 앉아 코니에게 말했다.

　「그래요?」 파란색 니트 드레스를 입은 그녀가 길옆 그루터기 위에 앉으며 말했다.

　「정말로 그렇소! 이곳이 옛날식 영국이고 영국의 심장이오. 난 이것을 온전하게 보존할 작정이오.」

　「아, 꼭 그렇게 해요!」 코니가 말했다. 그러나 그녀는 그렇게 말하면서 스택스 게이트 탄광에서 11시에 분출되는 가스 폭발음을 들었다. 클리퍼드는 그 소리에 너무 익숙해져 있어서 알아차리지 못했다.

「난 이 숲이 완전하기를 바라오. 손상되지 않은 채로 말이오. 어느 누구도 숲에 침범하지 못하게 하고 싶소.」 클리퍼드가 말했다.

이 말에는 어떤 비애감이 서려 있었다. 숲에는 여전히 야생적인 옛 영국의 신비가 일부 남아 있었다. 그러나 전쟁 동안 제프리 경이 행한 벌목으로 인해 숲이 크게 훼손당했다. 나무들은 얼마나 고요하게 서 있는가! 구부러지고 얽힌 무수한 잔가지를 하늘로 뻗은 채, 고색창연하고 강인한 회백색 줄기가 갈색 고사리 덤불 사이로 솟아 있었다. 그 나무들 사이로 새들은 또 얼마나 안전하게 훨훨 날아다니고 있는가! 그리고 한때 그곳에는 사슴과 활 쏘는 사냥꾼들이 있었고 수도승들은 당나귀를 타고 지나다녔다. 숲은 이를 기억하고 있었다. 여전히 기억하고 있었다.

클리퍼드는 흐릿한 햇살 속에 앉아 있었고 햇살이 금발에 가까운 부드러운 머리칼과 알 수 없는 표정을 띤 불그스름하고 둥근 얼굴을 비추고 있었다.

「여기에 올 때면 난 그 어느 때보다 아들이 없는 게 더 마음에 걸리오.」 그가 말했다.

「그렇지만 이 숲은 당신 가문보다 더 오래되었어요.」 코니가 부드럽게 말했다.

그건 사실이었다. 채털리 가문이 랙비에서 살기 시작한 지 겨우 2백 년밖에 되지 않았다.

「물론 그렇소!」 클리퍼드가 말했다. 「그러나 우리가 이 숲을 보존해 왔소. 우리가 없다면 이 숲은 사라질 거요. 숲의 나머지 부분처럼 곧 사라지고 말 거요. 옛 영국의 일부라도 반드시 보존해야 하오.」

「반드시 보존해야 한다고요!」코니가 말했다. 「옛 영국이 보존되어야 하고, 그것도 새로운 영국에 맞서서 보존되어야 한다는 말인가요? 슬픈 일이네요. 알겠어요.」

「옛 영국이 일부라도 보존되지 않는다면 영국은 완전히 사라지게 될 거요.」클리퍼드가 말했다. 「그러니 이런 종류의 재산을 소유하고 있고 옛 영국에 대한 애정을 지닌 우리가 그것을 보존해야만 하오.」

슬픈 침묵이 흘렀다.

「그래요. 얼마 동안은요.」코니가 말했다.

「얼마 동안이라도 말이오! 그것이 우리가 할 수 있는 전부요. 우리는 그저 우리 본분을 다할 뿐이오. 우리가 이곳을 소유한 이래 우리 가문의 모든 남자가 이곳에서 각자 자기 본분을 다했다고 생각하오. 관습을 거역할 수는 있지만 전통은 지켜야 하오.」

다시 침묵이 흘렀다.

「어떤 전통요?」코니가 말했다.

「영국의 전통! 이곳의 전통 말이오!」

「그렇군요!」그녀가 천천히 말했다.

「바로 그 때문에 아들을 두는 게 도움이 되는 거요. 우리는 사슬을 구성하는 하나의 고리에 지나지 않을 뿐이오.」그가 말했다.

코니는 사슬이라는 것이 썩 마음에 들지는 않았지만 아무 말도 하지 않았다. 그녀는 아들을 바라는 그의 욕망이 묘하게도 비개인적인 성격을 띠고 있는 것에 대해 생각하고 있었다.

「우리가 아들을 가질 수 없어서 유감이에요.」그녀가 말했다.

그가 크고 연한 파란색 눈으로 그녀를 천천히 바라보았다.

「당신이 다른 남자의 아이를 낳는다 해도 괜찮을 것 같소.」 그가 말했다. 「우리가 그 애를 랙비에서 키운다면 그 애는 우리 자식이 될 것이고 이곳 사람이 될 거요. 내게 혈연은 크게 중요하지 않소. 우리에게 키울 아이가 있다면 그 애가 우리 자식이 될 거요. 그리고 그 애가 우리 뒤를 이어 갈 거요. 한번 고려해 볼 만한 가치가 있다고 생각하지 않소?」

코니가 마침내 고개를 들고 그를 바라보았다. 아이는, 그녀의 아이는 그에게 그저 〈그 애〉일 뿐이었다. 그 애 — 그 애 — 그 애라!

「그렇지만 아이의 생부가 될 그 다른 남자는 어떻게 되는 거죠?」그녀가 물었다.

「그게 큰 문제가 되겠소? 그런 게 우리에게 정말로 큰 영향을 미칠 것 같소? 당신은 독일에 애인이 있었소. 그런데 지금은 어떻게 되었소? 아무것도 아닌 게 되었소. 거의 아무것도 아닌 게 말이오! 내가 보기에 우리가 살아가면서 만들어 나가는 이런 자잘한 행위들과 사소한 관계들은 그렇게 썩 중요하지 않은 것 같소. 그런 것들은 그냥 지나가 버리는 것이오. 지금은 그것들이 어디에 있소? 작년에 내린 눈은 어디에 있소?[37] 중요한 것은 우리의 삶 내내 지속되는 것이오. 나 자신의 삶은 오랫동안 지속되고 발전한다는 점에서 내게 중요하오. 그러나 이따금씩 맺는 관계들이 중요하오? 그리고 이따금씩 맺는 성적인 관계는 특히 더 그렇소! 만약 사람들이 그 관계들을 황당할 정도로 과장하지 않는다면 그것들은 새들의 짝짓기처럼 그냥 지나쳐 가는 것일 뿐이오. 그리고 그래야만 하오. 그게 뭐가 중요하다는 말이오! 중요한 것은 평생 동안 지속되는 동반자 관계요. 그것은 한두 번 잠자리를 함께하는 게 아니라 날마다 함께 사는 것이오. 우리에게 무슨 일이 일어나건 당신과 나는 부부요. 우리는 서로에게 습관이 되었소. 그리고 습관이란 내가 생각하기에는 이따금씩 얻는 흥분보다 더 중요하오. 우리가 삶의 기준으로 삼는 것은, 어떤 종류이건 일시적인 경련 같은 흥분이 아니라 오랫동안 천천히 지속되는 것이오. 조금씩, 같이 살면서, 두 사람이 일종의 결합에 이르게 되고 서로 긴밀하게 맞물려 함께 교감하며 전율하게 되는 것이오. 바로 그것이야말로 섹스가 아닌, 적어도 섹스의 단순한 기능이 아닌 결혼의 진짜 비밀이오. 당신과 나는 결혼으로 한데 얽혀 있소. 만약 우리가 그것을 받아들인다면 치과에 가는 문제를 처리하듯이 섹스 문제를 처리할 수 있어야 하는 법이오. 그 문제에 대해서는 우리가 신체적으로 어쩔 도리가 없는 운명이니까 말이오.」

　코니는 일종의 놀라움과 두려움을 느끼며 앉아서 듣고 있었다. 그녀는 그의 말이 옳은지 그른지 알 수 없었다. 마이클

　37 프랑스 시인. 프랑수아 비용François Villon(1431~1463?)의 「지나간 시절의 숙녀들에 대한 노래Ballade des dames du temps jadis」에 나오는 구절.

리스가 있고 난 그를 사랑해. 그녀는 그렇게 생각했다. 그러나 그녀의 사랑은 어쨌든 클리퍼드와의 결혼 생활로부터, 5년간의 고통과 인내를 통해 오랫동안 천천히 형성된 친밀함이라는 습관에서 벗어난 한 번의 외도일 뿐이었다. 아마도 인간의 정신은 외도를 필요로 하고 그것을 거부해서는 안 되는 것인지도 모른다. 그러나 외도의 요점은 가정으로 다시 돌아온다는 것이다.

「그렇다면 당신은 내가 어떤 남자의 아이를 갖든 상관하지 않겠다는 거예요?」 그녀가 물었다.

「물론이오, 코니. 난 품격 있는 선택을 하는 당신의 자연적인 본능을 믿소. 당신은 별 볼 일 없는 남자에게 당신 몸을 만지게 하는 일을 절대 하지 않을 것이오.」

그녀는 마이클리스를 생각했다! 그는 클리퍼드가 생각하는 그 별 볼 일 없는 남자에 딱 들어맞는 사람이었다.

「하지만 남자와 여자는 그 별 볼 일 없는 남자를 판단하는 기준이 되는 감정이 다를 수 있어요.」 그녀가 말했다.

「아니.」 그가 대답했다. 「당신은 날 좋아하오. 난 당신이 나와 정반대인 남자를 좋아하리라 생각하지 않소. 당신의 생리가 그것을 허용하지 않을 거요.」

그녀는 아무 말도 하지 않았다. 논리가 너무나 완벽히 틀려 있을 때에는 도저히 반박할 수가 없는 법이다.

「그렇다면 당신은 그런 관계에 대해 내가 당신에게 말해 줄 것이라 기대하겠네요?」 그녀는 거의 훔쳐보듯이 그를 힐끗 올려다보며 물었다.

「전혀 아니오. 난 모르는 게 낫소. 그렇지만 오랜 세월 함께 사는 것에 비하면 어쩌다 맺게 되는 성적인 관계는 아무것도 아니라는 내 말에 당신은 분명히 동의할 거요, 그렇지 않소? 당신은 우리가 섹스 문제를 긴 인생에 필요한 여러 필수적인 것들 밑에 둘 수 있다고 생각하지 않소? 섹스는 그냥 이용만 하시오. 그것은 충동에 의해 내몰리는 것이기 때문이오. 결국 이런 일시적인 흥분이 정말로 중요한 것이겠소? 인생이라는 문제는 오랜 시간에 걸쳐 완전한 인격을 서서히 쌓아 가는 것이 전부 아니겠소? 온전한 삶을 사는 것이 전부 아니겠소? 온전하지 못한 삶은 아무 의미도 없소. 성관계가 없어 당신의 온전한 삶이 망가지려 한다면 나가서 연애를 하시오. 자식이 없어 당신의 온전한 삶이 망가지려 한다면 당신 능력껏 자식을 낳으시오. 그러나 당신이 이런 일들을 하는 이유는 오로지 온전한 삶을 살기 위해서, 오랫동안 지속되는 조화로운 것을 만들어 내기 위해서요. 그리고 당신과 나는 그 일을 함께할 수 있소. 그렇게 생각하지 않소? 삶에 꼭 필요한 것들에 우리 자신을 맞춰 나가면서, 동시에 그렇게 맞춰 나가는 행위를 견실하게 살아 나가는 우리의 삶과 함께 엮어 하나로 짜 나간다면 말이오. 내 말에 동의하지 않소?」

코니는 그의 말에 약간 압도되었다. 그녀는 그의 말이 이론적으로는 맞는다는 것을 알고 있었다. 그러나 그와 견실하게 살아가는 삶이라는 문제에 실제로 이르렀을 때 그녀는⋯⋯ 망설였다. 남은 삶 내내 그의 삶 속에 그녀 자신을 계속 엮어 짜 나가는 것이 정말로 그녀의 운명일까? 그 외의 다른 것은 없는 것일까?

단지 그것뿐일까? 그녀는 그와 함께 완전히 하나의 직물로, 이따금 모험이라는 다채로운 꽃무늬로 장식해 나가며, 견실한 삶을 짜 나가는 데 만족할 수도 있었다. 그러나 내년에 무엇을 느낄지 그녀가 어떻게 알 수 있겠는가? 그 누가 어떻게 알 수 있겠는가? 그 누가 여러 해가 지나고, 또 여러 해가 지나도 〈그래요!〉라고 말할 수 있겠는가? 숨결 한 번에 실려 사라지는 그 짧은 〈그래요!〉를 말이다! 왜 그 나비같이 팔랑이며 사라질 말에 붙잡혀 꼼짝도 하지 못하게 되어야 한단 말인가? 물론 그 말은 훨훨 날아가 사라져야 하고 다른 수많은 〈그래요!〉와 〈아니요!〉가 그 뒤로 이어질 것이다. 마치 나비 떼가 흩어져 사라지는 것처럼.

「당신 말이 옳다고 생각해요, 클리퍼드. 그리고 내가 판단할 수 있는 한도 내에서는 당신 의견에 동의해요. 다만 삶이라는 건 확 바뀔 수도 있는 거지요.」

「그렇다면 삶이 확 바뀔 때까지는 내 말에 동의하오?」

「아, 그럼요! 그렇다고 생각해요, 정말로요!」

그녀는, 옆길에서 달려 나와 코를 쳐든 채 그들을 바라보며 부드럽고 약하게 짖고 있는 갈색 스패니얼을 지켜보고 있었다. 엽총을 든 남자 하나가 마치 그들을 막 공격하려는 것처럼 개를 쫓아 재빨리, 유연하게 그들 쪽으로 성큼성큼 걸어왔다. 그러나 그는 발을 멈추고 경례를 하고 몸을 돌려 언덕 아래로 향했다. 그 남자는 새로 온 사냥터지기일 뿐이었지만 그를 보고 코니는 두려움을 느꼈다. 그가 너무나 빠르게 위협하듯 갑자기 나타난 것처럼 보였기 때문이다. 바로 그렇게 그녀의 눈에 그는 어디에선가 불쑥 밀어닥친 위협처럼 비쳤다.

그는 짙은 녹색 무명 벨벳 바지에 각반을 차고 — 구식 옷차림새였다 — 붉은 얼굴에 붉은 콧수염을 기르고 있었으며 눈빛이 냉담했다. 그는 언덕을 빠르게 내려가고 있었다.

「멜러스!」 클리퍼드가 불렀다.

그 남자가 가볍게 돌아서서 재빨리 살짝 경례를 했다. 그는 딱 군인 같았다!

「이 의자를 돌려서 시동을 걸 수 있게 해주게. 그러면 한결 수월해질 테니까 말일세.」 클리퍼드가 말했다.

남자가 즉시 엽총을 어깨에 둘러매고 앞으로 다가왔는데, 조금 전과 마찬가지로 동작이 묘하게 신속하면서도 유연해서 마치 계속 몸을 눈에 보이지 않게 숨긴 채 움직이기라도 하는 것 같았다. 그는 적당히 키가 크고 말랐으며 말이 없었다. 그는 코니는 바라보지 않은 채 모터 의자만 바라보았다.

「코니, 이 사람이 새로 온 사냥터지기 멜러스요. 자네 아직 마님께 인사를 드리지 않았지, 멜러스?」

「네, 나리!」 즉시 덤덤한 대답이 나왔다.

남자가 선 채로 모자를 살짝 들어 올리며 인사를 하자 숱이 많고 금발에 가까운 머리카락이 보였다. 모자를 벗은 얼굴은 잘생긴 편이었다. 그는 마치 그녀가 어떤 사람인지 알고 싶다는 듯이 전혀 두려워하는 기색 없이 감정이 섞이지 않은 눈길로 코니의 눈을 똑바로 들여다보았다. 그러자 그녀는 수줍음을 느꼈다. 그녀가 수줍어하며 고개를 살짝 숙이자 그는 모자를 왼손으로 바꿔 들고 그녀에게 신사처럼 가볍게 절을 했다. 그러나 한 마디도 하지 않았다. 그는 손에 모자를 든 채 잠시 가만히 있었다.

「그런데 여기에 온 지 한참 되었죠, 그렇죠?」코니가 말했다.

「여덟 달 되었습니다. 부인…… 아니 마님!」그가 차분하게 고쳐 말했다.

「그럼 여기가 마음에 드나요?」

그녀가 그의 눈을 들여다보았다. 그의 눈이 빈정대는 것 같기도 하고 건방진 것 같기도 한 표정을 담은 채 살짝 가늘어졌다.

「아, 그럼요. 감사합니다, 마님! 전 여기서 자랐습니다.」

그가 다시 가볍게 절을 하고는 돌아서서 모자를 쓰고 성큼성큼 걸어가서 의자를 붙잡았다. 그의 말투가 마지막 몇 마디 말에서 묵직하고 길게 끄는 사투리로 바뀌었다. 어쩌면 이것 또한 조롱기를 담고 있는 것이었는지 모른다. 바로 전까지만 해도 사투리를 쓴다는 느낌이 전혀 없었기 때문이다. 그는 거의 신사에 가까웠다. 어쨌든 그는 묘하고 재빠르며 독립적인 남자로 혼자였지만 자신감이 있었다.

클리퍼드가 시동을 걸자 그 남자는 조심스럽게 의자를 돌려 짙은 개암나무 숲 쪽으로 부드럽게 구부러진 비탈을 향해 의자를 똑바로 놓았다.

「그럼 이제 다 됐습니까, 클리퍼드 경?」남자가 말했다.

「아닐세! 혹시 멈춰 설지 모르니까 자네가 따라오는 게 좋을 것 같군. 비탈길을 오를 수 있을 만큼 엔진 힘이 썩 세지가 않네.」

남자가 시선을 돌려 개를 힐끗 바라보았다. 재빠르고 사려 깊은 눈길이었다. 스패니얼이 그를 바라보고 살짝 꼬리를 흔들었다. 그녀를 조롱하거나 놀리는 것 같으면서도 부드러운 미소가 잠깐 동안 그의 눈가에 희미하게 스쳐 지나갔고, 그는 이내 다시 무표정한 얼굴이 되었다. 그들은 상당히 빠르게 언덕을 내려갔고 남자는 모터 의자가 흔들리지 않도록 한 손으로 가로 버팀대를 계속 붙잡고 있었다. 그는 하인이라기보다 자유로운 군인처럼 보였다. 그리고 그에게는 코니로 하여금 토미 듀크스를 떠올리게 하는 점이 있었다.

그들이 개암나무 숲에 이르렀을 때 코니가 갑자기 앞으로 뛰어나가서 공원으로 통하는 출입문을 열었다. 그녀가 문을 붙잡고 서 있는 동안 두 남자가 지나가면서 그녀를 쳐다보았다. 클리퍼드는 비난하는 듯한 시선으로 보았고, 다른 남자는 묘하고 차분한 놀라움이 담긴 시선으로 보았다. 개인적인 감정을 담지 않은 채 그녀가 어떤 사람인지 알고 싶어 하는 시선이었다. 그리고 그녀는 그의 푸르고 냉정한 눈에서 고통과 초연함을 보았지만 따뜻함이 깃들어 있는 것도 보았다. 그렇다면 그는 왜 그렇게 거리를 둔 채 혼자 떨어져 지내는 걸까?

클리퍼드는 일단 출입문을 지나자 모터 의자를 멈춰 세웠고 남자는 재빨리, 공손하게 돌아와서 출입문을 닫았다.

「왜 뛰어가서 문을 열었소?」 클리퍼드가 기분이 언짢다는 것을 드러내며 조용하고 차분한 목소리로 말했다. 「멜러스가 그렇게 했을 텐데 말이오.」

「그러면 당신이 곧장 지나갈 수 있을 거라고 생각했어요.」 코니가 말했다.

「우리 뒤를 쫓아오라고 당신을 남겨 두고 말이오?」 클리퍼드가 말했다.

「아, 글쎄요. 가끔 달리는 것도 괜찮아요!」

멜러스가 다시 모터 의자를 붙잡았다. 그는 전혀 신경을 쓰지 않는 것처럼 보였지만 코니는 그가 모든 것에 주의를 기울이고 있다고 느꼈다. 공원 안에 있는 작은 언덕의 가파른 비탈길로 모터 의자를 밀고 가면서 그는 입을 벌린 채 상당히 가쁘게 숨을 몰아쉬었다. 그는 사실 허약한 편이었다. 이상할 정도로 활력으로 가득 차 있으면서도 약간은 허약하고 억눌려 있었다. 그녀는 여자의 본능으로 그것을 감지했다.

코니는 뒤로 처져서 의자가 먼저 앞으로 계속 나아가도록 했다. 날은 이미 어스름해져 온통 잿빛을 띠고 있었다. 안개에 둘러싸여 나지막이 드리워 있던 조그맣고 푸른 하늘은 뚜껑이 덮인 듯 구름에 가려 다시 닫혔고 으스스한 추위가 몰려왔다. 곧 눈이 내릴 것 같았다. 온통 잿빛투성이었다! 세상이 낡아 빠진 것처럼 보였다.

모터 의자는 분홍색 자갈길 끝에서 기다리고 있었다. 클리퍼드가 고개를 돌려 코니를 바라보았다.

「피곤하진 않소?」 그가 물었다.

「아, 아니에요!」 그녀가 말했다.

그러나 사실은 피곤했다. 이상하고 피로한 갈망이, 불만이 그녀의 안에서 생겨났다. 클리퍼드는 그것을 눈치채지 못했다. 그런 것들은 그가 의식하지 못하는 것들이었다. 그러나 낯선 남자는 알고 있었다. 코니에게는 자신의 세계와 삶의 모든 것이 낡아 빠진 것처럼 보였고 자신이 느끼는 불만은 언덕들보다 더 오래된 것처럼 느껴졌다.

그들은 저택에 이르렀고 계단이 전혀 없는 저택 뒤쪽으로 돌아갔다. 클리퍼드가 간신히 몸을 흔들어서 바퀴 달린 낮은 실내용 휠체어로 상체를 옮겼다. 그는 팔 힘이 아주 셌고 민첩했다. 그러자 코니가 짐짝 같은 그의 죽은 두 다리를 들어 옮겨 주었다.

가도 좋다는 말이 떨어지기를 기다리면서 차렷 자세로 서 있던 사냥터지기는 어느 것 하나 놓치지 않고 모든 것을 지켜보고 있었다. 그는 코니가 남자의 마비된 두 다리를 두 팔로 들어 올려 다른 의자로 옮기고 거기에 맞춰 클리퍼드가 몸을 돌리는 것을 바라보면서 일종의 두려움으로 점점 더 창백해지고 말았다. 그는 깜짝 놀랐던 것이다.

「도와줘서 고맙네, 멜러스.」 클리퍼드가 하인들 숙소 쪽으로 복도를 따라 휠체어를 굴리기 시작하면서 무심히 말했다.

「더 필요하신 일은 없습니까, 나리?」 꿈속에서 들려오는 목소리처럼, 무덤덤한 목소리가 들려왔다.

「전혀 없네. 잘 가게.」

「안녕히 계십시오, 나리.」

「잘 가요! 저 언덕 위로 전동 의자를 밀고 와줘서 고마워요. 너무 무겁지 않았는지 모르겠네요.」 코니가 문밖에 있는 사냥터지기를 뒤돌아보며 말했다.

꿈에서 깨어난 것처럼 그의 눈이 한순간 그녀의 눈과 마주쳤다. 그는 그녀를 의식하고 있었다.

「아, 아닙니다. 무섭지 않았습니다!」 그가 재빨리 말했다. 그런 다음 그의 목소리가 다시 순전한 사투리로 바뀌었다. 「안녕히 계십씨오, 마님!」

「당신이 고용한 사냥터지기는 어떤 사람이에요?」 점심 식사 때 코니가 물었다.

「멜러스 말이오? 당신도 보지 않았소.」 클리퍼드가 말했다.

「그랬죠! 그런데 어디서 온 사람이죠?」

「아무 데서도 오지 않았소! 이곳 테버셜 출신이오. 광부의 아들로 알고 있소.」

「그럼 그 사람도 광부였나요?」

「탄광 갱구에서 대장장이로 일한 것으로 알고 있소. 탄광 입구의 마구간에서 일하는 대장장이 말이오. 그러나 전쟁 전에 이곳에서 두 해 동안 사냥터지기로 일했소. 군대에 입대하기 전에 말이오. 아버지가 항상 그를 좋게 평가하셨기 때문에 그가 돌아와 대장장이 일을 하러 탄광에 갔을 때 내가 이곳으로 데려와 사냥터지기로 삼았소. 그를 데리고 있게 되어서 얼마나 좋은지 모르오. 이 근처에서 괜찮은 사냥터지기를 구하기란 거의 불가능하니 말이오. 그리고 그 일을 하려면 이곳 사람들을 잘 아는 사람이어야 하오.」

「그럼 결혼은 했나요?」

「그랬소! 그러나 마누라가 집을 나갔소. 여러 남자와 바람이 났소. 그런데 마지막으로는 스택스 게이트에 있는 광부와 눈이 맞아 달아나서 아직도 그곳에 살고 있는 것으로 알고 있소.」

「그럼 그 남자는 혼자 사나요?」

「그렇다 할 수 있소! 마을에 어머니가 살고 있고 아이도 하나 있다고 알고 있소.」

클리퍼드가 약간 튀어나온 연한 파란색 눈으로 코니를 바라보았다. 눈빛에 막연한 표정이 배어 나오고 있었다. 그는 겉으로는 기민해 보였지만 그 이면에는 중부 지방의 대기처럼 자욱한 안개가 끼어 있는 것 같았다. 그리고 그 안개가 겉으로 서서히 퍼져 나오는 것처럼 보였다. 그래서 그가 그 특유의 방식으로 코니를 빤히 쳐다보면서 그 특유의 정확한 정보를 전해 줄 때 그녀는 그의 정신의 배후가 안개로, 무(無)로 가득 채워지는 것을 느꼈다. 그러자 그녀는 소스라치게 놀랐다. 그것 때문에 그는 인간적인 개성을 상실하고 거의 백치 상태에 이른 것처럼 보였다.

그리고 어렴풋이 그녀는 인간 영혼의 법칙 가운데 하나를 깨달았다. 즉, 감성적인 영혼이 큰 충격을 받았을 때 육체가 죽지 않으면 육체가 회복되면서 영혼도 함께 회복되는 것처럼 보인다. 그러나 이것은 겉모습에 지나지 않는다. 그것은 사실 습관이 되살아나면서 나타나는 작용일 뿐이다. 그 끔찍한 통증이 느리게 점점 더 깊어지는 타박상처럼 천천히, 천천히 영혼에 가해진 상처가 느껴지기 시작하다가 마침내 그것이 영혼 전체를 가득 채운다. 그리고 우리가 상처에서 회복되어 그것을 잊었다고 생각하는 바로 그때에 이르러서야 끔찍한 후유증은 최악의 형태로 반드시 우리 앞에 나타난다.

클리퍼드에게도 그랬다. 일단 〈괜찮아져서〉 랙비로 돌아와 그 모든 것에도 불구하고 소설을 쓰며 삶에 대한 자신감을 느끼면서, 그는 다 잊고 완전히 평정을 되찾은 것처럼 보였다. 그러나 몇 년이 지난 지금 천천히, 천천히 그 두려움과 공포로 멍든 상처가 올라와 그의 내면에 퍼지는 것을 코니는 느꼈다. 한동안 그 상처는 너무 깊숙한 곳에 자리 잡고 있었기 때문에 느껴지지 않을 정도였고 말하자면 존재하지 않는 것 같았다. 그러나 지금 그것은 거의 마비에 가까운 두려움을 퍼뜨리면서 천천히 자신을 드러내기 시작했다. 정신적으로 그는 여전히 기민했다. 그러나 마비가, 너무나 큰 충격이 남긴 멍든 상처가 그의 감성적인 자아 속으로 점차 퍼져 나가고 있었다.

그리고 그것이 그의 내면에 퍼져 나가고 있을 때 코니는 그것이 자신의 안에서도 퍼져 나가는 것을 느꼈다. 내적 두려움과 공허함이, 모든 것에 대한 무관심이 점차 그녀의 영혼 속에 퍼져 나갔다. 숲에서 그녀에게 아이를 낳아 랙비의 상속자로 삼자는 이야기를 할 때처럼 감정이 고무되면 클리퍼드는 여전히 멋지게 이야기를 할 수 있었고, 말하자면 미래를 자기 마음대로 제어할 수 있었다. 그러나 다음 날이면 그 모든 멋진 말은 죽은 나뭇잎처럼 구겨져 가루가 되어 사실 아무 의미도 갖지 못한 채 돌풍에 휩쓸려 날아가 버렸다. 그 말들은 살아 있는 삶이라는 나무에 달린 생기 넘치고 싱싱한 잎 같은 말이 아니었다. 그것들은 죽은 삶이라는 나무에서 떨어진 낙엽 더미였다.

그녀에게는 사방이 다 그렇게 보였다. 테버셜의 광부들은 다시 파업에 대해 이야기하고 있었다. 그리고 코니가 보기에 그곳에서 벌어지는 일 역시 마찬가지였다. 즉 그것은 힘의 표출이 아니라 잠시 잠들어 있던, 전쟁이 남긴 멍든 상처가 천천히 표면으로 떠올라 불안으로 인한 커다란 고통을, 그리고 불만으로 인한 마비 상태를 일으키고 있는 것이었다. 그 멍든 상처는 아주, 아주 깊었다. 그것은 그릇되고 비인간적인 전쟁이 남긴 멍든 상처였다. 그들의 영혼과 몸 안 깊숙한 곳에 넓게 자리 잡고 있는 거무스름한 피멍이 해소되려면 여러 세대의 살아 있는 피가 필요할 것이다. 그리고 새로운 희망이 필요할 것이다.

불쌍한 코니! 여러 해가 지나면서 그녀에게 영향을 미친 것은 자기 삶의 공허함에 대한 두려움이었다. 클리퍼드의 정신적 삶과 그녀의 정신적 삶, 그것은 점차 공허한 것처럼 느껴지기 시작했다. 그가 말했던, 친밀감의 습관에 토대를 둔 그들의 결혼과 그들의 온전한 삶이 완전히 공허하고 아무것도 아닌 것이 되어 버리는 날들이 있었다. 그것은 말, 그저 무수한 말에 지나지 않았다. 유일한 현실은 공허였고 그 위를 위선적인 말들이 덮고 있었다.

클리퍼드의 성공, 성공이라는 암캐 여신이 있긴 했다! 실제로 그는 유명 인사가 다 되어 있었고 그동안 낸 책들로 천 파운드를 벌어들였다. 그의 사진은 사방에 실렸다. 한 갤러리에는 그의 흉상이 전시되어 있었고 갤러리 두 곳에는 그의 초상화가 걸려 있었다. 그의 목소리는 현대적인 목소리 중에서도 가장 현대적인 목소리처럼 들렸고, 그는 대단히 강하지만 서투른 홍보 본능으로 네댓 해 만에 젊은 〈지성인〉 중에서 가장 유명한 사람 중 하나가 되었다. 어디에 그 지성이 쓸모가 있는지 코니는 정확히 알 수가 없었다. 클리퍼드는 사람들과 그들의 동기를 약간 해학적으로 분석하는 일에 대단히 능했고 그 분석을 통해 결말에는 모든 것을 산산조각 내버렸다. 그러나 그것은 강아지들이 소파 쿠션을 갈기갈기 물어뜯어 놓는 것과 상당히 비슷했다. 어리고 장난스러운 것이 아니라 기묘하게 나이 들고 거의 역겨울 정도로 자만심에 빠져 있다는 것은 제외하고 말이다. 그것은 기이했고 사실 아무 의미도 없었다. 이것이 코니의 영혼 밑바닥에서 계속해서 메아리치는 느낌이었다. 그것은 정말 아무 의미도 없는 것으로 놀랄 만한 공허의 표현이었다. 동시에 그것은 전시 행위였다. 전시 행위! 전시 행위! 전시 행위!

마이클리스는 클리퍼드라는 인물을 자신이 쓰는 희곡 작품의 주인공으로 삼았다. 그는 이미 줄거리의 윤곽을 그려 놓았고 1막까지 써놓았다. 마이클리스야말로 공허를 전시하는 데 클리퍼드보다 훨씬 더 능했기 때문이다. 그것이 이 남자들에게 남아 있는 열정의 마지막 조각이었다. 전시하는 것에 대한 열정 말이다. 성적으로 그들은 열정이 없었고 심지어는 죽은 상태였다. 그리고 지금 마이클리스가 추구하는 것은 돈이 아니었다. 클리퍼드 역시 돈을 본래의 목표로 삼은 적이

한 번도 없었다. 돈이 성공의 증표이자 도장이기 때문에 할 수 있는 한 돈을 벌긴 했지만 말이다. 그들이 원했던 것은 바로 성공이었다. 그들 두 사람 모두 진짜 전시 행위 — 자신들의 전시 — 를 연출함으로써, 즉 스스로 바로 자기 자신을 전시함으로써 한동안 엄청나게 많은 사람들의 관심을 끌고 싶어 했다.

그것은 이상했다 — 성공이라는 암캐 여신에게 몸을 파는 것은 이상했다. 코니는 사실 그 모든 것의 밖에 있었고 성공이 가져다주는 전율에 점차 무감각해졌기 때문에 그녀에게는 그 또한 공허할 뿐이었다. 심지어 성공이라는 암캐 여신에게 몸을 파는 것조차 공허했다. 비록 두 남자가 수없이 몸을 팔아 댔지만 말이다. 그것조차 공허했다.

마이클리스는 편지로 클리퍼드에게 희곡 작품에 대한 소식을 알렸다. 물론 코니는 그것에 대해 오래전부터 알고 있었다. 그리고 클리퍼드는 다시 흥분으로 전율했다. 그가 다시 전시될 예정이었다. 이번에는 누군가가 자신을, 그것도 유리하게 전시해 줄 예정이었다. 클리퍼드는 1막을 가지고 랙비로 내려오라고 마이클리스를 초대했다.

마이클리스가 왔다. 여름이었는데, 연한 색 양복에 흰 스웨이드 장갑을 끼고, 코니에게 줄 아주 아름다운 연한 자줏빛 난초꽃과 1막을 가져왔다. 1막 낭독회는 대단한 성공이었다. 코니조차 전율했다. 그녀에게 남아 있던 얼마 안 되는 골수까지 전율했다. 마이클리스 또한 전율을 자아내는 자신의 능력에 흥분해서 전율했고, 그런 그가 코니의 눈에는 정말로 훌륭하고 아주 아름답게 보였다. 그녀는 그에게서 더 이상 환멸을 느끼지 않는, 종족의 그 오래된 부동의 모습을, 순수함의 경지에 이른 비순수함의 극치를 보았다. 그는 성공이라는 암캐 여신에 대한 최상의 매춘 행위 극단에서 오히려 순수해 보였고, 상아로 된 곡선과 평면 속에서 순수함의 경지에 이를 정도로 비순수함을 꿈꾸는 아프리카 상아 가면만큼 순수해 보였다.

마이클리스가 채털리 부부와 함께 완전한 전율을 느꼈던 순간은, 코니와 클리퍼드로 하여금 넋을 잃게 만들었던 순간은, 그의 삶에서 최고의 순간 중 하나였다. 그는 성공했다. 그는 그들로 하여금 넋을 잃게 만들었다. 클리퍼드조차 일시적으로 그를 사랑하게 되었다. 굳이 그렇게 표현할 수 있다면 말이다.

그래서 다음 날 아침 믹은 그 어느 때보다 더 불안해했다. 그는 바지 주머니 속에 넣은 두 손을 불안하게 움직이며 안절부절못했고 제정신이 아니었다. 코니가 밤에 그를 찾아오지 않았기 때문이다. 그리고 그는 그녀의 방이 어디에 있는지 모르고 있었다. 요사를 부리다니! 그가 승리한 순간에.

그는 아침에 그녀의 거실로 올라갔다. 그녀는 그가 오리라는 것을 알고 있었다. 그리고 그가 안절부절못하고 있다는 사실이 분명히 드러났다. 그는 그녀에게 자신의 희곡에 대해 물었다. 좋은 작품이라고 생각합니까? 그는 그 작품에 대해 반드시 칭찬을 들어야 했다. 칭찬은 오르가슴이 지난 후 느껴지는 열정의 마지막 희미한 전율처럼 그에게 감동을 주었다.

그리고 그녀는 그 작품을 열렬하게 칭찬했다. 그럼에도 불구하고 줄곧 그녀의 영혼 밑바닥에서는 그 작품이 — 암캐 여신이! — 아무것도 아니라는 것을 알고 있었다.

「자, 봐요!」 그가 마침내 불쑥 말했다. 「당신과 내 관계를 분명히 해두는 게 어때요? 우리 결혼하지 않을래요?」

「하지만 난 이미 결혼한 몸이에요!」 그녀는 놀랐지만 아무 감흥도 받지 못한 채 말했다.

「아, 그거요! 그는 분명히 당신과 이혼해 줄 겁니다. 그러니 당신과 내가 결혼하지 못할 것도 없잖아요? 난 결혼하고 싶어요. 그것이 내게 최선이 되리라는 걸 알고 있어요. 결혼해서 정상적인 생활을 하는 거 말입니다. 난 어처구니없는 생활을 하면서 나 자신을 갈기갈기 조각내고 있어요. 자, 봐요. 당신과 나, 우리는 천생연분이에요. 손과 장갑처럼요. 우리 결혼합시다. 우리가 결혼하지 못할 이유라도 있습니까?」

코니는 놀라서 그를 바라보았다. 그러나 그녀는 아무 감흥도 받지 못했다. 이 남자들, 그들은 모두 똑같았다. 그들은 모든 것을 무시했다. 그들은 폭죽처럼 머리끝부터 폭발해서 날아오르며, 여자들도 가느다란 막대기 같은 그들의 두 다리와 함께 하늘로 실려 갈 것이라 기대한다.

「그렇지만 난 이미 결혼한 몸이에요.」 그녀가 말했다. 「당신도 알다시피 클리퍼드를 떠날 수 없어요.」

「왜 못 떠난다는 거죠? 왜요?」 그가 소리쳤다. 「여섯 달만 지나면 그는 당신이 떠났다는 것도 잊을 겁니다. 그는 자기 자신 말고는 누군가가 존재한다는 사실도 모르고 있어요. 내가 아는 한 그 남자는 당신에게 아무 쓸모도 없습니다. 그는 완전히 자기 자신에게만 사로잡혀 있다고요.」

코니는 이 말이 사실이라는 것을 알고 있었다. 그러나 그녀는 믹이 이타적인 면모를 과시한 적이 거의 없다는 것 또한 감지했다.

「남자들 모두가 자기 자신에게 사로잡혀 있지 않나요?」 그녀가 물었다.

「아, 어느 정도 그렇다는 것을 나도 인정합니다. 세상을 헤쳐 나가려면 남자는 반드시 그래야 합니다. 그러나 그것이 중요하진 않아요. 요점은 남자가 어떤 종류의 시간을 여자에게 줄 수 있느냐는 겁니다. 남자가 여자에게 엄청나게 좋은 시간을 줄 수 있느냐 없느냐 하는 거죠. 남자가 그렇게 할 수 없다면 그에게는 그 여자에 대한 권리가 없는 겁니다.」 그가 잠시 말을 멈추고 최면을 걸듯이 커다란 담갈색 눈으로 그녀를 응시했다. 「그런데 생각해 보면요.」 그가 덧붙였다. 「난 여자가 요구하는 최고의 시간을 줄 수 있습니다. 나 스스로 보증할 수 있다고 생각합니다.」

「그런데 어떤 종류의 좋은 시간이죠?」 코니는 전율하는 것처럼 보이는 경탄하는 표정을 여전히 지으면서 그를 찬찬히 쳐다보았다. 그러나 표정만 그렇게 지었을 뿐 속으로는 전혀 아무것도 느끼지 못했다.

「온갖 종류요. 빌어먹을, 온갖 종류의 좋은 시간 말입니다! 드레스와 어느 정도 보석을 갖추고, 당신이 좋아하는 나이트클럽에 가고, 만나고 싶은 사람이 있으면 누구나 사귀고, 호화롭게 살면서 — 여행하고 — 어디를 가든 특별한 사람 대접을 받는 거요. 빌어먹을, 온갖 종류의 좋은 시간 말입니다!」

그는 그 말을 거의 찬란하게 빛날 만큼 의기양양하게 말했고 그녀는 눈부신 듯 그를 바라보았지만 사실은 아무것도 느끼지 않았다. 그가 제시하는 빛나는 전망은 그녀의 마음 표면에조차 자극을 주지 못했다. 그녀는 그 모든 것에서 아무 감흥도 얻지 못했다. 그녀는 〈폭발해서 날아오를〉 수가 없었다. 그녀는 그냥 앉아서 빤히 쳐다보면서 멍한 표정을 지었고 아무것도 느끼지 못했다. 단지 그녀는 어디에선가 풍겨 오는 암캐 여신의 몹시 기분 나쁜 냄새를 맡았을 뿐이었다.

믹은 조바심을 내며 몸을 앞으로 기울인 채 의자에 앉아 거의 신경질적으로 그녀를 노려보았다. 그러나 그녀가 〈네!〉라고 대답하기를 그가 허영심에서 더 간절하게 바라고 있는지, 아니면 그녀가 혹시라도 〈네!〉라고 대답할까 봐 두려운 나머지 공포에 휩싸여 있는지 누가 알겠는가?

「그 문제는 좀 더 생각해 봐야 할 것 같아요.」 그녀가 말했다. 「지금은 대답할 수가 없어요. 당신에게는 클리퍼드가 중요하시 않은 것처럼 보이는군요. 그러나 그 사람은 중요해요. 그 사람이 얼마나 몸이 불편한지 당신이 생각해 본다면…….」

「아, 빌어먹을. 자신의 불구를 이용하려는 작자가 있다면 말입니다! 나도 내가 지금 얼마나 외롭고 또 항상 얼마나 외로웠는가부터 시작해서 눈물 질질 짜게 하는 헛소리 같은 넋두리를 한없이 늘어놓을 수 있을 겁니다. 빌어먹을, 불구라는 거 빼놓고는 호감을 살 만한 것이 전혀 없는 작자인데…….」

그가 옆으로 몸을 돌리고 바지 주머니 속에 넣은 두 손을 거칠게 움직였다.

그날 저녁 그가 말했다.

「오늘 밤에 내 방에 올 거죠, 맞죠? 난 당신 방이 어디에 있는지조차 몰라요.」

「좋아요!」 그녀가 말했다.

그날 밤 그는 사랑을 나눌 때 조그만 소년같이 연약한 벌거벗은 몸을 한 채, 조그만 소년같이 흥분에 휩싸여 다른 때보다 더 흥분하고 있었다. 코니는 그의 절정이 완전히 끝나기 전에는 자신이 절정에 이르기가 불가능하다는 것을 알았다. 그리고 그가 조그만 소년 같은 벌거벗은 몸과 부드러움으로 그녀에게 어떤 간절한 열정을 불러일으켰기 때문에 그녀는 그가 절정을 끝낸 후 거친 격정에 빠져 허리를 들썩이며 계속해야만 했다. 그동안 그는 온갖 의지력을 발휘하며 자신을 바쳐서 영웅적으로 그녀의 몸속에서 버텨 주었고 마침내 그녀는 야릇하게 나지막한 비명을 지르며 격렬한 절정에 이르렀다.

마침내 그녀에게서 몸을 뺀 그가 신랄하면서도 거의 조롱하는 듯한 작은 목소리로 말했다.

「당신은 남자와 동시에 절정에 이를 수가 없나 보군요? 당신 스스로 절정에 이르러야 한다 이거죠? 당신이 주도권을 잡아야 한다는 말이겠죠!」

그 순간 이 짧은 말은 그녀가 살면서 받은 가장 큰 충격 중 하나였다. 그런 수동적인 방식으로 자신을 주는 것이 그에게 유일한 성교 방식임이 너무나 분명했기 때문이다.

「무슨 말이죠?」 그녀가 말했다.

「무슨 말인지 알 텐데요. 당신은 내가 절정에 이른 후에도 몇 시간 동안이나 계속하잖아요. 그러면 당신이 당신 자신의 노력으로 절정에 이를 때까지 난 이를 악물고 계속 버텨야 하고요.」

그녀는 말로 표현할 수 없는 쾌감과 그에 대한 사랑 비슷한 감정으로 불타오르던 바로 그 순간에 예상치 못했던 잔인한 말을 듣고 어안이 벙벙했다. 어쨌든 다른 많은 현대의 남자들처럼 그는 거의 시작하자마자 끝내 버렸기 때문이다. 그리고 그 때문에 여자가 적극적이 될 수밖에 없었다.

「그렇지만 내가 계속해서 만족을 얻길 당신도 원하잖아요?」 그녀가 말했다.

그가 공허하게 살짝 웃었다.

「내가 그걸 원한다고요!」 그가 말했다. 「그것 참 좋군요. 당신이 날 맹렬하게 공격하는 동안 계속 이를 악물고 버티는 것을 내가 원하다니!」

「그런데 정말 그렇지 않아요?」 그녀가 우겼다.

그는 그 질문에 대한 대답을 피했다.

「빌어먹을. 여자들이란 전부 다 그렇다니까요.」 그가 말했다. 「마치 거기가 죽은 것처럼 목석이라 아예 절정에 이르지 못하거나 아니면 남자가 완전히 끝날 때까지 기다렸다가 스스로 움직여서 절정에 오를 때까지 남자가 어쩔 수 없이 버텨줘야만 한단 말입니다. 내가 절정에 오를 때 함께 절정에 오르는 여자를 한 번도 보지 못했어요.」

코니는 남자에 대한 색다른 정보를 알려 주는 이 말을 반
쯤 흘려들었다. 그녀는 자신에 대한 그의 반감에 ─ 도저히
이해할 수 없는 그의 잔인성에 ─ 대경실색할 뿐이었다. 그
녀는 너무 억울하다는 느낌이 들었다.

「그렇지만 당신은 나도 만족을 얻길 바라잖아요, 그렇죠?」
그녀가 되풀이해서 말했다.

「아, 그럼요! 기꺼이 그래요. 그렇지만 여자가 절정에 오르
길 기다리면서 버티는 일이 남자에게 그리 재미있는 일은 절
대 아니에요.」

이 말은 코니의 일생에서 가장 결정적인 타격 중 하나였다.
그것은 그녀에게서 무엇인가를 죽여 버렸다. 그녀는 마이클
리스에게 그렇게 열렬하게 빠져 있진 않았다. 그가 그 행위를
시작할 때까지도 그녀는 그를 원하지 않았다. 사실 그녀가
그를 적극적으로 원한 적은 한 번도 없었던 것 같다. 그러나
일단 그가 시작해서 그녀를 자극하면 그와 함께 자신도 절정
에 이르는 것이 그녀에게는 당연한 일로 여겨졌다. 그것 때문
에 그녀에게는 그를 사랑한다는 느낌까지 들 정도였다. 그날
밤 그녀는 그를 사랑하는 마음이었고 그와 결혼하고 싶다는
마음까지 들 지경이었다.

아마도 그는 본능적으로 그것을 알아차렸고 바로 그 때문
에 일격을 가해서 그 모든 연극을, 그 위험한 계획을 무너뜨
려야 했을 것이다. 마치 그가 결코 존재한 적이 없었던 것처
럼, 그녀의 삶은 그의 삶에서 완전히 떨어져 나가 버렸다.

그리고 그녀는 따분하고 지겹게 하루하루를 보냈다. 클리퍼드가 온전한 삶이라고 부른, 쳇바퀴처럼 돌아가는 공허한 생활 말고는, 한집에서 살며 서로 습관적으로 익숙해진 두 사람의 기나긴 생활 말고는, 이제 아무것도 없었다.

공허함! 삶의 거대한 공허함을 받아들이는 것이 하나의 목적인 것처럼 보였다. 공허함이라는 장엄한 총계를 만들어 내는 그 무수하게 분주하고 중요한 온갖 사소한 것들!

# 제6장

「왜 요즘엔 남자와 여자가 정말로 서로를 좋아하지 않을까요?」 코니는 토미 듀크스에게 물었다. 코니는 그의 말을 신탁처럼 받아들였다.

「아, 서로 좋아하죠! 난 인류가 창조된 이래 남녀가 오늘날만큼 서로 많이 좋아한 적이 없다고 생각하는데요. 진짜로 좋아하는 거죠! 날 봐요. 난 남자들보다 여자들을 정말로 더 좋아합니다. 여자들이 더 용감해요. 여자들한테는 더 솔직하게 대할 수가 있어요.」

코니는 이에 대해 곰곰이 생각했다.

「아, 그렇군요. 하지만 당신은 여자들과 아무것도 함께하지 않음으로써 어떤 관계도 맺지 않잖아요!」 그녀가 말했다.

「내가요? 지금 이 순간 내가 하고 있는 것이 한 여자와 완벽하게 진지한 이야기를 나누는 것이 아니라면 뭐죠?」

「그래요…… 이야기를 나누고는 있죠…….」

「게다가 당신이 남자라 해도 당신과 완벽하게 진지한 이야기를 나누는 것 말고 더 이상 뭘 할 수 있겠어요?」

「아무것도 없겠죠, 아마도…… 그렇지만 여자는…….」

「여자는 남자가 자기를 좋아해 주고 자기와 대화를 나눠 주길 바라요. 그러면서 동시에 자기를 사랑해 주고 자기를 욕망해 주길 바라죠. 그런데 내가 보기에 그 두 가지는 서로 배타적이에요.」

「그렇지만 그래선 안 되죠.」

「물론, 이를테면 물이란 게 꼭 그렇게 축축할 필요는 없죠. 물은 지나치게 축축해요. 그렇지만 물은 원래 그렇게 존재합니다! 난 여자들을 좋아하고 그들과 이야기를 나눕니다. 그러나 난 여자들을 사랑하거나 욕망하지 않아요. 그 두 가지가 내게는 동시에 일어나지 않습니다.」

「난 그 두 가지가 동시에 일어나야 한다고 생각해요.」

「알겠어요. 하지만 세상사가 현재 있는 그대로가 아닌 다른 무엇이 되어야만 한다는 것은 내 소관이 아닙니다.」

코니는 이에 대해 곰곰이 생각했다.

「그건 맞지 않아요.」 그녀가 말했다. 「남자는 여자를 사랑하면서 여자와 이야기도 나눌 수 있어요. 남자가 여자와 이야기를 나누고 상냥하고 친하게 굴지 않으면서 어떻게 여자를 사랑할 수 있는지 난 모르겠어요. 어떻게 그럴 수 있죠?」

「글쎄요!」 그가 말했다. 「나도 몰라요. 내가 일반론을 이야기한들 무슨 소용이 있겠습니까? 난 나 자신의 경우만 알 뿐이에요. 난 여자들을 좋아합니다. 그러나 여자들을 욕망하지는 않아요. 그들과 이야기를 나누는 걸 좋아해요. 여자들과 이야기를 나누게 되면 한편으로는 친근감을 느끼게 되죠. 그러나 입을 맞추거나 하게 되면 난 여자들에게서 지구 한 바퀴쯤 멀어지게 된답니다. 그러니, 자, 어떻게 하겠어요! 그렇다고 날 일반적인 예로 간주하진 마세요. 아마도 난 그저 특별한 경우일 뿐입니다. 즉, 여자를 좋아하지만 여자를 사랑하지는 않는 남자, 여자가 내게 사랑에 빠진 척하도록 강요하거나 꼼짝 못 하게 사로잡혀 있는 척하도록 강요하면 여자를 미워하기까지 하는 남자 가운데 하나지요.」

「그러면 슬프지 않나요?」

「왜 그래야 하는데요? 조금도 슬프지 않아요! 난 찰리 메이와 그 밖의 바람을 피우는 다른 남자들을 봅니다. 아니, 난 그들이 조금도 부럽지 않습니다. 운명의 여신이 내가 원하는 여자를 보내 준다면 더할 나위 없이 좋겠죠. 그러나 내가 원하는 여자가 어떤 여자인지 알지 못하고, 또 한 번도 본 적이 없습니다. 글쎄요, 난 내가 냉정하다고 생각합니다. 그렇지만 몇몇 여자들은 정말로 아주 많이 좋아합니다.」

「그럼 나도 좋아하나요?」

「아주 많이요! 그렇지만 우리 사이에 입을 맞추는 문제 같은 건 없다는 걸 당신도 알잖아요. 문제가 있나요?」

「전혀 없지요.」 코니가 말했다. 「그런데 문제가 있어야 하는 것 아닌가요?」

「도대체 왜요? 클리퍼드를 좋아하긴 하지만 내가 그 친구한테 가서 입을 맞춘다면 당신은 뭐라고 할 겁니까?」

「그렇지만 그건 다르지 않나요?」

「우리에 관한 한 어디에 차이가 있다는 건가요? 우리 두 사람 다 지적인 인간들이고 남녀 간의 문제는 정지 상태죠. 딱 정지 상태에 있습니다. 내가 이 순간 유럽 남자처럼 희롱하면서 성적인 면모를 과시하기 시작한다면 당신은 날 어떻게 생각할 겁니까?」

「틀림없이 싫어하겠죠.」

「좋아요, 그렇다면! 내 생각은 이렇습니다. 혹여 내가 조금이라도 진짜 남자 구실을 하는 사람이라 해도 난 나와 똑같은 부류의 여자를 한 번도 만나 보질 못했어요. 그래서 그런 여자를 그리워하지도 않아요. 난 그저 여자들을 좋아합니다. 그러니 성적인 유희를 부추기면서 나로 하여금 자기들을 억지로 사랑하게끔 만들거나 사랑하는 척하게 하려고 하는 여자가 어디 있겠어요?」

「물론, 난 아니에요. 하지만 뭔가 잘못된 것 아닌가요?」

「당신은 그렇게 느낄지 모르지만, 난 아니에요.」

「그래요. 난 남자와 여자 사이에 뭔가가 잘못되었다고 느껴요. 여자에게는 남자의 마음을 끄는 매력이 더 이상 없어요.」

「남자에게는 여자의 마음을 끄는 매력이 있나요?」

그녀는 문제의 반대쪽 측면에 대해 곰곰이 생각해 보았나.

「별로 없어요.」 그녀가 진실하게 말했다.

「그렇다면 그 문제는 그냥 내버려 두고 예의 바른 인간들처럼 서로에게 그저 점잖고 정직하게 대합시다. 인위적인 성적인 강요 따위는 집어치우라고 해요. 난 그런 것은 거부합니다.」

코니는 그의 말이 정말로 옳다는 것을 알고 있었다. 그럼에도 불구하고 그 말을 듣고 몹시 쓸쓸한 기분이, 길을 잃고 무척 쓸쓸하게 헤매는 것 같은 기분이 들었다. 그녀는 황량한 연못 위에 떠다니는 나뭇조각이 된 것 같은 느낌이었다. 그녀에게든 다른 어떤 것에게든 대체 무슨 의미가 있을까?

반발한 것은 그녀의 젊음이었다. 이 남자들은 너무나 나이 들고 차가워 보였다. 모든 것이 나이 들고 차가워 보였다. 그리고 마이클리스는 너무나 큰 실망을 안겨 주었다. 그는 쓸모없는 사람이었다. 남자들은 여자를 원하지 않았다. 그들은 진정으로 한 여자를 원하지 않았다. 마이클리스조차 그렇지 않았다. 그리고 여자를 원하는 척하면서 성적 유희를 벌이려 하는 비열한 남자들은 더더욱 형편없었다.

상황은 그저 음울했고 그것을 견뎌야만 했다. 남자에게 여자의 마음을 끄는 진정한 매력이 없다는 것은 정말로 사실이었다. 그녀가 마이클리스에 대해 그랬던 것처럼, 남자들에게 매력이 있다고 여자들이 스스로를 속이는 것이 고작 우리가 할 수 있는 최선의 일이다. 그러면서 그저 살아가는 것이고 그런 생활에는 아무 의미도 없었다. 그녀는 왜 사람들이 칵테일파티를 열고 쓰러질 때까지 재즈와 찰스턴 춤[38]을 추는지 완전히 이해하게 되었다. 우리는 그것을 ─ 우리의 젊음─ 을 어떤 식으로든 발산해야 한다. 그렇지 않으면 젊음이 우리를 좀먹는다. 그러나 젊음이라는 것은 얼마나 무시무시한가! 우리가 므두셀라[39]만큼 나이를 먹은 것 같다고 느낀다 해도 젊음이라는 것은 어떻게든지 활발하게 움직이는 소리를

<hr />

38 1920년대에 유행한 4박자의 사교 재즈 댄스.
39 「창세기」 5장 27절에 969세까지 살았다고 나오는 전설상의 인물.

내며 우리를 편안하게 내버려 두지 않는다. 지긋지긋한 삶이었다! 그리고 미래에 대한 가망도 없었다! 믹과 도망쳐서 삶을 하나의 긴 칵테일파티와 재즈의 밤으로 만들었다면 더 좋았으리라는 생각이 들 지경이었다. 어쨌든 그것이 멍하니 시간을 보내다가 무덤에 들어가는 것보다는 나았다.

행복하지 않은 나날을 보내던 어느 날 그녀는 혼자 숲으로 산책을 나갔다. 그녀는 생각에 잠겨 아무것도 신경 쓰지 않은 채 자신이 어디에 있는지조차 깨닫지 못했다. 멀지 않은 곳에서 들려오는 총소리에 그녀는 깜짝 놀랐고 화가 났다.

그 후 계속 길을 걸어가는데 여러 사람의 목소리가 들려와 그녀는 멈칫했다. 사람들이었다! 그녀는 사람들을 만나고 싶지 않았다. 그러나 그녀의 예민한 귀가 다른 소리를 포착했고 호기심이 발동했다. 그것은 아이가 흐느껴 우는 소리였다. 그녀는 즉시 주의를 기울였다. 누군가가 아이를 학대하고 있었다. 맨 먼저 언짢은 분노가 치밀어 그녀는 젖은 찻길을 따라 몸을 흔들며 성큼성큼 걸어갔다. 한바탕 소동이라도 일으킬 각오가 되어 있었다.

모퉁이를 돌자 저쪽 찻길에 두 사람의 모습이 보였다. 사냥터지기와 보라색 코트를 입고 두더지 가죽 모자를 쓴 채 울고 있는 어린 여자아이였다.

「아, 그만 닥쳐. 이 엄살쟁이 계집애야!」 남자의 화난 목소리가 들렸고 아이는 더 크게 흐느꼈다.

콘스턴스는 분노로 이글거리는 눈빛으로 더 가까이 성큼성큼 걸어갔다. 남자가 몸을 돌려 그녀를 바라보고는 침착하게 인사를 했지만, 그의 얼굴은 화가 나서 창백하게 질려 있었다.

「무슨 일이요? 왜 저 애가 울고 있는 거죠?」 콘스턴스가 단호하지만 약간 숨찬 목소리로 물었다.

비웃음 같은 희미한 미소가 남자의 얼굴에 나타났다.

「아니, 쟤한테 직접 물어보십씨오.」 그가 순 사투리로 냉담하게 대답했다.

코니는 그가 자신의 얼굴을 한 대 치기라도 한 것 같은 기분이 들었고 안색이 변했다. 그러다가 도전적인 태도를 다잡아서 그를 바라보았다. 그녀의 짙은 파란색 눈은 분노로 타오르고 있었지만 다소 모호한 빛을 띠고 있었다.

「당신에게 물었잖아요.」 그녀가 숨찬 목소리로 말했다.

그가 모자를 살짝 들어 올리며 묘하게 몸을 살짝 숙여 절을 했다.

「그러셨죠, 마님.」 그가 말했다. 그런 다음 다시 사투리로 되돌아갔다. 「그러치만 말씀드릴 수가 업씁니다.」

그런 다음 그는 군인 같은 태도로 변했고 화가 나서 창백해졌다는 것 말고는 도저히 속마음을 읽어 낼 수 없는 표정이 되었다.

코니는 피부가 발그레하고 머리칼이 검은 아홉 살이나 열 살가량의 아이에게 몸을 돌렸다.

「무슨 일이니, 애야? 왜 우는지 말해 보렴!」 그녀는 적절히 상투적으로 상냥하게 말했다.

다른 사람을 의식하고서 아이의 흐느낌이 더 격렬해졌다.

코니는 훨씬 더 상냥해졌다.

「자, 자. 울지 마라! 사람들이 너한테 어떻게 했길래 그러는지 말해 보렴!」 매우 부드러운 말씨였다. 동시에 그녀는 니트 재킷의 호주머니 안을 뒤져 6펜스짜리 동전을 찾아냈다.

「자, 울지 마라!」 그녀가 아이 앞으로 몸을 구부리며 말했다. 「너한테 줄 게 있는데 뭔지 보렴!」

흐느끼고 코를 홀쩍이다가, 눈물범벅이 된 얼굴을 가리고 있던 주먹이 내려지더니, 약삭빠른 검은 눈이 한순간 6펜스짜리 동전을 힐끗 바라보았다. 그러고는 아이는 조금 더 흐느꼈지만 점차 진정이 되어 가고 있었다.

「자, 무슨 일인지 나한테 말해 보렴. 말해 봐!」 코니가 아이의 통통한 손에 동전을 쥐여 주자 아이의 손이 그것을 움켜쥐었다.

「그건…… 그건 고양이 때문이에요!」

흐느낌이 진정되면서 아이가 몸을 부르르 떨었다.

「무슨 고양이 말이니, 애야?」

침묵이 흐르다가 아이가 6펜스짜리 동전을 꽉 움켜쥔 주먹을 들어 주저하며 가시나무 넘불 쪽을 가리켰다.

「저기요!」

코니가 바라보니 거기엔 분명 커다란 검은 고양이가 피를 흘린 채 소름끼치게 쓰러져 뻗어 있었다.

「어머나!」 그녀가 끔찍해하며 말했다.

「도둑고양이입니다, 마님.」 남자가 비꼬듯이 말했다.

그녀는 화가 나서 그를 노려보았다.

「아이가 우는 게 당연하죠.」 그녀가 말했다. 「아이 앞에서 총을 쐈다면 우는 게 당연하죠!」

그는 자신의 감정을 감추지 않고 말없이 경멸하는 듯한 눈빛으로 코니의 눈을 빤히 바라보았다. 그리고 다시 코니는 얼굴을 붉혔다. 괜한 소란을 떤 느낌이 들었다. 남자는 그녀를 존중하지 않았다.

「이름이 뭐지?」 그녀가 아이에게 장난스럽게 말했다. 「이름이 뭔지 알려 주지 않을래?」

훌쩍훌쩍! 그러고 나서 몹시 꾸며 낸 듯한, 새된 목소리가 들려왔다.

「코니 멜러스예요!」

「코니 멜러스라! 그래, 예쁜 이름이구나! 아버지랑 나왔는데 아버지가 고양이를 총으로 쐈구나? 그런데 그건 나쁜 고양이였단다!」

아이는 당돌하고 검은 눈으로 그녀를 자세히 훑어보며 그녀와 그녀가 건넨 위로의 말을 가늠했다.

「할머니랑 같이 있고 싶었어요.」 어린 여자아이가 말했다.

「그랬니? 그런데 할머니는 어디 계시지?」

아이가 한 팔을 들어 찻길 아래쪽을 가리켰다.

「집에요.」

「집이라! 그럼 할머니한테 돌아가고 싶니?」

갑자기 다시 생각난 듯 아이가 흐느끼며 부르르 몸을 떨었다.

「네!」

「그럼, 자! 내가 데려다 줄까? 할머니한테 데려다 줄까? 그럼 네 아버지는 해야 할 일을 할 수 있을 거야.」 그녀가 남자에게 몸을 돌렸다. 「당신 딸이죠, 맞죠?」

그가 절을 하고는 그렇다는 표시로 고개를 살짝 끄덕였다.

「내가 이 애를 집에 데려다 줘도 되나요?」 코니가 물었다.

「마님이 원하신다면요.」

다시 그가 그 차분하고 탐색하는 듯한 초연한 시선으로 그녀의 눈을 들여다보았다. 몹시 고독하면서도 독립적인 남자였다.

「나랑 집에, 할머니한테 함께 가보지 않을래, 얘야?」

아이가 다시 힐끔 올려다보았다.

「네!」 아이가 억지웃음을 지었다.

코니는 아이가 마음에 들지 않았다. 버릇없고 위선적인 여자아이였다. 그럼에도 불구하고 그녀는 아이의 얼굴을 닦아주고 손을 잡았다. 사냥터지기가 아무 말 없이 인사를 했다.

「잘 있어요!」 코니가 말했다.

집까지는 거의 2킬로미터나 되었다. 어른 코니가 꼬마 코니에게 지겨움을 느낀 지 한참이 된 무렵에야 사냥터지기의 그림 같은 집이 보였다. 아이는 이미 원숭이 새끼처럼 진꾀기 잔뜩 든 데다 무척 자신만만했다.

집에 도착하자 문이 열려 있었고 안에서 덜거덕거리는 소리가 들려왔다. 코니가 머뭇거리자 아이가 손을 빼고 집 안으로 달려 들어갔다.

「할머니! 할머니!」

「아니, 벌써 도라완니?」

아이의 할머니는 난로에 흑연을 바르던 중이었다. 토요일 오전이었다. 그녀가 거친 삼베로 만든 앞치마를 입고 흑연 솔을 손에 들고 코에 흑연 얼룩을 묻힌 채 문간으로 나왔다. 체격이 자그마하고 상당히 쌀쌀맞아 보이는 여자였다.

「어머나, 이런 일이!」 밖에 서 있는 코니를 보고 그녀가 재빨리 팔로 얼굴을 훔치며 말했다.

「안녕하세요!」 코니가 말했다. 「저 애가 울고 있어서 집에 데려다 주러 왔어요.」

노파가 재빨리 몸을 돌려 아이를 바라보았다.

「어머나, 니 애비는 어디 인는데?」

아이가 할머니 치맛자락에 달라붙어 억지웃음을 지었다.

「그 사람은 저쪽에 있어요!」 코니가 말했다. 「그런데 그 사람이 도둑고양이를 총으로 쏘는 바람에 아이가 충격을 받았어요.」

「아이고, 이러케 귀찬케 해드리다니. 채틀리 마님, 이를 어쩌나요! 정말로 고맙기도 하시지. 그렇지만 이러케 귀찬케 해드리면 안 되는 건데. 아이고, 이런 일을 생각도 못 하셔쓸 텐데!」 그러고 나서 노파는 아이에게 몸을 돌렸다. 「고상하신 채틀리 마님이 너 때문에 그 고생을 하시다니! 아이고, 이러케 귀찬케 해드리면 안 되는 건데!」

「전혀 귀찮지 않았어요. 그냥 걷기만 했는걸요.」 코니가 미소를 지으며 말했다.

「아이고, 정말로 고마우셔라. 정말이고말고요! 그러니까 저 애가 울고 이써따는 거군요! 두 사람이 멀리 가기 전에 무

122

슨 일이 벌어질 걸 아라따니까요. 저 애는 지 애비를 무서워 하거든요. 그게 문제예요. 저 애 애비는 저 애한테 거의 낯선 사람이나 다름업담니다. 아니, 생판 나썬 사람이라 할 수 이 따니까요. 그래서 저는 두 사람이 쉽게 죽이 잘 맞을 거라는 생각은 안 함니다. 저 애 애비한테는 별난 면이 이써서요.」

코니는 무슨 말을 해야 할지 알 수가 없었다.

「이거 봐요, 할머니!」 아이가 억지웃음을 지으며 말했다.

노파가 어린 소녀의 손에 놓인 6펜스짜리 동전을 내려다보았다.

「6펜스까지 주시다니! 아, 채틀리 마님, 그러지 아느셔도 되는데요. 안 그러셔도 되는데요! 아이고, 채틀리 마님이 너한테 어쩜 이러케 고맙게 대해 주시는지! 오늘 아침에 네가 복이 터진 것 가꾸나!」

노파는 이 고장 사람들이 모두 그러듯이 그 이름을 채틀리라고 발음했다. 〈채틀리 마님이 너한테 어쩜 이러케 고맙게 대해 주시는지!〉 코니는 노파의 코에 묻은 검은 얼룩을 보지 않을 수 없었고 노파는 다시 손목으로 얼굴을 건성으로 훔쳤지만 얼룩이 지워지진 않았다.

코니는 그곳을 떠나려 했다.

「아이고, 정말, 정말 감사함니다. 채틀리 마님, 정말요. 채틀리 마님께 고맙씀니다 하고 인사드려야지!」 마지막 말은 아이에게 하는 말이었다.

「고맙씀니다!」 아이가 새된 소리로 말했다.

「아이, 귀엽기도 하지!」 코니는 웃으며 작별 인사를 하고 돌아섰다. 그녀는 그들과의 접촉에서 벗어나게 된 것에 진심으로 안도했다. 이상하네! 그 마르고 오만한 남자의 어머니가 저렇게 몸집이 작고 약삭빠른 여자라니! 코니는 생각했다.

그리고 노파는 코니가 떠나자마자 찬장에 달린 작은 거울로 달려가서 얼굴을 비춰 보았다. 얼굴을 보고 그녀는 안타깝게 발을 굴렀다. 「하필 앞치마에 지저분한 얼굴을 하고 있을 때 찾아올 게 뭐람! 날 참 좋게도 생각하겠네!」

코니는 랙비의 집으로 천천히 걸어갔다. 〈집이라!〉 집이라는 말은 그 크고 황량한 토끼장 같은 건물에 쓰기에는 너무 따뜻한 말이었다. 그러나 다시 생각해 보면 그것은 오래전에 번성했다가 어쩐 일인지 소멸된 말이었다. 코니가 보기에 좋은 말은 전부 그녀 세대에게서 소멸되어 버렸다. 사랑, 기쁨, 행복, 집, 어머니, 아버지, 남편 같은 역동적이고 근사한 말들은 지금 반쯤 죽어 있었고 날마다 죽어 가고 있었다. 집은 우리가 사는 곳일 뿐이고, 사랑이란 시간을 허비해서는 안 되는 것이며, 기쁨이란 즐거운 찰스턴 춤에 쓰는 말이고, 행복이란 점잔을 빼며 남들에게 허풍을 떨기 위해 사용하는 위선적인 말이며, 아버지는 자기 자신의 생활을 즐기는 개인일 뿐이고, 남편이란 함께 살면서 정신적으로 계속 나아갈 수 있게 만들어 줘야 하는 남자였다. 근사한 말 중 마지막 단어인 섹스로 말하자면 그것은 잠깐 동안 기운을 내게 해줬다가 그 어느 때보다 더 비참하게 만들어 버리는 칵테일 한 잔의 흥분을 나타낼 때 쓰이는 용어일 뿐이었다. 닳아 없어졌다! 마치 우리를 구성하는 재료 자체가 싸구려라서 아무것도 남지 않을 정도로 닳아 없어지고 있는 것 같았다.

실제로 남아 있는 것이라곤 완고한 금욕주의뿐이었고, 거기에는 나름대로 즐거움이 있었다. 인생의 단계마다, 과정마다 공허함을 경험하는 것에는 나름대로 섬뜩한 만족감이 있었다. 자, 할 말 끝! 항상 이것이 마지막 말이었다. 집, 사랑, 결혼, 마이클리스의 경우에도 마찬가지였다. 자, 할 말 끝! 그래서 누군가 죽으면 삶에 대한 마지막 말은 자, 할 말 끝!이 될 것이다.

돈은 어떤가? 아마도 돈에 대해서는 같은 말을 할 수 없을 것이다. 돈은 우리가 항상 원하는 것이다. 돈, 성공 — 토미 듀크스가 헨리 제임스[40]를 따라 고집스럽게 불렀던 것처럼 암캐 여신 — 그것들은 우리에게 영원히 꼭 필요한 것이다. 우리는 마지막 동전을 쓰면서 마지막으로 자, 할 말 끝!이라고 말할 수는 없을 것이다. 아니, 만약 우리가 10분을 더 살게 되면 우리는 이런저런 것을 사기 위해 동전이 몇 개 더 있으면 좋겠다고 바랄 것이다. 그저 일을 기계적으로 지속시키는 데도 돈이 필요하다. 돈이 있어야만 한다. 우리는 돈을 반드시 가져야만 한다. 그 외의 것은 사실 굳이 가질 필요가 없다. 자, 할 말 끝!

물론 우리가 살아 있는 것은 우리 잘못이 아니다. 일단 우리가 살아 있으면 돈은 필수품이다. 그리고 유일하게 절대적인 필수품이다. 나머지 모든 것은 위급한 고비에도 없어도 살

40 Henry James(1843~1916). 미국에서 태어나 영국으로 귀화한 소설가로 대표작으로 『나사의 회전 *The Turn of the Screw*』(1898) 등이 있다.

아갈 수 있다. 그러나 돈은 아니다. 단호하게, 자, 할 말 끝!

코니는 마이클리스와, 그와 함께 떠났더라면 가질 수 있었을지도 모를 돈에 대해 생각했다. 그러나 그녀는 그것조차 원치 않았다. 그녀는 자신이 클리퍼드를 도와 글을 써서 번 더 적은 액수의 돈이 더 좋았다. 그녀는 실제로 그 돈을 벌 수 있도록 도왔다. 〈클리퍼드와 나는 함께, 글을 써서 1년에 1,200파운드를 벌어.〉 그녀는 스스로에게 그렇게 말했다. 돈을 벌자! 돈을 벌자! 어딘지도 모르는 곳으로부터! 허공으로부터 돈을 벌자! 인간이 자랑스러워할 마지막 위업일지니! 나머지는 모두 헛소리일 뿐!

그렇게 그녀는 다시 그와 함께 힘을 합쳐 공허로부터 또 다른 소설을 써내기 위해 클리퍼드가 있는 집으로 터벅터벅 걸어갔다. 한 편의 소설을 쓰는 것은 돈을 의미했다. 클리퍼드는 자신이 쓴 소설들이 일류 문학 작품으로 간주되느냐 아니냐에 굉장히 신경을 쓰는 것 같았다. 솔직히 말하면 그녀는 그런 것에 신경 쓰지 않았다. 〈그의 소설 속에는 아무것도 들어 있지 않다!〉고 그녀의 아버지는 말했다. 〈작년에 1,200파운드를 벌었다고요!〉가 그것에 대한 간단하면서도 결정적인 대답이었다.

젊다면 보이지 않는 곳에서 돈이 흘러 들어올 때까지 이를 악물고 그저 계속 버텨라. 그것은 힘의 문제이다. 그것은 의지력의 문제이다. 아주 미묘하고 강력한 의지력의 발산은, 돈이라는 단어 하나 쓰여 있는 종잇조각에 불과한 불가사의한 공허를 가져다준다. 그것은 일종의 마법이다. 분명히 그것은 승리다. 암캐 여신! 자, 굳이 몸을 팔아야 한다면 암캐 여신에게 팔라. 그녀에게 몸을 팔면서도 항상 그녀를 경멸할 수 있으니. 그거야말로 좋은 일이 아닌가!

물론 클리퍼드에게는 유치한 금기 사항과 집착의 대상이 여전히 많이 있었다. 그는 〈정말로 훌륭한〉 사람으로 간주되기를 원했다. 그것은 전부 주제넘은 헛소리일 뿐이었다. 정말로 훌륭한 것은 바로 실제로 인기를 얻는 것이다. 정말로 훌륭하지만 그 상태로 내팽개쳐져 있는 것은 아무 소용이 없다. 대부분의 〈정말로 훌륭한〉 남자들은 버스를 놓쳐 버린 것처럼 보인다. 결국 한 번의 인생밖에 살지 못하는데 버스를 놓친다면 다른 실패자들과 함께 도로에 그냥 내버려지는 것이다.

코니는 다음 해 겨울 클리퍼드와 함께 런던에서 겨울을 날 생각을 하고 있었다. 그와 그녀는 버스를 잘 잡아탔고, 그래서 잠깐 동안 성공을 만끽하면서 그것을 과시하는 것도 괜찮을 것 같았다.

가장 끔찍했던 것은 클리퍼드가 넋이 나가서 멍한 상태가 되고 잠깐씩 맥 빠진 우울증에 빠지는 경향을 보인다는 것이었다. 그의 영혼에 생긴 상처가 밖으로 비어져 나오는 숭이었다. 그러나 그것 때문에 코니는 비명을 지르고 싶었다. 맙소사, 의식 자체의 작용 구조가 망가지려 한다면 어떻게 해야 한단 말인가! 빌어먹을, 최선을 다했는데! 그런데도 완전히 낙담하는 일을 당해야 한단 말인가!

때로 그녀는 서럽게 울었다. 그러나 울면서도 자기 자신에게 말했다. 손수건이나 적시고 있다니 어리석은 바보 같으니라고! 울면 해결되는 게 있기라도 한 것처럼 말이야!

마이클리스 이후로 그녀는 아무것도 바라지 않기로 결심했다. 그것만이 다른 식으로는 절대 해결될 수 없는 것에 대한 가장 간단한 해결책처럼 보였다. 그녀는 자신이 이미 가진 것 이상은 절대 바라지 않았다. 단지 그녀는 자신이 이미 가진 것을 이용해 성공을 이루고 싶었다. 클리퍼드, 소설들, 랙비, 채털리 부인으로서의 역할, 돈과 명성. 대단하진 않지만, 이 모든 것을 이용해 성공하기를 바랐다. 사랑, 섹스, 그런 종류의 모든 것은 그냥 얼음과자일 뿐이었다. 핥아 먹고 잊어버려라. 만약 마음속으로 그것에 매달리지 않는다면 그것은 아무것도 아니다. 특히 섹스는⋯⋯ 아무것도 아니었다! 그것에 대해 결심만 하면 그 문제는 해결된 것이다. 섹스와 칵테일 한 잔. 둘 다 지속되는 시간이 비슷하고, 비슷한 효과를 발휘하고, 거의 비슷한 결과를 낳았다.

그러나 자식, 아기는! 그것은 여전히 흥분되는 일 중 하나였다. 그녀는 그 실험을 정말 신중하게 감행하고 싶었다. 상대 남자를 누구로 정할지 고려해 보아야 했지만 이상한 것은 그 남자의 아이를 낳고 싶다는 생각이 드는 남자가 세상에 하나도 없었다. 믹의 아이들이라! 끔찍한 생각이었다! 토끼에게 자식을 낳아 주는 것처럼 끔찍했다! 토미 듀크스는? 무척 괜찮은 사람이지만 어쩐 일인지 그를 아기와 자손들과 연결시켜 생각하기가 불가능했다. 그는 그 자신으로 끝날 사람이었다. 그리고 상당히 많은 클리퍼드의 나머지 지인 중에서도 그 사람의 자식을 낳는다는 생각을 했을 때 경멸을 불러

일으키지 않은 남자는 하나도 없었다. 애인으로서는 믹까지 포함해서 상당히 가능성이 있는 사람들이 몇 있었다. 그러나 그들로 하여금 그녀의 몸에 아기를 갖게 한다면! 웩! 굴욕감과 혐오감밖에 들지 않았다.

자, 할 말 끝!

그럼에도 불구하고 코니는 자식 문제를 마음속 깊은 곳에 남겨 두었다. 기다려! 기다려 보자! 그녀는 여러 세대의 남자들을 자신의 체로 걸러 내서 적당한 남자를 하나 찾아낼 수 없는지 알아볼 것이다. 〈너희는 예루살렘의 거리와 골목마다 다니며 한 남자라도 찾아낼 수 있는지 알아보라.〉[41] 수천 명의 남자들이 있었음에도 불구하고 예언자의 예루살렘에서 의인한 사람을 찾아내는 것이 불가능했다. 그러나 남자 하나쯤이야! 그것은 다른 문제였다*C'est une autre chose*!

그녀는 그 남자가 반드시 외국인이어야 한다고 생각하고 있었다. 영국인이어서는 안 될 것이다. 스코틀랜드인이나 아일랜드인은 더더욱 안 될 것이다. 진짜 외국인이어야 한다.

그러나 기다리자! 기다려 보자! 내년 겨울에 그녀는 클리퍼드를 런던으로 데려갈 것이다. 그 다음 겨울에는 헤외로, 프랑스 남부로, 이탈리아로 데려갈 것이다. 기다려 보자! 그녀는 자식에 대해 서두르지 않았다. 그것은 그녀 자신의 사적인 문제이자, 그녀 나름의 기묘하고 여성적인 방식으로 영혼 밑

---

41 「예레미야」 5장 1절 〈예루살렘 거리를 돌아다니며, 너희 눈으로 찾아보아라. 장마당마다 찾아다녀 보아라. 바르게 살며 신용을 지키는 사람이 하나라도 있으면 나는 예루살렘을 용서하리라〉를 코니가 변형한 것.

바닥까지 진지하게 따져 보는 사항이었다. 그녀는 우연히 만난 남자와 모험 따윈 결코 하지 않을 작정이었다. 결코 그렇게 하지는 않을 것이다. 거의 언제라도 애인은 만들 수 있다. 그러나 자신에게 아이를 낳게 해줄 수 있는 남자여야 한다! 기다리자! 기다려 보자! 그것은 아주 다른 문제였다. 〈너희는 예루살렘의 거리와 골목마다 다니며⋯⋯.〉 그것은 사랑의 문제가 아니었다. 그것은 한 사람의 남자에 대한 문제였다. 글쎄, 개인적으로는 그 남자를 오히려 싫어하는 편일 수도 있다. 그렇지만 그 남자가 그 한 사람이라면 개인적인 혐오가 무슨 문제가 되겠는가? 이 일은 우리 자신의 또 다른 부분과 연관된 것이다.

평소처럼 비가 내렸고 클리퍼드의 모터 의자가 다니기엔 길이 너무 젖어 있었다. 그러나 코니는 밖으로 나가곤 했다. 그녀는 이제 매일 혼자서 대개는 숲으로 나갔고 그곳에서는 정말로 혼자가 되었다. 그곳에서는 아무도 마주치지 않았다.

그러나 오늘 클리퍼드는 사냥터지기에게 전하고 싶은 말이 있었다. 하지만 심부름하는 남자아이가 독감으로 몸져누웠기 때문에 — 랙비에서는 항상 누군가가 독감에 걸리는 것 같았다 — 코니는 자신이 오두막집에 들르겠다고 말했다.

세상 전부가 천천히 죽어 가고 있는 것처럼 공기가 부드럽고 잠잠했다. 사방이 잿빛이 된 채 끈적끈적했고 탄갱에서는 덜거덕거리는 소리조차 들려오지 않았다. 탄광이 조업 단축을 하고 있었지만 오늘은 아예 일을 중단해 버렸다. 모든 것이 끝난 것 같았다!

숲속은 모든 것이 완전히 생기를 잃은 채 꼼짝도 하지 않았다. 커다란 물방울만 앙상한 가지에서 떨어져서 공허한 작은 소리를 냈다. 그 외에는 오래된 나무들 사이에 잿빛의 절망적인 무기력함과 적막함, 공허함만이 깊이, 깊이 자리 잡고 있었다.

콘스턴스는 흐릿한 숲 속을 계속 걸었다. 오래된 숲에서 오랜 우수가 뿜겨져 나와 그녀를 달래 주었고 그것은 바깥 세계의 거친 비정함보다 더 좋았다. 그녀는 숲의 내향성을, 오래된 나무들의 말 없는 과묵함을 좋아했다. 나무들은 바로 그 침묵의 힘이면서도 생명력으로 넘치는 존재 같았다. 나무들은 또한 기다리고 있었다. 나무들은 고집스럽게, 극기하며 기다리면서 침묵의 힘을 부여받았다. 아마 나무들이 기다리는 것은 오직 종말인지도 모른다. 잘려 넘어지고 치워져 숲의 종말을 맞이하는 것. 즉 나무들에게는 모든 것의 종말이 될 순간을 기다리는지도 모른다. 그러나 아마도 나무들의 강하고 귀족적인 침묵은, 그 강한 나무들의 침묵은 다른 뭔가를 의미하는 것인지도 모른다.

그녀가 숲의 북쪽에서 나왔을 때 여러 개의 박공과 아담한 굴뚝이 있고 갈색 돌로 지어진 다소 거무스름한 오두막집이 보였다. 아무도 살지 않는 것처럼 그 집은 너무나 조용했고 외따로 떨어져 있었다. 그러나 굴뚝에서 한 줄기 연기가 피어오르고 있었고 집 앞의 울타리를 둘러친 작은 정원은 아주 깔끔하게 손질이 잘되어 있었다. 문은 닫혀 있었다.

막상 이곳에 도착하자 그녀는 묘하게 날카로운 눈을 가진 남자를 만나기가 조금 꺼려졌다. 그녀는 그에게 명령을 전해 주는 것이 싫었다. 되돌아가고 싶은 마음이 들었다. 가만히 문을 두드려 보았다. 아무도 나오지 않았다. 그녀는 다시 문을 두드렸다. 그러나 여전히 큰 소리가 나지 않게 두드렸다. 아무 대답도 없었다. 창문 안을 들여다보자 침범당하고 싶어 하지 않는, 거의 불길할 정도로 은밀한 사생활의 분위기를 풍기는 어두컴컴한 작은 방이 보였다.

그녀는 서서 귀를 기울였다. 그러자 오두막집 뒤편에서 무슨 소리가 나는 것 같았다. 문을 두드려도 아무 반응이 없었기 때문에 오기가 발동했다. 그녀는 절대 물러나지 않을 것이다.

그래서 그녀는 집 옆으로 돌아갔다. 오두막집 뒤쪽으로는 땅이 다소 가파르게 솟아 있어 뒷마당은 움푹 들어가 있었고 낮은 돌담이 둘려 있었다. 그녀는 집 모퉁이를 돌아가다 발을 딱 멈춰 섰다. 두 걸음쯤 앞쪽의 작은 마당에서 남자가 아무것도 모른 채 무심히 몸을 씻고 있었다. 그는 엉덩이까지 벗어 젖힌 상태였고 우단 바지는 호리호리한 허리 아래로 흘러내려 있었다. 그리고 늘씬한 하얀 등을 커다란 비눗물 통 위로 구부리고 있었다. 그는 통 속에 머리를 담갔다가 묘하고 재빠른 동작으로 머리를 흔들고는 날씬하고 하얀 두 팔을 들어 올려 귓가에서 비눗물을 씻어 냈다. 물장난치는 족제비처럼 재빠르고 섬세했으며 완전히 혼자인 듯한 모습이었다.

코니는 집 모퉁이를 되돌아 나와 서둘러 숲으로 갔다. 자신도 모르게 그녀는 충격을 받았다. 그래 봐야 그저 남자 하나가 몸을 씻고 있던 것뿐인데! 세상에, 너무나 흔해 빠진 일일 뿐인데 말이다.

그럼에도 불구하고 묘하게도 그것은 환상 같은 경험이었다. 그녀는 몸 한가운데를 얻어맞은 듯했다. 그녀는 그의 촌스러운 바지가 깨끗하고 섬세한 하얀 허리 위로 흘러내려 엉치뼈가 살짝 드러난 것을 보았고 혼자라는 느낌, 완전히 혼자인 존재라는 느낌이 그녀를 압도했다. 그것은 혼자 살면서 내적으로도 혼자인 한 존재의 완벽하고, 하얗고, 고독한 나체였다. 그리고 그 너머로는 순수한 존재가 지닌 어떤 아름다움이 있었다. 그것은 아름다움의 본질이나 아름다움의 본체가 아니라 어떤 희미한 빛, 손으로 만질 수 있는 형체 속에 자신을 드러내고 있는 한 생명체의 따뜻하고 하얀 불꽃이었다. 즉, 하나의 육체였다.

코니는 환상의 충격을 자궁 속으로 받아들였고, 그것을 깨달았다. 그 충격은 그녀의 몸 안에 들어와 있었다. 그러나 그녀는 정신적으로 그것을 경멸하고 싶었다. 그저 뒷마당에서 몸을 씻고 있는 남자일 뿐이야! 틀림없이 냄새가 고약한 노란 비누로 씻고 있었을 거야! 그녀는 조금 짜증이 났다. 왜 자신이 그렇게 천한 사람이 내밀한 사생활과 맞닥뜨려야만 한단 말인가!

그래서 그녀는 자신의 마음을 접어 둔 채 걸어갔다. 그러나 잠시 후 나무 그루터기에 앉았다. 너무 혼란스러워서 생각할 수가 없었다. 그러나 혼란의 소용돌이 속에서도 그녀는 그 남자에게 말을 전해 주기로 작정했다. 해야 할 일을 피하지 않기로 했다. 그에게 옷 입을 시간은 주어야 하겠지만 외출해 버릴 정도로 오래 지체해서는 안 되었다. 그는 어쩌면 어디론 가 나갈 준비를 하고 있었던 것인지도 모른다.

그래서 그녀는 귀를 기울이며 천천히 어슬렁어슬렁 되돌아 갔다. 그녀가 가까이 다가가자 오두막집은 조금 전 모습 그대로였다. 개가 짖었다. 그녀는 문을 두드렸다. 자신도 모르게 가슴이 두근거렸다.

남자가 가볍게 계단을 내려오는 소리가 들렸다. 이상하게 갑자기 문이 벌컥 열렸기 때문에 그녀는 화들짝 놀라고 말았다. 그 역시 불쾌한 표정이었다. 그러나 곧 얼굴에 웃음을 띠었다.

「채털리 부인이시군요!」 그가 말했다. 「안으로 들어오시겠습니까?」

그의 태도가 너무나 완벽할 정도로 자연스럽고 상냥해서 그녀는 문지방을 넘어 다소 황량한 작은 방 안으로 걸어 들어갔다.

「클리퍼드 경의 말을 전하러 찾아왔을 뿐이에요.」 그녀가 특유의 부드럽고 다소 숨찬 목소리로 말했다.

남자가 모든 것을 꿰뚫어보는 듯한 파란 눈으로 그녀를 바라보는 바람에 그녀는 옆으로 살짝 얼굴을 돌렸다. 그는 수줍어하는 그녀의 모습이 예쁘고 아름답기까지 하다고 생각했다. 그러고는 즉시 그 자신이 상황을 주도했다.

「앉으시겠어요?」 그는 그녀가 앉지 않을 것이라 지레 짐작하며 물었다. 문은 계속 열려 있었다.

「아니, 괜찮아요! 클리퍼드 경이 궁금해서요. 혹시 당신이…….」 그녀는 말을 전하면서 자신도 모르게 그의 눈을 다시 들여다보았다.

지금은 그의 눈이 부드럽고 상냥해 보였다. 특히 여자에게는 놀라울 정도로 따뜻하고 상냥했으며 편안해 보였다.

「잘 알았습니다, 마님! 즉시 그 문제는 처리하도록 하겠습니다.」

명령을 받을 때 그는 사람이 완전히 달라졌고 어떤 딱딱함과 거리감에 휩싸인 것처럼 보였다.

코니는 머뭇거렸다. 그녀는 떠나야만 했다. 그러나 그녀는 깨끗하게 잘 정돈되어 있고 다소 황량한 작은 거실을 약간 당황해서 둘러보았다.

「여기서 당신 혼자 사나요?」 그녀가 물었다.

「혼자 삽니다, 마님.」

「그렇지만 당신 어머니가……?」

「어머니는 마을에 있는 집에서 사십니다.」

「그 아이와요?」 코니가 물었다.

「네, 그 아이하고요!」

그리고 그의 평범하고 다소 야윈 얼굴에 알 수 없는 경멸이 빛이 어렸다. 표정이 계속 달라지면서 상대방을 당혹스럽게 하는 얼굴이었다.

「사실은…….」 그는 코니가 당황해서 어쩔 줄 모르는 것을 보며 말했다. 「어머니가 토요일마다 오셔서 청소를 해주십니다. 나머지는 제가 하고요.」

다시 코니가 그를 바라보았다. 그의 눈에는 다시 미소가 어려 있었는데, 약간 놀리는 듯했지만 따뜻하고 우울하며 어딘지 모르게 상냥한 미소였다. 그녀는 그에게 경탄했다. 그는 바지와 플란넬 셔츠에 회색 타이를 매고 있었고 머리는 부드럽게 젖어 있었으며 얼굴은 다소 창백하고 초췌했다. 웃음기가 가시자 그의 눈은 많은 고통을 겪었으면서도 여전히 따뜻함을 잃지 않은 것처럼 보였다. 그러나 창백한 고립감이 그에게 나타났다. 그에게 그녀는 사실 그 자리에 없는 것이나 다름없었다. 그리고 그녀는 그에게서 묘하게 남다른 점을 느꼈지만 그것은 죽음 자체로부터 멀지 않은 것이었다.

그녀는 굉장히 많은 이야기를 하고 싶었지만 아무 말도 하지 않았다. 그녀는 그를 다시 올려다보며 다음과 같이 말했을 뿐이었다.

「방해가 되지 않았길 빌어요.」

그가 조롱하는 듯이 살짝 미소를 지으며 눈을 가늘게 떴다.

「굳이 말씀드리자면 머리를 빗고 있었을 뿐입니다. 외투를 입고 있지 않아서 죄송합니다! 그러나 그때는 문을 두드리는 사람이 누구인지 전혀 몰랐습니다. 여기서는 아무도 문을 두드리지 않으니까요. 그리고 예기치 않게 들려오는 문 두드리는 소리는 불길하게 느껴집니다.」

그가 그녀보다 앞장서서 뜰에 난 길로 내려가서는 문을 열어 주었다. 촌스러운 우단 겉옷을 입지 않은 채 셔츠만 걸친 그를 보면서 그녀는 야위고 약간 구부정한 그가 얼마나 호리호리한지 다시 알아차렸다. 그러나 그녀는 그의 옆을 지나쳐 가면서 그의 부드러운 금발과 민첩한 눈빛에는 젊고 빛나는 무언가가 감돌고 있다는 것을 깨달았다. 그는 서른일고여덟 쯤 되어 보였다.

그녀는 숲 속으로 터벅터벅 걸어가면서 그가 자신의 뒷모습을 바라보고 있다는 것을 알고 있었다. 그녀는 자신도 모르게 그 남자 때문에 무척 당황하고 혼란스러워하고 있었다.

한편 그는 집 안으로 들어가면서 이렇게 생각했다. 〈훌륭한 여자야. 진짜 여자! 그녀 자신이 알고 있는 것 이상으로 더 훌륭한 여자야.〉

그녀는 그 남자에 대해 몹시 궁금증이 났다. 그는 전혀 사냥터지기답지 않았고, 여하튼 노동자처럼 보이지도 않았다. 물론 그 고장 사람들과 뭔가 공통점이 있긴 했다. 그러나 뭔가 아주 비범한 점도 있었다.

「사냥터지기 멜러스는 참 묘한 사람인 것 같아요.」 그녀가 클리퍼드에게 말했다. 「거의 신사라고 해도 될 것 같아요.」

「그런가?」 클리퍼드가 말했다. 「내 눈에는 그렇게 안 보이던데.」

「그렇지만 그에게는 뭔가 특별한 점이 있는 것 같지 않아요?」 그녀는 굽히지 않고 주장했다.

「그가 상당히 괜찮은 사람이라고 생각하긴 하지만 그에 대해 아는 것이 거의 없소. 작년에 제대했다는 거 말고는 말이지. 채 1년도 안 되었다는군. 인도에서 근무하다 제대한 것으로 알고 있소. 그곳에서 신사인 양 행세하는 요령을 터득했던 것 같소. 어떤 장교의 부하로 일하면서 신분이 상승한 것 같소. 그런 남자들이 간혹 있지. 그러나 그래 봐야 그들에게 전혀 도움이 되지 않는 법이오. 집으로 돌아오면 예전 신분으로 다시 떨어지게 되니 말이오.」

코니는 생각에 잠겨 클리퍼드를 찬찬히 바라보았다. 그녀는 그에게서 자신보다 낮은 계급의 사람 중에서 실제로 위로 기어 올라가는 것 같은 사람이 있으면 누구든 간에 이상할 정도로 인색하게 거부하는 모습을 보았다. 그녀는 그것이 그와 같은 유형의 사람들이 보여 주는 특징이라는 것을 잘 알고 있었다.

「하지만 그에게는 뭔가 특별한 점이 있다고 생각하지 않아요?」그녀가 물었다.

「솔직히 말해서 아니오! 전혀 그런 점을 느끼지 못했소.」

그는 묘한 표정으로 그녀를 바라보았다. 불안하게, 반은 의심의 눈초리로 바라보았다. 그리고 그녀는 그가 진실을 말하고 있지 않다는 것을 느꼈다. 그는 그 자신에게도 진실을 말하고 있지 않았다. 그는 정말로 예외적인 인간이 있다는 의견은 그게 어떤 것이든 싫어했다. 사람들은 어느 정도 자신과 비슷한 수준이거나 자신보다 못한 수준이어야 했다.

코니는 자기 세대 남자들이 지닌 인색함과 쩨쩨함을 다시 느꼈다. 그들은 몹시 인색했고 삶을 너무 두려워했다!

# 제7장

코니는 자기 침실로 올라와서 오랫동안 하지 않았던 일을 했다. 그녀는 옷을 모두 벗은 다음 커다란 거울에 자신의 모습을 비춰 보았다. 자신이 무엇을 찾고 있는지, 또는 무엇을 보려고 하는지 분명하게 알지 못했다. 하지만 그녀는 등불을 옮겨 가며 온 몸을 비춰 보았다.

그리고 그녀는 이전에 너무나 자주 하곤 했던 것과 똑같은 생각을 했다. 벌거벗은 인간의 몸이란 얼마나 연약하고 상처입기 쉬우며 애처롭기까지 한 것인가! 그것은 어딘지 모르게 약간 미완성인 데다 불완전해 보였다!

한때 몸매가 좋다고 여겨지던 그녀였지만 지금은 한물간 상태였다. 조금 지나치게 여성적이어서 사춘기 소년처럼 보이는 몸매는 아니었다. 그녀는 키가 그리 큰 편이 아니었다. 약간 스코틀랜드 여자다운 작달막한 체구였다. 그러나 그녀에게는 부드럽게 흘러내리는 어떤 우아함이 있어서 아름답다고 할 수 있었다. 피부는 살짝 황갈색을 띠었고 팔다리에는 어떤 차분함이 있었다. 한창 때의 흘러내리는 듯한 풍만함이 있어야 했지만 그녀의 몸매에는 뭔가가 빠져 있었다.

탄탄하게 흘러내리는 곡선미가 무르익어 가는 대신 그녀의 몸은 밋밋해지고 약간 꺼칠해지고 있었다. 마치 햇볕과 온기를 충분히 받지 못한 것 같았다. 그녀의 몸은 살짝 칙칙해 보였고 활기가 없었다. 진정한 여자다움을 꽃피울 수 없게 되었기 때문에 그녀의 몸은 소년 같은 탱탱하고 투명한 모습이 되지 못했다. 그 대신 칙칙해졌다.

젖가슴은 다소 작은 편이었고 배(梨) 모양으로 처져 있었다. 그러나 완전히 익지 않아서 쓴맛이 났고 그곳에 계속 달려 있을 생각이 없는 것 같았다. 그리고 그녀의 배는 젊은 시절 육체적으로 그녀를 진정으로 사랑해 주었던 독일인 애인을 사귀던 때의 그 동그스름하고 싱싱한 빛을 잃어버렸다. 그 시절에는 탄력 있고 희망에 찬 배 특유의 진짜 모습을 하고 있었다. 그러나 지금은 점점 늘어지고, 약간씩 퍼지고, 빈약해지고 있었는데, 그것도 처진 모양새로 빈약해진 터였다. 허벅지 역시 전에는 여자답게 야릇하고 둥그스름하면서도 무척 민첩하고 부드러워 보였지만 지금은 펑퍼짐하게 늘어진 데다 하찮게 보였다.

그녀의 몸은 하찮게 변해 가고 있었고, 활기와 윤기를 잃어가고 있었으며, 너무나 보잘것없는 물건으로 변해 가고 있었다. 그 때문에 그녀는 한없이 우울해지고 절망적인 기분이 되었다. 무슨 희망이 있을까? 살에 매력적인 광채나 광택을 모두 잃어버린 채 그녀는 늙어 버렸다. 스물일곱 살의 나이에 늙어 버린 것이다. 방치와 거부 때문에 늙어 버렸다. 그렇다.

거부 때문이었다. 상류층 여성들은 외모에 관심을 기울여 자신들의 몸을 우아한 도자기 그릇처럼 반짝반짝 광채가 나도록 가꾸었다. 물론 도자기 그릇 안쪽에는 아무것도 없었다. 그러나 그녀는 도자기 그릇 안쪽만큼도 빛이 나지 않았다. 정신적인 삶이라고! 갑자기 분노가 밀려오면서 그것에 대한 증오심이 일어났다. 엉터리 같은 소리!

그녀는 다른 거울에 비친 자신의 등과 허리와 엉덩이를 들여다보았다. 더 날씬해지고 있었지만 그녀와는 어울리지 않았다. 더 잘 보려고 몸을 뒤로 구부리자 허리 뒤쪽에 생긴 주름은 좀 진저리가 날 정도였다. 예전에는 무척 탱탱해 보였던 부분이었다. 그리고 허리부터 엉덩이를 이루는 긴 굴곡은 예전의 광채와 풍만한 느낌을 잃어버렸다. 사라져 버렸다! 독일 청년만이 유일하게 그것을 사랑했지만 그가 죽은 지 벌써 10년이 다 되어 가고 있었다. 세월은 얼마나 빠르게 흘러가는지! 그리고 그녀는 이제 겨우 스물일곱 살이었다. 그런데 그녀가 그 시절 그렇게 비웃었던 풋풋하고 서투른 관능을 지녔던 그 건강한 청년이 죽은 지 10년이 되었다니! 그런 관능을 이제는 어디서 찾을 수 있을까? 그것은 이제 남자들에게서 사라져 버렸다. 남자들은 마이클리스처럼 2초밖에 지속되지 않는 한심한 경련 같은 흥분밖에 지니고 있지 않았다. 그들에게는 피를 따뜻하게 하고 온 존재를 새롭게 해주는 건강한 관능이 전혀 없었다.

그럼에도 불구하고 그녀는 허리 뒤쪽의 움푹 들어간 부분부터 길게 굴곡을 이루며 내려가는 둔부와 나른하게 봉긋 솟아오른 다소곳한 엉덩이가 자신의 몸 중에서 가장 아름다운 부분이라고 생각했다. 아랍인들의 표현처럼 길게 굴곡을 이루며 부드럽게 흘러내리는 모래 언덕 같았다. 이 부분에서는 생명이 여전히 희망을 품고 남아 있었다. 그러나 이 부분 역시 그녀는 더 야위어 가고 있었고, 익지 않은 채 쪼그라들고 있었다.

그러나 앞모습은 그녀를 비참하게 만들었다. 그곳은 탄력 없이 홀쭉해져서 이미 늘어지고 있었고, 거의 시들어서 제대로 꽃피기도 전에 져 가고 있었다. 그녀는 혹시라도 낳게 될지도 모를 아이에 대해 생각했다. 과연 이런 몸으로 아이를 낳을 수나 있는 것일까?

그녀는 잠옷을 걸치고 침대로 가서 서럽게 울었다. 그리고 그렇게 서럽게 우는 동안 클리퍼드와 그의 글들과 그의 말에 대해 차가운 분노가 타올랐다. 여자를 속여 육체를 빼앗아 가버린 클리퍼드와 같은 부류의 남자들 모두를 향한 차가운 분노가 타올랐다. 부당해! 정말 부당해! 육체적으로 심하게 부당한 일을 당하고 있다는 느낌이 그녀의 영혼에서 불타올랐다.

그러나 아침이 되자 그녀는 여느 때처럼 7시에 일어나서 아래층의 클리퍼드에게 내려갔다. 남들에게 보일 수 없는 그의 사적인 일은 모두 그녀가 도와줘야 했다. 그는 남자 하인을 두지 않았고 여자 하인의 시중은 거부했기 때문이다. 클리퍼드가 어렸을 적부터 알아 온 가정부의 남편이 그를 돕고 무거운 것을 들어 올리는 일을 도맡아 했다. 그러나 개인적인 일은 코니가 했다. 그녀는 기꺼이 그 일을 했다. 힘든 일이었지만 그녀는 자신이 할 수 있는 일은 직접 하고 싶어 했다.

그래서 그녀는 랙비를 떠나 있는 일이 거의 없었고 하루나 이틀 이상 집을 비운 적은 한 번도 없었다. 그럴 때면 가정부인 베츠 부인이 클리퍼드의 시중을 들었다. 클리퍼드는 시간이 흐르면서 이 모든 시중을 당연하게 여겼는데, 사실 그럴 수밖에 없었다. 그가 그러는 것은 당연했다.

하지만 코니의 마음속 깊은 곳에서는 부당한 일을 당하고 있다는 느낌이, 속았다는 느낌이 타오르기 시작했다. 육체적으로 부당한 일을 당하고 있다는 의식은 일단 일깨워지고 나면 위험한 감정이 된다. 배출구가 있어야 했다. 그렇지 않으면 그런 의식을 갖게 된 사람의 마음을 갉아먹는다.

불쌍한 클리퍼드, 그의 탓은 아니었다. 그는 더 큰 불행을 겪었다. 이 모든 것은 전체적인 재난의 일부분일 뿐이었다.

그럼에도 불구하고 어떤 면에서는 그의 탓이 아닐까? 이런 따뜻함의 부족, 더 단순하고 따뜻한 이런 신체적 접촉의 부족은 그에게 책임이 있는 것이 아닐까? 사실 그는 한 번도 따뜻히게 대해 준 적이 없었다. 한 번도 없었다. 점잖고 냉정한 방식으로 그는 친절하고, 사려 깊고, 배려심이 있었다. 그러나 남자가 여자를 대하는 식으로는 한 번도 따뜻함을 보여 준 적이 없었다. 그는 코니의 아버지만큼도 그녀에게 따뜻함을 보이지 않았다. 코니의 아버지는 호화롭게 잘 살았고, 또 그렇게 살려고 작정했으면서도 여전히 약간의 남성적인 따뜻함을 발휘해 여자를 위로할 줄 아는 남자로 조금의 따뜻함은 지니고 있었다.

클리퍼드는 그렇지 않았다. 그와 같은 부류 전체가 그렇지 않았다. 그들 모두 내면적으로 무정했고 서로 동떨어져 있었으며, 그들에게 따뜻함이란 그저 바람직하지 못한 취향일 뿐이었다. 그런 것 없이 살아가면서 자신의 품위를 지켜 나가야 했다. 같은 계급과 같은 부류의 사람들과 어울릴 때는 그런 태도가 상당히 괜찮았다. 그런 경우 냉정함을 유지하고 많은 존경을 받을 수 있었고, 자신의 품위를 지켜 나가면서 그렇게 하는 데서 만족감을 누릴 수 있었다. 그러나 다른 계급과 다른 부류의 사람들과 어울릴 때는 그런 태도가 별 소용이 없었다. 그저 자신의 품위를 지켜 나가면서 자신이 지배 계급에 속해 있다고 느끼는 것만으로는 전혀 재미가 없을 테니 말이다. 아무리 똑똑한 귀족이라도 지켜 나갈 만한 명확한 품위라는 것이 실제로 아무것도 없고 그들의 지배라는 것이 전혀 지배가 아니라 사실은 하나의 소극(笑劇)에 지나지 않는다면 무슨 소용이 있단 말인가! 그것은 모두 썰렁한 헛소리였다.

반항심이 코니의 마음속에서 끓어올랐다. 그 모든 것이 무슨 소용이 있을까! 그녀의 희생이, 그녀의 인생을 클리퍼드에게 헌신하는 것이 무슨 소용이 있을까! 도대체 그녀는 무엇에 봉사하고 있는 것일까? 따뜻한 인간적인 접촉이라곤 전혀 없고 태생이 미천한 유대인이 성공이라는 암캐 여신에게 몸을 팔고 싶어 갈망하는 것만큼 타락한 허영심을 지닌 냉담한 인간에게 그녀는 봉사하고 있었다. 자신이 지배 계급에 속해 있다는 클리퍼드의 냉정하고 인간적인 접촉이 배제된 확신조차, 그가 혀를 입 밖으로 축 늘어뜨린 채 숨을 헐떡이며 암캐 여신의 뒤를 쫓아가는 꼴을 보이지 않게끔 막지 못했다. 결국 그 문제에 있어서는 마이클리스가 오히려 더 품위 있었고 훨 씬 더 큰 성공을 거뒀다. 암캐 여신을 쫓아가면서 클리퍼드가 헐떡이는 꼬락서니를 실제로 자세히 들여다보면 그는 어릿광 대였다. 그리고 어릿광대가 상놈보다 더 치욕스러운 것이다.

남자들을 놓고 고른다면, 그녀에게는 클리퍼드보다 마이 클리스가 실제로 훨씬 더 쓸모가 있었다. 게다가 마이클리스 가 그녀를 훨씬 더 필요로 했다. 불구가 된 다리를 돌봐 주는 일이야 유능한 간호사라면 누구든 할 수 있는 것이니 말이다. 그리고 영웅적인 노력으로 말하자면 마이클리스는 영웅적인 생쥐였고 클리퍼드는 잘난 체하며 자신을 과시하는 푸들과 상당히 비슷했다.

저택에는 머물고 있는 사람들이 있었고 그중에는 베널리 부인인 클리퍼드의 숙모, 에바가 있었다. 그녀는 코가 빨갛고 깡마른 예순 살의 과부였지만 여전히 귀부인*grand dame*의 면 모를 지니고 있었다. 그녀는 최고의 명문가 출신으로 그 가문 에 걸맞은 성품을 지니고 있었다. 코니는 그녀를 좋아했다. 그녀는 너무나 완벽하게 단순했고 솔직해지려고 마음먹은 한 에서는 솔직했으며 겉으로는 친절했다. 속으로는, 자신의 품 위를 지키면서 다른 사람들을 조금 얕잡아 보는 명수였다. 그 녀는 결코 속물은 아니었다. 자신감이 너무 지나쳤을 뿐이었 다. 그녀는 자신의 품위를 냉정하게 유지하면서 사람들로 하 여금 자신에게 경의를 표하게 하는 사교적 기술에 능통했다.

그녀는 코니에게 친절하게 대해 주었고 좋은 가문 출신 여자가 지닌 송곳처럼 날카로운 관찰력으로 코니의 여자로서의 영혼 속으로 파고들어 오려 했다.

「내 생각에 자네는 정말 대단해.」 그녀가 말했다. 「자네는 클리퍼드와 함께 놀라운 일들을 해냈네. 나는 막 꽃봉오리를 틔운 천재를 직접 본 적이 없는데 클리퍼드가 바로 저렇게 한창 인기를 얻고 있군.」 에바 숙모는 클리퍼드의 성공을 흡족해하며 자랑스럽게 여겼다. 가문의 모자에 또 하나의 깃털 장식을 얹는 것이리라! 그녀는 그의 작품에 대해서는 눈곱만큼도 신경을 쓰지 않았다. 그렇지만 그녀가 신경 써야 할 이유가 있을까?

「아, 그건 제가 한 일이 아니에요.」 코니가 말했다.

「틀림없이 자네가 한 일이야! 다른 누구도 아니고 자네가 말이야. 그런데 내가 보기에는 자네가 그에 대한 충분한 보상을 받지 못한 것 같아.」

「어떻게요?」

「자네가 여기 갇혀 지내는 꼴을 보게. 그래서 내가 클리퍼드에게 말했네. 〈저 애가 어느 날 반란을 일으키면 전부 자네 탓인 줄 알게〉라고 말이야.」

「그렇지만 클리퍼드는 제가 하고 싶은 대로 하게 해주는데요.」 코니가 말했다.

「자, 들어 보게.」 그러면서 베널리 부인은 야윈 손으로 코니의 팔을 잡았다. 「여자는 자기 삶을 살거나 아니면 자기 삶을 살지 않은 것을 후회하면서 살거나 둘 중 하나야. 진짜라네!」 그러고는 브랜디를 다시 한 모금 마셨다. 어쩌면 그것이 그녀 식의 후회의 형태인지도 모른다.

「그렇지만 전 정말 제 삶을 살고 있어요, 그렇지 않나요?」

「내가 보기에는 아니네! 클리퍼드는 자네를 런던으로 데려가서 마음껏 놀러 다니게 해줘야 하네. 그 애가 친구랍시고 사귀는 부류는 그 애한테는 괜찮지. 그렇지만 그 친구들이 자네에게는 무슨 소용이 있겠나? 내가 자네라면 그걸로는 충분치 않다고 생각할 거네. 자네는 젊음을 흘려보내고 노년은 물론이고 중년에도 그것을 후회하며 보내게 될 거야.」

부인은 브랜디로 마음이 진정되었는지 생각에 잠겨 침묵에 빠져들었다.

그러나 코니는 런던에 가서 베널리 부인에게 이끌려 사교계에 드나드는 것이 썩 내키지 않았다. 그녀는 사실 자신이 사교계와 어울린다는 느낌을 갖지 못했다. 사교계는 흥미롭지 않았다. 그리고 그녀는 그 모든 것 밑에서 모든 것을 시들게 만드는 묘한 냉기를 느꼈다. 래브라도[42]의 땅처럼 표면에는 화려한 작은 꽃들이 피어 있지만 30센티만 밑으로 내려가도 진부 꽁꽁 얼이 있었디.

토미 듀크스가 랙비에 와 있었다. 해리 윈터슬로라는 남자도 와 있었고 잭 스트레인지웨이스와 그의 아내 올리브도 함께 와 있었다. 단짝 친구들만 그곳에 와 있을 때보다는 대화가 훨씬 더 산만했다. 그리고 모두 약간 지겨워했다. 날씨가 나빠서 당구를 치고 자동 피아노에 맞춰 춤을 추는 것 말고

---

42 캐나다의 대서양 연안 지역.

는 할 일이 없었기 때문이다.

올리브는 아기들이 병 속에서 태어나서 길러지고 여자들이 아이 낳는 일에서 〈면제될〉 미래에 대한 책을 읽고 있었다.

「이것도 역시 무지 좋은 일이네요!」 그녀가 말했다. 「그러면 여자들이 자기 삶을 살 수 있을 거예요.」

스트레인지웨이스는 아이를 원했지만 그녀는 그렇지 않았다.

「당신은 아이 낳는 일에서 면제되면 어떨 것 같아요?」 윈터슬로는 보기 흉하게 미소를 지으며 그녀에게 물었다.

「난 그러면 좋겠어요. 당연히요.」 그녀가 말했다. 「어쨌든 미래는 좀 더 분별력 있는 세상이 될 거고, 여자는 자신의 기능들에 의해 끌어 내려질 필요가 없고요.」

「어쩌면 여자들이 하늘로 날아가 버리겠죠.」 듀크스가 말했다.

「난 문명이 충분히 발달하면 많은 신체적 장애가 제거될 거라고 정말로 생각해요.」 클리퍼드가 말했다. 「예를 들어 모든 연애는 없어지는 게 나을 겁니다. 우리가 아기들을 병 속에서 낳아 키울 수 있다면 그럴 거라 생각해요.」

「아니죠!」 올리브가 소리쳤다. 「그러면 즐길 수 있는 여지가 훨씬 더 많아질 거예요.」

「내 생각은 말이네.」 베널리 부인이 생각에 잠겨서 말했다. 「만약 연애가 사라지면 다른 무엇인가가 그 자리를 대신할 걸세. 어쩌면 모르핀이 그럴지도 모르지. 온 대기 중에 약간의 모르핀이 뿌려져 있는 거야. 모두에게 놀라울 정도로 상쾌한 일이 될 걸세.」

「즐거운 주말을 위해 정부가 토요일마다 하늘에 마취약 에 테르를 발사한다!」잭이 말했다. 「괜찮은 생각 같은데요. 그 러나 수요일에는 우리가 어떤 상태에 이르러 있을까요?」

「몸에 대해 잊어버리는 한 우리는 행복하네.」베널리 부인 이 말했다. 「그리고 몸에 대해 의식하는 순간 비참해지는 거 지. 그러므로 문명이 조금이라도 유익하려면 우리에게 몸을 잊어버릴 수 있게 도와주어야 하네. 그러면 우리도 모르는 사 이에 시간이 행복하게 지나갈 걸세.」

「몸을 아예 없애 버리도록 도와주는 것이어야 할 겁니다.」 윈터슬로가 말했다. 「인간이 자신의 본성을, 특히 본성의 육 체적 측면을 개선할 때가 되었어요.」

「우리가 담배 연기처럼 떠다닌다고 상상해 봐요!」코니가 말했다.

「그런 일은 일어나지 않을 겁니다.」듀크스가 말했다. 「우 리의 오래된 연극은 무너질 거예요. 우리 문명은 붕괴될 겁니 다. 그것은 바닥이 없는 구렁으로, 깊은 틈새로 떨어질 거예 요. 그리고 틀림없이 그 틈새를 건널 수 있는 유일한 다리는 남근이 될 겁니다!」

「아, 어서 하세요! 말도 안 되는 소리를 계속해 보세요, 장군 님!」올리브가 소리쳤다.

「난 우리 문명이 붕괴될 것이라 믿네.」에바 숙모가 말했다.

「그러면 그다음에는 무슨 일이 일어날까요?」클리퍼드가 물었다.

「전혀 모르겠네. 그러나 뭔가 나타날 거라고 생각하네.」 나이 든 부인이 말했다.

「코니는 사람들이 담배 연기처럼 떠다닌다느니 하는 얘기를 하고, 올리브는 여자들이 아기 낳는 일에서 면제되고 아기들이 병 속에서 태어나 자랄 거라고 말하고, 듀크스는 남근이 다음에 올 세상으로 건너가는 다리라고 하는군요. 정말 어떤 일이 일어날지 궁금하네요.」 클리퍼드가 말했다.

「아, 신경 쓰지 마세요! 그냥 오늘을 잘 살아갑시다.」 올리브가 말했다.

「그저 아기를 낳아 기르는 병이나 서둘러 만들어서 우리 불쌍한 여자들을 해방시켜 줘요.」

「다음 단계에는 진짜 인간들이 나타날지 몰라요.」 토미가 말했다. 「진짜 똑똑하고 건강한 남자들과 건강하고 착한 여자들 말이에요! 그것이 변화라고 할 수 있지 않을까요? 지금의 우리와는 다른 엄청난 변화가 일어나는 거죠! 지금의 우리 남자들은 진짜 남자가 아니고, 여자들은 진짜 여자가 아니에요. 우리는 그저 임시변통의 존재들, 기계적이고 지적인 실험물일 뿐이죠. 전부 일곱 살짜리 지능을 가진 헛똑똑이 무리 대신 진정한 인간들과 문명이 나타날지도 모르죠. 그것이 담배 연기 같은 인간이나 병 속에서 키우는 아기들보다 훨씬 더 멋질 겁니다.」

「아, 진짜 여자가 어떻고 하는 이야기를 시작한다면 난 그만둘래요.」 올리브가 말했다.

「분명히 우리 안에 있는 것 가운데 영혼만이 가질 만한 가치가 있죠.」윈터슬로가 말했다.

「독한 술[43]뿐이죠!」위스키소다를 마시며 잭이 말했다.

「그렇게 생각하나? 난 육체의 부활을 원한다네!」듀크스가 말했다.「하지만 시간이 지나면, 우리가 지성이라는 돌을, 돈과 그 외의 것들을 살짝 밀쳐 내는,[44] 그런 날이 올 걸세. 그러면 돈주머니의 민주주의가 아니라 접촉의 민주주의를 맞이하게 될 거야.」

무엇인가가 코니의 내면에서 울려 퍼졌다. 〈난 육체의 부활을 원하네! 난 접촉의 민주주의를 원하네!〉 그녀는 두 번째 말의 의미가 무엇인지 전혀 몰랐지만 의미 없는 말들이 그럴 수 있듯이 그것은 그녀를 위로해 주었다.

어쨌든 모든 것이 끔찍하게 우스꽝스러웠고 그녀는 그 모든 것이, 클리퍼드와 에바 숙모, 올리브와 잭과 윈터슬로, 심지어는 듀크스조차 짜증이 날 정도로 지겨워졌다. 말, 말, 말! 도대체 그게 무엇이기에 이렇게 끝없이 지껄여 댄단 말인가!

그러다가 모두 떠나 버렸지만 그렇다고 상황이 더 나아지지도 않았다. 그녀는 계속 끈기 있게 살아 나갔지만 분노와 짜증이 하체를 사로잡았고 거기에서 벗어날 수가 없었다. 하루하루가 묘하게 고통스럽게 지나갔지만 아무 일도 일어나지 않았다. 단지 그녀만 점점 야위어 가고 있을 뿐이었다. 가

---

43 윈터슬로가 〈영혼〉을 의미하는 〈*spirit*〉에 대해 이야기하자 잭이 〈*spirit*〉의 복수형으로 〈독한 술〉을 의미하는 〈*spirits*〉를 이용해 농담을 하고 있다.

44 「루가의 복음서」 24장 2절, 〈그들이 가보니 무덤을 막았던 돌은 이미 굴러 나와 있었다〉에 대한 언급으로 앞선 듀크스의 〈육체의 부활〉에 대한 언급과 연관된다.

정부조차 그 사실을 언급하면서 그녀의 몸 상태에 대해 물었다. 토미 듀크스조차 그녀의 건강이 좋지 않다고 단언했다. 그러나 그녀는 괜찮다고 말했다. 그녀는 무시무시한 하얀 묘비들이, 테버셜 교회 아래 언덕에 삐죽삐죽 솟아 있는, 의치처럼 혐오스러운 그 묘하게 징그러운 하얀 카라라산(産) 대리석[45] 묘비들이 무서워지기 시작했는데, 그것들은 공원에서 소름끼치도록 뚜렷이 바라다보였다. 언덕 위에 흉측한 의치처럼 생긴 묘비들이 빽빽이 솟아 있는 모습에 그녀는 섬뜩한 공포감을 느꼈다. 그녀는 자신이 그곳에 묻혀 이 지저분한 중부 지방에서 저 아래, 묘비들과 무덤 아래 묻혀 있는 무서운 송장 무리에 합류할 날이 멀지 않았다고 느꼈다.

그녀에게는 도움이 필요했고 그녀는 그 사실을 알고 있었다. 그래서 언니인 힐다에게 짤막하게 마음의 부르짖음*cri de cœur*을 적은 편지를 보냈다. 〈최근에 몸이 좋지 않아. 그런데 나한테 무슨 문제가 있는 건지 잘 모르겠어.〉

스코틀랜드에 살고 있던 힐다가 서둘러 내려왔다. 3월에 그녀는 날쌘 2인승 자동차를 직접 운전하고 혼자 왔다. 찻길을 따라 경적을 울리며 비탈길을 올라와서는 커다란 야생 너도밤나무가 두 그루가 서 있는 저택 앞 평지의 타원형 잔디밭을 휙 돌아왔다.

코니는 저택 앞 층계로 달려 나가 있었다. 힐다가 차를 세우고 내려서 동생에게 입을 맞췄다.

「그런데 코니!」 그녀가 말했다. 「도대체 무슨 일이니!」

45 조각가들과 석비공들이 사용하는 눈처럼 흰 이탈리아산 대리석.

「아무 일도 아냐!」 코니가 다소 부끄러워하며 말했다.

그러나 그녀는 힐다와는 대조적으로 자신이 얼마나 고통을 겪었는지 알고 있었다. 두 자매 모두 똑같이 다소 황금빛이 감도는 반짝이는 피부에 머리칼은 부드러운 갈색이었고 튼튼하고 뜨거운 몸을 타고났다. 그러나 지금 코니는 마르고 얼굴이 흙빛인 데다 여위고 누리끼리한 목이 헐렁한 윗도리 위로 삐죽 비어져 나와 있었다.

「아니, 너 지금 아프구나. 애야!」 두 자매가 똑같이 지니고 있는 부드럽고 다소 숨찬 듯한 목소리로 힐다가 말했다. 정확히는 아니지만 힐다는 코니보다 거의 두 살이 더 많았다.

「아니, 아프지 않아. 아마 지겨워서 그럴 거야.」 코니가 약간 애처롭게 말했다.

힐다의 얼굴에서 전의(戰意)가 타오르는 듯했다. 그녀는 부드럽고 조용해 보였지만 옛 아마존의 여전사 같은 여자로 남자들에게 고분고분 순응하는 성격을 타고나지 않았다.

「여기는 정말 불쾌한 곳이야!」 그녀가 부드럽게 말하면서 진짜 혐오스럽다는 표정으로 빽빽하게 들어서 있는 조악하고 오래된 랙비를 바라보았다. 그녀는 살 익은 배치껌 부드럽고 열정적으로 보였다. 그리고 그녀는 옛 아마존의 진정한 혈통을 이어받은 여전사였다.

그녀는 조용히 집 안에 있는 클리퍼드에게로 갔다. 그는 그녀가 참 당당하고 기품 있어 보인다고 생각했다. 그러나 또한 그녀에게 움츠러들었다. 처가 식구들은 그가 지닌 것과 같은 예법과 예의를 지니고 있지 않았다. 그는 그들을 다소 이

방인들로 간주했다. 그러나 그들은 일단 안으로 들어오면 그를 좌지우지했다.

그는 말끔하게 단장을 한 채 정면을 바라보며 의자에 앉아 있었다. 머리는 윤기 흐르는 금발이었고, 얼굴은 생기가 있었으며, 연한 푸른 눈은 약간 튀어나와 있었고, 표정은 헤아릴 수 없었지만 점잖았다. 힐다는 그의 표정이 심술궂고 바보처럼 보인다고 생각했다. 그는 기다리고 있었다. 그는 침착한 태도를 취하고 있었지만 힐다는 그가 어떤 태도를 취하든 아랑곳하지 않았다. 그녀는 지금 무장을 한 채 싸우려고 분발해 있었기에 그가 교황이든 황제이든 마찬가지였을 것이다.

「코니의 건강이 심하게 안 좋은 것 같아요.」 그녀가 특유의 부드러운 목소리로 말하면서 아름다운 회색 눈으로 그를 노려보며 응시했다. 그녀는 겉보기엔 너무나 얌전해 보였다. 코니도 그랬다. 그러나 그는 그 밑에 돌처럼 단단한 스코틀랜드인의 고집이 있다는 것을 잘 알고 있었다.

「코니가 조금 마르긴 했지요.」 그가 말했다.

「그것에 대해 무슨 조치라도 취했나요?」

「그럴 필요가 있다고 생각합니까?」 그는 영국인 특유의 뻣뻣함 속에서도 자신이 낼 수 있는 가장 부드러운 어조로 물었다. 이 두 가지는 가끔 함께 나타나기 때문이었다.

힐다는 아무 대답 없이 그를 노려보기만 했다. 재치 있게 대꾸하는 것은 그녀의 장기가 아니었다. 코니의 장기도 아니었다. 그래서 그녀는 노려보았고 그는 그녀가 말로 대꾸한 것보다 훨씬 더 불편해졌다.

「내가 그 애를 의사에게 데려갈 거예요.」힐다가 마침내 말했다. 「이 근처에서 좋은 의사를 한 사람 추천해 줄 수 있어요?」

「추천할 만한 사람이 없을 것 같습니다.」

「그렇다면 그 애를 런던으로 데려갈 거예요. 거기에는 믿을 만한 의사가 있어요.」

분노가 끓어올랐지만 클리퍼드는 아무 말도 하지 않았다.

「오늘 밤에는 여기서 묵는 게 나을 것 같네요.」힐다가 장갑을 벗으며 말했다. 「그리고 내일 그 애를 내 차에 태워 런던으로 데려갈 거예요.」

클리퍼드는 화가 나서 턱과 귀 밑이 노래졌고 저녁에는 흰자위까지 약간 노래졌다. 화가 간장까지 이르러 황달기를 보이고 있었던 것이다. 그러나 힐다는 계속해서 점잖고 얌전하게 굴었다.

「간호사든 누구든 당신 시중을 들 사람을 꼭 둬야 할 것 같아요. 정말로 남자 하인을 둬야 해요.」그들이 저녁 식사 후에 겉으로는 평온하게 커피를 마시며 앉아 있을 때 힐다가 말했다. 그녀는 부드럽고 겉보기에는 상냥하게 말했지만 클리퍼드는 그녀가 곤봉으로 자신의 머리를 내리치는 것 같은 기분을 느꼈다.

「그렇게 생각해요?」그가 차갑게 말했다.

「물론이죠! 반드시 그래야 해요. 그렇게 하거나 아니면 아버지와 내가 코니를 몇 달 동안 데려가든지 해야겠어요. 이대로 놔둘 수는 없어요.」

「무엇을 이대로 놔둘 수 없다는 건가요?」

「저 애 꼴이 안 보여요?」힐다가 그를 빤히 노려보면서 물었다.

그 순간 그는 커다란 삶은 가재처럼 보였다. 아니, 커다란 삶은 가재라고 힐다는 생각했다.

「그 문제는 코니와 상의해 보겠습니다.」그가 말했다.

「내가 그 애와 이미 다 상의했어요.」힐다가 말했다.

클리퍼드는 꽤 오랫동안 간호사들의 간호를 받았다. 하지만 그들이 그에게 진정한 사생활을 전혀 허용하지 않았기 때문에 그는 그들을 싫어했다. 그리고 남자 하인이라니! 그는 남자가 자신의 주변에서 얼쩡거리는 꼴은 참을 수가 없었다. 어떤 여자라도 남자보다는 나았다. 그런데 왜 그 여자가 코니가 되어선 안 된단 말인가?

두 자매는 아침에 자동차를 타고 출발했다. 운전석에 앉은 힐다 옆에서 코니는 부활절의 양처럼 다소 왜소해 보였다. 맬컴 경은 여행 중이었지만 그들은 켄싱턴 저택에 묵을 수 있었다.

의사는 코니를 꼼꼼하게 검사하고 그녀에게 생활 전반에 대해 물었다. 「때때로 화보 신문에서 당신 사진과 클리퍼드 경의 사진을 봅니다. 거의 악명을 날리고 있죠, 그렇지 않나요? 바로 그런 식으로 얌전한 어린 아가씨들이 성장하곤 하죠. 화보 신문에 실렸다 해도 당신은 지금도 조용한 어린 아가씨일 뿐이에요. 아니, 아니, 신체 기관에 탈이 난 것은 전혀 아니에요. 그러나 이렇게는 안 돼요, 절대 안 됩니다! 클리퍼드 경에게 당신을 런던으로 데려오거나 아니면 외국으로 데려가서 즐겁게 시간을 보낼 수 있게 해주어야 한다고 전하십시오. 당신은 즐거운 시간을 보낼 필요가 있어요. 꼭요! 원기가 너무 떨어져 있어요. 비축해 둔 원기가 전혀 없습니다, 전혀! 심장의 신경이 이미 약간 이상해져 있습니다. 정말로 그렇습니다! 신경만 안 좋습니다. 칸[46]이나 비아리츠[47]에서 한 달만 지내면 건강해질 겁니다. 그러나 이대로는 안 됩니다. 경고하는데 절대로 안 됩니다! 그렇지 않으면 결과에 대해 내가 책임질 수 없습니다. 당신은 생명력을 전혀 충전하지 않은 채 쓰고만 있어요. 당신은 즐거운 시간을 보내야 합니다. 적절하고 건강하게 즐겨야 해요. 정말이지 당신은 원기를 충전하지는 않고 쓰고만 있어요. 당신도 알다시피 이대로 계속되어서는 안 됩니다. 우울증이에요! 우울증을 피해야 합니다!」

힐다는 이를 악물었는데, 그것은 의미심장했다.

그들이 런던에 와 있다는 소식을 들은 마이클리스가 장미꽃을 들고 뛰어왔다.

「아니, 무슨 일입니까!」 그가 소리쳤다. 「몰라보게 수척해졌군요. 세상에, 이렇게 변한 모습을 본 적이 없어요. 왜 나한테 알리지 않았어요? 나와 함께 니스[48]로 갑시다. 시칠리아 섬[49]으로 갑시다! 어서, 나와 함께 시칠리아 섬으로 갑시다 바로 지금이 좋을 때예요. 당신에게는 햇빛이 필요합니다! 당신은 활력이 필요해요! 이런, 당신은 쇠약해지고 있어요! 나와 함께 갑시다! 아프리카로 갑시다! 빌어먹을 클리퍼드!

46 프랑스 남동부 해안의 휴양 도시.
47 프랑스 남서부 해안의 휴양 도시.
48 프랑스 남서부 해안의 휴양 도시.
49 이탈리아의 남쪽 지중해에 있는 섬.

그를 버리고 나와 함께 갑시다. 그가 당신과 이혼해 주는 순간 당신과 결혼할 겁니다. 같이 가서 삶을 살아 봅시다! 제발, 그곳 랙비에서는 그 누구라도 죽을 겁니다. 그 불쾌한 곳, 더러운 곳에서는 누구라도 죽을 거예요. 나와 함께 햇빛 속으로 떠납시다! 당신에게 필요한 것은 당연히 햇빛과 약간의 정상적인 생활이에요.」

그러나 그 자리에서 바로 클리퍼드를 버린다는 생각을 하니 코니는 심장이 멎을 것만 같았다. 그녀는 그렇게 할 수 없었다. 못 해, 절대 못 해! 그녀는 그저 그렇게 할 수 없었다. 그녀는 랙비로 돌아가야만 했다.

마이클리스는 넌더리를 냈다. 힐다는 마이클리스를 좋아하지 않았지만 클리퍼드보다는 그를 그나마 더 좋아하는 편이었다. 자매는 다시 중부 지방으로 돌아갔다.

힐다는 클리퍼드와 이야기를 나눴다. 그들이 돌아왔을 때 그는 아직도 눈알이 노랬다. 그 역시 나름대로 잔뜩 긴장해 있었다. 그러나 그는 힐다가 한 말을 전부, 의사가 했던 말을 전부 들어야만 했다. 물론 마이클리스가 한 말은 듣지 못했다. 그리고 그는 최후통첩 내내 아무 말 없이 앉아 있었다.

「여기 괜찮은 남자 하인의 주소가 있어요. 좀 전에 말한 의사 선생님의 환자가 지난달에 죽을 때까지 돌봐 주었다고 하더군요. 정말로 유능한 사람이래요. 그리고 분명히 여기로 올 거예요.」

「그렇지만 난 환자도 아니고 절대 남자 하인을 두지 않을 겁니다.」 불쌍한 신세인 클리퍼드가 말했다.

「그럼 여기 두 여자의 주소가 있어요. 그중 한 사람은 내가 만나 보았어요. 일을 아주 잘할 것 같더군요. 쉰 살 정도 되는 여자인데 조용하고 튼튼하며 친절하고 나름대로 교양도 있어요.」

클리퍼드는 그저 부루퉁한 얼굴을 한 채 대답을 하려 하지 않았다.

「좋아요, 클리퍼드. 내일까지 뭔가 해결을 짓지 않으면 아버지에게 전보를 쳐서 코니를 데려갈 거예요.」

「코니가 갈까요?」 클리퍼드가 물었다.

「그 애는 가고 싶어 하지 않아요. 그래도 가야 한다는 걸 잘 알고 있어요. 어머니가 초조와 안달 때문에 암에 걸려 돌아가셨으니까요. 그러니 우리는 위험한 것은 무조건 조심해야 해요.」

그래서 다음 날 클리퍼드는 테버셜 교구 간호사인 볼턴 부인을 쓰겠다는 안을 내놓았다. 분명히 베츠 부인이 그녀를 추천한 것 같았다. 볼턴 부인은 개인적인 간호 일을 시작하기 위해 교구 일을 막 그만두려던 참이었다. 클리퍼드는 낯선 사람의 손에 자신을 맡기는 것을 묘하게 두려워했다. 그러나 볼턴 부인은 그가 성홍열을 앓을 때 간호해 준 적이 있어서 안면이 있엇다.

두 자매는 즉시 테버셜에서는 상당히 고급 주택가에 한 줄로 늘어서 있는, 지은 지 얼마 안 된 집으로 볼턴 부인을 찾아갔다. 그녀는 상당한 미모의 마흔 살가량 된 여자로 하얀 칼라와 앞치마가 달린 간호사복을 입고 짐으로 꽉 찬 작은 거실에서 혼자 차를 마실 준비를 하고 있었다.

볼턴 부인은 굉장히 세심하고 정중했으며 상당히 상냥해 보였다. 말을 약간 길게 끌며 사투리를 썼지만 무척 정확한 영어를 구사했고 상당히 오랜 세월 동안 병든 광부들을 좌지우지한 탓에 자부심이 강했고 자신감도 상당했다. 간단히 말해서 그녀는 대단하지는 않지만 나름대로 마을에서 매우 존경받는 지배층의 일원이었다.

「저런, 채털리 부인의 몸이 참 안 좋아 보이시네요! 예전에는 그렇게 건강하시더니, 그렇지 않나요? 그런데 겨우내 몸이 약해지신 거군요! 아, 그게 힘든 일이거든요. 정말로요! 불쌍한 클리퍼드 경! 그러니까 다 전쟁 탓이라니까요.」

볼턴 부인은 샤들로 의사 선생이 자신을 놓아주는 즉시 랙비로 오겠다고 했다. 그녀는 아직 두 주 동안 교구 간호사 일을 더 해야 했다. 「그렇지만 아시다시피 대신할 사람을 구할 수 있을 거예요.」

힐다는 즉시 샤들로 의사에게 서둘러 갔다. 그리고 다음 일요일에 볼턴 부인이 두 개의 트렁크를 들고 리버의 마차를 타고 랙비에 왔다. 힐다가 그녀와 이야기를 나눴다. 볼턴 부인은 언제라도 이야기를 나눌 준비가 되어 있었다. 그리고 그녀는 무척 젊어 보였다! 약간 창백한 뺨이 열정으로 홍조를 띤 모습이 그랬다. 그녀는 마흔일곱 살이었다.

그녀의 남편인 테드 볼턴은 22년 전에 탄갱에서 죽었다. 지난 크리스마스로 꼭 22년이 되었다. 딱 크리스마스 때였다. 그녀는 두 아이와, 그중 하나는 아직 품에 안긴 갓난쟁이인 아이와 함께 남겨졌다. 아, 그때 갓난쟁이였던 이디스는 지금 셰필드의 부츠 잡화점에서 일하는 젊은이와 결혼했다. 다른 딸은 체스터필드에서 교사로 일하고 있었고 어디론가 데이트를 나갈 일이 없으면 주말에 집으로 왔다. 요즘 젊은 사람들은 인생을 즐겼다. 그녀가, 아이비 볼턴이 젊었을 때와는 달랐다.

테드 볼턴은 탄갱에서 일어난 폭발 사고로 스물여덟 살에 죽었다. 그들 앞에 있던 십장이 재빨리 엎드리라고 소리쳤다. 네 명의 광부는 제때 엎드린 덕에 모두 무사했다. 그 사고로 테드만 세상을 떠났다. 그 후 고용주 측에서 벌인 조사에서 그들은 볼턴이 겁을 먹고 명령에 따르지 않고 도망치려고 했기 때문에, 사실상 자신의 과실로 사망한 것이라 말했다. 그래서 보상금은 겨우 3백 파운드밖에 되지 않았는데, 그의 사망 원인을 그 자신의 과실로 인한 것으로 판정했기 때문에 그 돈은 법적인 보상이라기보다 오히려 선처를 베푸는 것처럼 지급되었다. 그리고 그들은 그녀에게 그 돈을 일시불로 지급하려 하지 않았다. 그녀는 작은 가게를 차리고 싶어 했다. 그러나 그들은 틀림없이 그녀가 그 돈을 술 마시는 데 탕진해 버릴 것이라고 말했다! 그래서 그녀는 매주 30실링씩 인출해야만 했다. 그랬다. 그녀는 매주 월요일 아침마다 사무실로 가서 자신의 차례가 되기를 기다리면서 두 시간씩 기다려야 했다. 그랬다. 그녀는 거의 4년 동안 월요일마다 돈을 타러 갔다. 그렇지만 어린 두 자식을 주체할 수도 없는 처지에 그녀가 달리 어떻게 할 수 있었겠는가! 그러나 테드의 어머니는 그녀에게 아주 잘 대해 주었다. 아기가 아장아장 걸을 수 있게 되자 그녀가 셰필드로 가서 응급 과정과 특별 응급 과정[50]을 공부하는 동안 테드의 어머니가 낮에 두 아이를 돌봐 주곤 했다. 그러다가 4년째 되던 해에 간호 과정까지 수강하고 간호사 자격증을 땄다. 그녀는 자립해서 자식들을 기르기로 결심했다. 그래서 잠깐 동안 작은 병원인 어스웨이트 병원에서 조수로 일했다. 그러나 회사가 — 테버셜 탄광 회사, 그러니까 사실상 주인인 제프리 경이 — 그녀가 혼자 힘으로 잘 살 수 있다는 것을 보고서 매우 잘 대해 주기 시작했으며 교구 간호사 자리를 마련해 그녀를 지원해 주었다. 그녀는 그 점에 대해서는 회사 덕을 봤다고 말하곤 했다. 하여간 그녀는 그때부터 죽 그 일을 해왔지만 이제는 조금 버거워지고 있었기 때문에 조금 더 가벼운 일이 필요했다. 교구 간호사로 일할 때는 걸어서 왕진을 다녀야 하는 일이 너무 많았다.

「맞아요, 회사가 저한테 정말 잘해 주었어요. 전 항상 그렇게 말하곤 합니다. 하지만 그들이 테드에 대해 한 말은 절대 잊지 않을 거예요. 왜냐하면 그이는 광산 승강대에 발을 들여 놓은 어느 사람 못지않게 착실하고 겁 없는 남자였는데, 회사가 한 말은 그를 겁쟁이라고 낙인찍는 것이나 다름없었으니까요. 그런데도 아이고, 그이가 죽어 버렸으니 그들 어느 누구에게도 아무 항변도 할 수 없다니까요!」

그 여자는 그렇게 말하면서 묘하게 뒤섞인 감정을 보여 주었다. 그녀는 오랫동안 간호해 온 광부들을 좋아했다. 그러

50 구급차 팀과 함께 다니며 일하는 간호사가 되기 위한 훈련 과정.

나 그녀는 자신이 그들보다 훨씬 우월하다고 생각했다. 그녀는 자신이 거의 상류층이나 다름없다고 느꼈다. 하지만 동시에 지배층에 대한 반감이 마음속에서 끓어오르고 있었다. 고용주들이라! 고용주들과 광부들 사이에 문제가 생기면 그녀는 항상 광부들 편이었다. 그러나 겨루는 문제가 없을 때는 그녀는 우월한 사람이, 상류층 사람이 되기를 갈망했다. 상류층은 그녀를 매혹했고 우월함을 향한 그녀 특유의 영국인적인 열정을 자극했다. 그녀는 랙비에 오게 된 것에 짜릿한 전율을 느꼈다. 그녀는 채털리 부인과 — 단언하건대 평범한 광부의 아내들과는 다른 — 이야기를 나눈다는 것에 전율했다! 그녀는 몹시 수다스럽게 이야기했다.

그리고 그녀에게서는 채털리 가에 대한 원한이, 고용주들에 대한 원한이 얼핏 드러나기도 했다.

「아이고, 그럼요. 당연히 이대로 가면 채털리 부인이 기력을 다 잃어버리실 테죠. 언니분이 오셔서 이렇게 부인을 도와주시니 참 다행이에요. 남자들은 생각이 없어요. 지위가 높건 낮건 똑같이 남자들은 여자가 자기들을 위해 해주는 것을 당연하게 받아들인다니까요. 아, 광부들한테 그 전에 대체 여러 번 말한 적이 있어요. 그러나 아시다시피 저렇게 불구가 된 클리퍼드 경에게는 그게 굉장히 힘들 거예요. 클리퍼드 경 집안 분들은 대대로 오만한 데다 좀 쌀쌀맞은 구석이 있으시죠. 물론 그분들한테는 그럴 만한 자격이 충분하죠. 그런데 그렇게 상처를 입으셨으니! 그리고 채털리 부인도 굉장히 힘들 거예요. 어쩌면 부인께서 더 힘들지도 모르죠. 부인께서 누리지 못하는 것이 얼마나 많겠어요! 저는 테드와 3년밖에 살지 못했지만 그 사람은 사는 동안만큼은 절대 잊지 못할 남편이었어요. 그 사람은 천에 한 명 나올까 말까 한 사람으로 정말 쾌활했죠. 그 사람이 그렇게 죽어 버릴 줄 누가 상상이나 했겠어요! 오늘까지도 그게 믿기지가 않아요. 여하튼 저는 한 번도 그 사실을 믿은 적이 없어요. 비록 제 손으로 죽은 그 사람의 몸을 씻기기까지 했지만 말이에요. 그러나 그 사람은 저한테는 결코 죽은 사람이 아니에요. 결코 아니에요. 저는 그 사람의 죽음을 절대 받아들이지 않았어요」

이것은 랙비에서 처음 들어보는 목소리였고, 코니에게는 무척 새롭게 들렸다. 그것은 그녀의 내면에 새로운 귀를 열어 주었다.

그러나 랙비에 오고 난 후 처음 일주일가량 볼턴 부인은 아주 조용하게 보냈다. 자신만만하고 으스대던 태도가 사라졌고 긴장하고 있었다. 클리퍼드와 함께 있을 때면 그녀는 조심스러워했고, 거의 겁에 질려 있었으며 조용했다. 그는 그 점을 마음에 들어 했고 곧 평정을 되찾아서 그녀를 의식하지 않은 채 여러 가지 일을 시켰다.

「그녀는 하찮은 존재이지만 쓸모는 있소.」 그가 말했다.

코니는 놀라서 눈을 크게 떴지만 그의 말을 반박하지 않았다. 두 사람이 받은 인상이 이렇게 다르다니!

그리고 그는 곧 간호사에 대해 다소 당당하고 약간 오만한 태도를 취하게 되었다. 그녀는 그것을 어느 정도 예상하고 있었고 그는 자신도 의식하지 못하는 사이에 그런 태도를 취하기 시작했다. 우리는 다른 사람들이 우리에게 기대하는 것에 매우 빠르게 맞춰 가는 법이다. 광부들은 꼭 아이들 같아서 그녀가 붕대를 감아 주거나 간호를 할 때면 이야기를 하고 어디가 아픈지 하소연하곤 했다. 그녀가 치료를 하고 있을 때면 그들은 항상 그녀에게 자신이 너무나 대단하고 마치 초인이 된 것 같은 느낌이 들게 해주었다. 지금 클리퍼드는 그녀에게 자신이 왜소하고 하인 같은 느낌이 들게 해주었고 그녀는 그것을 말 한 마디 없이 받아들이면서 자신을 상류 계급에 적응시켰다.

그녀는 그의 시중을 들러 올 때 당당하고 기품 있는 얼굴에 우울한 표정을 짓고 눈을 내리뜬 채 거의 침묵을 지켰다. 그러고는 무척 겸손하게 말했다. 「지금 이걸 해드릴까요, 클리퍼드 경? 아니면 저걸 해드릴까요?」

「아니, 잠깐 그냥 놔두시오. 나중에 시킬 테니까.」

「잘 알겠습니다, 클리퍼드 경.」

「30분 후에 다시 오시오.」

「잘 알겠습니다, 클리퍼드 경.」

「그리고 저 헌 신문들 좀 들고 나가 주겠소?」

「잘 알겠습니다, 클리퍼드 경.」

그녀는 조용히 나갔다가 30분 후에 다시 조용히 문을 두드렸다. 그녀는 들볶였지만 개의치 않았다. 그녀는 상류 계급을 경험하는 중이었다. 그녀는 클리퍼드를 원망하지도, 싫어하지도 않았다. 그는 하나의 현상, 즉 지금까지 그녀가 전혀 알지 못했지만 이제는 알게 될 상류 계급 사람들이라는 현상의 일부일 뿐이었다. 그녀는 채털리 부인이 더 편안하게 느껴졌다. 결국 제일 중요한 사람은 집안의 안주인인 법이다.

볼턴 부인은 밤에 클리퍼드가 잠자리에 드는 것을 도왔고, 복도 맞은편 방에서 잠을 자다가 그가 밤에 그녀를 찾는 종을 울리면 그의 방으로 건너갔다. 그녀는 아침에도 그의 시중을 들었고 곧 완벽하게 몸종 노릇을 하면서, 여자다운 손길로 부드럽고 조심스럽게 면도까지 해주었다. 그녀는 일을 굉장히 잘했고 유능했다. 그리고 그녀는 곧 그를 마음대로 다루는 요령을 터득했다. 그의 턱에 비누 거품을 칠한 다음 뻣뻣한 수염을 부드럽게 문질러 줄 때면 그도 결국 광부들과 별반 다르지 않았다. 그녀는 그의 쌀쌀맞고 솔직하지 못한 태도에 전혀 개의치 않았다. 그녀는 새로운 경험을 하고 있었다.

그러나 클리퍼드는 코니가 낯선 고용인 여자에게 자신의 개인적인 시중을 맡겨 버린 것에 대해 마음속으로 절대 용서하지 않았다. 그는 그 때문에 자신과 그녀 사이에 존재하는 친밀감이라는 진정한 꽃이 죽어 버렸다고 생각했다. 그러나 코니는 그것을 전혀 신경 쓰지 않았다. 그들 사이에 존재하는 친밀감이라는 아름다운 꽃이란 그녀에게는 오히려 난초꽃 같은 것으로, 그녀의 생명 나무에 알뿌리를 박고 기생하다가 그녀가 보기에 초라하기 그지없는 꽃 한 송이를 가까스로 피워 내고 있을 뿐이었다.

이제 그녀에게는 마음대로 쓸 수 있는 시간이 더 많아졌다. 그녀는 2층 자기 방에서 조용히 피아노를 치고 노래를 부를 수 있게 되었다. 〈쐐기풀을 건드리지 마세요 — 사랑의 결박은 풀어내기 힘드나니.〉⁵¹ 그녀는 최근에 이르러서야 이런 사랑의 결박을 풀어내기가 얼마나 힘든지 깨달았다. 그러나 다행히도 그녀는 그것을 풀어냈다. 그녀는 혼자 있게 된 것이, 항상 그와 이야기를 나누지 않아도 되는 것이 너무 좋았다. 그는 혼자 있을 때면 끝없이 타자기를 탁탁탁 두드려 댔다. 그러나 〈작업〉을 하고 있지 않을 때면 그는 사람들과 사람들이 하는 행동의 동기와 결과, 특성과 성격에 대한 분석을 하면서 ― 그녀가 물릴 때까지 ― 이야기를 계속 해댔다. 몇 해 동안은 그런 이야기를 좋아했지만, 이제는 물려 버렸고 갑자기 몹시 넌더리가 났다. 그녀는 혼자 있게 된 것에 감사했다.

그것은 마치 그와 그녀의 안에서 수천 개의 의식의 잔뿌리와 실뿌리가 함께 자라 한 덩어리로 뒤엉켜, 마침내 더 이상 뻗어 나갈 수 없어 식물이 죽어 가고 있는 것 같았다. 이제 그녀는 벗어나기 위해서 끈기 있게, 때로는 조급하게 실뿌리들을 조용히 끊어 내면서 조용히, 미묘하게, 엉켜 있는 그의 의식과 자신의 의식을 풀어내고 있었다. 그러나 그런 사랑의 결박은 대부분의 결박보다 풀어내기가 더 고약했다. 설사 볼턴 부인이 와 있는 것이 큰 도움이 되었다 해도 말이다.

그러나 클리퍼드는 여전히 예전처럼 코니와 이야기를 나누거나 책을 읽어 주면서 친밀하게 저녁 시간을 보내고 싶어했다. 그러나 이제 코니는 볼턴 부인에게 10시에 와서 그들의 이야기를 중단시키도록 조치를 취해 두었다. 10시에 코니는 위층으로 올라가서 혼자 있을 수 있었다. 클리퍼드는 볼턴

51 월터 스콧Walter Scott(1771~1832)이 쓴 것으로 알려진 노래 가사.

부인의 손에 맡겨졌다.

볼턴 부인은 가정부 방에서 베츠 부인과 함께 식사를 했다. 두 사람은 죽이 잘 맞았기 때문이다. 그런데 하인 숙소가 어찌나 더 가까이 다가온 것처럼 여겨지던지 신기할 따름이었다. 예전에는 굉장히 멀리 떨어져 있는 것 같았는데, 이제는 클리퍼드의 서재 문 바로 앞까지 다가와 있었다. 왜냐하면 때로 베츠 부인이 볼턴 부인의 방에 와 있으면 그들의 나지막한 목소리가 들려왔는데, 그러면 그녀는 자신과 클리퍼드 단둘만 있는 거실로 노동자 계급 사람들의 강하고 색다른 진동이 침입해 들어오는 듯한 느낌이 들었기 때문이다. 볼턴 부인이 온 것만으로도 랙비가 엄청나게 변했다.

그리고 코니는 해방되어 다른 세상에 있는 것 같은 기분이 들었다. 숨 쉬는 것이 다르게 느껴졌다. 그러나 그녀는 얼마나 많은 자신의 뿌리가, 어쩌면 치명적인 뿌리가 클리퍼드의 뿌리와 엉켜 있는지 염려가 되었다. 그럼에도 불구하고 그녀는 더 자유롭게 숨을 쉴 수 있었다. 그녀의 삶에서 새로운 단계가 시작되려 하고 있었다.

# 제8장

볼턴 부인은 자신의 여성적이고 전문적인 보호의 손길을 코니에게도 뻗어야 한다고 느끼면서 늘 그녀를 다정하게 살펴보았다. 그녀는 항상 마님에게 산책이라도 나가고, 어스웨이트로 드라이브를 하러 나가거나, 맑은 공기를 쐬라고 권했다. 코니가 책을 읽는 척하거나 맥없이 바느질을 하는 척하며 난롯가에 가만히 앉아 밖에 거의 나가지 않는 버릇이 들었기 때문이다.

힐다가 떠난 직후 어느 바람 부는 날 볼턴 부인이 말했다. 「지금 숲으로 산책을 나가서 사냥터지기의 오두막 뒤에 피어 있는 수선을 구경하고 오시는 게 어떨까요? 하루 종일 걸어 다니면서 보실 수 있는 제일 예쁜 광경일 거예요. 몇 송이 가져다 마님 방에 두실 수도 있고요. 들수선을 보면 항상 마음이 상쾌해지잖아요, 그렇죠?」

코니는 그 말을 기분 좋게 받아들였다. 수선화를 수선이라 줄인 것조차 기분 좋게 받아들였다. 어쨌든 혼자 속을 끓이며 있어서는 안 된다. 봄이 돌아왔다. 〈계절은 돌아오지만 내

게는 돌아오지 않네, 봄이……)[52]

그리고 사냥터지기 — 보이지 않는 꽃의 외로운 암술 같던 마르고 하얀 그의 몸! 말로 표현할 수 없는 우울함 속에서 그녀는 그를 잊고 있었다. 그러나 이제 뭔가가 깨어났다. 〈현관과 대문 너머 창백한 모습으로.)[53] 이제 해야 할 일은 현관과 대문들을 넘는 것이었다.

그녀는 더 튼튼해졌다. 전보다 더 잘 걸을 수 있게 되었다. 그리고 숲 속에 들어서면 바람이, 공원을 가로질러 걸을 때만큼 몸에 맞부딪혀 걷기 힘들 정도로 피곤하게 하지는 않을 것이다. 그녀는 잊고 싶었다. 세상과 썩은 몸뚱이를 지닌 끔찍한 사람들을 잊고 싶었다. 〈새로 나야 된다![54] — 몸이 다시 사는 것을 믿나니![55] — 밀알 하나가 땅에 떨어져 죽지 않으면 한 알 그대로 남아 있고 죽으면 많은 열매를 맺는다![56] — 크로커스[57]가 싹트면 나 역시 땅 위로 나와 태양을 보리라!〉 3월의 바람결 속에서 여러 구절들이 끝없이 그녀의 의식을 스쳐 지나갔다.

---

52 존 밀턴John Milton(1608~1674)의 『실락원*Paradise Lost*』(1667) 3권에 나오는 구절.

53 앨저넌 스윈번Algernon Swinburne(1837~1909)의 「페르세포네의 정원The Garden of Proserpine」(1866), 49행.

54 「요한의 복음서」 3장 7절.

55 「사도신경」의 한 구절.

56 「요한의 복음서」 12장 24절.

57 그리스 신화에 의하면 스밀락스를 사랑한 미청년 크로코스가 죽어서 이 꽃으로 변신했다거나 헤르메스가 자신이 던진 원반에 맞아 죽은 친구 크로코스를 이 꽃으로 변신시켰다고 한다.

이상할 정도로 환하게 햇살이 잠깐 동안씩 확 쏟아져 들어와 숲 가장자리 개암나무 가지 아래에 피어 있는 애기똥풀을 밝게 비춰 주었다. 애기똥풀들이 환하게 노란색으로 반짝였다. 그리고 고요한 숲은 더욱 고요했지만, 돌풍이 불었고 햇살이 지나갔다. 올해의 첫 아네모네들이 피어 있었는데, 바닥에 흩뿌려진 듯 끝없이 피어 있는 조그만 아네모네들의 창백한 빛깔로 온 숲이 창백하게 물든 것처럼 보였다. 〈세상은 그대의 숨결로 창백해졌도다.〉[58] 그러나 이 경우에는 그것이 페르세포네[59]의 숨결이었다. 그녀는 차가운 아침에 지옥에서 나왔다. 차가운 바람의 숨결이 다가왔고 머리 위로는 나뭇가지들 사이에 붙잡혀 엉켜 있는 성난 바람이 있었다. 그 바람 역시 압살롬처럼 붙잡혀서 벗어나기 위해 안간힘을 쓰고 있었다.[60] 페티코트처럼 펼쳐진 녹색 잎 위로 벌거벗은 하얀 어깨를 이리저리 움직이는 아네모네들이 얼마나 추워 보였던지!

58 스윈번의 또 다른 시 「페르세포네에게 바치는 송가Hymn to Proserpine」(1866) 35행으로 예수 그리스도를 언급한 대목이다.

59 제우스와 데메테르의 딸로 들판에서 님프들과 꽃을 따던 중 저승의 신 하데스에게 납치되어 명부로 끌려갔다. 제우스의 명을 빌고 찾아온 헤르메스가 하데스에게 페르세포네를 데메테르에게 돌려줄 것을 요구하자 하데스는 페르세포네를 돌려보내기 전에 그녀에게 석류 씨를 몇 알 먹였다. 그 결과 지하 세계의 음식을 먹은 대가로 페르세포네는 지상으로 완전히 돌아가지 못하고 지상과 지하를 오가야만 하는 처지에 놓였다. 그래서 페르세포네는 1년 가운데 4개월은 하데스의 아내이자 지하 세계의 여왕으로, 나머지 기간은 지상에서 어머니 데메테르와 지낸다.

60 압살롬은 구약성서에 나오는 연합 이스라엘 왕국의 2대 왕 다윗의 셋째 아들이다. 아버지 다윗에 대항하여 난을 일으켰다. 그는 패배해 도망가다 향엽나무에 머리가 걸리는 바람에 붙잡혀 살해당했다.

그러나 꽃들은 추위를 견뎌 내고 있었다. 길옆에 하얗게 피어 있는 첫 앵초들과 막 벌어지고 있는 노란 꽃봉오리들 또한 추위를 견뎌 내고 있었다.

머리 위로 바람이 윙윙거리며 요동쳤지만 차가운 기류만이 밑으로 내려왔다. 코니는 숲에서 이상하게 흥분해서, 뺨에는 잠깐씩 홍조가 나타났다 사라졌고 눈은 파랗게 이글거렸다. 그녀는 계속 터벅터벅 걸으면서 앵초 몇 송이와 처음 핀 제비꽃을 꺾었다. 꽃에서는 달짝지근하면서도 차가운 냄새가 났다. 그녀는 자신이 어디에 와 있는지도 모른 채 정처 없이 계속 걸었다.

그러다 그녀는 숲의 가장자리에 있는 공터에 이르렀고 초록빛 얼룩이 있는 돌로 지은 오두막집을 보았다. 쏟아지는 햇살에 돌이 달아올라 오두막집은 거의 장밋빛으로 보였는데, 마치 버섯의 살진 몸통 같았다. 그리고 문 옆에 노란 재스민이 반짝이고 있었다. 문은 닫혀 있었다. 그러나 아무 소리도 들리지 않았다. 굴뚝에서는 연기도 나지 않았다. 개 짖는 소리도 들리지 않았다.

그녀는 뒤쪽으로 조용히 돌아갔는데, 거기에는 언덕이 둑처럼 솟아 있었다. 그녀에게는 수선화를 보러 왔다는 구실이 있었다.

그리고 정말로 수선화들이 거기 있었다. 꽃대가 짧은 꽃들이 너무나 밝고 생기 넘치게 살랑살랑 소리를 내며 흔들리고 있었지만 바람으로부터 얼굴을 돌릴 때면 어디에고 얼굴을 숨길 데가 없었다.

수선화들은 바람이 불 때마다 잠깐씩 햇살을 받아 환하게 빛나는 작은 꽃송이들을 힘겹게 흔들어 댔다. 그러나 꽃들이 오히려 그것을 좋아하는 것인지도 모른다. 사실 그렇게 이리 저리 흔들리는 것을 좋아하는 건지도 모른다.

콘스턴스는 어린 소나무에 등을 기대고 앉았다. 소나무는 탄력적이고 힘차게 위로 솟구치는 묘한 생명력으로 그녀의 몸에 부딪히며 흔들렸다. 꼭대기에 햇볕을 받으면서 곧게 서 있는 살아 있는 존재! 그녀는 쏟아지는 햇살을 받아 화사하게 변해 가는 수선화들을 바라보았다. 햇살은 그녀의 손과 무릎에도 따사롭게 내리쬐고 있었다. 꽃에서 희미한 타르 향도 풍겨 왔다. 그러다가 너무나 고요히 혼자 있게 되자 그녀는 자신이 본래 지닌 운명의 물결 속으로 흘러 들어온 것 같은 기분을 느꼈다. 그녀는 예전에는 정박된 배처럼 밧줄에 매인 채 이리저리 흔들리며 시끄러운 소리를 내고 있었다. 이제 그녀는 풀려나서 표류하고 있었다.

햇살이 사그라지면서 냉기가 밀려왔다. 수선화들은 이제 그늘 속에서 흔들거렸다. 그렇게 수선화는 낮과 춥고 긴 밤 내내 끄덕거릴 것이다. 연약한 모습 속에 그처럼 강인한 면이 감춰져 있다니!

그녀는 약간 뻣뻣해진 몸으로 일어나서 수선화 몇 송이를 꺾은 다음 내려왔다. 그녀는 꽃을 꺾는 것이 싫었다. 그러나 그저 한 두 송이 가져가고 싶었을 뿐이었다. 그녀는 랙비와 그 벽 안으로 돌아가야만 할 것이다. 그러나 지금 랙비가, 특히 그 두꺼운 벽이 싫어졌다. 벽! 언제나 가로막고 있는 벽!

그럼에도 불구하고 이런 바람 속에서는 그 벽이 필요했다.

그녀가 집에 도착했을 때 클리퍼드가 물었다.

「어디 갔었소?」

「숲 저편에요! 봐요, 이 작은 수선화들 참 사랑스럽지 않아요? 이 꽃들이 땅속에서 나왔다고 생각해 보면요!」

「공기와 햇볕 속에서 만들어졌소.」 그가 말했다.

「그렇지만 땅속에서 형체가 만들어졌잖아요.」 그녀는 그렇게 즉각 반박하며 대꾸해 놓고 스스로 살짝 놀랐다.

다음 날 오후 그녀는 다시 숲으로 갔다. 넓은 승마로를 따라 낙엽송들 사이로 구부러지며 올라가서 〈존의 샘〉이라 불리는 샘가에 도착했다. 이쪽 언덕 중턱은 추워서 우거진 낙엽송들 밑으로는 꽃이 한 송이도 피어 있지 않았다. 그러나 붉은빛이 감도는 깨끗하고 하얀 조약돌들이 깔려 있는 작은 샘 바닥에서 차가운 샘물이 조금씩 부드럽게 위로 솟아오르고 있었다. 샘물이 얼마나 차갑고 맑은지! 얼마나 반짝이는지! 틀림없이 새로 온 사냥터지기가 새 조약돌들을 집어넣은 것 같았다. 샘에서 조금씩 넘쳐흐른 샘물이 흘러내리면서 희미하게 졸졸거리는 소리를 냈다. 잎이 없는 억센 가지를 뻗어 아래쪽 비탈에 음침한 그늘을 드리우고 있는 낙엽송이 우거진 숲 사이로 윙윙거리며 스쳐 가는 바람 소리에도 불구하고 작은 종소리처럼 졸졸거리며 흐르는 물소리가 들려왔다.

이곳은 약간 음산하고 춥고 축축했다. 분명 그 샘물은 수백 년 동안 물을 마시는 곳이었음에 틀림없었다. 그러나 이제는 더 이상 그렇지 않았다. 샘터 옆 작은 공터에는 풀이 무성했고 춥고 음울했다.

그녀는 일어서서 천천히 집을 향해 걸어갔다. 걸어가고 있는데, 오른쪽으로 멀리 떨어진 곳에서 뭔가 두드리는 소리가 희미하게 들려왔다. 그녀는 가만히 멈춰 서서 그 소리에 귀를 기울였다. 망치 소리일까? 아니면 딱따구리 소리일까? 그것은 분명히 망치 소리였다.

그녀는 귀를 기울이며 계속 걸어갔다. 그러다가 어린 전나무들 사이로 난 좁은 오솔길을 발견했다. 어느 곳으로도 이르지 못할 것처럼 보이는 오솔길이었다. 그러나 그 길을 누군가가 다닌 것 같은 느낌이 들었다. 모험심이 발동한 그녀는 무성한 어린 전나무들 사이로 난 그 길을 따라 내려갔다. 오솔길을 따라가자 바람 부는 숲의 고요함 속에서 망치 소리가 점점 더 가까워졌다. 왜냐하면 나무들은 바람 소리 속에서도 고요함을 만들어 내기 때문이다.

외진 작은 공터와 통나무 기둥으로 지어진 작은 오두막집이 눈앞에 나타났다. 그곳은 그녀가 한 번도 와본 적이 없는 곳이었다. 그녀는 이곳이 어린 꿩들을 기르는 조용한 곳이라는 것을 깨달았다. 사냥터지기가 셔츠 바람으로 무릎을 꿇은 채 망치질을 하고 있었다. 개가 짧고 날카롭게 짖으며 앞으로 달려왔다. 사냥터지기가 홱 얼굴을 쳐들고 그녀를 바라보았다. 그의 눈에 놀란 표정이 담겨 있었다.

그는 몸을 펴서 인사를 하고는, 그녀가 팔다리에 점점 더 기운이 빠지는 모습으로 다가오는 것을 조용히 바라보았다. 그는 누군가가 침입해 들어오는 것이 싫었다. 그는 자신의 고독을 삶의 유일한, 마지막 자유로 소중하게 여기고 있었다.

「무슨 망치 소리인지 궁금했어요.」그녀는 기운 없이 숨을 헐떡이며, 자신을 아주 뚫어지게 바라보고 있는 그를 조금 무서워하면서 말했다.

「새끼 꿩드를 너을 우리를 준비하고 인는 중임니다.」그가 순 사투리로 말했다.

그녀는 뭐라고 말해야 할지 몰랐고 기운이 없었다.

「좀 앉고 싶어요.」그녀가 말했다.

「이리 오두막집 아네 드러 가서 안즈십씨오.」그가 그렇게 말하고는 앞장서 가며 목재와 물건을 옆으로 치우고 개암나무 가지로 만든 투박한 의자를 끌어다 주었다.

「부를 좀 피워 드릴까요?」그가 묘한 순박함이 담긴 사투리로 말했다.

「아니에요, 괜찮아요!」그녀가 말했다.

그러나 그는 그녀의 양손을 바라보았다. 두 손이 약간 시퍼렇게 보였다. 그러자 그는 재빨리 낙엽송 가지 몇 개를 구석에 있는 벽돌로 된 작은 벽난로로 들고 갔고 조금 후에는 노란 불꽃이 굴뚝으로 타올랐다. 그는 벽돌 벽난로 옆에 자리를 마련했다.

「여기 잠깐만 안자서 모믈 덥히시지요.」그가 말했다.

그녀는 그의 말대로 했다. 그에게는 보호해 주는 듯한 묘한 권위가 있어서 그녀는 그의 말을 즉시 따랐다. 그래서 그녀는 앉아서 불에 작은 장작 조각들을 던져 넣으며 손에 불을 쬈다. 그동안 그는 밖에서 다시 망치질을 하고 있었다. 그녀는 사실 난롯가 옆의 구석에 처박혀 있고 싶지 않았다. 차라리 문간에서 밖을 내다보고 싶었다. 그러나 지금은 보살핌을 받는 처지였기 때문에 그의 말을 따라야만 했다.

오두막은 상당히 아늑했다. 벽에는 니스 칠을 하지 않은 널빤지가 둘려 있었고, 작고 투박한 테이블과 그녀가 앉은 등받이 없는 의자 말고 다른 의자가 하나 더 있었으며, 목수용 작업대와 큰 상자, 연장과 새 판자, 못 등이 널려 있었고, 벽에는 도끼와 손도끼, 덫과 가죽, 자루에 들어 있는 물건들과 코트 같은 물건들이 못에 잔뜩 걸려 있었다. 오두막에는 창문이 없었고 열린 문을 통해 빛이 안으로 들어왔다. 그곳은 뒤죽박죽이었지만 일종의 작은 성역 같았다.

그녀는 남자의 망치 두드리는 소리에 귀를 기울였다. 그다지 즐겁게 들리는 소리가 아니었다. 그는 마음이 무거웠다. 지금 이곳에 자신의 사생활을 침범한 사람이 와 있었고 그것도 위험한 침입자였다! 바로 여자가 와 있었던 것이다! 그는 혼자 있는 것 외에는 세상에서 원하는 것이 없는 경지에 이른 사람이었다. 그럼에도 불구하고 그에게는 자신의 사생활을 지킬 능력이 없었다. 그는 고용된 사람이었고 이 사람들은 그의 주인이었다.

특히 그는 다시는 여자와 접촉하고 싶지 않았다. 그는 그것이 두려웠다. 과거에 여자들과의 접촉에서 큰 상처를 받았기 때문이다. 그는 홀로 있을 수 없다면, 홀로 남겨질 수 없다면 자신이 죽게 될 것이라고 느꼈다. 바깥세상에서 그는 철저하게 물러나 있었다. 그의 마지막 도피처는 이 숲이었다. 이 숲 속에 숨는 것뿐이었다!

코니는 난롯가에서 몸을 따뜻하게 녹였지만 불을 너무 세게 지피는 바람에 더울 지경이 되었다. 그녀는 문간으로 가서 등받이 없는 의자 위에 앉아 일하는 남자를 바라보았다. 그는 그녀를 전혀 신경 쓰지 않는 것처럼 보였다. 그러나 그는 그녀가 바라보는 것을 알고 있었다. 그럼에도 불구하고 그는 일에 몰두한 것처럼 계속 일을 했고 그의 갈색 개는 근처에서 꼬리를 엉덩이 밑에 깔고 앉아 믿을 수 없는 세상을 감시하고 있었다.

호리호리하고 조용하면서도 동작이 재빠른 남자는 만들고 있던 꿩 우리를 완성한 다음 뒤집어서 미닫이문이 잘 여닫히는지 시험해 보고는 한쪽 옆에 세워 두었다. 그런 다음 일어서서 낡은 꿩 우리를 집어서 방금 전에 작업을 하던 장작 패는 통나무 받침대로 가져왔다. 그는 몸을 구부린 채 막대살들을 잡아당겨 보았다. 몇 개가 그의 손에서 부러졌다. 그는 못을 뽑기 시작했다. 그런 다음 꿩 우리를 뒤집어서 꼼꼼히 살펴보았다. 그는 여자가 곁에 있다는 것을 의식하는 티를 전혀 내지 않았다.

그래서 코니는 그를 뚫어지게 바라보았다. 전에 옷을 벗은 그에게서 보았던 것과 똑같은 고독한 외로움이 지금 옷을 입고 있는 그에게서도 보였다. 그는 혼자서 일하는 짐승처럼 고독하게, 뭔가에 열중해 있으면서도 인간과의 모든 접촉을 피해 뒷걸음치는 사람처럼 생각에 잠겨 있었다. 조용히, 참을성 있게, 그는 지금도 그녀로부터 뒷걸음치고 있었다. 코니의 자궁에 감동을 준 것은 바로 참을성 없고 열정적인 남자에게 나타나는 고요함과 끝없는 인내였다. 그녀는 그의 구부린 머리에서, 민첩하고 조용한 두 손에서, 호리호리하고 예민한 허리에서 그것을 보았다. 인내하면서 움츠리고 있는 무엇인가를 보았다. 그녀는 그가 자신보다 더 깊고 넓은 경험을 한 사람이라는 느낌을 받았다. 그의 경험이 훨씬 더 깊고 넓으며 아마 더 지독했을 것 같았다. 이런 느낌 때문에 그녀는 자기 자신에게서 벗어날 수 있었다. 그녀는 거의 무책임할 정도로 긴장이 풀어지는 것을 느꼈다.

그래서 그녀는 시간과 자신이 처한 특정한 상황들에 대해 까맣게 잊어버린 채 꿈같은 상태로 오두막집 문간에 앉아 있었다. 그녀가 너무 멍한 상태에 빠져 있었기 때문에 그가 재빨리 고개를 들고 그녀를 올려다보았을 때 그녀의 얼굴은 완전히 고요하고 뭔가를 기다리는 듯한 표정을 띠고 있었다. 그에게 그것은 기다림의 표정이었다. 그러자 그의 허리에서, 등 아래쪽 뿌리에서 갑자기 작고 약한 불길이 혀를 날름거리며 피어올랐다. 영혼 속에서 그가 신음했다. 다시금 긴밀한 인간적 접촉을 하는 것을 그는 거의 숨을 힘오하고 기꺼이하는 것처럼 두려워했다. 그는 무엇보다 그녀가 이곳을 떠나서 자신을 혼자 있게 내버려 두기를 바랐다. 그는 그녀의 의지, 여성적인 의지와 현대적이고 여성적인 고집이 두려웠다. 그리고 무엇보다 그는 그녀의 자기 뜻대로 하려는 냉정한 상류 계급의 오만함이 두려웠다. 그는 그녀가 거기 와 있는 게 싫었다.

코니는 갑자기 불안감을 느끼고 정신을 차렸다. 그녀는 몸을 일으켰다. 오후가 지나 어느덧 저녁으로 바뀌고 있었다. 그러나 그녀는 그곳을 떠날 수가 없었다. 그녀가 다가가자 그가 일어서서 차렷 자세를 취했다. 그의 야윈 얼굴은 딱딱하니 표정이 없었고 눈은 그녀를 빤히 바라보고 있었다.

「여기는 참 좋네요. 참 편안하고요.」 그녀가 말했다. 「여기에 한 번도 와본 적이 없어요.」

「정말입니까?」

「가끔씩 여기 와서 앉아 있다 갈까 해요.」

「그러시군요!」

「당신이 여기 없을 때는 오두막집을 잠가 두나요?」

「네, 마님.」

「나도 열쇠를 하나 가질 수 있을까요? 가끔 앉아 있다 가게요! 열쇠가 두 개 있나요?」

「제가 아는 하는 업씀니다.」

그의 말투가 사투리로 돌아갔다. 코니는 망설였다. 그는 지금 반대 의사를 표명한 것이었다. 요컨대 이게 그의 오두막집이란 말인가?

「열쇠를 하나 더 구할 수 없나요?」 그녀가 특유의 부드러운 목소리로 말했지만 그 밑에는 자기 뜻대로 하고 말겠다고 작정한 여자의 어조가 깔려 있었다.

「하나 더, 라고요!」 조롱 섞인 분노감을 일순 드러내는 시선으로 그가 그녀를 힐끗 보며 말했다.

「네, 똑같은 걸로요.」 그녀가 얼굴을 붉히며 말했다.

「클리퍼드 경이 아시지 않을까 시픈데요.」 그가 그녀를 외면하면서 말했다.

「그렇네요!」 그녀가 말했다. 「그이가 열쇠를 하나 가지고 있을지 모르겠네요. 그렇지 않다면 당신이 가진 것으로 하나 더 만들면 되겠죠. 하루 정도면 되지 않을까 싶은데요. 그 정도라면 당신이 열쇠 없이도 지낼 수 있을 거예요.」

「뭐라고 말씀드려야 할지 모르겠씀니다, 마님! 이 근처에는 열쇠를 만드는 사라미 아무도 엄는데요.」

코니는 갑자기 화가 나서 얼굴이 붉어졌다.

「잘 알았어요!」 그녀가 말했다. 「그건 내가 알아보죠.」

「좋습니다, 마님.」

그들의 시선이 마주쳤다. 그의 눈에는 혐오와 경멸, 앞으로 무슨 일이 일어나도 상관하지 않겠다는 식의 차갑고 보기 흉한 표정이 담겨 있었다. 그녀의 눈은 거절을 당한 것 때문에 화가 나 있었다.

그러나 그녀의 가슴이 쿵 하고 내려앉았다. 그녀는 자신이 그의 뜻에 맞섰을 때 그가 얼마나 지독하게 자신을 혐오하는지 알았다. 그리고 그에게서 일종의 절망을 보았다.

「잘 있어요!」

「안녕히 가십시오, 마님!」 그가 인사를 한 다음 퉁명스럽게 몸을 돌렸다. 그녀가 그의 내면에 잠자고 있던 지독하고 해묵은 분노를, 제멋대로인 여자에 대한 분노를 일깨운 것이었다. 그런데 그에게는 아무 힘도 없었다. 힘이 전혀 없었다! 그는 그것을 뼈저리게 알고 있었다!

그리고 그녀는 제멋대로인 남자에게 화가 났다. 게다가 하인인 주제에! 그녀는 부루퉁해서 집으로 걸어갔다.

그녀는 언덕 위 커다란 너도밤나무 밑에서 자기를 찾고 있는 볼턴 부인을 보았다.

「그냥 마님이 오시나 궁금해서요.」 여자가 환하게 말했다.

「내가 늦었나요?」 코니가 물었다.

「아! 그냥 클리퍼드 경께서 차를 기다리고 계셔서요.」

「그러면 당신이 차를 타 드리지 그랬어요?」

「아, 그건 제가 할 일이 아니라고 생각하는데요. 클리퍼드 경도 그걸 전혀 좋아하지 않으실 거라고 생각해요, 마님.」

「왜 그러는지 이해가 안 되는군요.」 코니가 말했다.

그녀는 집 안으로 들어가서 클리퍼드의 서재로 갔다. 낡은 놋쇠 주전자가 쟁반 위에서 끓고 있었다.

「내가 늦었죠, 클리퍼드?」 그녀는 모자를 쓰고 스카프를 두른 채 쟁반 앞에 서서 들고 온 몇 송이의 꽃을 내려놓은 다음 작은 차 통을 집어 들며 말했다. 「미안해요! 볼턴 부인에게 차를 준비하도록 시키지 그랬어요?」

「그럴 생각을 못 했소.」 그가 비꼬듯이 말했다. 「그 여자가 차 마시는 자리까지 관장하는 것은 전혀 생각할 수가 없소.」

「아, 은 찻주전자에 남이 손대면 안 되는 신성한 점이라곤 내가 알기로는 전혀 없는데요.」 코니가 말했다.

그가 묘한 표정으로 그녀를 힐끗 올려다보았다.

「오후 내내 뭘 했소?」 그가 말했다.

「걷다가…… 쉴 수 있는 곳에 앉아 있었어요. 커다란 호랑가시나무에 아직도 열매가 달려 있는 거 알아요?」

그녀는 스카프를 벗었지만 모자는 그대로 쓴 채 앉아서 차를 준비했다. 구운 빵은 틀림없이 가죽처럼 딱딱해져 있을 것이다. 그녀는 찻주전자 위에 차 덮개를 올려놓고 꺾어 온 제비꽃을 꽂을 작은 유리잔을 가지러 일어섰다. 불쌍한 꽃들은 시들어서 줄기 끝에 늘어져 있었다.

「꽃들이 다시 살아날 거예요!」 그녀가 냄새를 맡아 보라고 유리잔에 담긴 꽃들을 클리퍼드 앞에 놓으며 말했다.

「헤라의 눈꺼풀보다 더 향기롭도다.」[61] 그가 시구를 인용했다.

「진짜 제비꽃하고는 전혀 연관이 없는 것 같은데요.」 그녀가 말했다. 「엘리자베스 시대 사람들은 수식이 좀 지나친 것 같아요.」

그녀가 그에게 차를 따라 주었다.

「존의 샘에서 멀지 않은 곳에 꿩을 기르는 작은 오두막집이 있던데 열쇠가 하나 더 있나요?」 그녀가 말했다.

「아마 그럴 거요. 한데 왜 묻는 거요?」

「오늘 그곳을 우연히 발견했어요. 전에는 한 번도 가본 적이 없는데 마음에 드는 곳이에요. 거기 가서 가끔 앉아 있을 수 있나 해서요. 안 되나요?」

「멜러스가 거기 있었소?」

「네! 바로 그래서 그곳을 발견한 거예요. 그 사람이 망치질 하는 소리 때문에요. 내가 찾아간 것을 전혀 반기지 않는 것 같더군요. 사실 내가 열쇠가 하나 더 있냐고 물었을 때는 거

---

61 셰익스피어Shakespeare(1564~1616)의 「겨울 이야기Winter's Tale」(1611), 4막 4장 121행.

의 무례하다 싶을 정도로 굴었어요.」

「그가 뭐라 했소?」

「아, 아무 말도 안 했어요. 그냥 태도가 그랬다는 거예요. 그리고 자기는 열쇠에 대해 아무것도 모른다고 그러더군요.」

「아버지 서재에 열쇠가 하나 있을지 모르겠소. 베츠가 잘 알 거요. 거기에 열쇠들이 다 있소. 찾아보라고 일러 두겠소.」

「제발 그래 줘요!」 그녀가 말했다.

「그러니까 멜러스가 거의 무례하다 싶게 굴었단 말이지!」

「아, 아무것도 아니에요. 정말이에요! 그런데 그 사람은 내가 그 성(城)에 자유롭게 드나드는 걸 원치 않는 것 같아요. 정말로요.」

「원치 않을 거라 생각하오.」

「그렇지만 왜 싫어하는지 모르겠어요. 어쨌든 그게 자기 집은 아니잖아요! 그 사람의 개인적인 거처가 아니잖아요. 내가 원한다면 거기 가서 앉아 있어서는 안 될 이유를 모르겠어요.」

「지당한 말이오!」 클리퍼드가 말했다. 「자기 자신을 너무 대단하게 여기고 있소, 그 작자는.」

「그렇게 생각해요?」

「아, 물론이오! 그는 자신이 특별한 존재라고 생각하오. 당신도 알다시피 그에게는 아내가 있었는데 별로 사이가 안 좋았지. 그래서 그는 1915년에 군대에 들어갔고 내가 알기로는 아마 인도로 파견되었소. 어쨌든 그는 얼마 동안 이집트에서 기병대의 대장장이로 일했소. 항상 말[馬]과 연관된 일을 했는데 그쪽 방면으로는 솜씨가 뛰어났지. 그러다가 어떤 인도 출신 대령이 그를 마음에 들어 해서 부관으로 삼았소. 그랬소. 그들이 그를 장교로 임관시켰지. 내가 알기로 그는 자기 대령과 함께 인도로 돌아가서 북서부 전선[62]으로 갔소. 그러다 병이 났고 지금은 연금을 받고 있소. 바로 작년에 제대한 것으로 알고 있소. 그리고 나면 당연히 그런 사람에게는 본래 자리로 돌아오는 게 쉽지 않은 법이오. 반드시 버둥거리게 되어 있소. 그러나 나와 관련된 한에서는, 그는 자기 의무를 다하고 있소. 다만 나한테 멜러스 중위 티를 낸다면 그것은 눈곱만큼도 용납하지 않을 것이오.」

「순 더비셔 사투리만 쓰는 그런 사람이 어떻게 장교가 될 수 있었죠?」

「그는 사투리를 쓰지 않소. 이따금씩만 불쑥불쑥 쓸 뿐이지. 그는 ― 그로서는 ― 완벽하게 영어를 구사할 수 있소. 자기가 속한 원래 계급으로 되돌아왔으니 자기 계급 사람들이 쓰는 말을 쓰는 게 낫다고 생각한 것 같소.」

「왜 전에 그에 대해 말해 주지 않았어요?」

「아…… 난 이런 낭만적인 출세담 따위는 딱 질색이오. 그것은 모든 질서의 파멸이오. 그런 일이 일어나다니 천 번 만 번 유감이오.」

코니는 동의하고 싶어졌다. 어디에도 적응하지 못하는 불만에 가득 찬 사람들이 무슨 소용이 있단 말인가!

화창한 날씨가 계속되자 클리퍼드 역시 숲에 가보기로 결

62 인도와 아프가니스탄 사이에 있는 산악 지대.

정했다. 바람은 찼지만 그렇게 세차진 않았고 햇살은 생명 그 자체처럼 따뜻하고 충만했다.

「참 놀라운 일이에요.」코니가 말했다.「정말로 상쾌하고 화창한 날에는 기분이 얼마나 달라지는지 몰라요. 평소에 우리는 바로 이 공기가 반쯤 죽어 있다고 느끼거든요. 사람들이 바로 이 공기를 죽이고 있어요.」

「당신은 사람들이 그렇게 하고 있다고 생각하오?」그가 물었다.

「그럼요! 모든 사람들에게서 뿜어져 나오는 너무나 많은 불만과 권태, 분노의 증기가 대기 중의 활력을 죽이고 있어요. 그렇다고 확신해요.」

「어쩌면 대기의 어떤 조건 때문에 사람들의 활력이 떨어지는 것인지도 모르오.」그가 말했다.

「아니에요! 우주를 망가뜨리는 것은 바로 사람이에요.」그녀가 주장했다.

「자신의 둥지를 스스로 더럽힌다!」클리퍼드가 말했다.

모터 의자가 계속 덜덜대는 소리를 냈다. 개암나무 수풀에는 연한 금빛의 길쭉한 꽃들이 늘어져 있었고 햇볕이 잘 드는 곳에는 아네모네가 활짝 피어 있었는데, 사람들이 그 꽃들과 함께 환호할 수 있었던 지난 시절에 그랬던 것과 똑같이 생명의 환희로 탄성을 지르는 듯했다. 꽃에서 사과 꽃 내음을 닮은 향기가 희미하게 풍겼다. 코니가 클리퍼드를 위해 몇 송이를 따다 주었다.

그가 그것들을 받아 들더니 신기하다는 듯이 바라보았다.

「그대 아직 능욕당하지 않은 고요의 신부여.」[63] 그가 시구를 인용했다. 「이 구절은 그리스 항아리보다 꽃들에게 훨씬 더 잘 어울리는 것 같소.」

「〈능욕당하다〉라는 말은 너무 끔찍해요!」그녀가 말했다. 「만물을 능욕하는 것은 인간뿐이에요.」

「아, 난 모르겠는데……. 달팽이도 그렇고 모든 것이 다 그렇게 하지 않나.」그가 말했다.

「달팽이조차 단지 다른 것들을 먹을 뿐이에요. 그리고 벌들은 능욕하지 않아요.」

그녀는 모든 것을 말로 바꿔 버리는 그에게 화가 났다. 제비꽃은 헤라의 눈꺼풀이고 아네모네는 능욕당하지 않은 신부였다. 그녀는 항상 자신과 삶 사이에 끼어드는 말들이 얼마나 싫은지 몰랐다! 능욕하는 게 있다면 그것은 바로 말이었다. 진부한 단어와 구절들은 살아 있는 존재들에게서 생명의 수액을 전부 빨아 없애 버렸다.

클리퍼드와의 산책은 썩 유쾌하지 못했다. 각자 눈치채지 못한 척했지만 그와 코니 사이에는 분명히 긴장이 존재했다. 갑자기 그녀는 여성적인 본능의 모든 힘을 다해서 조용히 그를 밀쳐 내고 있었다. 그녀는 그로부터, 특히 그의 의식과 말과 그 자신에 대한 집착에서 — 그 자신과 그 자신의 말에 대한 그의 끝없는, 반복적인 집착에서 — 벗어나고 싶었다.

날씨가 바뀌어 다시 비가 내렸다. 그러나 하루 이틀이 지난

---

63 영국의 낭만주의 시인, 존 키츠John Keats(1795~1821)의 시, 「그리스 항아리에 부치는 송가Ode on a Greecian Urn」(1818) 중 한 구절.

후 그녀는 비가 오는 중에도 밖으로 나갔다. 그러고는 숲으로 갔다. 그리고 일단 숲에 들어서면 오두막집으로 향했다. 비가 내리고 있었지만 그렇게 춥지는 않았다. 숲은 너무나 고요하고 외지게 느껴졌고, 어슴푸레하게 내리는 빗속에서 다가갈 수 없는 곳처럼 느껴졌다.

그녀는 공터에 이르렀다. 그곳에는 아무도 없었다! 오두막집은 잠겨 있었다. 그러나 그녀는 통나무로 만든 현관 아래 문간에 바싹 웅크려 앉아 자신의 체온으로 몸을 감쌌다. 그렇게 그녀는 비가 내리는 것을 바라보며 앉아서 수많은 빗방울이 내는 소리 없는 소리와 바람이 전혀 불지 않는 것처럼 보이는데도 위쪽 가지에서 윙윙거리는 이상한 바람 소리를 들었다. 오래된 참나무들이 주변을 빙 둘러 서 있었고, 잿빛의 튼튼한 줄기들은 비를 맞아 거무스름하게 변한 채 둥글고 활기찬 모습으로 가지들을 이리저리 사방으로 뻗고 있었다. 마당에는 잡풀이 별로 나 있지 않았고, 아네모네가 점점이 흩어져 피어 있었다. 한두 군데 덤불도 있었는데, 딱총나무나 불두화나무 덤불이었고, 자줏빛으로 뒤엉킨 가시나무 덤불도 있었다. 오래된 황갈색 고사리는 녹색 치마 모양의 아네모네 잎들 밑에서 거의 사라져 보이지 않았다. 어쩌면 이곳이 능욕당하지 않은 곳 중 하나일 것이다. 능욕당하지 않은 곳이라! 온 세상이 능욕당했다.

어떤 것들은 절대 능욕당할 수 없다. 정어리 통조림은 능욕당할 수 없다. 그리고 너무나 많은 여자들이 그렇다. 그리고 남자들도 그렇다. 그러나 땅은······!

비가 잦아들고 있었다. 비가 내려도 참나무들 사이가 더 이상 어두워지지 않았다. 코니는 가고 싶었지만 계속 앉아 있었다. 몸이 추워지기 시작했지만 마음속의 분노에서 생겨난 강력한 무기력증 때문에 마비라도 된 것처럼 그곳에서 꼼짝할 수가 없었다.

　능욕당하다니! 손길 한 번 닿지 않더라도 얼마나 심하게 능욕을 당할 수 있는지! 죽은 말로 능욕당하는 것은 외설이 되었고 죽은 생각은 집착이 되었다.

　비에 젖은 갈색 개가 뛰어왔지만 짖지는 않은 채 젖은 꼬리 털을 치켜세웠다. 운전사처럼 젖은 검은 방수포 윗도리를 입고 얼굴을 약간 붉힌 채 남자가 뒤따라왔다. 그녀는 그가 자신을 보자 빠르게 걷던 발걸음을 늦추는 것을 느꼈다. 그녀는 자리에서 일어나 통나무 현관 아래 손바닥만 한 넓이의 비에 젖지 않은 부분에 서 있었다. 그가 아무 말 없이 인사를 하고 천천히 다가왔다. 그녀는 자리를 뜨려고 몸을 움직이기 시작했다.

　「막 가려던 참이었어요.」 그녀가 말했다.

　「안으로 드러 가시려고 기다리신 건가요?」 그는 그녀가 아니라 오두막을 바라보며 물었다.

　「아니에요! 비를 맞지 않을 곳에서 몇 분 정도 앉아만 있었어요.」 그녀가 조용히 위엄 있게 말했다.

　그가 그녀를 쳐다보았다. 그녀는 추워 보였다.

　「그렇다면 클리퍼드 경이 다른 열쇠를 가지고 계시지 안나 보네요?」 그가 물었다.

「그래요! 하지만 상관없어요. 이 현관 아래서도 비를 전혀 맞지 않고 앉아 있을 수 있으니까요. 그럼 잘 있어요.」

그녀는 그의 말에 심하게 사투리가 섞여 있는 것이 싫었다.

그는 떠나려는 그녀를 뚫어지게 바라보았다. 그러고는 자기 윗도리를 휙 끌어올리고 바지 주머니에 손을 넣은 다음 오두막 열쇠를 꺼냈다.

「이 열쇠를 마님이 가져가시는 게 조을 것 가튼데요. 전 어디 다른 기래서 꿩드를 키우게쏨니다.」

그녀가 그를 쳐다보았다.

「무슨 말이에요?」 그녀가 물었다.

「제 말씀은 꿩을 키울 다른 장소를 차자 보게따는 겁니다. 마님이 여기 오고 시프실 때 제가 주벼네서 얼쩡거리는 걸 워나지 안으실 거니까요.」

그녀는 알아듣기 힘든 안개 같은 사투리 속에서 그의 말뜻을 헤아려 들으면서 그를 바라보았다.

「보통 영어를 쓰는 게 어때요?」 그녀가 차갑게 말했다.

「제가요? 전 이게 보통 영어여따고 생가카는데요.」

그녀는 화가 나서 잠깐 동안 아무 말도 하지 않았다.

「그러니까 마님이 열쇠를 워나시면 그걸 가지십써오. 아니면 내일 그걸 마님께 드리는 게 나을 거 가씀니다. 먼저 재빨리 물거늘 모두 치워노케쏨니다. 그러면 되게씀니까?」

그녀는 더 화가 났다.

「난 당신 열쇠를 원치 않아요.」 그녀가 말했다. 「난 당신이 물건을 치워 주길 바라지 않아요. 고맙지만 난 당신을 당신 오두막에서 내쫓고 싶은 마음이 추호도 없어요! 그저 가끔 이곳에 와서 앉아 있다 가고 싶었을 뿐이에요. 오늘처럼요. 현관 아래에서도 완벽하게 잘 앉아 있을 수 있어요. 그러니 더 이상 그 얘기는 하지 마요.」

그가 짓궂은 푸른 눈으로 그녀를 다시 바라보았다.

「글쎄요.」그가 순 사투리로 천천히 말을 시작했다. 「오두막지비건 열쇠건 전부 마님 뜻대로 하십씨오. 다만 한 해 중 이맘 때쯤메는 꿩드리 아를 나아서 제가 그거드를 돌봐 주느라 상당히 마는 시가늘 여기 주벼네서 얼쩡거리고 이써야 합니다. 겨울에는 여기 근처에 올 피료가 거의 업씁니다. 그러나 지그믄 보미고 클리퍼드 경이 꿩드를 사냥감으로 푸러 노코 시퍼하십니다. 그리고 마님께서는 여기 와 계실 때 제가 대수롭지도 안은 이를 하면서 주변에 얼쩡거리는 걸 조아하시지 안으실 겁니다.」

그녀는 살짝 놀란 채 그의 말을 들었다.

「당신이 여기 와 있는 걸 내가 왜 싫어하겠어요?」그녀가 물었다.

그가 호기심 어린 눈빛으로 그녀를 쳐다보았다.

「제가 불편하다는 거여씁니다!」그가 간결하지만 의미심장하게 말했다. 그러자 그녀가 얼굴을 붉혔다.

「잘 알았어요!」그녀가 마침내 말했다. 「절대 당신을 귀찮게 하지 않을게요. 그렇지만 내가 여기 앉아 있을 때, 당신이 꿩을 돌보는 모습이 눈에 띈다고 해도 거슬려 하지는 않았을 거예요. 그러나 당신이 그것 때문에 방해가 된다고 생각한다면 당신을 귀찮게 하지 않을게요. 걱정하지 마요. 당신은 클리퍼드 경의 사냥터지기이지 내 사냥터지기는 아니니까요.」

그 말은 이상하게 들렸다. 왜 그런지는 알 수가 없었다. 그러나 그녀는 그냥 말해 버렸다.

「아닙니다, 마님. 그것은 마님의 오두막지빔니다. 마님이 하시고 시픈 대로 얼마든지 하실 수 이씀니다. 일주일 전에만 통고를 하시고 저를 해고하셔도 됩니다. 단지…….」

「단지 뭐죠?」 그녀가 당황해서 말했다.

그가 이상하고 익살스럽게 모자를 뒤로 밀어 젖혔다.

「마님이 여기 오시면 이고세 혼자 계시면서 제가 주벼네 얼쩡거리지 안킬 바라시는 줄 아라씀니다.」

「그런데 왜죠?」 그녀가 화가 나서 말했다. 「당신은 문명인이 아니던가요? 내가 당신을 무서워해야 한다고 생각하나요? 당신이 이곳에 있건 없건 내가 왜 당신을 신경 써야 하죠? 그게 왜 중요하죠?」

그가 그녀를 쳐다보았다. 그의 얼굴 가득 짓궂은 웃음이 어럼풋이 번져 가고 있었다.

「그렇지 않습니다, 마님. 조금도 그렇지 않아요.」 그가 말했다.

「아니, 그렇다면 왜……?」 그녀가 물었다.

「그러면 마님께 다른 열쇠를 구해 드릴까요?」

「아니요, 괜찮아요. 필요 없어요.」

「어쨌든 구해 보겠습니다. 이고스 열쇠를 두 개 가꼬 있으면 나을 거니까요.」

「그런데 당신이 좀 무례한 것 같다는 생각이 드네요.」코니가 얼굴을 붉히며 약간 숨 가쁜 목소리로 말했다.

「그렇지 않습니다. 그렇지 않아요!」그가 재빨리 말했다. 「그런 말쓰믄 하지 마세요. 저는 저녀 그런 뜨시 아니어쏩니다. 저는 마님이 이고세 오시면 자리를 비켜 드려야 한다고 생각해쓸 뿐님니다. 그러려면 다른 고세 꿩 우리를 지어야 하고 할 일이 마나질 거심니다. 그런데 마님께서 저를 저녀 신경 쓰지 아느시게때면, 그러면…… 이고슨 클리퍼드 경의 오두막지비니 마님 조으실 때로 하실 수 이씀니다. 모든 거슨 마님 워나시는 대로 하십씨오. 마님이 저를 저녀 신경 쓰지 아느시면 저는 해야 할 이를 조금 하면 되니까요.」

코니는 완전히 당황해서 그곳을 떠났다. 그녀는 자신이 모욕을 당해서 엄청나게 기분이 나쁜 것인지 아닌지 알 수가 없었다. 아마도 그 남자는 다른 뜻 없이 진심으로 한 말이었는지도 모른다. 자기가 자리를 피해 주기를 그녀가 바란다고 생각했을지도 모른다. 마치 그녀가 그런 생각을 하기라도 한 것처럼! 그리고 마치 그와 그의 하찮은 존재가 아주 중요하기라도 한 것처럼 말이다!

그녀는 자신이 무엇을 생각하고 느끼는지 전혀 모른 채 혼란스러운 상태로 집으로 돌아갔다.

# 제9장

코니는 클리퍼드에 대한 자신의 반감에 놀랐다. 더구나 자신이 항상 진심으로 그를 싫어했다는 느낌이 들었다. 미워하는 것은 아니었다. 싫어하는 감정이 그 정도로 강하지는 않았다. 그러나 육체적으로는 극도로 싫어했다. 은연중에 육체적으로 그를 싫어했기 때문에 그와 결혼한 것이 아니었나 하는 생각마저 들 정도였다. 그러나 물론 그녀는 그에게 정신적으로 매료되고 흥분했기 때문에 그와 결혼했다. 그는 어떤 면에서 그녀보다 뛰어난 스승처럼 보였다.

지금은 그런 정신적인 흥분이 닳아서 사라져 버리고 오로지 육체적인 혐오감만이 남아 있었다. 그것은 그녀의 깊숙한 곳에서부터 솟구쳐 올랐다. 그리고 그녀는 그것이 얼마나 자신의 삶을 갉아먹고 있는지 깨달았다.

무기력하고 완전히 버림받은 듯한 느낌이 들었다. 그녀는 외부에서 어떤 도움의 손길이 나타나기를 바랐다. 그러나 온 세상천지 어디에서도 도움의 손길을 내밀지 않았다. 사회는 미쳐 있었기 때문에 끔찍했다.

문명사회는 미쳐 있었다. 돈과 소위 사랑이라는 것이 사회의 두 가지 큰 광증이었다. 돈이 단연 첫 번째 광증이었다. 개인은 각자 따로따로 미쳐서 돈과 사랑이라는 두 가지 방식으로 자신을 주장했다. 마이클리스를 보라! 그의 삶과 활동은 광기일 뿐이었다. 그의 사랑은 일종의 광기였다. 그의 희곡 작품들은 일종의 광기였다.

　　클리퍼드 또한 마찬가지였다. 그 모든 말! 그 모든 글! 앞으로 밀치고 나가기 위한 그 모든 격렬한 몸부림! 그것은 광기일 뿐이었다. 그리고 그것이 점점 더 심해져서 진짜로 광란 상태가 되었다.

　　코니는 두려움으로 지쳐 버린 것 같은 기분이 들었다. 그러나 적어도 클리퍼드는 그녀에게서 볼턴 부인에게로 자신의 지배력을 옮겨 가고 있었다. 그는 그것을 모르고 있었다. 다른 많은 미치광이들과 마찬가지로, 그의 광기는 그가 의식하지 못하는 것들, 즉 그의 의식 속에 존재하는 사막 지역의 넓이를 통해 측정할 수 있을지 모른다.

　　볼턴 부인은 여러 가지 면에서 감탄할 만했다. 그러나 그녀에게는 묘하게 무의식적으로 으스대는 태도, 즉 끝없이 자신의 의지를 주장하려는 면모가 있었다. 그것은 현대 여성이 지닌 광기의 한 표시였다. 그녀는 자기가 완전히 복종적이며 다른 사람들을 위해 살고 있다고 생각했다. 클리퍼드가 더 예민한 본능으로 항상, 혹은 너무 자주 그녀의 의지를 그저 조용히 좌절시켰기 때문에 그녀는 그에게 매료되었다. 그는 그녀 자신보다 더 예민하고 더 미묘하게 자기주장을 하는 의지를 지니고 있었다. 이것이 그녀를 사로잡은 그의 매력이었다.

어쩌면 코니 역시 그 매력에 매료되었는지도 모른다.

「오늘 날씨가 참 좋네요!」 볼턴 부인은 특유의 어루만지는 듯한 설득력 있는 목소리로 말할 것이다. 「오늘은 모터 의자를 타고 달려 보면 즐거우실 것 같은데요. 햇볕이 정말 좋아요.」

「그런가? 저 책 좀 가져다주겠소? 저기, 그 노란 책 말이오. 그런데 저 히아신스는 내가는 게 좋을 것 같소.」

「그러기엔 너무 아 — 름다운데요!」 그녀는 〈아름다운〉을 늘여서 〈아 — 름다운〉이라고 발음했다. 「그리고 향기가 무척 좋아요.」

「바로 그 향이 마음에 안 드오.」 그가 말했다. 「뭔가 장례식장에서 나는 냄새 같단 말이오.」

「그렇게 생각하시는군요!」 그녀는 약간 기분이 상했지만 감탄하면서, 놀라 소리쳤다. 그러고는 그의 한층 고상하고 까다로운 감각에 감탄하면서 히아신스를 방 밖으로 들고 나갔다.

「오늘 아침에 제가 면도를 해드릴까요, 아니면 직접 하시겠어요?」 항상 똑같이 부드럽고, 어루만지는 듯하며, 순종적이지만 조종하는 목소리였다.

「잘 모르겠소. 조금 기다려도 괜찮겠소? 준비되면 종을 울리리다.」

「잘 알겠습니다, 클리퍼드 경!」 그녀는 너무나 부드럽고 고분고분하게 대답하고는 조용히 물러났다. 그러나 거절당할 때마다 그녀의 마음속에서 새로운 의지의 힘이 쌓여 갔다.

얼마 후 그가 종을 울리면 그녀는 즉시 나타날 것이다. 그러면 그는 말할 것이다.

「오늘 아침에는 당신이 면도를 해주는 것이 좋을 것 같소.」

그녀의 가슴이 살짝 흥분으로 전율했고 그녀는 더욱더 부드럽게 대답했다.

「잘 알겠습니다, 클리퍼드 경.」

그녀는 부드럽고 주저하는 듯한 손길로 약간 천천히, 매우 능숙하게 면도를 했다. 처음에 그는 자기 얼굴에 한없이 부드럽게 닿는 그녀의 손가락 감촉이 싫었다. 그러나 지금은 점점 더 좋아지면서 그 감촉이 마음에 들었다. 그는 그녀에게 거의 매일 면도를 시켰다. 그녀는 얼굴을 그의 얼굴에 바짝 대고 두 눈으로는 몹시 집중해서 제대로 면도가 되고 있는지 살펴보았다. 그러자 점차 그녀의 손가락 끝은 그의 뺨과 입술, 위턱과 아래턱과 목을 완벽하게 알아 갔다. 그는 영양 상태가 좋고 건강해 보였으며, 얼굴과 목은 상당히 잘생긴 데다, 신사였다.

그녀 역시 당당하고 기품이 있었으며, 창백했고, 다소 긴 얼굴에 무척 조용해 보였으며, 두 눈은 반짝였지만 아무것도 드러내지 않았다. 무한한 부드러움으로, 거의 사랑에 가까운 손길로 그녀는 점차 그의 목을 어루만져 갔고 그는 그녀에게 자신을 내맡기게 되었다.

이제 그녀는 그를 위해 거의 모든 일을 해주고 있었다. 그는 코니보다 그녀에게 더 편안함을 느꼈고 지저분한 일에 대해 그녀의 수발을 받는 것에 대해 코니에게보다 수치심을 덜 느끼게 되었다. 그녀는 그를 돌보는 것이 좋았다. 그녀는 마지막 지저분한 수발을 드는 것까지 완전히 그의 몸을 책임지는 것이 너무 좋았다. 어느 날 그녀가 코니에게 말했다. 「남자들은 자기 밑바닥까지 다 보이고 나면 아기가 되고 말아요. 테버셜 광산에서 일한 사람 중에서 가장 거친 환자들을 몇 사람 다뤄 본 적이 있어요. 그러나 어디 아픈 데가 생겨서 제 보살핌을 받으면 그들은 아기들이 돼요. 다 큰 아기들이죠. 아, 남자들은 크게 다르지 않아요!」

처음에 볼턴 부인은 클리퍼드 경 같은 진짜 신사는 정말로 뭔가 다른 점이 있을 것이라고 생각했다. 그래서 클리퍼드는 그녀와의 관계에서 기선을 제압할 수 있었다. 그러나 그녀 자신의 말을 빌리면 점차 그녀는 그의 밑바닥까지 보게 되었고 그 역시 다른 사람들과 마찬가지로 어른같이 덩치만 큰 아기라는 것을 알았다. 그러나 그는 묘한 성격과 훌륭한 태도, 돈과 마음대로 할 수 있는 권력, 그녀를 아직도 위협할 수 있을 정도로 그녀가 꿈도 꾸지 못한 온갖 종류의 이상한 지식을 지닌 아기였다.

코니는 때때로 그에게 이렇게 말해 주고 싶은 유혹이 일었다. 〈제발 저 여자 손아귀에 그렇게 끔찍하게 빠져들지 마요!〉 그러나 그녀는 결국 그런 말을 해줄 만큼 자신이 그를 충분히 좋아하지 않는다는 사실을 깨달았다.

밤 10시까지 저녁 시간을 함께 보내는 것은 변함없는 그들의 습관이었다. 그 시간 동안 그들은 이야기를 나누거나 책을 함께 읽거나 그의 원고를 다시 살펴보곤 했다. 그러나 그런 일을 하면서 느끼던 전율은 사라져 버렸다. 그녀에게는 그의 원고가 지루하게 느껴졌다. 그녀는 그를 위해 여전히 의무적으로 원고를 타자로 쳐주었다. 그러나 곧 볼턴 부인이 그 일도 하게 될 것이다.

왜냐하면 코니 자신이 볼턴 부인에게 타자 치는 법을 배워 보라고 권해 놓았기 때문이다. 그러자 항상 뭐든지 할 각오가 되어 있는 볼턴 부인은 즉시 타자를 배우기 시작했고 열심히 연습을 했다. 그래서 지금은 클리퍼드가 때때로 그녀에게 편지를 불러 주면 그녀가 그것을 약간 느리게, 그러나 정확하게 받아 쳤다. 그리고 그는 매우 참을성 있게 그녀에게 어려운 단어나 이따금씩 나오는 프랑스어로 된 구절의 철자를 하나하나 일러 주었다. 그녀는 무척 감격해하며 즐거워했고 그녀를 가르치는 일은 거의 기쁨에 가까웠다.

이제 코니는 저녁 식사 후에 자기 방으로 올라갈 구실로 두통을 호소하곤 했다.

「아마 볼턴 부인이 피케 놀이[64] 상대를 해줄 거예요.」 그녀는 클리퍼드에게 말했다.

「아. 내 걱정은 안 해도 되오. 당신은 방에 가서 쉬는 게 좋겠소, 여보.」

그러나 그녀가 자리를 뜨자마자 그는 종을 울린 다음 볼턴 부인에게 같이 피케나 베지크[65]를 하거나 심지어는 체스를 두자고 청했다. 그는 그녀에게 이 모든 놀이를 가르쳐 놓았다. 그런데 코니는 볼턴 부인이 젊은 아가씨처럼 얼굴을 붉힌

64 32장의 패를 가지고 둘이서 하는 카드놀이.
65 64장의 패를 가지고 둘이서 하는 카드놀이.

채 떨면서, 여왕이나 기사를 손가락으로 망설이며 만지작거리다가 다시 손을 떼는 모습을 보면서 묘하게 기분이 불쾌해졌다. 그리고 클리퍼드가 반쯤 놀리는 듯한 우월감이 섞인 미소를 살짝 지으며 그녀에게 다음과 같이 말하는 모습도 불쾌했다.

「자두브*J'adoube*[66]라고 말해야 하는 거요!」

볼턴 부인은 놀란 눈을 반짝이며 그를 올려다보고는 수줍어하며 순종적으로 중얼거렸다.

「자두브!」

그랬다. 그는 그녀를 교육하고 있었다. 그리고 그는 그 일을 즐기고 있었다. 그것은 그에게 힘이 있다는 느낌을 갖게 해주었다. 그리고 그녀는 전율했다. 그녀는 신사 계급이 알고 있는 모든 것을, 돈 이외에 그들을 상류 계급으로 만들어 준 모든 것을 조금씩, 조금씩 터득해 가고 있었다. 그것이 그녀를 전율하게 만들었다. 그리고 동시에 그녀는 그로 하여금 그녀를 곁에 두고 싶다는 생각을 갖게끔 만들어 가고 있었다. 그녀가 진짜로 전율하는 모습은 그에게 미묘하면서도 은밀한 우쭐한 기분을 갖게 해주었다.

코니가 보기에 클리퍼드는 약간 천박하고, 살짝 품위가 없으며, 지루하고, 다소 우둔한 본색을 드러내고 있는 것 같았다. 아이비 볼턴의 술수와 겸손한 척하면서 으스대는 태도 또한 너무 속이 빤히 들여다보였다. 그러나 코니는 이 여자가

66 체스 경기 중에 건드린 말은 반드시 움직여야 하지만 원래의 자리에 그대로 두고 싶을 때 쓰는 구호이다.

클리퍼드에게 진짜로 전율한다는 사실에 놀라워했다. 그녀가 그와 사랑에 빠졌다고 말하는 것은 잘못된 표현일 것이다. 그녀는 자신이 상류 계급 출신 남자이자 작위를 지닌 신사이고, 책과 시를 쓸 수 있고, 화보 신문에 사진이 실리는 작가와 접촉하고 있다는 사실에 전율했다. 그것은 기묘한 열정으로까지 이어지는 전율이었다. 그리고 그가 직접 그녀를 〈교육한다는 것〉은 그녀의 내면에 어떤 연애가 불러일으킬 수 있는 것보다 훨씬 더 강한, 흥분과 반응이라는 열정을 불러일으켰다. 사실 그와는 절대 연애 관계가 생겨날 수 없다는 바로 그 사실 때문에 그녀는 그가 아는 것을 알아 가면서 자유롭게 그의 다른 열정, 즉 알아 가는 것에 대한 특이한 열정에 뼛속까지 전율할 수 있었다.

사랑이라는 말에 우리가 어떤 힘을 부여하든, 그녀가 어떤 면에서 그와 사랑에 빠졌다는 것은 의심의 여지가 없었다. 그녀는 아주 기품 있고 당당했으며 젊어 보였고 잿빛 눈은 때로 굉장히 매력적이었다. 동시에 그녀에게는 만족감과 심지어는 승리감이 도사리고 있었고 코니는 그것이 너무 싫었다. 비밀스러운 승리감과 혼자만의 만족감! 우웩, 그 혼자만의 만족감! 코니가 그것을 얼마나 싫어했던지!

그러나 클리퍼드가 그 여자에게 매료된 것은 놀라운 일이 아니었다! 그녀는 특유의 한결같은 방식으로 그를 절대적으로 숭배했고 그가 원하는 대로 쓸 수 있도록 자기 자신을 완전히 그를 위해 내놓았다. 그가 우쭐해진 것은 놀라운 일이 아니었다!

코니는 두 사람 사이에 긴 대화가 오가는 것을 들었다. 아니 정확하게 말하면 주로 볼턴 부인이 말을 하고 있었다. 그녀는 테버셜 마을에 도는 소문을 끊임없이 그에게 풀어놓았다. 그것은 수다 이상이었다. 개스켈 부인[67]과 조지 엘리엇[68]과 미트퍼드 양[69]을 하나로 합쳐 놓은 것에 이 여성 작가들이 빠뜨린 훨씬 더 많은 것을 덧붙였다. 일단 이야기를 시작하면 볼턴 부인은 사람들의 삶에 대해 그 어떤 책보다 더 훌륭하게 이야기를 했다. 그녀는 그들 모두를 속속들이 알고 있었고 그들 모두의 문제에 대해 너무나 특이하고 열렬한 흥미를 지니고 있었다. 살짝 부끄러운 일이긴 했지만 그녀의 이야기를 듣는 것은 놀라운 경험이었다. 처음에 그녀는 클리퍼드에게, 그녀의 말대로 표현하면, 〈테버셜 이야기〉를 감히 할 엄두를 내지 못했다. 그러나 일단 이야기가 시작되자 그것은 계속 이어졌다. 클리퍼드는 〈소재〉를 얻기 위해 이야기를 듣고 있었고 풍성한 소재를 찾아냈다. 코니는 그의 소위 〈천재성〉이라는 것이 그저 이런 것에 불과하다는 것을 깨달았다. 그것은 명백한 개인적인 소문을 찾아내는 특별한 재능으로, 약삭빠르면서 겉으로는 초연한 척하는 재능이었다. 물론 볼턴 부인

---

67 Elizabeth Cleghorn Gaskell(1810~1865). 가난한 사람들을 포함해서 많은 사회 계급의 삶을 자세히 묘사한 소설을 쓴 빅토리아 시대 영국의 여류 소설가이다.

68 George Eliot(1767~1880). 주로 영국의 시골 지방을 배경으로 한 소설을 쓴 빅토리아 시대 영국의 여류 소설가이다.

69 Mary Russell Mitford(1787~1855). 영국의 극작가, 시인, 수필가로 자신이 태어난 시골 마을을 배경으로 한 작품들을 썼다.

은 〈테버셜 이야기〉를 할 때 몹시 흥분해서 열을 냈다. 사실 흠뻑 도취해 있었다. 그리고 실제로 일어난 일들과 그녀가 알고 있는 일들은 굉장했다. 그녀는 책 수십 권 분량이라도 이야기를 이어 나갈 수 있을 것 같았다.

코니는 그녀의 이야기를 들으며 매혹되었다. 그러나 나중에는 항상 살짝 부끄러움을 느꼈다. 그렇게 이상하게 열렬한 호기심을 느끼며 이야기를 듣지 말았어야 했다. 어쨌든 우리가 다른 사람들의 가장 사적인 일들에 대한 이야기를 들을 수는 있겠지만, 고통을 당하고 있는 지친 모든 인간의 영혼을 존중하는 마음으로, 섬세하고 분별력 있게 공감하는 마음으로 들어야 한다. 왜냐하면 풍자조차 공감의 한 형태이기 때문이다. 우리의 삶을 진정으로 결정하는 것은 바로 우리의 공감이 흘러나오고 움츠러드는 방식이다. 그리고 바로 여기에 잘 쓰인 소설이 갖는 엄청난 중요성이 있다. 그것은 우리의 공감 의식의 흐름을 일깨워서 그것을 새로운 곳으로 이끌어 주고, 또 우리의 공감을 죽어 버린 것들을 피해 멀리 떨어지도록 이끌어 줄 수 있다. 그러므로 잘 쓰인 소설은 삶의 가장 은밀한 구석들을 드러낼 수 있다. 왜냐하면 민간한 인식의 조류가 밀물처럼 밀려왔다 썰물처럼 빠져 나가며 깨끗이 씻어 내고 새롭게 해줄 필요가 있는 곳은 바로 무엇보다 삶의 정열적인 은밀한 구석들이기 때문이다.

그러나 소설 또한 소문과 마찬가지로 영혼을 약화시키고 기계적인 가짜 공감과 혐오를 불러일으킬 수 있다. 관습적인 측면에서 〈순수〉하다면 소설은 가장 부패한 감정들도 찬양할 수 있다. 그러면 소설은 소문과 마찬가지로 결국에는 사악한 영향을 끼치고, 소문과 마찬가지로 겉으로는 항상 천사들 편에 서 있는 척하기 때문에 더욱더 사악한 영향을 끼친다. 볼턴 부인의 소문은 항상 천사들 편에 서 있었다. 〈그리고 그는 정말 나쁜 남자였고 그녀는 정말 착한 여자였답니다……〉라는 식이었다. 그러나 볼턴 부인이 전하는 소문만으로도 코니가 알 수 있었듯이 여자는 사실 그저 듣기 좋은 말만 하는 부류의 여자일 뿐이었고 남자는 화를 내며 솔직하게 말하는 사람이었다. 그러나 볼턴 부인에 의해 공감이 사악하고 관습적으로 유도되면서 화를 내며 솔직한 것 때문에 남자는 〈나쁜 남자〉가 되었고 듣기 좋은 말만 하는 것 때문에 여자는 〈착한 여자〉가 되었다.

이런 이유에서 소문은 듣는 사람을 수치스럽게 만든다. 그리고 같은 이유로 소설, 특히 대중소설은 읽는 사람을 수치스럽게 만든다. 오늘날 대중은 자신의 악덕에 호소하는 것에만 반응한다.

그럼에도 불구하고 볼턴 부인의 이야기는 테버셜 마을에 대한 새로운 시각을 전해 주었다. 마을은 추한 삶이 끔찍하고 소란스럽게 뒤범벅된 곳처럼 보였다. 그러나 밖에서 보는 것처럼 활기 없고 단조로운 곳이 전혀 아니었다. 물론 클리퍼드는 거론된 사람들의 얼굴을 대부분 알고 있었지만 코니는 한두 사람밖에 알지 못했다. 그러나 그곳 이야기는 사실 영국의 마을이라기보다 중앙아프리카 정글 속 이야기인 것처럼 들렸다.

「올숍 양이 지난주에 결혼했다는 소식을 들으셨으리라 믿어요! 저런, 못 들으셨다고요! 올숍 구둣방 주인인 제임스 노인의 딸인 올숍 양요. 그들이 저 위쪽 파이 크로프트에 집을 지었답니다. 그 노인이 작년에 낙상해서 죽었어요. 여든세 살이었는데 젊은이처럼 몸이 날쌨답니다. 그런데 그런 그가 지난겨울에 베스트우드 언덕에 젊은이들이 만들어 놓은 미끄럼길에서 미끄러지는 바람에 넓적다리가 부러져서 그만 목숨을 잃고 말았지요. 불쌍한 노인이 참 안됐어요. 그런데 그가 자기 돈을 전부 태티에게 남겼답니다. 아들들에게는 한 푼도 안 남기고요. 그런데 태티는 제가 알기로 저보다 다섯 살 위니까…… 맞아요, 지난가을에 쉰세 살이 되었어요. 그리고 아시다시피 그들은 교회당에 다니는 아주 독실한 비국교도 신자들이었답니다. 참 우습죠! 태티는 아버지가 돌아가실 때까지 30년 동안 주일 학교에서 아이들을 가르쳤어요. 그러다가 킨브룩 출신 남자와 놀아나기 시작했는데 두 분이 그 남자를 아시는지 모르겠네요. 빨간 코에 나이가 지긋하고 약간 멋을 부리는 윌콕이라는 남자인데 핸슨의 목재소에서 일한답니다. 그런데 그는 예순다섯 살이지만 두 사람이 팔짱을 끼고 있거나 대문간에서 입 맞추는 모습을 보면 젊고 다정한 한 쌍의 비둘기 같다고 생각하실 거예요. 정말 그래요. 그리고 그녀는 지나가는 모든 사람이 다 볼 수 있도록 파이 크로프트 길가 쪽으로 난 퇴창 가에서 그의 무릎 위에 앉아 있곤 한답니다. 그에게는 마흔이 넘은 아들들이 있는 데다 아내가 세상을 떠난 지 겨우 2년밖에 안 되었는데 말이죠. 무덤에서 다시 살아 일어나는 게 불가능했으니 망정이지 그럴 수만 있었다면 아마 제임스 올솝 노인이 무덤에서 벌떡 일어났을 거예요. 생전에 자기 딸을 참 엄격하게 키웠거든요! 지금은 두 사람이 결혼해서 킨브룩으로 내려갔답니다. 사람들 말로는 그녀가 아침부터 밤까지 실내복을 입고 돌아다니는데 참 가관이라고 합니다. 늙은이들이 그렇게 지내는 건 정말 끔찍한 일이라고 전 생각해요! 세상에, 젊은 사람들이 그러는 것보다 훨씬 더 끔찍하죠. 그리고 더 볼썽사납기도 하고요. 전 그게 전부 영화 때문이라고 생각해요. 그렇다고 영화를 멀리 쫓아버릴 수는 없잖아요. 그래서 전 항상 말한답니다. 교훈적인 좋은 영화를 보러 가고 제발 이런 멜로드라마나 연애 영화는 멀리하라고요! 어떻게든 아이들은 가까이 하지 못하게 하라고요! 그런데 보세요. 어른들이 아이들보다 더 끔찍해요. 게다가 그 두 늙은이는 단연 최악이고요. 도덕에 대한 이야기요! 어느 누구도 눈곱만큼도 신경을 안 쓴답니다. 사람들은 그저 자기 하고 싶은 대로 하며 살고 그렇게 할 때 훨씬 더 잘산다고 말할 수 있겠죠. 하지만 요즘엔 사람들이 돈 쓰는 것을 줄여야만 하는 형편이랍니다. 광산 사정이 너무 안 좋아서 돈이 없거든요. 그래서 사람들이 불평을 해대는데 끔찍하답니다. 특히 여자들요. 남자들이야 아주 착하고 참을성이 많죠! 불쌍한 사람들이 뭘 어떻게 할 수 있겠어요! 그러나 여자들은, 아, 그들은 어리석을 짓들을 해댄답니다! 그들은 메리 공주님[70]의 결혼 선물 장만에 돈을 기부하면서 돌아다니며 뻐기다가 공주님이 받은 온갖 거창한 선물들을 보면 그저 격분해서 소리를 지르곤 한답니다. 〈공주가 별거야! 도대체 다른 사람보다 얼마나 더 잘났단 말이야! 스완 앤드 에드거 백화점[71]이 공주에게는 모피 코트를 여섯 벌씩이나 주면서 나한테는 왜 한 벌도 주지 않는 거야? 차라리 10실링을 그대로 가지고 있을걸! 공주가 나한테 도대체 뭘 해줄 건지 알고 싶네. 우리 아버지는 그렇게 뼈 빠지게 일을 하는데도 지금 난 새 봄 외투를 못 살 형편인데 공주는 선물을 몇 트럭씩 받잖아. 이제는 그런 상황을 멈추게 해야 할 때가 됐어. 이제는 지긋지긋해. 가난한 사람들도 돈을 좀 가지고 써볼 때가 됐어. 부자들은 충분히 오랫동안 돈을 가져 보았으니까. 난 새 봄 외투가 필요해. 정말이야. 그런데 도대체 어디에서 그것을 구하지?〉 그럼 전 그들에게 이렇게 말해 준답니다. 온갖 새롭고 화려한 옷이 없더라도 잘 먹고 잘 입고 있다는 사실에 감사하라고요! 그러면 그들이 제게 확 덤벼든답니다. 〈왜 메리 공주는 낡은 누더기를 입고 돌아다니면서 아무것도 갖지 못하는 것에 고마워하지 않나요! 공주 같은 사람은 선물을 몇 트럭씩 받는데, 난 새 봄 외투 하나도 가질 수가 없어요. 정말 너무 심하지 않나. 공주라고요! 공주 따위 헛소리는 집어치워요! 문제는 돈인데 공주가 많이 가지고 있으니까 사람들이 공주한테 더 갖다 바친다니까요! 나한테는 동전 한 푼 주는 사람이 없어요. 그런데 나한테도 그 누구 못지않은 권리가 있

    70 1922년 2월에 조지 5세George V(1865~1936)의 딸인 메리Mary (1897~1965) 공주가 헨리 라셸즈Henry Lascelles(1882~1947)와 결혼했다.
    71 런던에 있는 유명한 백화점.

다고요. 교육이 어쩌니 하고 나한테 말하지 마요. 중요한 것은 돈이라고요. 난 새 봄 외투가 필요해요. 정말이에요. 그런데 돈이 없어서 못 살 거예요.〉 그게 바로 그들이 신경 쓰는 거랍니다. 옷 말이에요. 그들은 겨울 외투를 7~8기니나 주고 사고 — 광부의 딸들이 말이에요 — 아이들 여름용 모자를 2기니나 주고 사는 걸 아무렇지도 않게 생각한답니다. 그러고는 2기니짜리 모자를 쓰고 원시 감리교파[72] 교회당으로 가는 거죠. 제가 젊었을 때는 3파운드 6펜스짜리 모자라도 자랑스럽게 여겼을 그런 여자애들이 말입니다. 올해 원시 감리교파 기념일에 주일 학교 아이들을 위해 관람석으로 거의 천장까지 올라가는 커다란 조립식 계단을 세웠다는데요. 주일 학교에서 1학년 여자 반을 맡은 톰슨 양 말로는 그 계단에 앉아 있던 아이들이 주일에 입고 온 새 옷 값이 천 파운드를 넘을 거라고 합니다! 세상이 그렇다니까요! 그들을 막을 수가 없어요. 사람들이 옷에 미쳐 있으니까요. 남자애들도 마찬가지고요. 남자애들은 자기 자신을 위해 돈을 몽땅 써버려요. 옷을 사고, 담배를 피우고, 광부 복지관에서 술을 사 마시고, 일주일에 두세 번 정도 셰필드로 놀러 가면서요. 정말 세상이 완전히 바뀌었어요. 그들은 아무것도 두려워하지 않고, 아무것도 존중하지 않아요. 젊은이들은 그래요. 나이 든 남자들은 무척 참을성이 많고 착하죠. 사실 그들은 모든 것을 여자들에게 넘겨 버렸어요. 그리고 바로 그 때문에 그런 결과가

---

72 1811년에 웨슬리파 감리교에서 떨어져 나온 감리교 교파로 부흥론을 믿는 노동자 계급 사람들이 주를 이뤘다.

생긴 거예요. 여자들은 정말 마귀들이에요. 그러나 젊은 남자 애들은 자기 아버지들 같지가 않아요. 아무것도 희생하지 않아요. 절대 안 그런답니다. 오로지 자신들만을 위하죠. 그들에게 가정을 꾸리려면 조금씩 저축을 해야 한다고 말해 주면 그들은 이렇게 대답한답니다. 〈그건 나중에 해도 돼요. 그럼 돼요. 즐길 수 있을 때 실컷 즐길래요. 다른 것들은 나중에 해도 돼요!〉 아, 그들은 거칠고 이기적이라고밖에 할 수 없어요. 모든 것은 더 나이 든 남자들 책임이 되고, 사방을 둘러봐도 전망이 밝지가 않아요.」

클리퍼드는 자기 마을에 대해 새로운 생각을 갖기 시작했다. 그는 항상 그곳을 두려워했지만 그곳이 상당히 안정된 곳이라고 생각했다. 그러나 지금은······?

「사람들 사이에 사회주의나 볼셰비키주의가 많이 퍼져 있소?」그가 물었다.

「아!」볼턴 부인이 말했다.「몇몇 사람이 시끄럽게 떠들어 대는 소리가 들려오긴 합니다. 그렇지만 그 사람들은 대부분 빚이 있는 여자들이에요. 남자들은 전혀 신경 쓰지 않아요. 우리 테버셜 남자들을 공산주의자로 바꾸기는 힘들 거라 믿어요. 그러기에는 너무 점잖아요. 그러나 젊은 사람들은 간혹 쓸데없는 말을 지껄이기도 한답니다. 그걸 정말로 좋아해서는 아니고요. 그들은 그저 주머니에 약간의 돈이 생겨서 복지관에 가서 쓰거나 셰필드에 다녀 올 수 있길 바랄 뿐이에요. 그들이 원하는 건 그게 전부랍니다. 돈이 떨어지면 공산주의자들이 떠들어 대는 이야기에 귀를 기울일 거예요. 그러나 사실 그걸 진심으로 믿는 사람은 아무도 없어요.」

「그렇다면 아무런 위험도 없다고 생각하는 거요?」

「아, 전혀요! 경기가 신통치 않은 경우를 제외하고는 위험이 없을 겁니다. 하지만 오랫동안 상황이 안 좋으면 젊은 사람들이 심상치 않은 상태로 변할지도 몰라요. 이기적이고 제멋대로 구는 사람들이니까요. 그렇지만 그들이 정말로 무슨 일을 벌일 수 있을 거라고는 생각하지 않아요. 그들은 오토바이를 타고 뽐내거나 셰필드의 댄스홀에서 춤추는 것을 제외하고는 어떤 것에도 전혀 진지하지 않으니까요. 절대 그들을 진지하게 만들 수 없어요. 진지한 애들이라고 해봤자 야회복을 빼입고 댄스홀로 달려가서 많은 여자애들 앞에서 뽐내며 새로 유행하는 찰스턴 춤인지 뭔지를 추는 정도랍니다. 야회복을 입고 댄스홀로 가는, 광부의 자식들인 젊은 사람들로, 버스가 만원이 되는 경우가 정말로 종종 있답니다. 자동차나 오토바이에 여자 친구를 태우고 가는 젊은 애들은 말할 것도 없고요. 그들은 그 무엇도 진지하게 생각하지 않아요. 동커스터 경마와 더비 경마[73]를 제외하고는요. 경마가 있을 때마다 그들 모두 돈을 거니까요. 그리고 축구가 있죠! 그러나 축구조차 단연코 예전 같지 않아요. 젊은 애들 말로는 축구하는 게 중노동하는 거랑 너무 비슷해졌다는 거예요. 그래서 차라리 토요일 오후에 오토바이를 타고 셰필드나 노팅엄으로 가고 싶어 한답니다.」

「그런데 거기 가서 뭘 하는 것이오?」

73 엡섬에는 더비 경마장이 있고 동커스터에는 세인트 레거 경마장이 있다.

「아, 그냥 어울려 다니는 거예요. 마카도[74] 같은 멋진 찻집에서 차를 마시기도 하고, 여자랑 댄스홀에 가거나 영화관이나 엠파이어 음악당에 가는 거죠. 여자애들도 남자애들만큼 제멋대로 자유분방하게 행동한답니다. 그저 하고 싶은 대로 하는 거예요.」

「그럼 이런 것들을 할 돈이 없을 때는 어떻게 하오?」

「어떻게든 돈을 구하는 것 같아요. 그러고는 돈이 떨어지면 불쾌한 말을 하기 시작하죠. 남자애든 계집애든 젊은 애들이 원하는 거라곤 그저 좋은 옷이랑 유흥에 쓸 돈뿐이고 다른 것에는 전혀 관심이 없는 마당에 어떻게 볼셰비키주의를 받아들일 수 있겠어요? 그들에게는 사회주의자가 될 만한 머리가 없어요. 그들에게는 뭔가를 정말로 진지하게 받아들일 만한 진지함이 없어요. 앞으로도 그럴 거예요.」

코니는 하층 계급 역시 다른 모든 계급과 너무나 비슷하다는 생각을 했다. 테버셜이나 메이페어나 켄싱턴이나 모두 똑같았다. 이제는 딱 하나의 계급, 즉 돈을 좇는 사람들만 존재했다. 돈을 좇는 남자와 돈을 좇는 여자의 유일한 차이점은 돈을 얼마나 많이 가졌고 얼마나 많이 원하느냐 뿐이었다.

볼턴 부인의 영향으로 클리퍼드는 광산에 새롭게 관심을 갖기 시작했다. 그는 소속감을 느끼기 시작했다. 새로운 종류의 자기주장이 그에게서 나타났다. 그것은 힘에 대한 새로운 인식으로 그가 두려움 때문에 지금까지 피해 왔던 것이었다.

테버셜 광산은 점점 더 쇠락해 가고 있었다. 탄갱은 테버셜

74 노팅엄에 있는 유명한 식당.

자체와 뉴런던, 딱 두 곳밖에 남아 있지 않았다. 테버셜은 한 때 유명한 광산으로 많은 돈을 벌었다. 그러나 그 전성기는 끝났다. 뉴런던은 엄청나게 돈을 많이 번 적은 한 번도 없었 지만 평소에는 그럭저럭 유지해 나갔다. 그러나 지금은 경기 가 안 좋아졌고 뉴런던 같은 광산들은 버려졌다.

「많은 테버셜 남자들이 스택스 게이트와 화이트오버로 옮 겨 갔답니다.」 볼턴 부인이 말했다. 「전쟁 후에 문을 연 스택 스 게이트의 새 공장들을 못 보셨죠, 클리퍼드 경? 아, 언제 하루 날을 잡아 꼭 다녀오세요. 굉장히 새로운 대단한 곳이 랍니다. 탄갱 입구 앞에 있는 엄청나게 큰 화학 공장들은 전 혀 광산처럼 보이지 않아요. 사람들 말로는 석탄보다 화학적 부산물로 더 많은 돈을 번답니다. 그게 뭔지는 기억이 안 나 지만요. 그리고 일꾼들을 위해 근사한 새 집들을, 훌륭한 저 택들을 지어 주었답니다. 물론 온 나라에서 온갖 쓰레기 같은 인간들이 모여들었죠. 그렇지만 많은 테버셜 사람들이 그곳 으로 가서 잘 지내고 있답니다. 사실 이곳 사람들보다 훨씬 더 잘 지내고 있어요. 사람들 말로는 테버셜이 끝났다고 합니 다. 그저 몇 년 더 버틸까 하는 문제일 뿐 곧 폐쇄될 거라고 요. 그리고 뉴런던이 맨 먼저 폐쇄될 거랍니다. 세상에, 테버 셜 탄광이 돌아가지 않는 날이 온다니 너무 이상하지 않나 요? 파업하는 동안에도 충분히 끔찍했는데 세상에, 탄광이 영원히 문을 닫는다면 세상의 종말이 온 것 같을 거예요. 제 가 어린 소녀였을 때에도 테버셜은 이 지역 최고의 탄광이었 고 여기서 일을 할 수 있게 된 남자들은 자신을 행운아로 자처할 수 있었죠. 아, 테버셜이 상당히 많은 돈을 벌었던 시절이 있었죠. 그런데 지금은 사람들이 테버셜이 침몰하는 배라며 전부 내려야 할 때라고 합니다. 너무 끔찍한 소리 아닌가요? 그렇지만 물론 어쩔 수 없이 떠나야 할 때까지는 절대 떠나지 않을 사람들이 많아요. 그들은 그렇게 깊이 들어가는 이런 최신식 탄광들과 탄광을 돌아가게 하는 온갖 기계를 좋아하지 않아요. 그들 중에는 사람들이 철 인간이라고 부르는, 예전에 항상 사람들이 했던 일을 대신해서 석탄을 캐는 기계들을 그저 두려워하는 사람들이 있어요. 그리고 그들은 기계를 쓰면 낭비되는 것이 많다고 말한답니다. 그러나 낭비되는 것만큼 임금에서 절약되고, 그렇게 절약되는 돈이 훨씬 더 많지요. 곧 이 지구 상에서 사람들이 아무짝에도 쓸모없어지고 모든 게 기계로만 이루어지는 날이 올 것 같아요. 그런데 구식 양말 짜는 기계를 포기해야 했을 때도 사람들이 똑같은 말을 했다고 그러더군요. 그런 기계를 한두 대 본 기억이나요. 그렇지만 세상에, 기계가 많아질수록 오히려 필요한 사람도 더 많아지는 것, 제가 보기엔 실제로는 그런 일이 일어나고 있는 것 같아요! 사람들은 스택스 게이트에서 추출해 낼 수 있는 것과 똑같은 화학 물질을 테버셜 석탄에서는 추출해 낼 수가 없다고 하는데요. 그런 말은 이상하죠. 두 탄광 사이의 거리가 채 5킬로미터도 안 되니 말이에요. 그런데도 사람들은 그렇다고들 합니다. 그러나 사람들의 생활을 조금이라도 더 나아지게 만들어 주고 여자애들을 고용하는 일을 시작하지 않다니 참 유감이라고 모두가 말한답니다. 여자애들 모두 날마다 셰필드로 가서 어슬렁거리고 다니거든요! 세상에, 모두가 테버셜 광산들은 끝장났다느니, 침몰하는 배라느니, 쥐들이 침몰하는 배를 버리고 떠나는 것처럼 사람들도 탄광을 떠나야 한다는 말을 하고 난 후 테버셜 광산들이 다시 활기를 되찾는다면 정말 대단한 이야깃거리가 될 거예요. 그러나 사람들이 너무 많이 떠들어 댑니다. 물론 전쟁 동안에는 경기가 호황이었죠. 바로 그때 제프리 경께서 전 재산을 신탁에 맡겨서 무슨 일이 일어나든 돈이 계속 안전하게 들어오도록 조치하셨죠. 사람들이 그렇게 말하더군요! 하지만 지금은 고용주들과 소유주들조차 탄광에서 많은 돈을 벌지 못한다고 합니다. 그런 말이 전혀 믿기지 않죠! 세상에, 전 탄광들이 영원히 지속될 거라고 항상 생각했어요. 제가 소녀였을 때는 이렇게 되리라고 누가 생각이나 했겠어요? 그러나 뉴잉글랜드 탄광이 폐쇄되고 콜윅우드도 마찬가지예요. 그래요, 저 작은 숲 속을 돌아다니다가 콜윅우드 탄광이 나무들 사이로 버려진 채 서 있고, 덤불이 자라 탄광 입구 위를 온통 덮고 있으며, 선로가 벌겋게 녹슬어 있는 모습을 보는 건 상당히 으스스하답니다. 세상에, 꼭 귀신이라도 나올 것 같다니까요. 죽은 탄광은 죽음 그 자체처럼 보여요. 도대체, 테버셜이 폐쇄되면 우리가 어떻게 할 수 있을지! 생각하는 것만으로도 견딜 수가 없어요. 파업 때를 제외하고는 항상 그렇게 사람들로 붐볐고 파업 때조차 송풍기[75]는 멈추지 않았어요. 사람들이 조랑말들을 데리고 올라갈 때를 제외하고는요. 정말 이상

75 광산을 환기시키기 위해 사용된 바람개비가 달린 커다란 바퀴.

한 세상이에요. 해마다 바뀌어서 어떻게 돌아가는지 알 수가 없잖아요. 정말로 도통 알 수가 없어요.」

클리퍼드에게 정말로 새로운 투지를 심어 준 것은 볼턴 부인의 말이었다. 그녀가 지적한 것처럼 그의 수입은 비록 많지는 않았지만 아버지의 신탁에서 나오기 때문에 안전하게 보장이 되어 있었다. 탄광은 사실 그의 관심사가 아니었다. 그가 붙잡고 싶었던 것은 다른 세계, 즉 문학과 명성의 세계로 그것은 노동자들의 세계가 아니라 대중의 세계였다.

이제 그는 소설로 이룬 대중적 성공과 노동으로 이룬 성공 사이의 차이를, 즉 쾌락을 추구하는 대중과 노동하는 대중의 차이를 깨달았다. 한 개인으로서 그는 자신의 소설로 쾌락을 추구하는 대중에게 영합해 왔다. 그리고 인기를 얻었다. 그러나 쾌락을 추구하는 대중 밑에는 어둡고 지저분하며 약간은 무시무시한 노동하는 대중이 자리 잡고 있었다. 그들에게도 필요한 것을 공급해 주는 사람들이 있어야만 했다. 그리고 쾌락을 추구하는 대중보다 노동하는 대중에게 필요한 것을 공급해 주는 것이 훨씬 더 무시무시한 일이었다. 그가 소설을 쓰면서 세상에서 〈성공을 이루어 나가는〉 동안 테버셜은 궁지에 몰리고 있었다.

그는 이제 성공이라는 암캐 여신에게 두 개의 주된 욕구가 있다는 것을 깨달았다. 하나는 작가들과 예술가들이 그녀에게 바치는 것과 같은 아첨과 찬사, 어루만짐과 간질임에 대한 욕구였고 다른 하나는 고기와 뼈다귀를 먹고자 하는 더 무시무시한 욕구였다. 그리고 암캐 여신에게 바칠 고기와 뼈다귀는 산업으로 돈을 번 남자들이 공급했다.

그렇다. 암캐 여신을 차지하려고 다투는 개들은 크게 두 무리가 있었다. 하나는 암캐 여신에게 오락과 소설과 영화와 희곡을 바치는 아첨꾼 무리였고, 다른 하나는 훨씬 덜 화려하지만 훨씬 더 야만적인 족속으로 고기, 즉 돈이라는 진짜 알맹이를 바치는 사람들이었다. 오락을 제공하는 말끔하게 단장한 화려한 개들은 암캐 여신의 총애를 받기 위해 자기들끼리 다투며 으르렁댔다. 그러나 그러한 다툼은 없어서는 안 될 존재들, 즉 뼈다귀를 물고 오는 개들 사이에서 벌어지는 목숨을 건 소리 없는 싸움에 비하면 아무것도 아니었다.

그러나 볼턴 부인의 영향을 받아 클리퍼드는 산업 생산이라는 잔인한 수단으로 암캐 여신을 사로잡기 위해 이 후자 쪽 싸움에 뛰어들고 싶다는 유혹을 느꼈다. 어떻게 해서인지 그는 자극을 받아 발기된 것 같았다. 어떤 면에서 볼턴 부인은 그를 남자로 만들었다. 코니는 한 번도 그렇게 하지 못했다. 코니는 그와 거리를 두었고 그로 하여금 자신과 자신의 상태를 민감하게 의식하게 만들었다. 볼턴 부인은 그에게 단지 외부적인 것들만 신경 쓰게 만들었다. 안으로 그는 과육처럼 물렁해지기 시작했다. 그러나 겉으로는 유능한 것처럼 보이기 시작했다.

그는 기운을 내서 다시 한 번 더 탄광에 가보기까지 했다. 그리고 그곳에 갔을 때 그는 석탄 운반용 통을 타고 아래로 내려갔고, 통에 실린 채 채굴장 안으로 들어갔다. 전쟁 전에 배웠다가 완전히 잊었던 것들이 이제 다시 그의 뇌리에서 되살아났다. 그는 석탄 운반용 통 안에 불구의 몸으로, 강렬한 횃불을 이용해서 그에게 석탄층을 보여 주고 있는 지하 현장 감독과 함께 앉아 있었다. 그는 거의 아무 말도 하지 않았다. 그러나 그의 정신은 활발하게 작동하기 시작했다.

그는 탄광업에 대한 전문 서적들을 다시 읽기 시작했고 정부 보고서들을 연구했으며, 광업과 석탄 및 혈암(頁岩)의 화학 작용에 대해 독일어로 쓰인 최신 글들을 꼼꼼하게 읽었다. 물론 가장 가치 있는 발견들은 최대한 오랫동안 비밀로 유지되었다. 그러나 탄광업 분야에 대해 일종의 조사를 시작하여 여러 방법과 수단에 대한 연구와 석탄의 부산물과 화학적 가능성에 대한 연구에 들어가 보니, 현대 기술자들의 발명 재간과 무시무시하리만큼 독창적인 재주는 놀라울 정도여서 정말로 악마가 마귀의 지혜를 산업 기술 과학자들에게 빌려 주기라도 한 것 같았다. 산업 기술 과학은 형편없이 감정적이고 아둔한 짓거리인 예술보다, 문학보다 훨씬 더 흥미로웠다. 이 분야에서 인간은 신이나 악마처럼 영감을 받아 발견을 하고 그것을 실행하기 위해 투쟁한다. 이런 활동에서 인간은 계산 가능한 그 어떤 정신 연령보다 더 높은 경지에 이르러 있었다. 그러나 클리퍼드는 감정적이고 인간적인 삶의 문제에 이르면, 같은 인간이 열서너 살 정도의 연약한 소년의 정신 연령을 지니고 있다는 것을 잘 알고 있었다. 그 불일치는 엄청났고 끔찍했다.

그러나 그냥 내버려 두자. 감정적이고 〈인간적인〉 정신 면에서는 인간이 전반적인 백치 상태로 미끄러져 내려가게 내버려 두자. 클리퍼드는 그런 것에 개의치 않았다. 그런 것은 모두 죽어 버리도록 내버려 두자. 그는 현대적인 탄광업의 전문적인 사항과 테버셜을 곤경에서 끌어내는 일에 관심을 기울였다.

그는 날마다 탄갱으로 내려가서 연구를 하고 총감독과 지상 감독, 지하 감독과 기술자들을 들볶아 그들이 꿈에도 생각지 못했던 고생을 시켰다. 힘! 그는 힘을 가지고 있다는 느낌이 온몸으로 흐르는 것을 느꼈다. 그것은 이 모든 사람을, 수백 명의 광부를 지배하는 힘이었다. 그는 그 힘을 발견해 가는 중이었고 모든 것을 장악해 가고 있었다.

그리고 그는 진정으로 다시 태어난 것처럼 보였다. 이제는 생명력이 그에게 들어왔다! 그는 코니와 함께, 예술가로서, 그리고 자의식이 강한 존재로서 고립된 혼자만의 삶 속에서 서서히 죽어 가던 중이었다. 이제는 그 모든 것을 떨쳐 버리고 잠재워 버리자. 그는 석탄에서, 탄갱에서 생명력이 자신에게 밀려들어 오는 것을 그저 느낄 뿐이었다. 탄갱의 그 퀴퀴한 공기가 그는 산소보다 더 좋았다. 그것은 그에게 힘, 힘이 있다는 느낌을 주었다. 그는 대단한 일을 하고 있었다. 그는 대단한 일을 할 예정이었다. 그는 승리, 승리할 예정이었다. 그것은 그가 시기와 악의로 온통 시끄럽게 짖어 대는 소리 속에서 소설로 얻어 낸 것과 같은 승리, 즉 단지 명성이 아니었다. 그것은 석탄에 대해, 테버셜 탄갱의 바로 그 흙에 대해 한 인간이 거둔 승리였다.

처음에 그는 해결책이 전기에 있다고, 석탄을 갱구에서 바로 전기로 바꿔 전력을 판매하는 데 있다고 생각했다. 그러다가 새로운 발상이 나왔다. 독일인들이 화부가 필요 없는 자동 연료 보급 장치가 달린 새로운 기관차를 발명한 것이다. 그리고 그것은 특수한 조건에서 적은 양을 연소시켜 많은 열을 내는 새 연료를 넣어 작동하게 되어 있었다.

맹렬하게 열을 내면서 매우 느리게 연소되는 새로운 농축 연료에 대한 생각에 클리퍼드는 먼저 마음이 끌렸다. 그런 연료를 연소시키기 위해서는 단순히 공기만 공급해 주는 것이 아니라 모종의 외적인 자극이 반드시 있어야 했다. 그는 실험을 시작했고 화학에 특출한 것으로 증명된 청년을 구해 자기 일을 돕게 했다.

그리고 그는 의기양양한 기분을 느꼈다. 그는 마침내 자기 자신에게서 벗어났다. 그는 평생 간직해 온 비밀스러운 갈망을, 즉 자기 자신에게서 벗어나고 싶다는 갈망을 실현했다. 예술은 그렇게 해주지 못했다. 예술은 상황을 더 악화시켰을 뿐이었다. 그러나 이제, 드디어 그는 그것을 해냈다.

그는 볼턴 부인이 얼마나 많이 그를 뒷받침해 주고 있는지 깨닫지 못했다. 그는 자신이 그녀에게 얼마나 많이 의지하고 있는지 모르고 있었다. 그러나 그 모든 것에도 불구하고 그녀와 함께 있을 때면 그의 목소리가 거의 상스러울 정도로, 편안하고 친근한 어조로 바뀌는 것은 분명한 사실이었다.

코니와 함께 있을 때면 그는 약간 딱딱했다. 그는 모든 것이 코니 덕분이라고 느꼈고, 그녀가 그저 겉으로라도 그를 존중하는 모습을 보여 주는 한, 그녀를 지극히 존중하고 배

려해 주었다. 그러나 그가 그녀를 마음속으로 두려워하고 있
다는 것은 분명한 사실이었다. 그에게 나타난 아킬레우스 같
은 새로운 면모에는 아킬레우스의 발뒤꿈치 같은 약점이 있
었고 여자, 그의 아내인 코니 같은 여자가 이 발뒤꿈치에 상
처를 입혀 그를 영원히 치명적인 불구로 만들 수 있었다. 그
는 아내에게 비굴할 정도의 어떤 두려움을 느끼며 지냈고 그
녀를 지극히 상냥하게 대했다. 그러나 아내와 이야기를 나눌
때면 그의 목소리는 살짝 긴장해 있었고 그는 그녀가 곁에 있
을 때마다 침묵을 지키기 시작했다.

볼턴 부인과 단둘이 있을 때에만 그는 정말로 지배자이자
주인이라는 기분을 느꼈고, 그의 목소리는 그녀를 상대로 그
녀의 목소리만큼이나 편하고 수다스럽게 흘러 나왔다. 그리
고 그는 그녀에게 면도를 해달라고 하거나 마치 아이처럼, 정
말로 아이처럼 온몸을 씻겨 달라고 했다.

# 제10장

코니는 이제 상당히 많은 시간을 혼자 지내게 되었다. 랙비에 찾아오는 사람의 수가 줄어들었다. 클리퍼드는 더 이상 그들을 원하지 않았다. 그는 단짝 친구들조차 멀리했다. 그는 이상하게 변했다. 그는 라디오를 듣는 걸 좋아해서 꽤 많은 비용을 들여 마침내 소리가 잘 들리도록 성공적으로 라디오를 설치해 놓았다. 덕분에 불편한 이곳 중부 지방에 있으면서도 그는 때때로 마드리드나 프랑크푸르트의 방송을 수신할 수 있었다.

그리고 그는 몇 시간씩 혼자 앉아서 큰 소리를 쏟아내는 확성기 소리를 듣곤 했다. 그 모습을 본 코니는 놀라서 어리둥절해했지만 그는 정신 나간 사람처럼 멍하니 넋이 나간 채 앉아서 그 뭐라 형용할 수 없는 물건에 귀를 기울이고 있었다. 아니 귀를 기울이고 있는 것처럼 보였다.

그가 정말로 듣고 있는 것일까? 아니면 그것은 그가 먹은 일종의 수면제이고 다른 어떤 것이 그의 마음속 깊은 곳에서 작용하고 있는 것일까? 코니는 알 수가 없었다. 그녀는 자기 방으로, 혹은 문밖으로 나가 숲으로 도망쳤다. 때때로 그녀는 일종의 공포감에 사로잡혔다. 그것은 문명화된 종족 전체가 미치기 시작했다는 공포감이었다.

그러나 이제 클리퍼드가 산업 활동이라는 또 다른 불가사의한 세계로 빠져들어, 거의 갑작스럽게 단단하고 효율적인 겉껍질에 과육처럼 연한 속살을 지닌 어떤 생물로, 즉 현대의 산업계와 금융계에서 활동하는 대단한 게와 바닷가재 무리 중 하나로 기계 같은 강철 껍질에 부드러운 과육 같은 속살을 지닌 갑각류 무척추 동물로 변해 가고 있었기 때문에 코니는 정말로 꼼짝도 할 수 없는 처지에 빠져 있었다.

코니는 자유롭지도 않았다. 클리퍼드가 항상 그녀를 그곳에 붙잡아 두었기 때문이다. 그는 그녀가 자기를 두고 떠날지 모른다고 조마조마해하며 두려워하는 것 같았다. 그가 지닌 그 묘한 과육 부분, 즉 정서적이고 인간적이며 개인적 부분은 어린아이처럼, 거의 백치처럼 두려움을 지닌 채 코니에게 의지했다. 그녀는 반드시 그곳에, 랙비의 그곳에 채털리 부인으로, 그의 아내로 있어야만 했다. 그렇지 않으면 그는 광야를 헤매는 백치처럼 길을 잃고 말 것이다.

이 놀라운 의존성을 코니는 일종의 공포를 느끼며 깨달았다. 그녀는 그가 탄갱 감독과 젊은 과학자, 위원회 위원 들과 나누는 이야기를 듣고 상황에 대한 그의 빈틈없는 통찰력과 힘, 소위 실무적인 사람들을 지배하는 그의 무시무시한 실질적인 힘에 놀라워했다. 그 자신이 실무적인 사람이 되어 있었고 감탄스러울 정도로 빈틈없고 막강한 사람, 즉 고용주가 되어 있었다. 코니는 그것이 그의 삶이 위기에 처해 있던 바로 그때 볼턴 부인이 미친 영향 때문이라고 생각했다.

그러나 이 빈틈없고 막강한 실무적인 사람이 자신의 정서적인 삶에 혼자 남겨지면 거의 백치가 되어 버렸다. 그는 코니를 숭배했다. 그녀는 그의 아내이자 더 높은 존재였고 그는 마치 야만인처럼 묘하게 겁을 내며 우상을 숭배하듯이 코니를 숭배했다. 그것은 우상의, 무서운 우상의 힘에 대한 엄청난 두려움과 심지어는 증오에 기초한 숭배였다. 그가 원하는 것은 코니가 맹세하는 것, 그를 떠나지 않겠다고, 그를 버리지 않겠다고 맹세하는 것뿐이었다.

「클리퍼드!」 그녀가 그에게 말했다 ─ 그러나 이것은 그녀가 오두막 열쇠를 손에 넣은 후의 일이었다 ─ 「언젠가 내가 아이를 낳으면 정말로 좋겠어요?」

그는 약간 튀어나온 창백한 두 눈에 은근히 불안한 표정을 띠고 그녀를 바라보았다.

「그 때문에 우리 사이에 달라지는 게 아무것도 없다면 난 괜찮소.」 그가 말했다.

「뭐가 달라지면 안 된다는 거예요?」

「당신과 내 사이 말이오. 서로에 대한 우리의 사랑 말이오! 만약 그것이 영향을 받는다면 난 절대 반대요. 그리고 언젠가는 내 친자식을 낳을지도 모르잖소!」

그녀가 놀라서 그를 바라보았다.

「내 말은 조만간 내 성적 능력이 되살아날지도 모른다는 거요.」

코니는 여전히 놀란 표정으로 바라보았고 그는 언짢아했다.

「그러니까 당신은 내가 아이를 낳는다면 좋아하지 않을 거란 말이에요?」 그녀가 말했다.

「분명히 말해 두겠소.」 그가 궁지에 몰린 개처럼 재빨리 대답했다. 「그 때문에 나에 대한 당신의 사랑이 아무 영향을 받지 않는다면 난 기꺼이 찬성하오. 만약 그 때문에 영향을 받는다면 절대 반대요.」

코니는 싸늘한 두려움과 경멸감을 느끼며 그저 침묵을 지킬 뿐이었다. 그런 말은 정말로 백치가 내뱉는 허튼소리에 지나지 않았다. 그는 더 이상 자신이 무슨 말을 하고 있는 건지 알지 못했다.

「아, 그 때문에 당신에 대한 내 감정이 달라지는 일은 절대 없을 거예요.」 그녀는 약간 빈정대며 말했다.

「좋소!」 그가 말했다. 「바로 그거요! 그런 경우에는 조금도 상관하지 않겠소. 내 말은 어린애가 집 안을 이리저리 뛰어다니고 그 애를 위해 미래를 계획하고 있다고 느끼게 되면 정말 좋을 거라는 거요. 그렇다면 내게도 애써 추구해 볼 뭔가가 생기는 것이니 말이오. 그리고 그 애가 당신 애라는 것을 내가 알 테니. 안 그렇소, 여보? 내 애나 마찬가지로 보일 거요. 이 문제에서 중요한 건 바로 당신이니까 말이오. 당신도 그걸 알고 있지 않소, 여보? 난 끼어들지 않소. 난 하찮은 사람이오. 당신은 위대한 내 존재요![76] 삶이 지속되는 한 말이오. 당신은 그걸 알고 있소, 그렇지 않소? 나와 관련되는 한은 말이오. 내 말은 당신이 없으면 난 전혀 아무것도 아니라는 거요.

**224**

난 당신과 당신의 미래를 위해 살고 있소. 난 나 자신에게 아무것도 아니오.」

코니는 이 모든 말을 들으면서 불쾌감과 혐오감이 점점 더 심해지는 것을 느꼈다. 그것은 인간 존재에 해를 끼치는 무시무시한 반쪽짜리 진실들 가운데 하나였다. 제정신인 남자라면 도대체 어떻게 그런 말을 여자에게 하겠는가? 그러나 남자들은 제정신이 아니다. 눈곱만큼의 염치라도 있는 남자라면 도대체 어떻게 삶의 모든 책임이라는 이 무시무시한 짐을 여자에게 맡겨 놓고 공허 속에 그녀를 내버려 둘 수 있겠는가?

더구나 반시간 후에 코니는 클리퍼드가 격하고 충동적인 목소리로 마치 볼턴 부인이 반은 정부(情婦)이고 반은 양어머니라도 되는 것처럼 그 여자에게 일종의 열정 없는 열정적 태도로 자신을 드러내면서 이야기를 하는 소리를 들었다. 그리고 볼턴 부인은 꼼꼼하게 그에게 야회복을 입혀 주고 있었다. 저택에 사업상 중요한 손님들이 와 있었기 때문이다.

코니는 바로 이 순간처럼 때때로 죽을 것 같은 기분을 정말로 느끼곤 했다. 그녀는 자신이 이상한 거짓말에, 백치 같은 언행에 깃든 놀라운 잔인함에 압사당하고 있다고 느꼈다. 클리퍼드의 묘한 사업 수완은 어떤 면에서 그녀를 압도했고 그가 그녀를 개인적으로 숭배한다는 선언은 그녀를 공황 상태에 빠뜨렸다. 그들 사이에는 아무것도 없었다. 그녀는 요즘

76 유대인의 사고방식에서는 하느님의 이름은 너무나 신성해서 입에 올릴 수 없다. 그래서 「출애굽기」 3장 14절에는 〈나는 곧 나다〉라는 구절이 있다. 이와 마찬가지로 클리퍼드는 코니를 이름을 부를 수 없는 신성하고 위대한 존재로 보고 있기 때문에 이렇게 말한 것이다.

그를 만지지도 않았고 그도 그녀를 만진 적이 전혀 없었다. 그녀의 손을 쥐고 따뜻하게 잡아 주는 일조차 전혀 없었다. 전혀 없었다! 그리고 그들이 너무나 완전히, 철저하게 멀어져 있었기에, 그녀를 맹목적으로 숭배한다는 그의 선언은 그녀에게 고문이나 마찬가지였다. 그것은 완전한 성 불능에서 나온 잔인함이었다. 그리고 그녀는 자신의 이성이 무너지거나 아니면 자신이 죽을 것이라고 느꼈다.

그녀는 가능한 한 자주 숲으로 도망쳤다. 어느 날 오후 그녀가 존의 샘에서 차갑게 솟아오르는 물을 바라보면서 생각에 잠겨 앉아 있을 때 사냥터지기가 성큼성큼 다가왔다.

「마님께 드릴 열쇠를 마련했습니다, 마님!」 그가 인사를 하며 말했다. 그러고는 열쇠를 건네주었다.

「정말 고마워요!」 그녀가 깜짝 놀라서 말했다.

「오두막집이 썩 깨끗하지 않은데 괜찮으실지 모르겠습니다.」 그가 말했다. 「제가 최대한 치운다고 치우긴 했습니다.」

「당신에게 폐를 끼치고 싶진 않았어요.」 그녀가 말했다.

「폐라니, 전혀 아닙니다. 일주일 정도 있다가 암탉들을 집어넣어서 꿩 알을 품게 할 겁니다. 닭들이 마님을 무서워하지는 않을 겁니다. 아침저녁으로 그것들을 살펴봐야겠지만 가능한 한 마님을 귀찮게 하진 않겠습니다.」

「그렇지만 당신 때문에 귀찮지는 않을 거예요.」 그녀가 반박했다. 「당신 일에 방해가 된다면 내가 차라리 오두막에 가지 않을게요.」

그가 날카로운 파란 눈으로 그녀를 바라보았다. 그는 상냥해 보였지만 냉담하게 느껴졌다. 그러나 비록 야위고 아파 보인다 해도 적어도 그는 온전한 정신을 지니고 있었고, 온전한 데다 건전하기까지 했다. 그는 기침 때문에 고생을 했다.

「기침을 하는군요!」 그녀가 말했다.

「아무것도 아닙니다. 그냥 감기예요. 지난번에 폐렴을 앓고 난 후 기침이 남아 있지만, 별거 아닙니다.」

그는 그녀로부터 계속 거리를 유지한 채 더 이상 가까이 다가오려 하지 않았다.

그녀는 아침이나 오후에 상당히 자주 오두막집에 갔다. 그러나 그는 그곳에 한 번도 없었다. 틀림없이 일부러 그녀를 피하고 있었다. 그는 자신의 사생활을 지키고 싶어 했다.

그는 오두막을 정돈해 두고, 작은 탁자와 의자를 난로 옆에 가져다 두었으며, 불쏘시개와 작은 통나무를 조금 쌓아 두었고, 연장과 덫은 가능한 한 멀리 치워서 자신의 흔적을 지워 놓았다. 바깥의 공터 옆에 그는 나뭇가지와 짚으로 나지막하고 작은 지붕을 엮어 새들을 위한 피난처를 마련해 놓았는데, 그 지붕 밑에는 다섯 개의 닭장을 놓아 두었다. 어느 날 그녀가 그곳에 가자 갈색 암탉 두 마리가 잔뜩 경계하며 사나운 기세로 닭장 안에 앉아 있었다. 닭들은 꿩의 알을 품고 있었는데, 생명을 품는 일에 몰두한 암컷의 뜨거운 혈기에 휩싸여 자랑스럽게 깃털을 부풀려 곤두세우고 있었다. 이 광경을 보고 코니는 가슴이 찢어질 것만 같았다. 그녀 자신은 완전히 버림받은 채 전혀 쓰이지 않아서 여자라고 할 수도 없는 그저 무서운 존재에 불과했다.

그 후 다섯 개의 닭장을 모두 암탉들이 차지했다. 세 마리는 갈색이었고 한 마리는 회색, 다른 한 마리는 검은색이었다. 그 암탉들은 모두 똑같이 암컷으로서의 충동, 암컷으로서의 본능에 따라 부드럽게 몸을 누이고 묵직하게 알 위에 자리를 잡은 채 깃털을 부풀려 곤두세우고 있었다. 그리고 코니가 암탉들 앞에 몸을 웅크리고 앉자 반짝이는 눈으로 코니를 바라보며 화가 나서 경계하며 날카롭게 꼬꼬댁거렸다. 그러나 그것은 주로 누군가가 다가오는 것에 대해 암컷으로서 화가 나서 내는 소리였다.

코니는 오두막집 안의 곡물 통에서 곡물을 발견했다. 그녀는 그것을 손에 올려놓고 암탉들에게 내밀었다. 암탉들은 그것을 먹으려 하지 않았다. 암탉 한 마리만이 사납게 그녀의 손을 재빨리 콕 하고 짧게 쪼았고 코니는 겁을 먹었다. 그러나 그녀는 암탉들에게 뭔가 주고 싶은 마음이 간절했다. 알을 품고 있는 어미 닭들은 먹지도 마시지도 않았다. 그녀는 작은 양철 그릇에 물을 담아다 주었고 암탉 한 마리가 그것을 마시자 기뻐했다.

이제 코니는 날마다 암탉들을 보러 왔다. 그것들은 이 세상에서 그녀의 마음을 따뜻하게 해주는 유일한 존재였다. 클리퍼드가 잘난 체하며 주장하는 소리는 그녀를 머리부터 발끝까지 차갑게 만들었다. 볼턴 부인의 목소리는 그녀를 차갑게 만들었다. 집에 찾아온 사업가들의 목소리도 그녀를 차갑게 만들었다. 이따금씩 마이클리스에게서 오는 편지 역시 똑같이 오싹한 느낌을 주었다. 그녀는 그런 상태가 더 오랫동안 지속되면 자신이 분명히 죽을 것이라고 느꼈다.

그럼에도 불구하고 지금은 봄이었고 숲에는 초롱꽃이 피고 있었으며 개암나무 위에는 잎눈들이 벌어져서 마치 녹색 빗방울이 맺혀 있는 것 같았다. 봄이 되었는데도 모든 것이 냉담하고 무정하다니 얼마나 끔찍한가! 알을 품고 앉아서 너무나 멋지게 깃털을 부풀려 곤두세우고 있는 암탉들만이 따뜻했다. 따뜻하고 뜨거운 알을 품고 있는 암컷의 몸들이여! 코니는 자신이 항상 기절하기 직전의 상태에서 살고 있는 것 같은 기분을 느꼈다.

그러던 어느 날, 개암나무들 아래에 앵초꽃이 큰 무더기를 이루며 피어 있고 제비꽃이 무수히 오솔길을 수놓은 어느 아름답고 화창한 날 오후에 그녀가 닭장으로 갔을 때, 한 닭장 앞을 아주 조그맣고 당돌한 새끼 꿩 한 마리가 종종걸음으로 이리저리 돌아다니고 있었다. 어미 닭은 겁에 질려서 꼬꼬댁거리고 있었다. 가냘프고 조그마한 새끼 꿩은 잿빛이 감도는 갈색 몸에 검은 반점들이 있었는데, 그 순간 온 세상에서 가장 생기발랄한 작은 불빛 같은 존재였다. 코니는 일종의 황홀감을 느끼며 몸을 구부리고 새끼 꿩을 바라보았다. 생명! 생명! 순수하고 반짝이며 두려움을 모르는 새로운 생명! 그렇게 작으면서도 두려움이라고는 전혀 없다니! 야단스럽게 경고하는 어미 닭의 울음소리에 응해 새끼 꿩이 약간 뒤뚱거리면서 닭장 안으로 다시 기어 들어가 어미 닭의 깃털 아래로 사라졌을 때에도 새끼 꿩은 진짜로 놀란 것이 아니라 그것을 놀이로, 삶의 놀이로 받아들였다. 왜냐하면 곧 작고 뾰족한

머리 하나가 암탉의 황금빛을 띤 갈색 깃털 사이로 쏙 나와서
는 우주를 바라보았기 때문이다.

코니는 매혹되었다. 그리고 동시에 여자로서 버림받은 자
신의 신세를 그렇게 통렬하게 가슴 아프게 느껴 본 적이 없었
다. 그것은 참을 수 없는 정도가 되고 있었다.

그녀에게는 이제 한 가지 소망, 즉 숲 속 공터에 가고 싶다
는 단 한 가지 소망밖에 없었다. 나머지는 일종의 고통스러운
꿈이었다. 그러나 이따금 그녀는 안주인으로서 다해야 할 의
무 때문에 랙비에 하루 종일 붙잡혀 있었다. 그러면 그녀는
자신 역시 텅 비어서, 그저 텅 비어서 제정신이 아닌 상태가
되어 가는 것 같은 기분이 들었다.

어느 날 저녁, 손님들이 있건 없건 그녀는 차를 마신 다음
집을 빠져 나왔다. 늦은 시간이었고 그녀는 불려 들어가게 될
까 봐 두려워하는 사람처럼 공원을 가로질러 도망쳐 나왔다.
숲에 들어섰을 때는 해가 장밋빛으로 지고 있었지만 그녀는
꽃들 사이를 헤치고 나갔다. 머리 위로는 빛이 오랫동안 남아
있을 것이다.

얼굴이 발갛게 상기된 채 의식이 반쯤 나간 상태로 그녀는
공터에 도착했다. 사냥터지기가 그곳에서 셔츠 차림으로 어
린 거주자들이 안전하게 밤을 보내도록 막 닭장 문을 닫고
있었다. 그러나 아직도 새끼 꿩 세 마리가 무리를 지어 자그
마한 두 발로 종종거리며 짚으로 만든 피난처 아래에서 이리
저리 돌아다니고 있었다. 이 재빠른 갈색 꼬마들은 걱정스러
워하는 어미 닭이 안으로 들어오라고 부르는 소리를 무시하

고 있었다.

「와서 새끼 꿩들을 꼭 보고 싶었어요!」숨을 헐떡이며 수줍게 사냥터지기를 힐끗 쳐다보며 말했지만 그녀는 그를 거의 의식하지 않았다. 「알을 깨고 나온 것이 더 있나요?」

「지금까지 서른여섯 마리입니다!」그가 말했다. 「나쁘진 않습니다!」

그 역시 새끼들이 알을 깨고 나오는 모습을 바라보는 것에서 묘한 기쁨을 느꼈다.

코니는 맨 끝에 있는 닭장 앞에 웅크리고 앉았다. 새끼 꿩 세 마리는 안으로 뛰어 들어가 있었다. 그러나 새끼 꿩들의 귀여운 머리는 계속 어미 닭의 노란 깃털 사이로 삐쭉 빠져나왔다가 사라졌고 그러다가 구슬 같은 단 하나의 작은 머리만이 커다란 어미 닭의 몸 밖으로 삐져나와 앞을 내다보고 있었다.

「한번 만져 보고 싶어요!」그녀가 닭장 창살 사이로 손가락을 조심스럽게 집어넣으며 말했다. 그러나 어미 닭이 그녀의 손을 사납게 쪼았고 코니는 깜짝 놀라 겁을 먹고 뒤로 물러섰다.

「어미 닭이 날 정말 무섭게 쪼아 대는데요! 내가 싫은가 봐요!」그녀가 놀라워하는 목소리로 말했다. 「난 쟤네들을 절대 해치려는 게 아닌데 말이에요!」

남자가 코니 뒤쪽에 서 있다가 웃음을 터트리더니 그녀 옆에 무릎을 벌리고 앉아서 조용히 자신감 있는 태도로 닭장 안으로 천천히 손을 집어넣었다. 늙은 암탉이 그를 쪼았지만 그렇게 사납지는 않았다. 그리고 그는 천천히, 부드럽게, 그러나 확고하면서도 온화한 손길로 어미 닭의 깃털 속을 더듬어서 희미하게 삐악거리는 새끼 꿩 한 마리를 잡아 꺼냈다.

「자요!」 그가 그녀에게 손을 내밀며 말했다.

그녀는 작은 갈색 새끼 꿩을 양손으로 받아 들었고 새끼 꿩은 다리라 하기 민망할 정도로 가느다란 풀줄기 같은 두 다리로 손바닥 위에 서서, 무게라곤 거의 없는 두 발을 통해 균형을 잡고 있는 그 작은 생명력을 코니의 양손에 전하며 떨고 있었다. 그러나 새끼 꿩은 잘생기고 미끈한 작은 머리를 대담하게 쳐들고 날카롭게 주변을 둘러보면서 조그맣게 〈삐악!〉 하고 울었다.

「정말 귀엽네요! 너무 깜찍해요!」 그녀가 부드럽게 말했다.

사냥터지기 역시 그녀 옆에 쪼그리고 앉아 즐거운 얼굴로 그녀의 손 안에 있는 대담한 작은 새를 바라보고 있었다. 갑자기 눈물 한 방울이 그녀의 손목에 떨어지는 것이 보였다.

그는 벌떡 일어나 다른 닭장 쪽으로 옮겨 가서 떨어져 섰다. 왜냐하면 옛날의 불길이, 그가 영원히 잠들어 있기를 바랐던 옛날의 불길이 허리 아래에서 갑자기 세차게 솟구쳐 일어나는 것이 느껴졌기 때문이다. 그는 그녀에게 등을 돌린 채 그 불길에 맞서 싸웠다. 그러나 그 불길은 솟구쳐 올랐다가 밑으로 내려가서 그의 무릎 근처를 맴돌았다.

그는 다시 몸을 돌리고 코니를 바라보았다. 그녀는 무릎을 꿇고 앉아 두 손을 천천히 앞으로, 아무 생각 없이 내밀어서 새끼 꿩이 어미 닭에게로 다시 달려 들어가게 해주고 있었다.

그녀에게는 너무나 조용하면서도 쓸쓸한 뭔가가 있었고, 그녀에 대한 연민이 그의 내부에서 불타올랐다.

그는 자기도 모르게 재빨리 그녀에게 다가가 옆에 다시 웅크리고 앉아 그녀의 양손에서 새끼 꿩을 받아 닭장 안으로 넣어 주었다. 그녀가 암탉을 무서워했기 때문이다. 그의 허리 안쪽에서 불길이 갑자기 더 세게 솟구쳐 올랐다.

그는 걱정스럽게 그녀를 힐끗 쳐다보았다. 그녀는 얼굴을 옆으로 돌리고 자기 세대의 쓸쓸함을 모두 떠맡아 비통해하면서 하염없이 울고 있었다. 그의 가슴은 불똥 하나가 사그라지듯 갑자기 녹아내렸고 그는 손을 내밀어 그녀의 무릎 위에 자기 손가락을 얹었다.

「울지 마세요!」 그가 부드럽게 말했다.

그러나 그 말에 그녀는 두 손으로 얼굴을 감쌌다. 정말로 가슴이 찢어지는 것 같은 기분이 들면서 더 이상 아무것도 중요하지 않았다.

그는 그녀의 어깨 위에 한 손을 얹은 다음 손으로 부드럽게, 천천히 그녀의 등의 굴곡을 따라 움직이며, 아무 생각 없이, 무심하게 쓰다듬으며 웅크리고 앉은 그녀의 허리 굴곡까지 따라 내려갔다. 그러고는 맹목적이고 본능적인 애무의 손길로 옆구리 곡선을 부드럽게 쓰다듬었다.

그녀는 작은 손수건을 꺼내 아무 생각 없이 얼굴을 닦으려 하고 있었다.

「오두막으로 들어갈래요?」 그가 조용하면서도 감정이 실리지 않은 목소리로 말했다.

그리고 그는 그녀의 팔 위쪽을 부드럽게 잡아 그녀를 일으켜 세우고는 천천히 오두막으로 이끌고 가면서 집 안으로 들어갈 때까지 그녀를 놓지 않았다. 그런 다음 그는 의자와 탁자를 옆으로 치우고 연장 상자에서 갈색 군용 담요를 꺼내 천천히 펼쳤다. 그녀는 가만히 서서 그의 얼굴을 힐끗 바라보았다.

마치 운명에 굴복한 남자의 얼굴처럼 그의 얼굴은 창백하고 무표정했다.

「저기 누워요!」 그가 부드럽게 말했다. 그리고 나서 문을 닫자 안이 어두워져서 아주 깜깜해졌다.

묘하게 순종하는 태도로 그녀는 담요 위에 누웠다. 그러자 부드럽게 더듬으며 어쩔 도리 없이 욕망에 사로잡힌 손길이 그녀의 몸을 만지고 얼굴을 더듬는 것이 느껴졌다. 그 손은 무한한 위로를 주며 확신에 찬 손길로 그녀의 얼굴을 부드럽게, 부드럽게 어루만졌고 마침내 그녀의 뺨에 부드러운 입맞춤이 와 닿았다.

그녀는 잠이 든 것처럼, 꿈을 꾸는 것처럼 너무나 조용히 누워 있었다. 그런 다음 그의 손이 부드럽게, 그러나 방해를 받은 것처럼 묘하게 서투르게 그녀의 옷 속을 더듬는 것을 느꼈을 때 그녀는 전율했다. 그러나 그 손 역시 원하는 부분에서 그녀의 옷을 어떻게 벗겨야 할지 알고 있었다. 그는 천천히 조심스럽게 얇은 옷을 아래로 끌어 내려 발 위로 빼냈다. 그리고 나서 그는 격렬한 기쁨으로 전율하면서 그녀의 따뜻하고 부드러운 몸을 어루만졌고 잠깐 동안 그녀의 배꼽에 입을 맞췄다. 그리고 그는 즉시 그녀의 몸 안으로, 그녀의 부드럽고 조용한 육체의 대지 위에 펼쳐진 평화 속으로 들어가야만 했다. 여자의 몸속으로 들어가는 것, 그것은 그에게 완전한 평화의 순간이었다.

그녀는 잠이 든 것처럼, 계속 잠이 든 것처럼 가만히 누워 있었다. 움직임과 오르가슴은 그의 것, 전부 그의 것이었다. 그녀는 더 이상 자신을 위해 애쓸 수가 없었다. 그녀의 몸을 안고 있는 그의 양팔의 단단함조차, 그의 몸의 격렬한 움직임조차, 그녀의 몸속에서 그의 정액이 분출해 들어오는 것조차 일종의 잠이었다. 그녀는 그가 행위를 끝내고 그녀의 가슴에 안겨 가볍게 숨을 헐떡이며 누워 있을 때에야 비로소 깨어나기 시작했다.

그런 다음 그녀는 궁금해졌다. 그저 막연하게 궁금해졌다. 왜? 왜 이런 일이 필요했을까? 왜 이것이 그녀를 뒤덮고 있던 커다란 구름을 걷어 내고 그녀에게 평화를 주었을까? 이게 진정한 것일까? 이게 진정한 것일까?

고민하는 현대의 여성으로서 그녀의 두뇌는 여전히 전혀 쉬질 못했다. 이게 진정한 것일까? 그리고 그녀는 자신이 그 남자에게 자신을 내주었다면 그것은 진정한 것임을 알았다. 그러나 만약 자신을 내주지 않았다면 그건 아무것도 아니었다. 자신이 늙어서 수백만 살이 된 것 같은 기분이 들었다. 그리고 마침내 그녀는 더 이상 자기 자신이라는 짐을 견딜 수가 없었다. 누구라도 가지려고만 하면 마음대로 그녀를 가질 수 있으리라. 원하기만 하면 가질 수 있으리라.

남자는 신비로운 고요에 잠긴 채 누워 있었다. 그는 무엇을 느끼고 있을까? 무슨 생각을 하고 있을까? 그녀는 알 수가 없었다. 그는 그녀에게 낯선 남자였다. 그녀는 그를 알지 못했다. 그녀는 그저 기다려야만 했다. 왜냐하면 감히 그의 신비로운 고요를 깨뜨릴 수가 없었기 때문이다. 그는 그녀의 몸을 두 팔로 안고 그녀의 몸 위에 땀에 젖은 몸을 기댄 채 너무나 가까이 그렇게 엎드려 있었다. 그럼에도 불구하고 그는 완전히 낯선 사람이었다. 그러나 평화롭지 않은 모습은 아니었다. 그의 고요함은 평화로웠다.

마침내 그가 몸을 일으켜 그녀로부터 떨어져 나가자 그녀는 그것을 깨달았다. 그것은 버림받은 것과 같았다. 그는 어둠 속에서 그녀의 옷을 끌어당겨 무릎 위로 올려 준 다음 잠깐 동안 서 있었다. 자신의 옷매무새를 가다듬고 있는 것이 분명했다. 그런 다음 그는 조용히 문을 열고 밖으로 나갔다.

그녀는 참나무들 너머 저녁놀 위로 아주 환하게 빛나는 작은 달을 보았다. 재빨리 그녀는 일어나서 옷매무새를 가다듬었다. 그녀는 단정해졌다. 그리고 나서 그녀는 오두막의 문으로 갔다.

숲의 아래쪽은 모두 어두워져서 거의 깜깜해졌다. 그러나 머리 위의 하늘은 수정같이 맑았다. 그러나 거의 아무런 빛도 발하지 않았다. 그는 아래쪽 어둠 속에서 그녀에게 다가왔다. 그의 얼굴이 어둠 속에 창백한 얼룩처럼 떠 있었다.

「그럼 같이 갈까요?」 그가 말했다.

「어디로요?」

「출입문까지 모셔다 드리지요.」

그는 자신의 방식대로 물건들을 정리했다. 그러고는 오두막집 문을 잠그고 그녀 뒤를 따라왔다.

　「후회하는 건 아니죠?」 그가 그녀와 나란히 걸으며 물었다.

　「내가요? 아니! 당신은 그런가요?」 그녀가 말했다.

　「그 일에 대해서요! 아니요!」 그가 말했다. 그러더니 잠시 후 덧붙였다. 「그렇지만 다른 문제들이 있습니다.」

　「다른 문제들이란 게 뭐죠?」 그녀가 말했다.

　「클리퍼드 경 말입니다. 다른 사람들도 있고요! 온갖 복잡한 문제들이요.」

　「왜 복잡한 문제들이죠?」 그녀가 실망해서 물었다.

　「항상 그렇기 때문이지요. 나뿐만 아니라 당신에게도 말입니다. 항상 복잡한 문제들이 있지요.」 그는 어둠 속을 꾸준히 걸어갔다.

　「그래서 당신은 후회하나요?」 그녀가 말했다.

　「어떤 면에서는요!」 그가 하늘을 올려다보며 대답했다. 「난 그런 일은 전부 끝났다고 생각했지요. 그런데 이제 다시 시작했습니다.」

　「무엇을 시작했다는 거예요?」

　「삶을 말입니다.」

　「삶이라!」 그녀가 묘한 전율을 느끼며 그 말을 되풀이했다.

　「그게 삶이에요.」 그가 말했다. 「삶에서 깨끗이 벗어난다는 것은 불가능합니다. 그리고 만약 삶에서 깨끗이 벗어난다면 그건 거의 죽은 것이나 다름없지요. 그래서 만약 내가 다시 부서져 열려야 한다면, 그러는 수밖에…….」

그녀는 그것을 꼭 그런 식으로 생각하지는 않았지만 여전히……

「그건 그냥 사랑이에요.」 그녀가 쾌활하게 말했다.

「그게 무엇이든 상관없습니다!」 그가 대답했다.

그들은 아무 말 없이 시시각각 더 어두워지고 있는 숲 속을 계속 걸어서 마침내 출입문에 거의 이르렀다.

「그렇지만 날 미워하지는 않는 거죠?」 그녀가 아쉬워하며 말했다.

「아니, 절대 아닙니다!」 그가 대답했다. 그리고 그는 삶과 연결해 주는 그 옛날의 열정으로 갑자기 그녀를 다시 가슴에 꼭 껴안았다. 「당연히 아닙니다. 난 좋았어요. 정말 좋았어요. 당신도 그랬나요?」

「그럼요. 나도 좋았어요.」 그녀가 약간 진실하지 못하게 대답했다. 왜냐하면 행위를 할 때 그녀는 그리 의식이 있는 상태가 아니었기 때문이다.

그는 부드럽게, 아주 부드럽게 그녀에게 따뜻한 키스를 퍼부었다.

「세상에 다른 사람들이 그렇게 많지 않으면 좋을 텐데!」 그가 애처롭게 말했다.

그녀는 웃음을 터뜨렸다. 그들은 공원 출입문에 이르렀다. 그가 그녀를 위해 문을 열어 주었다.

「더 멀리 가지 않겠습니다.」 그가 말했다.

「그러세요!」 그리고 그녀가 악수를 하려는 듯이 손을 내밀었다. 그러나 그는 그 손을 두 손으로 잡았다.

「또 와도 되나요?」 그녀가 아쉬운 듯이 물었다.

「아! 그럼요!」

그녀는 그를 떠나 공원을 가로질러 갔다.

그는 뒤에 서서 그녀가 희미한 지평선을 향해 어둠 속으로 들어가는 것을 바라보았다. 거의 비통한 심정으로 그는 그녀가 가는 모습을 바라보았다. 혼자 살아가고자 한 그를 코니는 다시 삶과 연결시켜 주었다. 그녀는 그로 하여금, 마침내 한 남자가 그저 혼자 살아가기를 바라며 지켜 왔던 쓰라린 사생활을 대가로 치르게 했다.

그는 몸을 돌려 숲의 어둠 속으로 들어갔다. 모든 것이 고요했고 달도 지고 없었다. 그러나 그는 밤의 소리들과 스택스 게이트에서 나는 엔진 소리, 큰 도로 위를 오가는 사람들과 차량의 소리를 들을 수 있었다. 천천히 그는 벌거숭이 언덕을 올라갔다. 그리고 꼭대기에서는 이 지방과, 스택스 게이트의 줄지어 서 있는 불빛들, 테버셜 광산의 더 작은 불빛들과 테버셜 마을의 노란 불빛들, 깜깜한 주변 지역 여기저기에 사방에서 빛나는 불빛들, 맑은 밤이라 희미하게 장밋빛으로 빛나는 용광로의 어렴풋한 붉은 불빛, 백열 금속이 흘러내리며 발하는 장밋빛 불빛이 보였다. 스택스 게이트의 날카롭고 사악해 보이는 전기 불빛들! 그 불빛들 속에 존재하는 뭐라 말할 수 없는 악의 핵심! 그리고 중부 산업 지역의 밤에 나타나는 그 모든 불안과 끊임없이 변화하는 두려움! 그는 스택스 게이트에서 권양기 엔진이 7시부터 근무하는 광부들을 내려 보내는 소리를 들을 수 있었다. 탄갱에서는 삼교대로 작업이 이루어지고 있었다.

그는 다시 내려가서 어둡고 격리된 숲 속으로 들어갔다. 그러나 그는 숲이 격리되어 있다는 것은 거짓이라는 것을 알고 있었다. 산업 소음이 숲의 고독을 깨뜨렸고 날카로운 빛이 비록 보이진 않지만 숲의 고독을 비웃었다. 그 누구도 더 이상 혼자 은둔하며 살 수 없었다. 세상은 은둔자를 허용하지 않았다. 그리고 이제 그는 여자를 받아들였고 스스로를 고통과 운명의 새로운 순환 속에 들어가게 만들었다. 그는 경험을 통해 그것이 무슨 의미인지 알고 있었다.

그것은 여자의 잘못도, 사랑의 잘못도, 섹스의 잘못도 아니었다. 잘못은 저기, 바로 저기 바깥세상의 사악한 전기 불빛과 악마처럼 덜거덕대는 엔진 소리에 있었다. 기계적이고 탐욕스럽기 그지없는 구조와 기계화된 탐욕의 세상에, 불빛으로 번쩍이고 뜨거운 금속을 쏟아 내며 차량과 사람들이 오가며 시끄러운 소리를 내는 세상에, 바로 거기에 순응하지 않는 것은 무엇이나 파괴해 버릴 태세를 갖추고 거대하고 사악한 존재가 도사리고 있었다. 머지않아 그것은 숲을 파괴해 버릴 것이고 초롱꽃은 더 이상 돋아나지 않을 것이다. 모든 연약한 것은 구르고 달리는 쇳덩어리에 깔려 사라질 것이다.

그는 한없이 부드러운 마음으로 여자를 생각했다. 가엾고 버림받은 존재인 그녀는 그녀 자신이 아는 것보다 더 훌륭한 사람이었다. 아, 그리고 그녀가 접촉하는 거친 무리에 비해 너무나 훌륭한 사람이었다! 가엾은 사람. 그녀 역시 야생 히아신스 같은 연약함을 조금 지니고 있었고, 현대 여자들처럼 너무나 질긴 고무 제품이나 딱딱한 백금 같은 여자가 아니었다. 그러나 그들은 그녀를 죽여 버리고 말 것이다! 틀림없이 그들은 부드러움을 타고난 모든 생명을 죽여 없애듯이 그녀도 죽여 버리고 말 것이다. 부드러웠다! 어딘지 그녀는 부드러웠다. 그녀는 자라나는 히아신스처럼 부드러웠는데, 그러한 부드러움은 셀룰로이드처럼 질긴 오늘날의 여자들에게서는 사라져 버린 것이었다. 그러나 그는 아주 잠깐 동안만 자신의 가슴으로 그녀를 보호해 줄 것이다. 비정한 철(鐵)의 세계와 기계화된 탐욕의 신이 그뿐만 아니라 그녀까지 모두 죽여 버리기 전에, 아주 잠깐 동안만 말이다.

그는 총을 메고 개와 함께 깜깜한 자기 오두막집으로 가서 등불을 켜고 난롯불을 지핀 다음 빵과 치즈, 어린 양파와 맥주로 저녁을 먹었다. 그는 자신이 사랑하는 정적 속에 혼자 있었다. 방은 깨끗했고 정돈이 잘되어 있었지만 다소 삭막했다. 그러나 등잔불은 밝았고 난롯불은 세게 타오르고 있었으며 하얀 방수포가 깔린 식탁 위로는 석유 등잔불이 환한 빛을 발하며 걸려 있었다. 인도에 관한 책을 읽으려 했지만 오늘 밤에는 읽을 수가 없었다. 그는 셔츠 바람으로 난롯가에 앉아 담배는 피우지 않은 채 가까이에 맥주잔을 놓아 두었다. 그리고 코니에 대해 생각했다.

사실을 말하자면 그는 그날 일어난 일에 대해, 아마도 대부분은 그녀를 위해 후회를 했다. 불길한 예감이 들었다. 잘못했다거나 죄를 지었다는 느낌은 아니었다. 그 점에 대해서는 전혀 양심의 가책을 느끼지 않았다. 그는 양심이라는 것이 주로 사회에 대한 두려움이나 자기 자신에 대한 두려움이라는 것을 알고 있었다. 그러나 그는 사회를 매우 의식적으로 두려워하고 있었다. 왜냐하면 그는 사회가 악의적이고 반쯤 미친 짐승이라는 것을 본능적으로 알고 있었기 때문이다.

그 여자! 지금 이곳에 그녀와 함께 있을 수 있다면! 그리고 이 세상에 다른 사람은 하나도 없다면! 욕망이 다시 솟구쳤고 그의 페니스는 살아 있는 새처럼 꿈틀대기 시작했다. 동시에 압박감이, 전기 불빛 속에서 사악하게 반짝이는 저 바깥세상의 괴물에게 자신과 그녀를 노출시키는 것에 대한 두려움이, 양어깨를 짓눌렀다. 가엾은 젊은 여자, 그녀는 그에게 젊은 여자에 불과했지만 동시에 그가 몸 안에 들어간 적이 있고 다시 욕망하게 된 젊은 여자였다.

4년 동안 남자든 여자든 모든 사람들로부터 떨어져서 혼자 살았기 때문에 욕망이 묘하게 하품을 하며 기지개를 켜자, 그는 일어나서 다시 외투를 걸치고 총을 멘 다음 등잔불을 낮추고 개와 함께 별이 총총한 밤 속으로 나왔다. 욕망에 이끌려, 바깥세상의 사악한 괴물에 대한 두려움에 이끌려 그는 천천히, 조심스럽게 숲 속을 한 바퀴 돌았다. 그는 어둠을 사랑했고 어둠 속에 자신을 파묻었다. 그 모든 것에도 불구하고 어둠은 팽팽하게 차오른 그의 욕망, 일종의 재산 같은 그의 욕망과 잘 어울렸다. 꿈틀대며 들떠 있는 그의 페니스, 그의 허리 아래에서 꿈틀대는 불길! 아, 함께하면서, 저기 바깥세상의 저 반짝이는 전기 괴물과 싸우며, 생명의 부드러움과 여자들의 부드러움과 욕망이라는 자연의 재산을 함께 보존할 수 있는 다른 남자들이 있다면 얼마나 좋을까! 함께 나란히 싸울 수 있는 남자들이 있다면 얼마나 좋을까! 그러나 남자들은 모두 저기 바깥세상에서 그 괴물을 찬양하면서, 쇄도하는 기계화된 탐욕이나 탐욕적인 구조 속에서 승리를 구가하거나 짓밟히고 있었다.

한편 콘스턴스는 거의 아무 생각도 하지 않고 집을 향해 서둘러 공원을 가로질러 갔다. 아직은 그 일을 되돌아볼 시간적 여유가 없었다. 그녀는 저녁 식사 시간에 맞춰 돌아가고 싶었다.

그러나 출입문들이 잠겨 있어서 벨을 눌러야 했을 때 그녀는 짜증이 났다. 볼턴 부인이 문을 열어 주었다.

「이런. 드디어 오셨군요, 마님! 마님이 혹시 길을 잃으신 건 아닌가 생각하던 참이었어요!」그녀가 약간 짓궂게 말했다. 「그렇지만 클리퍼드 경께서 마님을 찾지는 않으셨어요. 린리 씨를 불러들여 무슨 일에 대해 말씀을 나누고 계세요. 린리 씨가 저녁 식사 때까지 계실 것 같은데요. 그렇지 않나요, 마님?」

「그럴 것 같네요.」코니가 말했다.

「저녁 식사를 15분 정도 뒤로 미룰까요? 그러면 마님이 편하게 옷을 갈아입으실 시간이 생길 테니까요.」

「그러는 게 좋겠네요.」

린리 씨는 탄광의 총감독으로 북부 출신의 나이가 지긋한 남자였지만 클리퍼드의 마음에 들 만큼 썩 박력이 있지는 않았다. 그는 전후(戰後)의 상황에 적합한 사람이 아니었고 〈일부러 천천히 일하자〉라는 신조를 지닌 전후의 광부들과도 맞지 않았다. 그러나 코니는 린리 씨를 좋아했다. 비록 그의 아내가 아첨하는 소리를 늘어놓는 걸 질색하긴 했지만 말이다.

린리 씨는 남아서 저녁 식사를 했다. 코니는 남자들이 너무나 좋아하는 안주인이었는데, 무척 점잖으면서도 크고 넓은 파란 눈으로 아주 세심하고 주의 깊게 마음을 써주었으며, 속으로 무슨 생각을 하는지 충분히 숨길 수 있는 부드럽고 침착한 태도를 지니고 있었다. 코니는 이런 여자의 역할을 너무나 많이 수행해 왔기 때문에 그것은 거의 제2의 천성이 되었다. 그럼에도 불구하고 그것은 제2의 천성일 뿐이었다. 그러나 그 역할을 수행하는 동안에는 어떻게 그녀의 의식에서 다른 모든 것이 사라져 버리는지 신기할 따름이었다.

그녀는 위층으로 올라가 자기만의 생각을 할 수 있을 때까지 참을성 있게 기다렸다. 그녀는 항상 기다리고 있었는데, 그것이 그녀의 장기처럼 보였다.

그러나 일단 자기 방으로 돌아와서도 그녀는 여전히 막연하고 혼란스러운 기분이 들었다. 무슨 생각을 해야 할지 알 수가 없었다. 그는 정말로 어떤 종류의 남자일까? 그는 정말로 그녀를 좋아하는 것일까? 그녀는 그가 자신을 썩 좋아하진 않는다고 느꼈다. 그러나 그는 다정했다. 그녀의 자궁을 그에게 거의 열게 만든 뭔가가, 묘하고도 갑작스러운 일종의 따뜻하고 순진한 다정함이 있었다. 그러나 그가 어느 여자에게나 그렇게 다정할지 모른다는 느낌이 들었다. 설사 그렇다 해도 그것은 묘하게 마음을 달래 주고 위안을 주었다. 그리고 그는 정열적인 남자로 건전하고 열정적이었다. 그러나 그녀에게만 그러는 것이 아닐지 모른다. 어떤 여자와 함께 있더라도 그녀와 함께 있을 때와 똑같이 대하는지 모를 일이었다. 정말로 그녀에게만 그러는 것이 아닐 수도 있었다. 그녀는 그에게 그저 정말로 한 여자에 불과한 것인지도 모른다.

그러나 어쩌면 그것이 더 나은 건지도 모른다. 그리고 어쨌든 그는 그녀가 지닌 여성적인 면에 다정하게 대해 주었고 어떤 남자도 그렇게 한 적이 없었다. 남자들은 한 사람으로서의 그녀에게는 아주 다정했지만 여성으로서의 그녀에게는 오히려 잔인했고 그녀를 경멸하거나 완전히 무시했다. 남자들은 콘스턴스 리드나 채털리 부인에게는 대단히 다정했지만 그녀의 자궁에게는 다정하지 않았다. 그러나 그는 콘스턴스나 채털리 부인으로서의 그녀를 무시했다. 그는 그저 그녀의 허리나 젖가슴을 부드럽게 어루만졌을 뿐이었다.

다음 날 그녀는 숲으로 갔다. 흐리고 고요한 오후였다. 진녹색 산쪽풀이 개암나무 수풀 아래 펼쳐져 있었고 나무들은 모두 싹을 틔우기 위해 조용히 애를 쓰고 있었다. 오늘 그녀는 그것을, 즉 수액이 거대한 나무들 속에서 엄청나게 가득 고여, 위로, 끝없이 더 위로, 잎눈 끝까지 차올라, 피 같은 청동빛의 조그만 불꽃 같은 참나무 잎들로 벌어지며 밀고 나오려는 것을, 자신의 몸속에서 느낄 수 있었다. 그것은 마치 밀물이 솟구쳐 오르며 밀려와서 하늘로 퍼져 나가는 것 같았다.

그녀가 공터에 갔을 때 그는 그곳에 없었다. 그를 만날 수 있을 거라고 크게 기대하지는 않은 터였다. 새끼 꿩들은 닭장에서 나와 가볍게, 곤충처럼 가볍게, 사방으로 뛰어다니고 있었고, 닭장에서는 노란 어미 닭들이 걱정스러운 듯 꼬꼬댁거리고 있었다. 코니는 앉아서 그것들을 바라보며 기다렸다. 그녀는 기다리기만 했다. 그녀는 새끼 꿩들조차 거의 쳐다보지 않았다. 그녀는 기다렸다.

꿈처럼 느리게 시간이 흘렀지만 그는 오지 않았다. 그를 만날 수 있으리라고 크게 기대한 것은 아니었다. 그는 오후에는 절대 오두막집에 오지 않았다. 차를 마시러 집으로 돌아가야만 했다. 그녀는 마지못해 그곳을 떠나야 했다.

그녀가 집으로 돌아가고 있을 때 가랑비가 내렸다.

「또 비가 오고 있소?」 그녀가 모자를 터는 것을 본 클리퍼드가 말했다.

「그냥 가랑비예요.」

그녀는 일종의 고집에 빠져 아무 말 없이 차를 따랐다. 그녀는 오늘 사냥터지기를 꼭 보고 싶었다. 그것이 정말로 진정한 것이었는지 알아보고 싶었다. 그것이 정말로 진정한 것이었는지!

「나중에 당신에게 책을 좀 읽어 줄까?」 클리퍼드가 말했다.

그녀는 그를 바라보았다. 그가 뭔가 눈치라도 챈 것일까?

「봄이라 그런지 기분이 묘해요. 좀 쉴까 하는데요.」

「당신 좋을 대로 해. 정말 몸이 안 좋은 건 아니겠지, 그런 거요?」

「아니에요! 그냥 조금 피곤할 뿐이에요. 봄이라 그런 거예요. 볼턴 부인을 불러서 카드놀이라도 하자고 할래요?」

「아니, 괜찮소! 그냥 라디오나 들을까 생각하고 있소.」

그녀는 그의 목소리에 묘한 만족감이 배어 있는 것을 느꼈다. 그녀는 위층 자기 방으로 올라갔다. 라디오 확성기가 고함치듯 시끄럽게 떠들어 대기 시작하는 소리가 거기까지 들려왔다. 그것은 면벨벳 바지를 입고 고상한 척 뽐내는 듯한 백치 같은 소리로, 행상인들이 외쳐 대는 소리와 비슷한 구석도 있었는데, 옛날에 마을을 돌아다니며 포고를 외쳐 대는 사람들의 소리를 고상한 척하면서 흉내 낸 소리의 정수 같았다. 그녀는 오래된 보라색 방수 외투를 걸치고 옆문으로 저택에서 빠져나왔다.

가랑비는 온 세상을 가린 베일처럼 신비롭고 고요했지만 차갑진 않았다. 서둘러 공원을 가로지르다 보니 몸에서 열이 났다. 그녀는 가벼운 방수 외투를 풀어 헤쳤다.

가랑비 내리는 저녁의 숲은 고요하고 평화롭고 비밀스러웠으며, 새알들과 반쯤 벌어진 잎눈들과 반쯤 내민 꽃봉오리들의 신비로 가득 차 있었다. 그 어두침침함 속에서 나무들은 모두 옷을 벗은 것처럼 벌거벗은 채 거무스름하게 빛났고 땅위의 녹색 식물들은 녹색으로 불타는 것처럼 보였다.

공터에는 여전히 아무도 없었다. 새끼 꿩들은 거의 모두 어미 닭들 품으로 들어갔고 대담한 한두 마리만이 마지막으로 남아 짚으로 엮어 지붕을 씌운 피난처 아래의 마른 땅 위에서 이리저리 쪼아 대며 돌아다니고 있었다. 그런데 그것들도 그리 자신 있고 활기차게 움직이는 모습은 아니었다.

그랬다! 그는 아직도 이곳에 오지 않았다. 그는 일부러 피하고 있었다. 아니면 무슨 일이 생겼는지도 모른다. 어쩌면 그녀가 그의 오두막집으로 찾아가 봐야 하는 것인지도 모르는 일이었다.

그러나 그녀는 기다리는 운명을 타고났다. 그녀는 가지고 있던 열쇠로 오두막의 문을 열었다. 안은 말끔하게 정돈이 잘 되어 있었다. 곡물은 통 속에 담겨 있었고, 담요는 개켜진 채 선반 위에 놓여 있었으며, 한쪽 구석에는 새 짚 다발이 가지런히 쌓여 있었다. 유리 갓이 달린 등은 못에 걸려 있었다. 탁자와 의자는 그녀가 누워 있었던 자리로 다시 옮겨져 있었다.

그녀는 문간에 놓인 등받이 없는 의자에 앉았다. 모든 것이 얼마나 고요한지! 가랑비가 무척 부드럽게, 엷은 막처럼 휘날렸지만 바람 소리는 전혀 나지 않았다. 어느 것에서도 소리도 나지 않았다. 나무들은 희미하고 어슴푸레하게 빛났고 고요하면서도 생생하게 살아 있는 강한 존재처럼 서 있었다. 모든 것이 얼마나 생생하게 살아 있던지!

밤이 다시 다가오고 있었다. 가야 할 때가 되었다. 그는 그녀를 피하고 있었다.

그러나 갑자기 그가 성큼성큼 공터로 걸어왔다. 운전기사처럼 검은색 방수포 윗옷을 입고 있었는데, 그 옷은 비에 젖어 번들거렸다. 그는 재빨리 오두막을 힐끗 쳐다보고는 대충 인사를 한 다음 옆으로 방향을 바꿔 닭장으로 갔다. 그곳에서 그는 조용히 웅크리고 앉아 모든 것을 세심하게 살펴본 다음 암탉과 새끼 꿩들이 밤새 안전하게 지내도록 꼼꼼하게 문을 닫았다.

마침내 그가 천천히 그녀에게 다가왔다. 그녀는 여전히 의자에 앉아 있었다. 그는 그녀 앞으로 와서 현관 아래에 섰다.

「왔군요.」그가 사투리 억양으로 말했다.

「네!」그녀가 그를 올려다보며 말했다. 「당신은 늦었네요!」

「네!」그가 숲으로 시선을 돌리면서 대답했다.

그녀는 천천히 일어나서 의자를 옆으로 밀었다.

「안으로 들어가려고요?」그녀가 물었다.

그가 그녀를 날카롭게 내려다보았다.

「당시니 매일 밤 여기에 오시며는 사람들이 이상하게 생가카지 아늘까요?」그가 말했다.

「왜요?」그녀가 어쩔 줄 몰라 하며 그를 올려다보았다. 「오겠다고 말했잖아요. 아무도 몰라요.」

「그렇지만 곧 알게 될 겁니다.」그가 대답했다. 「그런 다으메는 어쩌려고요?」

그녀는 뭐라고 대답해야 할지 알 수가 없었다.

「사람들이 왜 알게 된다는 거죠?」그녀가 말했다.

「사람들은 항상 알게 마련입니다.」그가 체념하듯 말했다.

그녀의 입술이 살짝 떨렸다.

「글쎄, 그럼 할 수 없죠.」그녀가 말을 더듬었다.

「아니요!」그가 말했다. 「여기 오지 않으면 그것을 마글 수 있지요. 당시니 워나신다며는요.」그가 더 낮은 어조로 덧붙였다.

「그렇지만 난 그러고 싶지 않아요.」그녀가 중얼거리듯 말했다.

그는 숲으로 시선을 돌리며 아무 말도 하지 않았다.

「그렇지만 사람들이 알게 되면 어쩌려고요?」 그가 마침내 물었다. 「좀 생각해 봐요! 당신이 얼마나 수치스러운 기분이 들지 생각해 봐요. 남편의 하인하고 눈이 맞았다고 알려진다면 말입니다!」

그녀가 옆으로 돌린 그의 얼굴을 올려다보았다.

「그러니까…….」 그녀가 더듬거리며 말했다. 「당신은 날 원하지 않는다는 말인가요?」

「생가케 봐요!」 그가 말했다. 「사람드리 알게 되면 어떠케 될지 생가케 봐요 — 클리퍼드 경과 — 모두들 떠들어 델 텐데…….」

「글쎄, 내가 떠나면 돼요.」

「어디로 말인가요?」

「어디든지요! 나한텐 돈이 있어요. 어머니가 2만 파운드를 신탁으로 남겨 주셨어요. 그리고 클리퍼드가 그 돈을 건드릴 수 없다는 걸 난 알아요. 난 떠날 수 있어요.」

「그렇지만 당신이 떠나고 싶지 않으면요?」

「아니에요! 안 그래요! 나한테 무슨 일이 일어나든 난 상관없어요.」

「아, 그렇게 생각하는군요! 그러나 당신은 상관하게 될 겁니다. 그렇게 될 겁니다, 다들 그렇게 되듯이. 이건 꼭 명심해요. 당신이 바람 피우는 상대가 사냥터지기란 사실을! 내가 신사라면 경우가 다르겠지요. 그래요, 당신은 신경 쓰게 될 겁니다. 반드시 신경 쓰게 될 겁니다!」

「안 그럴 거예요. 난 마님이라는 신분에 전혀 신경 쓰지 않아요. 난 그게 정말로 싫어요. 사람들이 날 그렇게 부를 때마다 비아냥거리는 것 같은 기분이 들어요. 그리고 실제로 그래요! 정말로요! 당신조차 날 그렇게 부르며 비아냥거리고 있잖아요.」

「내가 말입니까!」

처음으로 그가 그녀를 똑바로 바라보며 그녀의 눈을 들여다보았다.

「난 당신에게 비아냥대고 있지 않습니다.」 그가 말했다.

그녀는 자신의 눈을 들여다보는 그의 눈이 점점 더 어두워지고 눈동자가 커지는 것을 보았다.

「당시는 위험 가튼 거슨 전혀 상관엄나요?」 그가 쉰 목소리로 물었다. 「반드시 신경을 써야 해요! 너무 늦었을 때 신경 쓰지 말고요!」

그의 목소리에는 묘하게 경고하면서도 간청하는 듯한 기색이 어려 있었다.

「하지만 난 잃을 게 전혀 없어요!」 그녀는 짜증스럽게 말했다. 「그게 무엇인지 당신이 안다면 내가 기쁜 마음으로 그것을 잃고 싶어 할 거라고 생각할 거예요. 그런데 당신 자신이 두려운 건 아닌가요?」

「네!」 그가 짧게 말했다. 「그래요! 난 두렵습니다. 두려워요. 여러 가지 것드리 두려워요.」

「어떤 것들이요?」 그녀가 물었다.

그는 묘하게 머리를 뒤로 젖혀 바깥세상을 가리켰다.

「여러 가지 것들이요! 모두가요! 세상 사람 모두가요!」

그런 다음 그가 몸을 숙여 갑자기 그녀의 불행한 얼굴에 입을 맞췄다.

「아니요, 나도 상관없어요!」 그가 말했다. 「한번 해봅시다. 나머지는 될 대로 되라지요. 그러나 당신이 그렇게 한 걸 후회하게 된다면…….」

「날 피하지 마요!」 그녀가 간청했다.

그는 손가락으로 그녀의 뺨을 만지더니 갑자기 다시 입을 맞췄다.

「그럼 안으로 들어갑시다.」 그가 부드럽게 말했다. 「그리고 당신도 방수 외투를 벗어요.」

그는 엽총을 걸고 젖은 가죽 상의를 벗은 다음 손을 뻗어 담요를 집었다.

「담요를 하나 더 가져왔습니다.」 그가 말했다. 「그러니 원한다면 한 장은 우리 몸을 덮는 데 쓸 수 있을 겁니다.」

「오래 있진 못해요.」 그녀가 말했다. 「저녁 식사가 7시 반이거든요.」

그가 그녀를 재빨리 바라본 다음, 손목시계를 보았다.

「괜찮아요!」 그가 말했다.

그는 문을 닫고 벽에 걸려 있는 유리 갓 달린 등에 불을 켜서 불빛을 약하게 맞춰 놓았다.

「언젠가는 오랫동안 같이 있을 때가 오겠지요.」 그가 말했다.

그는 조심스럽게 담요를 내려서 깔고 하나는 그녀가 벨 수 있도록 접었다. 그런 다음 등받이 없는 의자에 잠깐 앉아 그녀를 끌어당겨 한 팔로 꼭 껴안고 나머지 한 손으로는 그녀의 몸을 더듬었다. 그가 그녀의 몸을 찾아 만진 순간 숨을 삼키는 소리가 들려왔다. 얇은 페티코트 밑으로 그녀는 아무것도 입지 않은 알몸이었다.

「아! 그대를 만지는 느낌을 어떻게 표현해야 할지!」그가 손가락으로 그녀의 허리와 엉덩이의 부드럽고 따뜻하며 은밀한 속살을 애무하며 말했다. 그는 얼굴을 숙이고 뺨을 그녀의 배와 허벅지에 대고 계속 비벼 댔다. 그러자 다시 그녀는 그가 어떤 종류의 황홀함을 느끼고 있을지 잠깐 궁금했다. 그녀는 그가 그녀의 살아 있는 은밀한 몸을 만짐으로써 그녀에게서 찾아낸 아름다움을, 거의 황홀할 정도의 아름다움을 이해하지 못했다. 왜냐하면 정열만이 그것을 느낄 수 있기 때문이다. 그리고 정열이 죽거나 사라지고 없으면, 멋지게 고동치는 아름다움을 도저히 이해할 수 없고 심지어는 약간 경멸스럽게 여긴다. 시각적인 아름다움보다 훨씬 더 깊은, 따뜻하고 살아 있는 접촉의 아름다움을 말이다. 그녀는 그의 뺨이 자신의 허벅지와 배와 엉덩이를 비비며 미끄러지는 것을 느꼈고, 그의 콧수염과 부드럽고 숱 많은 머리카락이 살갗을 가까이 스쳐 가는 것을 느꼈다. 그녀의 무릎이 떨리기 시작했다. 몸속 아주 깊은 곳에서 그녀는 새로운 감동이, 새로운 적나라함이 일어나는 것을 느꼈다. 그리고 그녀는 반쯤 두려움을 느꼈다. 반쯤은 그가 자신을 그렇게 애무하지 말기를 바랐다. 어떻게 해서인지 그는 그녀를 푹 감싸 안았다. 그러나 그녀는 기다리고 또 기다리고 있었다.

그리고 그에게는 완전한 평화라 할 수 있는 강렬한 안도감과 성취감을 느끼면서 그가 그녀의 몸속으로 들어왔을 때 그녀는 여전히 기다리고 있었다. 그녀는 자신이 약간 무시를 당했다고 느꼈다. 그러나 그녀는 그것이 부분적으로 자신의 잘못이라는 것을 알고 있었다. 그녀는 일부러 자신을 이렇게 떨어져 있게 만들었다. 지금은 아마도 그녀가 그럴 수밖에 없는 상황인지도 몰랐다. 그녀는 가만히 누워 자신의 몸 안에서 그가 움직이는 것을, 그가 몰두하는 상태에 빠져드는 것을, 정액이 솟구쳐 나올 때 갑자기 그의 몸이 부르르 떨리는 것을, 그런 다음 찌르는 힘이 천천히 줄어드는 것을 느꼈다. 엉덩이를 그렇게 찔러 대는 것, 분명히 그것은 조금 우스꽝스러웠다. 여자라면, 그 모든 행위에 함께하지 않고 멀리 떨어져 있다면 분명히 남자가 그렇게 엉덩이를 찔러 대는 것은 지극히 우스꽝스러울 것이다. 분명히 이런 자세와 동작을 취하는 남자는 지독히 우스꽝스러웠다.

그러나 그녀는 아무 반응 없이 가만히 누워 있었다. 그가 행위를 마쳤을 때조차 그녀는 마이클리스와 있을 때 그랬던 것처럼 스스로 분발해서 만족을 얻으려 하지 않았다. 그녀는 가만히 누워 있었고 두 눈에 천천히 눈물이 고였다가 흘러내렸다.

그도 역시 가만히 누워 있었다. 그러나 그는 그녀를 꼭 껴안고 벌거벗은 그녀의 가엾은 두 다리를 자기 다리로 덮어서 따뜻하게 해주려 애썼다. 그는 몸을 바싹 맞대고 틀림없는 온기로 그녀를 감싸며, 그녀 위에 엎드려 있었다.

「춥지 안쏘?」 그는 그녀가 가까이, 너무나 가까이 있는 것처럼 부드럽고 작은 목소리로 물었다. 반면에 그녀는 그에게 무시당한 것처럼, 멀리 떨어져 있는 것처럼 느꼈다.

「아니요! 그만 가봐야 해요.」 그녀가 다정하게 말했다.

그는 한숨을 쉬며 그녀를 더 꼭 껴안은 다음 다시 힘을 풀고 편한 자세를 취했다. 그는 그녀가 눈물을 흘린 것을 짐작도 못 하고 있었다. 그는 그녀가 자기와 함께 같은 마음으로 그곳에 있다고 생각했다.

「가봐야 해요.」 그녀가 되풀이해서 말했다.

그는 몸을 일으켜서 잠깐 동안 그녀 옆에 무릎을 꿇고 앉아 그녀의 허벅지 안쪽에 입을 맞춘 다음 치마를 당겨 내려주고 아무 생각 없이, 옆으로 몸을 돌리지도 않은 채, 아주 희미한 등불 빛을 받으며 옷의 단추를 채웠다.

「언제 한번 꼭 우리 지브로 와요.」 그가 따뜻하고 확신에 찬 느긋한 얼굴로 그녀를 내려다보며 말했다.

그러나 그녀는 힘없이 그대로 누운 채 그를 올려다보며 생각했다. 낯선 사람이야! 낯선 사람! 그녀는 그가 살짝 원망스럽기까지 했다.

그는 외투를 입고 바닥에 떨어져 있던 모자를 찾아 썼다. 그런 다음 엽총을 맸다.

「자, 갑시다!」 그가 그 따뜻하고 평화로운 눈빛으로 그녀를 내려다보며 말했다.

그녀는 천천히 몸을 일으켰다. 그녀는 가고 싶지 않았다. 그러나 그곳에 머물러 있는 것도 유쾌하지 않았다. 그는 그녀가 얇은 방수 외투를 입는 것을 도와주고 그녀의 옷차림이 단정한지 살펴보았다.

그러고 나서 그가 문을 열었다. 밖은 아주 어두워져 있었다. 현관 밑에 앉아 있던 충실한 개는 그를 보자 기뻐서 일어섰다. 가랑비는 어둠 위로 뿌옇게 흩날렸다. 몹시 어두웠다.

「등불를 들고 가야게쏘!」 그가 말했다. 「아무도 업슬 거요!」

그가 그녀 바로 앞에서 좁은 길을 따라 걸어가자 유리 갓이 달린 등불이 낮게 흔들리면서 젖은 풀과 뱀처럼 검게 번들거리는 나무뿌리들, 창백한 꽃들이 드러났다. 그 외에는 뿌연 비안개와 완전한 어둠뿐이었다.

「언제 한번 꼭 우리 지브로 와요.」 그들이 넓은 승마로에 들어서자 나란히 걸으며 그가 말했다. 「그럴 꺼죠? 이왕 이러케 된 것, 바늘 도둑보다 소도둑으로 죽는 편이 낫소.」

그들 사이에 아무것도 없는 마당에, 진짜로 대화다운 대화를 나눠 보지도 않은 마당에 그가 묘하게, 끈질기게 그녀를 원한다는 사실에 그녀는 당혹스러웠다. 그리고 그녀는 자신도 모르게 그의 사투리에 기분이 나빠졌다. 〈꼭 와요〉라는 그의 말은 그녀가 아니라 여느 평범한 여자에게나 하는 말처럼 느껴졌다.

그녀는 승마로에 나 있는 디기탈리스 잎을 알아보고 그들이 어디쯤 왔는지 대강 알아차렸다.

「7시 15분이네요.」 그가 말했다. 「시간에 맞춰 도착할 수 있을 겁니다.」

그의 목소리가 바뀌어 있었다. 그녀가 서먹서먹해하고 있다는 것을 그가 느낀 것 같았다.

그들이 승마로의 마지막 굽이를 돌아 개암나무 울타리와 대문을 향해 가고 있을 때 그가 등불을 입으로 불어 껐다.

「여기서부터는 우리 모습이 보일지 모르오.」 그가 그녀의 팔을 다정하게 잡으며 말했다.

그러나 쉬운 일이 아니었다. 발밑의 땅은 종잡기가 힘들었다. 그러나 그는 발로 길을 더듬어 나갔다. 그는 그런 일에 익숙했다.

출입문에서 그가 그녀에게 자신의 손전등을 주었다.

「공원 안은 조금 더 밝게찌만.」 그가 말했다. 「그래도 가져가요. 혹시 기를 버서날지 모르니까.」

그것은 사실이었다. 공원의 트인 공간에는 유령처럼 우중충한 빛이 감도는 것 같았다.

그는 갑자기 그녀를 끌어당기고는 한 손을 치마 밑으로 다시 쑥 집어넣고 비에 젖은 차가운 손으로 그녀의 따뜻한 몸을 더듬었다.

「그대 같은 여자를 만지기 위해서라면 목숨도 버릴 수 있소.」 그가 목이 잠긴 목소리로 말했다. 「당신이 조금 더 이따 갈 수만 이따면 좋을 텐데⋯⋯」

그녀는 자기를 다시 원하는 그의 갑작스러운 힘을 느꼈다.

「안 돼요! 서둘러 가야 해요.」 그녀가 약간 거칠게 말했다.

「그래요!」 그가 갑자기 달라진 태도로 대답하고는 그녀를 놓아주었다.

그녀는 돌아섰다. 그리고 즉시 그에게 되돌아서서 말했다.

「키스해 줘요!」

그는 어두워서 보이지 않는 그녀의 얼굴 위로 몸을 숙이고 그녀의 왼쪽 눈에 입을 맞췄다. 그녀가 입을 내밀자 그는 부드럽게 입을 맞추고는 바로 입을 뗐다. 그는 입에 키스하는 것을 싫어 했다.

「내일 갈게요.」 그녀가 멀어져 가면서 말했다. 「갈 수 있으면요.」 그녀가 덧붙였다.

「그래요! 너무 늦지 마요!」 그가 어둠 속에서 대답했다. 이미 그는 전혀 보이지 않았다.

「잘 가요!」 그녀가 말했다.

「안녕히 가십시오, 마님!」 그의 목소리가 들려왔다.

그녀는 발걸음을 멈추고 비에 젖은 어둠 속을 뒤돌아보았다. 그의 형체만 어렴풋이 보였다.

「왜 그렇게 말했어요?」 그녀가 말했다.

「별 뜻 아닙니다!」 그가 대답했다. 「그럼 잘 가요! 뛰어요!」

그녀는 손으로 만져질 것 같은 진회색 밤 속으로 뛰어갔다.

옆문이 열려 있어서 그녀는 누구에게도 눈에 띄지 않고 자기 방으로 몰래 들어갔다. 문을 닫을 때 저녁식사를 알리는 종이 울렸다. 그러나 그녀는 아랑곳하지 않고 목욕을 할 생각이었다. 반드시 목욕을 해야 했다.

「그렇지만 더 이상 늦지 말아야지.」 그녀는 혼자 중얼거렸다. 「너무 신경이 쓰여.」

그다음 날 그녀는 숲에 가지 않았다. 대신 클리퍼드와 함께 어스웨이트에 갔다. 이제 그는 이따금씩 차를 타고 외출을

했고 필요하면 차에서 내릴 때 도움을 받을 수 있도록 건장한 청년을 기사로 고용했다.

그리고 그는 특히 자신의 대부인 레슬리 윈터를 만나고 싶어 했는데, 그는 어스웨이트에서 그리 멀지 않은 시플리 저택에 살고 있었다. 윈터는 이제 나이 지긋한 신사로 부유했고 에드워드 왕[77] 시절에 호황을 누렸던 부유한 탄광주 중 한 사람이었다. 에드워드 왕은 사냥을 하러 와서 시플리에 두 번 정도 머물렀다. 그곳은 멋지고 고풍스러운 치장벽토 저택으로 무척 우아하게 장식되어 있었다. 왜냐하면 윈터는 독신으로 자신의 스타일에 자부심을 가지고 있었기 때문이다. 그러나 저택은 광산들에 둘러싸여 있었다.

레슬리 윈터는 클리퍼드에게 애착을 느꼈지만 화보 신문에 실린 사진들과 문학 때문에 개인적으로는 그를 크게 존중하지는 않았다. 이 노인은 에드워드 왕조파의 멋쟁이로 인생은 인생 그 자체일 뿐이고 글을 끼적거리는 사람들은 뭔가 좀 다른 족속이라고 생각했다.

이 시골 신사는 코니를 항상 무척 정중하게 대했다. 그는 그녀가 매력적이고 얌전한 아가씨로 클리퍼드에게는 좀 아깝다고 생각했고, 그녀가 랙비의 후계자를 낳을 가능성이 전혀 없는 것을 유감천만으로 여겼다. 그 자신도 후계자가 없었다.

클리퍼드의 사냥터지기가 그녀와 관계를 맺고 있고 〈언제

---

77 1901년부터 1910년까지 재위했던 에드워드 7세Edward VII(1841~1910)로 아들인 조지 5세에게 왕위를 물려주었다.

한번 꼭 우리 지브로 와요〉라고 말했다는 것을 안다면 그가 무슨 말을 할지 코니는 궁금했다. 그는 그녀를 혐오하고 경멸할 것이다. 왜냐하면 그는 노동자 계급이 밀고 올라오는 것을 거의 증오할 정도로 싫어했기 때문이다. 하지만 그녀와 같은 계급의 남자라면 그는 개의치 않을 것이다.

그러나 코니는 이렇게 얌전하고 순종적인 아가씨처럼 보이는 외모를 타고났고, 어쩌면 그것은 그녀가 지닌 천성의 일부였다. 윈터 씨가 그녀를 〈애야!〉라고 부르더니 18세기 귀부인을 그린 꽤 예쁜 세밀화를 주었다. 그는 그녀가 별로 원하지 않는데도 억지로 항상 그녀에게 뭔가를 주었다.

그러나 코니는 사냥터지기와의 관계에 정신이 팔려 있었다. 어쨌든 진짜 신사이자 세상 경험이 많은 윈터 씨는 그녀를 한 인간으로, 분별력 있는 한 개인으로 대해 주었다. 그는 〈그대〉나 〈당신〉이라고 부르면서 그녀를 다른 모든 여자와 하나로 싸잡아 취급하지 않았다.

그녀는 그날도, 다음 날도, 그다음 날도 숲에 가지 않았다. 그녀는 남자가 자신을 기다리고 있다고, 자신을 원하고 있다는 느낌이 드는 한, 아니 그런 느낌이 든다고 생각되는 한 가지 않았다.

그러나 나흘째 되는 날 그녀는 지독하게 불안하고 초조해졌다. 그러나 숲으로 가서 또다시 그 남자에게 허벅지를 벌려 주고 싶지는 않았다. 그녀는 할 수 있는 일들을 전부 생각해 보았다. 셰필드로 드라이브를 간다거나 사람들을 방문할 수 있었다. 그러나 그런 일들 모두 마음에 들지 않았다.

그래서 결국 그녀는 산책을 하기로 결정했다. 그러나 숲 쪽이 아니라 그 반대쪽으로 가기로 했다. 그녀는 공원의 다른 쪽 울타리에 난 작은 철 대문을 지나 메어헤이로 가려고 했다.

고요하고 흐릿한 봄날이었고 따뜻하게 느껴질 정도의 날씨였다. 그녀는 자신이 무슨 생각을 하는지도 거의 모른 채 생각에 잠겨, 주변에 전혀 주의를 기울이지 않은 채 계속 걸었다. 그녀는 주위를 의식하지 못하다가 메어헤이 농장에서 개가 시끄럽게 짖는 소리에 깜짝 놀라 정신을 차렸다. 메어헤이 농장이었다! 이 농장의 목초지는 랙비의 공원 울타리까지 이어져 있어서 두 곳은 이웃이었다. 그러나 코니가 이곳을 마지막으로 방문한 것은 한참 오래전이었다.

「벨!」 그녀가 커다란 흰색 불테리어에게 말했다. 「벨! 날 잊었니? 날 모르겠어?」

그녀는 원래 개를 무서워했다. 그런데 벨은 뒤로 물러서며 으르렁거렸다. 그녀는 농장 마당을 지나 토끼 사육장으로 가는 길로 가고 싶었다.

플린트 부인이 나타났다. 그녀는 콘스턴스와 동갑으로 예전에 학교 선생으로 일했다. 상당히 매력적인 여자였지만 코니는 그녀가 가식적인 여자가 아닐까 의심했다.

「아니, 채털리 마님이시군요! 세상에!」 그러면서 플린트 부인은 눈을 다시 반짝였고 어린 소녀처럼 얼굴을 붉혔다. 「벨! 벨! 저런, 채털리 마님께 짖어 대다니! 벨! 조용히 해!」 그녀가 앞으로 튀어 나가 손에 들고 있던 흰 천으로 개를 마구 내리치고는 코니에게 다가왔다.

「개가 예전에는 날 알아보았는데.」 코니가 악수를 하면서 말했다. 플린트 가족은 채털리 가의 소작인이었다.

「당연히 마님을 알아보고말고요! 지금은 그저 잘난 척해 보는 거예요.」 눈을 반짝이며 당황해서 붉어진 얼굴로 위를 바라보며 플린트 부인이 말했다. 「그렇지만 개가 마님을 뵌 지 무척 오래돼서 그럴 겁니다. 그동안 마님 건강이 더 좋아 지셨기를 진심으로 바랍니다.」

「그래요, 고마워요. 이제는 괜찮아요.」

「겨우내 마님을 거의 못 뵈었어요. 안으로 들어오셔서 아기를 보시겠어요?」

「글쎄요!」 코니는 망설였다. 「그럼 잠깐만요.」

플린트 부인은 집 안을 정돈하러 날듯이 재빨리 안으로 들 어갔고 코니는 천천히 그 뒤를 따라 들어가 다소 어두운 부엌 에서 머뭇거리고 있었다. 화덕 불 옆에 놓인 주전자가 끓고 있었다. 플린트 부인이 돌아왔다.

「집이 누추하지만 양해해 주세요.」 그녀가 말했다. 「이리 들어오시겠어요?」

그들은 거실로 들어갔다. 그곳에는 아기가 벽난로 앞의 너 덜너덜한 깔개 위에 앉아 있었고 탁자 위에는 차가 대충 차려 져 있었다. 어린 하녀 아이가 수줍고 어색해하며 뒷걸음질로 복도로 물러났다.

아기는 한 돌 정도 지난 활달한 꼬마로 아버지를 닮아 머리칼이 붉었고 당돌해 보이는 눈은 연한 파란색이었다. 여자 아이였는데 낯을 가리지 않았다. 아기는 방석들 사이에 앉아

요즘의 과잉 풍조를 보여 주듯 낡은 인형들과 여러 장난감들에 둘러싸여 있었다.

「어머, 아기가 너무 귀여워요!」 코니가 말했다. 「그리고 정말 많이 컸네요! 아가씨가 다 됐어요! 아가씨가요!」

그녀는 아기가 태어났을 때 숄을 선물로 주었고 크리스마스에는 셀룰로이드로 만든 오리들을 선물해 주었다.

「자, 조세핀! 널 보러 오신 분이 누구지? 이 분이 누구야, 조세핀? 채털리 마님이시네! 채털리 마님 알지, 그렇지?」

묘하고 활달한 귀여운 꼬맹이가 코니를 당돌하게 빤히 바라보았다. 마님이라는 호칭이 붙건 말건 아기에게는 마찬가지였다.

「이리 오렴! 나한테 와볼래?」 코니가 아기에게 말했다.

아기는 어떤 식으로든 반응을 보이지 않았다. 그래서 코니는 아기를 들어 올려 무릎에 앉혔다. 무릎에 아기를 앉히고 보듬으면 얼마나 따뜻하고 사랑스러운지! 그리고 그 부드럽고 앙증맞은 두 팔과 아무 생각 없이 제멋대로 버둥거리는 앙증맞은 두 다리는 어떤가.

「혼자서 대충 차를 한잔 마시려던 참이었어요. 루크가 시장에 가고 없어서 제가 마시고 싶을 때 아무 때나 차를 마실 수 있거든요. 차를 한잔 드시겠어요, 채털리 마님? 마님이 평소 드시던 것은 아니겠지만, 괜찮으시다면……?」

평소 드시던 것 어쩌고 하는 소리는 듣기 싫었지만 코니는 차를 마시겠다고 했다. 탁자가 거의 다시 차려졌고 가장 좋은 잔과 가장 좋은 찻주전자가 꺼내 놓여졌다.

「수고스럽게 그러지 않아도 되는데요!」코니가 말했다.

그러나 수고스럽게 그러지 않는다면 플린트 부인이 무슨 재미가 있겠는가! 그래서 코니는 아이와 놀아 주면서 아기의 계집애다운 당돌함에 즐거워했고 어린 아기의 부드럽고 따뜻한 몸에서 강한 육감적인 기쁨을 느꼈다. 어린 생명! 그리고 두려움이라곤 전혀 없는 존재! 완전히 무방비 상태라 오히려 두려움이라곤 없는 존재! 나이 든 사람들은 모두 두려움에 물들어 너무나 편협한데!

그녀는 다소 진한 차 한 잔과 아주 맛있는 버터 바른 빵, 병에 든 서양 자두를 먹었다. 플린트 부인은 코니가 멋진 기사라도 되는 양 흥분해서 발갛게 상기되어 반짝이는 얼굴로 새치름을 떨었다. 그리고 그들은 진짜 여자들끼리 나누는 수다를 떨었고 두 사람 모두 즐거워했다.

「그래도 차가 형편없네요.」플린트 부인이 말했다.

「집에서 마시는 것보다 훨씬 더 좋아요.」코니가 진심으로 말했다.

「아, 정말요?」플린트 부인은 당연히 그 말을 믿지 않았다.

그러나 마침내 코니가 자리에서 일어났다.

「이제 가봐야 해요!」그녀가 말했다. 「내가 어디 갔는지 남편이 모르거든요. 그이가 온갖 생각을 하며 걱정하고 있을 거예요.」

「마님이 여기 와 계시리라고는 생각도 못 하실 거예요.」플린트 부인이 신 나게 웃었다. 「사람을 시켜 외치고 다니며 마님을 찾고 있을 거예요.」

「잘 있어, 조세핀!」 코니가 아기에게 작별 키스를 하고 숱이 적은 아기의 빨간 머리카락을 쓰다듬어 헝클어 놓으며 말했다.

플린트 부인은 빗장을 걸어 잠가 놓은 앞문을 열어 주겠다고 우겼다. 코니는 쥐똥나무 울타리로 둘러싸인 농장의 자그마한 앞뜰로 나왔다. 길옆으로 노란 앵초가 두 줄로 벨벳처럼 아주 부드럽고 풍성하게 피어 있었다.

「노란 앵초들이 예쁘네요!」 코니가 말했다.

「제멋대로 피는 꽃들이죠. 루크가 그렇게 부른답니다!」 플린트 부인이 웃었다. 「몇 송이 꺾어 가세요!」

그러더니 그녀는 벨벳같이 부드러운 노란 앵초 꽃을 열심히 꺾었다.

「됐어요! 충분해요!」 코니가 말했다.

그들은 작은 정원 출입문에 이르렀다.

「어느 쪽으로 가시던 중이었어요?」 플린트 부인이 물었다.

「토끼 사육장 근처에요.」

「그렇다면! 아, 그렇지. 젖소들이 농장 울타리 안에 있네요. 그런데 아직 우리에 가두진 않았어요. 그런데 출입문이 잠겨 있어서 마님이 타고 넘어가셔야 할 거예요.」

「타고 넘어갈 수 있어요.」 코니가 말했다.

「울타리까지는 제가 모셔다 드릴게요.」

그들은 토끼가 뜯어 먹어 보잘것없는 목초지로 내려갔다. 숲에서는 새들이 저녁을 맞이한 기쁨에 힘차게 지저귀고 있었다. 한 남자가 마지막 남은 젖소들을 불러 모으고 있었고,

하도 밟고 다녀 풀이 별로 없는 목초지 위를 젖소들은 천천히 꾸물거리며 걸어가고 있었다.

「일꾼들이 오늘 밤에는 우유 짜는 일에 늦장을 부리네요.」 플린트 부인이 엄하게 말했다. 「그들은 루크가 어두워진 후에나 돌아올 거라는 걸 알고 있어요.」

그들은 울타리에 이르렀고 그 너머로는 어린 전나무 숲이 빽빽하게 들어서 있었다. 그곳에는 작은 출입문이 있었지만 잠겨 있었다. 문 안쪽 풀밭에는 빈 병이 하나 세워져 있었다.

「사냥터지기가 우유를 가져다 마시는 빈 병이에요.」 플린트 부인이 설명했다. 「우리가 병을 여기다 가져다 놓으면 그가 와서 직접 가져간답니다.」

「언제요?」 코니가 말했다.

「아, 아무 때나 이 근처에 올 때요. 아침에 자주 와요. 그럼 안녕히 가십시오, 채털리 마님! 그리고 꼭 다시 오세요! 마님을 뵙게 되어 정말 즐거웠어요.」

코니는 울타리를 넘어 빽빽하게 들어선 어린 전나무들 사이로 난 좁은 오솔길로 들어섰다. 플린트 부인은 목초지를 가로질러 오르막길을 뛰어서 되돌아갔다. 햇빛을 가리는 모자를 쓰고 있었는데, 그것은 그녀가 예전에 학교 선생이었기 때문이었다.

콘스턴스는 나무가 새로 빽빽하게 자라는 이곳 숲이 마음에 들지 않았다. 으스스하고 숨이 막히는 것 같았다. 그녀는 고개를 숙인 채 플린트 집안의 아기를 생각하며 서둘러 걸어 갔다. 귀여운 꼬마였다. 하지만 자기 아버지처럼 살짝 안짱다리가 될 것 같았다. 이미 그럴 조짐이 보였다. 그러나 어쩌면 자라면서 바로잡힐지도 모른다. 어쨌든 아기를 갖는 것은 얼마나 따뜻하고 만족스러운 일인가! 그리고 플린트 부인은 얼마나 아기를 자랑해 보였던가! 어쨌든 그녀는 코니가 갖지 못했고, 가질 수 없는 게 분명한 것을 가지고 있었다. 그랬다. 플린트 부인은 자기가 어머니라는 것을 자랑해 보였다. 그리고 코니는 그저 조금, 아주 조금 샘이 났다. 그녀로서는 어쩔 수 없는 일이었다.

코니는 깜짝 놀라 깊은 생각에서 깨어났고 두려움으로 짧게 비명을 질렀다. 한 남자가 거기 있었다.

사냥터지기였다. 그는 발람의 나귀[78]처럼 오솔길 한복판에 서서, 그녀가 가는 길을 막고 있었다.

「이게 어쩐 일이오?」 그가 놀라서 말했다.

「어떻게 왔어요?」 그녀가 숨을 헐떡이며 말했다.

「당신이야말로 어떻게 왔소? 오두막에 다녀갔소?」

「아니요! 아니에요! 메어헤이에 갔었어요.」

그는 그녀를 이상하다는 듯이, 탐색하는 듯이 바라보았고 그녀는 살짝 죄책감을 느끼며 고개를 숙였다.

「그러면 지금 오두막에 가던 중이었소?」 그가 다소 딱딱하게 물었다.

「아니요! 그럴 수 없어요! 메어헤이에 오래 있었어요. 아무

---

[78] 「민수기」 22장에 나오는 히브리의 예언자 발람의 나귀로 이스라엘을 저주하는 일을 하러 나선 발람을 경고하기 위해 하느님이 보낸 사자(使者)를 알아보고 길에서 꼼짝하지 않았다.

도 내가 어디에 있는지 몰라요. 늦었어요. 뛰어가야 해요.」

「그렇게 날 따돌리고 말이오?」 그가 비꼬듯이 희미하게 미소를 지으며 말했다.

「아니요! 아니에요! 그게 아니에요! 다만……!」

「그게 아니면 뭐란 말이오?」 그가 말했다. 그러고는 그녀에게 다가와 그녀를 한 팔로 감쌌다. 그녀는 그의 몸 앞쪽이 자신의 몸에 아주 가까이 닿아 살아 움직이는 것을 느꼈다.

「아, 지금은 안 돼요! 지금은 안 돼요!」 그녀가 소리를 지르며 그를 밀어내려고 애썼다.

「왜 안 된다는 거요? 6시밖에 안 되었소. 아직 30분 정도 시간이 있잖소. 아니, 안 되오! 난 당신을 원하오.」

그는 그녀를 꼭 껴안았고 그녀는 그의 절박함을 느꼈다. 예전이라면 그녀의 본능은 자유를 위해 싸웠을 것이다. 그러나 그녀 안의 다른 무엇인가가 이상해지고 무기력해지고 무거워졌다. 그녀의 몸을 누른 그의 몸은 절박했고 그녀에게는 싸우고 싶은 마음이 더 이상 없었다.

그는 주변을 둘러보았다.

「이리 와요, 이리로! 이리로 지나와요!」 그는 아직 어려 반도 자라지 않은 빽빽한 전나무들 사이를 뚫어질 듯 바라보며 말했다.

그는 그녀를 돌아보았다. 그의 눈은 긴장으로 반짝였고 거친 눈빛에는 사랑이 담겨 있지 않았다. 그러나 그녀는 자신의 의지를 잃어버렸다. 그녀의 팔다리가 이상하게 무거워졌다. 그녀는 굴복하고 있었다. 그리고 포기하고 있었다.

그는 지나가기 힘든 가시투성이 나무들이 울타리처럼 늘어선 사이로 그녀를 이끌고 죽은 가지들이 쌓인 작은 공간으로 데려갔다. 그는 마른 가지를 한두 개 땅에 던지고 그 위에 자기 외투와 조끼를 깔았다. 그녀는 짐승처럼 나뭇가지들 밑에 누워야 했고, 그동안 그는 셔츠와 바지 차림으로 그곳에 서서 홀린 듯한 눈으로 그녀를 쳐다보고 있었다. 그러나 여전히 그는 신중했다. 그는 그녀가 제대로, 잘 눕도록 했다. 그러나 그는 그녀의 속옷 끈을 끊어뜨리고 말았다. 그녀가 그를 돕지 않고 죽은 듯이 가만히 누워만 있었기 때문이다.

　　그 역시 옷을 풀어 젖혀 몸의 앞부분을 드러냈고 그녀는 그가 자기 몸속으로 들어올 때 그의 벌거벗은 몸이 살에 닿는 것을 느꼈다. 잠깐 동안 그는 그녀의 몸속에서 팽창한 채 떨면서 가만히 있었다. 그러다가 그가 갑자기 주체할 수 없는 오르가슴을 향해 움직이기 시작하자, 그녀의 몸속에서 새롭고 야릇한 흥분이 일어나 부드러운 불꽃들이, 깃털처럼 부드러운 불꽃들이 겹쳐서 너울거리는 것처럼 온몸으로 잔물결을 일으키며 굽이굽이 퍼지고, 퍼지고, 퍼져 나가다 최상의, 격렬한 광휘의 지점으로 치달아 그녀를 안에서 완전히 녹아내리게 만들었다. 그것은 종소리처럼 위로, 위로 울려 퍼져 나가 절정에 이르렀다. 그녀는 마지막 순간에 흥분한 나머지 짧은 비명을 질러 댔음에도 의식하지 못한 채 누워 있었다. 그러나 그것은 너무 빨리, 정말 너무 빨리 끝나 버렸다.

　　그리고 이제 그녀는 더 이상 스스로 움직여서 절정을 억지로 끌어낼 수가 없었다. 이것은 달랐다. 정말 달랐다. 그녀는 아무것도 할 수가 없었다. 그녀는 더 이상 자신의 만족을 위해 그를 단단히 붙잡고 쥘 수가 없었다. 그녀는 자기 몸속에서 그가 점점 움츠러들고 또 움츠러들고 줄어들다가 그녀의 몸에서 미끄러지듯 빠져나가 사라져 버릴 그 끔찍한 순간에 다가가고 있다는 것을 느끼면서, 기다리고 기다리며 마음속으로 신음할 뿐이었다. 그동안 그녀의 자궁은 활짝 열려 부드러워져 있었고, 파도에 흔들리는 말미잘처럼 부드럽게 아우성치고 있었다. 그에게 다시 들어와 그녀의 욕구를 충족시켜 달라고 아우성치고 있었다.

그녀는 열정에 사로잡혀 무의식적으로 그에게 매달렸고 그는 그녀에게서 결코 빠져나가지 않았다. 그리고 그녀는 자신의 몸속에서 그의 부드러운 봉오리가 꿈틀대며 이상한 리듬으로 그녀의 안을 채우더니 묘하고 율동적인 움직임으로 점점 커지면서 부풀어 올라 마침내 그녀의 분열되고 있는 모든 의식을 가득 채우는 것을 느꼈다. 그러다가 그것은 사실 움직임이라기보다 점점 더 깊어져 가는 순수한 감각의 소용돌이라 할 수 있는, 말로 표현할 수 없는 움직임을 다시 시작했다. 그 소용돌이가 그녀의 모든 조직과 의식 속으로 점점 더 깊이 소용돌이치면서 들어갔고 마침내 그녀는 하나의 완전한 동심원을 이루는 감정의 유동체가 되었다. 그리고 그녀는 그곳에 누워 자기도 모르게 불분명한 소리를 질러 댔다. 그것은 가장 깊은 밤에서 나오는 목소리였고 생명의 외침이었다. 그러자 남자는 자신의 생명력이 그녀의 몸속으로 분출될 때 자기 몸 밑에서 들려오는 그 소리를 일종의 경외심을 느끼며 들었다. 그리고 그 소리가 잦아들자 그도 역시 잦아들었고 아무것도 의식하지 못한 채 꼼짝도 않고 가만히 엎드려 있었다. 그동안 그를 붙잡고 있던 그녀의 힘이 서서히 빠지더니 그녀는 죽은 듯이 누워 있었다.

그렇게 그들은 아무것도 의식하지 못한 채, 서로의 존재조차 의식하지 못한 채 둘 다 멍하게 누워 있었다.

그러다가 마침내 그가 정신을 차리기 시작했고 자신이 무방비 상태로 벌거벗고 있음을 깨달았다. 그리고 그녀는 위에서 자기의 몸을 꼭 끌어안고 있던 그의 몸에서 힘이 서서히 빠지면서 그가 떨어져 나가는 것을 느꼈다. 그러나 마음속으로 그녀는 자신을 덮고 있던 그의 몸이 떨어져 나가는 것을 참을 수가 없었다. 그는 이 순간 영원히 그녀를 몸으로 덮어주어야만 했다.

그러나 그는 마침내 몸을 빼 물러나서 그녀에게 키스를 한 다음 옷으로 그녀를 덮어 주고 자신도 옷을 입기 시작했다. 그녀는 나뭇가지들 사이로 위를 바라보며 누워 있었지만 아직은 움직일 수가 없었다. 그는 일어서서 바지를 올려 단단히 여민 다음 주변을 둘러보았다. 사방이 울창했고 고요했다. 두려움에 휩싸인 개만이 앞발에 코를 박고 엎드려 있었다.

그는 다시 나뭇가지들 위에 앉아 아무 말 없이 코니의 손을 잡았다. 그녀는 고개를 돌려 그를 바라보았다.

「우리는 아까 함께 절정에 이르렀소.」 그가 말했다.

그녀는 대답하지 않았다.

「그렇게 되면 좋은 거요. 대부분의 사람들은 평생을 살아도 한 번도 그걸 경험하지 못하니까 말이오.」 그가 다소 꿈을 꾸는 것처럼 말했다.

그녀는 생각에 잠긴 그의 얼굴을 들여다보았다.

「정말요?」 그녀가 말했다. 「그래서 당신은 기쁜가요?」

그가 그녀의 눈을 마주 들여다보았다.

「기쁘오!」 그가 말했다. 「기쁘고말고! 하지만 신경 쓰지 마시오!」 그는 그녀가 말을 하지 않았으면 했다.

그는 그녀 위로 몸을 숙여 키스했다. 그리고 그녀는 그가 그렇게 영원히 자신에게 키스를 해줘야 한다고 느꼈다.

마침내 그녀가 일어나 앉았다.

「사람들이 함께 절정에 이르는 경우가 많지 않나요?」 그녀가 순진한 호기심을 보이며 물었다.

「상당히 많은 사람들이 한 번도 그러질 못하오. 사람들의 쌀쌀맞은 표정을 보면 알 수 있잖소.」 그는 이야기를 시작한 것을 후회하면서 마지못해 말했다.

「다른 여자들과도 그렇게 절정에 이르렀나요?」

그가 재미있다는 표정으로 그녀를 바라보았다.

「모르겠소.」 그가 말했다. 「난 모르겠소.」

그러자 그녀는 그가 자기에게 말하고 싶지 않은 것은 절대 말해 주지 않을 것임을 깨달았다. 그녀는 그의 얼굴을 바라보았고 그에 대한 열정이 그녀의 창자 속에서 꿈틀거렸다. 그녀는 할 수 있는 한 그 열정에 저항했다. 왜냐하면 그 열정에 굴복하는 것은 자기 자신을 잃는 것이었기 때문이다.

그는 조끼와 외투를 걸치고 수풀을 헤쳐서 다시 오솔길로 나아갔다. 마지막 남은 햇살이 비스듬히 숲을 비추고 있었다.

「함께 가지 않겠소.」그가 말했다.「그러는 게 나을 것 같소.」

그녀는 아쉬워하며 그를 바라본 다음 몸을 돌렸다. 그의 개는 그가 가기를 몹시 간절하게 기다리고 있었다. 그리고 그에게는 할 말이 아무것도 없는 것 같았다. 할 말이 전혀 남아 있지 않은 것 같았다.

코니는 천천히 집으로 걸어가면서 자기 속에 있는 다른 존재의 깊이를 깨달았다. 또 다른 자아가 그녀 안에서 살아나 자궁과 창자 속에서 불타오르며 부드럽고 예민하게 녹아내리고 있었다. 그리고 이 자아를 통해 그녀는 그를 흠모했다. 걸을 때 무릎에서 힘이 빠질 지경이 될 정도로 그녀는 그를 흠모했다. 자궁과 창자 속에서 이제 그녀는 흐르며 살아 있었고, 가장 순진한 여자로서 그에 대한 흠모로 약하고 무력해졌다.

「아기가 있는 것같이 느껴져!」그녀는 혼잣말을 했다.「내 몸 안에 아기가 있는 것같이 느껴져.」

정말 그랬다. 항상 닫혀 있었던 그녀의 자궁이 열려서 무거운 짐 같으면서도 사랑스러운, 새로운 생명으로 가득 채워진 것 같았다.

「아기를 가진다면!」그녀는 마음속으로 생각했다.「내 몸 안에 그를 아기로 가진다면!」

그러자 그 생각에 팔다리가 녹아내리는 것 같았다. 그리고 그녀는 자기 혼자 아기를 갖는 것과 자신의 창자가 사모하는 남자의 아기를 갖는 것이 엄청나게 다르다는 것을 깨달았다.

전자는 어떤 의미에서 평범해 보였다. 그러나 흠모하는 남자의 아이를 자기 창자와 자궁 속에 갖는 것은! 그 생각을 하자 그녀는 자신이 예전의 자아와 매우 달라졌으며, 모든 여성성의 중심으로, 창조의 잠 속으로 깊이깊이 빠져드는 듯한 기분이 들었다.

그녀에게 새로운 것은 열정이 아니었다. 그것은 갈망에 찬 흠모하는 마음이었다. 그녀는 자신이 항상 그것을 두려워했다는 것을 알고 있었다. 왜냐하면 그것은 그녀를 무력하게 만들기 때문이었다. 그녀는 여전히 그것이 두려웠다. 왜냐하면 그를 너무 많이 흠모하게 되면 자기 자신을 잃게 되고 자신의 존재가 지워져 없어질 터였기 때문이다. 그러나 그녀는 지워져 없어지고 싶지 않았다. 그것은 야만인 여자처럼 노예가 되는 것이었다. 그녀는 노예가 되어서는 안 되었다.

그녀는 자신의 안에 깃든 흠모하는 마음이 두려웠다. 그러나 그녀는 즉시 그것에 맞서 싸우지는 않을 것이다. 그녀는 자신이 그것에 맞서 싸울 수 있다는 것을 알고 있었다. 그녀는 가슴속에 악마 같은 자기 의지를 지니고 있었기 때문에 자궁과 창자에 충만한 부드럽고 무거운 흠모와 맞서 싸워 그것을 격파해 버릴 수 있었다. 그녀는 지금도 그렇게 할 수 있었다. 아니, 그녀는 그렇다고 생각했다. 그러면 그녀는 자신의 의지대로 자신의 열정을 다룰 수 있을 것이다.

아, 그렇다. 바쿠스를 섬기는 여사제[79]처럼, 바쿠스 예찬자

---

79 술과 환희의 신 바쿠스를 숭배한 여자들로 종교적인 광란 상태에서 야생 곰이나 사람을 갈기갈기 찢기도 했다.

처럼 정열적이 되어 숲 속을 미친 듯이 질주할 것이다. 배후에 어떠한 독립된 인격도 지니지 않고 오직 순수한 하인으로서 여자를 섬기는 신인 찬란한 남근 이아코스[80]를 찾아갈 것이다! 남자로서, 개인으로서의 그는 감히 끼어들지 못하게 하라. 그는 그저 신전의 하인이자, 그녀 자신의 것인 찬란한 남근을 지니고 그것을 지키는 존재일 뿐이었다.

그렇게 새로운 각성의 물결이 밀려들면서 예전의 그 딱딱했던 열정이 그녀 안에서 한동안 불타올랐고 그 남자는 경멸할 만한 대상으로, 여자를 섬기는 일을 다 하고 나면 갈기갈기 찢기게 될, 단순한 남근을 지닌 존재로 줄어들었다. 그녀는 자신의 팔다리와 몸에서 바쿠스를 섬기는 여사제의 힘을 느꼈다. 빛을 발하며 빠르게 달려들어 남성을 쓰러뜨리는 여성의 힘을 느꼈다.

그러나 이렇게 느끼는 동안, 그녀의 마음은 무거웠다. 그녀는 그 힘을 원하지 않았다. 그것은 이미 알려져 있는 것으로 생명을 낳지 못하는 불모의 힘이었다. 흠모하는 마음이야말로 그녀의 보물이었다. 그것은 도저히 헤아릴 수 없고 너무나 부드러우며 너무나 깊고 전혀 알려져 있지 않은 것이었다. 안 돼, 안 돼! 그녀는 딱딱하고 빛나는 여성의 힘을 포기할 것이다. 그녀는 그것이 싫어졌고 그것 때문에 온몸이 뻣뻣해져 있었다. 그녀는 새로운 생명의 목욕물 속에, 소리 없는 흠모의 노래를 부르는 자궁과 창자 깊은 곳에 푹 잠길 것이다. 남자

---

80 그리스 신화에서 제우스(때로는 디오니소스)의 아들이라고 말해지는데, 종종 디오니소스, 바쿠스와 동일시된다.

를 두려워하기에는 아직 일렀다.

「메어헤이로 걸어가서 플린트 부인과 차를 마셨어요.」 그녀가 클리퍼드에게 말했다. 「아기를 보고 싶었거든요. 빨간 거미줄 같은 머리카락이 얼마나 귀엽던지! 얼마나 예쁘던지! 플린트 씨는 장에 가서 없었어요. 플린트 부인과 아기와 함께 차를 마셨어요. 내가 어디 갔었는지 궁금했죠?」

「글쎄, 궁금했소. 그렇지만 당신이 어딘가에 들러 차를 마시고 있을 거라 짐작했소.」 클리퍼드가 질투하듯이 말했다.

일종의 통찰력으로 그는 그녀에게서 뭔가 새로운 것을, 그가 도저히 이해할 수 없는 뭔가를 감지했다. 그러나 그는 그것을 아기 탓으로 돌렸다. 그는 코니의 마음을 아프게 하는 것이 아기를 가질 수 없다는 것, 말하자면 자동적으로 아기를 낳을 수 없는 것뿐이라고 생각했다.

「마님이 공원을 가로질러 철대문 쪽으로 가시는 걸 봤어요.」 볼턴 부인이 말했다. 「그래서 전 마님이 목사관에 가시는 거라고 생각했어요.」

「그럴 뻔했죠. 그러다가 대신 메어헤이 쪽으로 방향을 바꿨어요.」

두 여자의 눈이 마주쳤다. 볼턴 부인의 회색 눈은 반짝이며 탐색하는 듯했고 코니의 파란 눈은 베일에 가린 듯 불분명하면서도 묘하게 아름다웠다. 볼턴 부인은 코니에게 연인이 생겼다고 거의 확신했다. 하지만 어떻게 해서 연인이 생겼을까? 상대가 누구일까? 도대체 그럴 남자가 어디서 나타났을까?

「아, 가끔 외출해서 사람들도 만나고 하시면 마님께 아주 좋을 거예요.」 볼턴 부인이 말했다. 「마님이 외출하셔서 사람들과 더 많이 어울리면 무척 좋을 거라고 클리퍼드 경께도 말씀드리고 있었어요.」

「그래요, 나도 나갔다 오니 좋네요. 그런데 정말 묘하고 귀엽고 당돌한 아기였어요, 클리퍼드!」 코니가 말했다. 「아기 머리가 꼭 거미줄처럼 밝은 오렌지색이었다니까요! 그리고 눈이 너무나 묘하고 당돌한 데다 꼭 연푸른 도자기 같았어요! 물론 계집아이였는데 사내아이라면 그렇게 당돌진 않을 거예요. 프랜시스 드레이크 경[81]처럼 용감한 꼬마라도 그 아기보다 당돌진 못할 거예요.」

「맞아요, 마님. 플린트 집안 꼬마들이 다 그렇답니다! 그 집안사람들은 언제나 좀 건방진 데다 머리 색깔이 모래 빛이랍니다.」 볼턴 부인이 말했다.

「그런데 당신도 아기를 보고 싶지 않아요, 클리퍼드? 당신에게 아기를 보여 주려고 그들에게 차를 마시러 오라고 초대했거든요.」

「누구 말이오?」 그가 코니를 몹시 거북한 표정으로 바라보며 물었다.

「플린트 부인하고 아기요. 다음 월요일에요.」

「위층 당신 방에서 차를 마시면 되겠군.」 그가 말했다.

「아, 당신은 아기를 보고 싶지 않아요?」 그녀가 소리쳤다.

「아, 보겠소. 그렇지만 차 마시는 내내 그들과 함께 앉아

---

81 Francis Drake(1540?~1596). 엘리자베스 1세 시대의 항해가, 제독, 탐험가. 스페인의 무적함대를 격파했다.

있고 싶진 않소.」

「아!」 코니가 불분명한 눈으로 그를 바라보며 말했다. 그러나 사실 그를 바라보고 있지도 않았다. 그는 어떤 다른 존재였다.

「마님 방에서 아늑하게 차를 드실 수 있을 거예요, 마님. 플린트 부인도 클리퍼드 경이 함께 계시는 것보다 더 편안해할 거고요.」 볼턴 부인이 말했다.

그녀는 코니에게 연인이 생겼다고 확신했다. 그리고 그녀의 영혼 속에서 뭔가가 크게 기뻐했다. 그런데 그는 누구일까? 도대체 누구일까? 어쩌면 플린트 부인이 단서를 제공해 줄지도 몰랐다.

코니는 그날 저녁에 목욕을 하지 않으려고 했다. 그의 살이 그녀의 몸에 닿았던 느낌, 그녀의 몸 위에 밀착되어 있던 바로 그 느낌이 그녀에게는 소중했고 어떤 의미에서는 신성했다.

클리퍼드는 몹시 불안해했다. 그는 저녁 식사 후에 그녀를 잡고 놓아주지 않았다. 그러나 그녀는 혼자 있고 싶은 마음이 너무나 간절했다! 그녀는 그를 바라보았지만 이상하게도 고분고분했다.

「놀이를 하겠소? 아니면 당신에게 책을 읽어 줄까? 아니면 뭘 할까?」 그가 불안하게 물었다.

「책을 읽어 줘요.」 코니가 말했다.

「뭘 읽어 줄까? 시 아니면 산문? 아니면 희곡?」

「라신[82]을 읽어 줘요.」 그녀가 말했다.

과거에는 진짜 프랑스식으로 장중하게 라신의 작품을 읽는 것이 그의 장기 중 하나였다. 그러나 그의 솜씨는 이제 녹슬었고 그는 다른 사람들 앞에 서는 것을 조금 꺼려 했다. 그는 사실 라디오 확성기를 듣는 것이 더 좋았다.

그러나 코니는 자기 옷 중 하나에서 잘라 낸 연노란색 비단으로 플린트 부인의 아기를 위해 작은 실내용 아동복을 짓고 있었다. 집으로 돌아온 후 저녁 식사를 기다리는 사이에 그녀는 천을 잘라 놓았다. 그리고 그녀는 자기만의 부드럽고 조용한 황홀경에 빠져 바느질을 하며 앉아 있었고 그동안 책을 읽는 소리는 계속되었다. 그녀는 장중한 종소리의 여운처럼 자신의 내부에서 울려 퍼지는 열정의 노랫소리를 느낄 수 있었다.

클리퍼드가 그녀에게 라신의 작품에 대해 무슨 말을 했다. 그녀는 그 말이 다 끝난 후에야 무슨 말인지 알아들었다.

「그래요! 맞아요!」 그녀는 그를 올려다보며 말했다. 「정말 대단해요.」

그는 그녀의 눈에 서린 깊고 푸른 불꽃에, 그리고 부드럽고 고요한 자태로 그곳에 앉아 있는 그녀의 모습에 다시 깜짝 놀랐다. 그녀는 그렇게 지극히 부드럽고 고요하게 앉아 있은 적이 없었다. 그녀의 몸에 감도는 어떤 향기에 도취된 것처럼 그는 그녀에게 맥없이 매료되었다. 그래서 그는 어찌할 도리 없이 계속 책을 읽어 나갔고 목을 울려 내는 프랑스어 소리는

82 Racine(1639~1699). 프랑스의 시인, 극작가. 17세기 프랑스 고전주의의 대표적 작가이다.

그녀에게 굴뚝 속에서 윙윙대는 바람 소리처럼 들렸다. 그녀에게는 라신의 작품이 한 마디도 귀에 들어오지 않았다.

새싹을 틔우려 하면서 봄의 희미하면서도 즐거운 신음 소리로 살랑거리는 숲처럼 그녀는 부드러운 환희에 취해 있었다. 그녀는 같은 세계 속에서 자신과 함께 그 남자가, 이름 없는 그 남자가 아름다운 발걸음으로, 남근의 신비에 싸여 아름답게 움직이는 것을 느낄 수 있었다. 그리고 자신의 몸속에서, 모든 혈관 속에서 그와 그의 아이를 느꼈다. 그와 그의 아이를. 그의 아이가 황혼의 빛처럼 그녀의 모든 혈관 속에서 흐르고 있었다.

> 그녀에게는 손도, 눈도, 발도, 황금빛
> 보물 같은 머리칼도 없나니 —[83]

그녀는 마치 숲 같아서, 짙게 우거져 얽힌 참나무 숲이 수많은 잎눈을 틔우며 들리지 않는 노래를 흥얼거리는 것 같았다. 그동안 욕망의 새들은 복잡하게 얽힌 그녀 몸속의 드넓은 숲에서 잠이 들었다.

그러나 클리퍼드의 목소리는 특이한 소리로 탁탁거리기도 하고 꾸르륵거리는 소리를 내기도 하면서 계속 이어졌다. 그 목소리가 얼마나 이상했던지! 넓은 어깨에 진짜 다리라고는 할 수 없는 다리를 달고, 기묘하고 탐욕스러우면서도 교양

---

83 스윈번의 『해뜨기 전의 노래Songs Before Sunrise』(1871), 「순례자들 Pilgims」, 2장 6~7행.

있는 모습으로 책 위로 몸을 수그린 그의 모습이 얼마나 이상했던지! 무슨 기괴한 새처럼 날카롭고 차가운 불굴의 의지를 지니고 있지만 따뜻함이라고는 눈곱만큼도 없는 그는 얼마나 이상한 존재인지! 그는 영혼은 없지만 비상하게 예리한 의지, 차가운 의지를 지닌, 내세(來世)에서 온 괴물이었다. 그녀는 그가 무서워져서 살짝 몸서리를 쳤다. 그러나 그때 부드럽고 따뜻한 생명의 불꽃은 그보다 더 강했고, 진정한 것들은 그가 보지 못하도록 감추어졌다.

책 읽기가 끝났다. 그녀는 깜짝 놀랐다. 그녀는 위를 올려다보다 클리퍼드가 창백하고 섬뜩한 눈빛으로, 증오라 할 수 있는 눈빛으로 자신을 바라보는 것을 보고 더욱더 깜짝 놀랐다.

「정말 고마워요! 당신은 라신을 정말 아름답게 읽어요!」 그녀가 부드럽게 말했다.

「당신이 그의 작품에 귀를 기울인 것만큼만 아름답게 말이지.」 그가 잔인하게 말했다.

「무엇을 만들고 있소?」 그가 물었다.

「플린트 부인의 아기에게 줄 옷을 만들고 있어요.」

그는 고개를 돌렸다. 아이! 아이! 그녀는 오로지 그것에만 집착했다.

「결국 말이오.」 그가 낭독조의 목소리로 말했다. 「우리는 원하는 것을 전부 라신에게서 얻을 수 있소. 형태를 부여받은 정돈된 감정이 무질서한 감정보다 더 중요하오.」

그녀는 크고 흐릿하며 분명치 않은 눈으로 그를 바라보았다.

「감정을 아무렇게나 풀어 놓음으로써 현대 세계에는 저속해진 감정만이 존재할 뿐이오. 우리에게 필요한 것은 고전적인 절제요.」

「맞아요!」 백치 같은 감정만 담긴 라디오 소리에 멍한 얼굴로 귀를 기울이던 그의 모습을 떠올리며 그녀가 천천히 말했다. 「사람들은 감정을 지닌 척하지만 사실 그들은 아무것도 느끼지 못하죠. 낭만적이라는 건 바로 그런 것일 뿐이라고 난 생각해요.」

「맞소!」 그가 말했다.

사실 그는 피곤했다. 오늘 저녁 그는 지쳤다. 차라리 기술 서적을 읽거나 탄광 감독을 만나거나 아니면 라디오를 듣는 편이 더 나았을 것이다.

볼턴 부인이 엿기름을 넣은 우유를 두 잔 들고 들어왔다. 클리퍼드에게는 잠을 잘 잘 수 있게 해주고 코니에게는 다시 살이 붙게 하기 위한 것이었다. 그것은 볼턴 부인의 제안으로 잠자리에 들기 전에 꼬박꼬박 마시는 음료였다.

코니는 자기 잔을 마시고 나자 자기 방으로 가게 된 데 기뻐했고, 잠자리에 드는 클리퍼드를 도울 필요가 없게 된 데 감사했다. 그녀는 그의 잔을 집어 쟁반에 올려놓은 다음 밖에 내놓기 위해 쟁반을 들었다.

「잘 자요, 클리퍼드! 푹 자요! 라신의 작품은 꿈처럼 사람의 마음속으로 들어오네요. 잘 자요!」

그녀는 의식하지 못하는 사이에 문 앞으로 갔다. 그에게 잘 자라는 키스도 하지 않은 채 나가고 있었다. 그는 날카롭고 차가운 시선으로 그녀를 바라보았다. 그렇다! 그가 책을 읽어 주며 저녁 시간을 함께 보냈음에도 불구하고 그녀는 그에게 잘 자라는 키스조차 하지 않았다. 그녀에게 그렇게 깊은 무정함이 있다니! 설사 키스가 그저 형식적인 것에 지나지 않는다 해도 삶이 의지하고 있는 것은 바로 그런 형식적인 것들이었다. 그녀는 정말로 볼셰비키주의자였다. 그녀의 본능은 볼셰비키적이었다! 그는 그녀가 나간 방문을 차갑게, 화가 나서 노려보았다. 분노가 치밀었다!

그리고 다시 밤의 공포가 엄습해 왔다. 그는 신경 조직으로 짜인 그물과 같았다. 때문에 분발해서 일을 하며 기운이 넘치거나, 라디오를 들으면서 완전히 중성(中性)적인 상태가 되지 않으면 위험하게 덮쳐 오는 공허감과 불안에 시달렸다. 그는 두려웠다. 그리고 코니는 마음만 먹으면 그에게서 두려움을 쫓아 줄 수 있었다. 그러나 그녀에게는 그럴 마음이 없다는 것이, 그렇게 할 마음이 조금도 없다는 것이 분명했다. 그녀는 무정하고 차가웠으며 그가 그녀를 위해 해준 모든 것에 무감각했다. 그는 그녀를 위해 자기의 삶을 포기했는데 그녀는 그에게 무감각했다. 그녀는 오로지 자기가 하고 싶은 대로만 하려고 했다. 〈숙녀는 자신의 의지를 사랑한다네.〉[84] 이제 그녀가 집착하는 것은 바로 아기였다. 그리고 그 아기는 그녀의, 온전히 그녀만의 아기이고 그의 아기는 아니어야 했다.

클리퍼드는 그의 처지를 감안했을 때 무척 건강한 편이었

---

84 「네 개의 사랑Four Loves」이라는 전래 가요에 나오는 구절. 〈수사슴은 고원 지대를 사랑하고, 토끼는 언덕을 사랑하고, 기사는 빛나는 검을 사랑하고, 숙녀는 자신의 의지를 사랑한다네.〉

다. 얼굴은 아주 건강해 보였고 혈색이 좋았으며, 어깨는 넓고 튼튼했으며, 가슴은 벌어졌고, 그동안 살도 올랐다. 그럼에도 불구하고 그는 죽음을 두려워했다. 끔찍한 빈 구멍이, 공허가 어디선가 그를 위협하는 것 같았고 이 공허 속으로 그의 힘이 무너져 내릴 것 같았다. 힘이 없으면 그는 때로 자신이 죽었다고, 정말로 죽었다고 느꼈다.

그래서 약간 튀어나온 그의 창백한 눈은 은밀하면서도 조금 잔인하고 몹시 냉정해 보이는 묘한 눈빛을 띠고 있었다. 동시에 그 눈빛은 거의 건방져 보이기까지 했다. 이런 눈빛은 힘든 삶에도 불구하고 삶에 대해 승리하고 있는 것처럼 보이는 아주 묘한 눈빛이었다. 〈의지의 신비를 누가 알리오. 의지는 천사와 대적해서도 승리할 수 있으니.〉[85]

그러나 그가 두려워하는 것은 잠을 이룰 수 없는 밤이었다. 그럴 때면 무섭기 짝이 없었는데, 소멸의 공포가 사방에서 그를 옥죄었다. 그럴 때면 삶다운 삶을 살지 않고 그저 존재한다는 것이, 생명 없이 한밤에 존재한다는 것이 정말로 끔찍했다.

그러나 이제는 종을 울려 볼턴 부인을 부를 수 있었다. 그러면 그녀는 항상 그에게 와주곤 했다. 그것은 커다란 위안이었다. 그녀는 실내복 차림으로 땋은 머리를 등에 늘어뜨린 채오곤 했다. 땋아 내린 갈색 머리에 흰 새치가 섞여 있긴 해도 그 모습은 이상하게 소녀 같았고 아련해 보였다. 그리고 그

---

85 에드거 앨런 포Edgar Allan Poe(1809~1849)의 단편소설 「리지아 Ligeia」(1838)의 제사(題詞)를 변형한 것.

녀는 그에게 커피나 카밀레 차를 타주고 함께 체스를 두거나 피케 게임을 하곤 했다. 그녀는 여자 특유의 묘한 능력으로, 4분의 3 정도 잠에 취해 비몽사몽 상태일 때조차 체스를 잘 둘 수 있어서 호락호락하게 그녀를 이길 수 없을 정도였다. 그래서 밤의 고요하고 친밀한 분위기 속에서 그들은 독서용 등불이 외롭게 비춰 주는 불빛 아래 앉아서, 아니 그녀는 앉고 그는 침대에 누워 그녀는 잠에 취해 정신이 거의 몽롱한 상태에서, 그는 일종의 두려움에 사로잡혀 정신이 거의 몽롱한 상태에서 게임을 계속했다. 그러다가 그들은 함께 커피를 마시고 비스킷을 먹으며 — 밤의 고요 속에서 이야기도 거의 나누지 않았지만 — 서로에게 안도감을 주었다.

그리고 오늘 밤 그녀는 채털리 부인의 연인이 누구인지 궁금해하고 있었다. 그리고 오래전에 죽었지만 자신에게만은 결코 죽은 사람이 아닌 남편 테드에 대해 생각하고 있었다. 그리고 그를 생각하자 세상에 대한, 특히 고용주들에 대한 케케묵은, 오랜 원한이 — 그들이 남편을 죽였다는 원한이 솟구쳤다. 사실 그들이 그를 죽인 것은 아니었다. 그러나 그녀의 감정상으로는 그들이 그를 죽인 거나 마찬가지였다. 그리고 그것 때문에 그녀는 마음속 깊은 곳 어디에선가는 허무주의자였고 진짜 무정부주의자였다.

비몽사몽 상태에서 테드에 대한 생각과 채털리 부인에게 생긴 미지의 연인에 대한 생각이 섞이자 그녀는 클리퍼드 경과 그가 상징하는 모든 것에 대한 커다란 원한을 코니와 공유하고 있는 듯한 기분이 들었다. 그 와중에도 그녀는 클리퍼드와 피케를 하고 있었고 두 사람은 6펜스짜리 내기를 하고 있었다. 준남작과 피케를 하고 그에게 6펜스를 잃는다는 것조차 만족감의 원천이 되었다.

카드놀이를 할 때면 그들은 항상 내기를 했다. 그렇게 하면서 그는 자기 자신을 잊을 수 있었다. 그리고 대개는 그가 이겼다. 오늘 밤도 역시 그가 이기고 있었다. 그래서 그는 첫새벽이 올 때까지 잠을 자려고 하지 않았다. 다행히도 새벽 4시 반 정도에 동이 트기 시작했다.

이 시간 내내 코니는 잠자리에 들어 곤하게 자고 있었다. 그러나 사냥터지기 역시 편히 쉴 수가 없었다. 그는 닭장 문을 닫고 숲을 한 바퀴 순찰한 다음 집으로 가서 저녁을 먹었다. 그러나 그는 잠자리에 들지 않았다. 대신 난롯가에 앉아 생각에 잠겼다.

그는 테버셜에서 보낸 어린 시절과 대여섯 해 정도의 결혼 생활에 대해 생각했다. 아내에 대해 생각할 때는 항상 괴로웠다. 그녀는 몹시 사나워 보였다. 그러나 1915년 봄에 입대한 이후 지금까지 한 번도 그녀를 만난 적이 없었다. 그러나 그녀는 5킬로미터도 떨어지지 않은 곳에서, 예전보다 더 사나워져서 살고 있었다. 그는 사는 동안 그녀를 다시 보는 일이 없기를 바랐다.

그는 군인으로 해외에서 보낸 삶에 대해 생각했다. 인도, 이집트, 다시 인도에서 보낸 시절, 말과 함께 맹목적이고 분별없이 살던 생활, 그를 사랑해 주고 그가 사랑했던 대령, 장교로, 대위가 될 가능성이 컸던 중위로 보낸 몇 년간의 삶에 대해 생각했다. 다음에는 폐렴으로 인한 대령의 죽음과 그 자신이 구사일생으로 살아난 일, 건강이 악화되고 심하게 불안감에 시달린 일, 군대를 제대하고 영국으로 돌아와 다시 노동자가 된 것에 대해 생각했다.

그는 삶과 적당히 타협하고 있었다. 그는 이 숲에서는 적어도 당분간은 안전할 것이라고 생각했었다. 숲은 아직 사냥을 전혀 할 수 없는 상태라, 그는 꿩을 기르기만 하면 되었다. 엽총 시중을 들 일은 없을 것이다. 그는 혼자서 삶으로부터 떨어져서 살게 될 것이고 그것이 그가 바라는 전부였다. 그에게는 눈에 띄지 않고 살 수 있는 곳이 필요했다. 그리고 이곳은 그의 고향이었다. 그에게 큰 의미가 있는 존재였던 적은 없지만 어머니도 이곳에 있었다. 그리고 그렇게 관계도 맺지 않고, 희망 없이, 그저 하루하루 연명하면서 삶을 이어 나갈 수 있었다. 왜냐하면 그는 자기 자신을 어떻게 해야 할지 알지 못했기 때문이다.

그는 자기 자신을 어떻게 해야 할지 몰랐다. 몇 년 동안 장교로 지냈고, 아내와 가족을 거느린 다른 장교와 관리 들과 섞여 지냈기 때문에 그는 〈출세하겠다〉는 모든 야심을 잃어버렸다. 그들을 알아 갈수록 중산층과 상류 계급에는 집요함, 캐묻기 좋아하는 묘한 집요함과, 활력이 없는 면이 있었다. 그 때문에 그는 그들에 대해 냉정한 마음을 갖게 되었고 자신은 그들과 다르다는 느낌을 받았을 뿐이었다.

그래서 그는 자신이 속한 계급으로 돌아왔다. 돌아온 계급에서 그는 여러 해 동안 집을 떠나 있으면서 잊고 있었던 것,

인색함과 혐오스럽기 그지없는 저속한 태도를 발견했다. 그는 이제 태도가 얼마나 중요한지 마침내 인정하게 되었다. 또한 동전 반 닢이나 삶의 자잘한 일들에 대해 걱정하지 않는 척하는 것조차 얼마나 중요한지 인정하게 되었다. 그러나 서민들에게는 걱정하지 않는 척하는 태도가 전혀 없었다. 베이컨 값이 1페니 싸거니 비싸거니 하는 문제가 복음서가 바뀌는 것보다 더 끔찍한 일이었다. 그는 그것을 참을 수가 없었다.

그리고 다시 임금 분쟁이 있었다. 지배 계급 속에서 살아본 적이 있었기 때문에 그는 임금 분쟁에 대해 어떤 해결책을 기대하는 것이 전혀 쓸데없는 짓이라는 것을 알고 있었다. 죽음 외에는 해결책이 전혀 없었다. 유일한 방법은 신경 쓰지 않는 것, 임금에 대해 신경 쓰지 않는 것이었다.

그러나 가난하고 불쌍한 처지의 사람들은 신경을 써야만 했다. 어쨌든 임금은 그들이 정말로 신경 쓰는 유일한 것이 되어 가고 있었다. 돈에 대한 걱정은 커다란 암 덩어리처럼 모든 계급의 사람들을 좀먹고 있었다. 그는 돈에 대해 신경 쓰지 않기로 했다.

그러면 그다음에는 어떻게 되지? 돈에 대해 신경 쓰는 것 말고 삶이 제공해 주는 게 뭐지? 아무것도 없었다.

그러나 그는 혼자서, 혼자 있는 것에서 희미한 만족감을 느끼며 살 수 있었다. 결국에는 아침 식사 후에 사냥 나온 피둥피둥 살찐 남자들의 총에 맞아 죽을 꿩을 기르면서. 그것은 지극히 쓸모없고, 헛된 일이었다.

그러나 왜 신경 쓰고, 왜 고민하는가! 그리고 그는 지금까지, 이 여자가 그의 삶 속으로 들어오기 전까지는 신경을 쓰지도, 고민을 하지도 않았다. 그는 그녀보다 거의 열 살이 많았다. 그리고 밑바닥에서 시작한 인생 경험으로 따져 보면 그녀보다 천 살은 더 많았다. 그들의 관계는 점점 더 가까워지고 있었다. 그는 그 관계가 맞물려서 결국에는 함께 살아야만 하는 날이 오리라는 것을 알 수 있었다. 〈사랑의 결박은 풀어내기 힘드나니!〉

그러면 그다음에는 어떻게 할까? 그다음에는 어떻게 해야 하는 것일까? 딛고 일어설 만한 것이 하나도 없는 마당에 꼭 다시 시작해야 하는 것일까? 이 여자와 엮여야만 할까? 그녀의 불구 남편과 끔찍한 싸움을 벌여야 할까? 그리고 또한 자기를 미워하는 사나운 아내와 어떤 식이든 끔찍한 싸움을 벌여야 할까? 고통스러운 일이다! 너무 고통스러운 일이다! 그리고 그는 더 이상 젊지도, 낙천적이지도 않았다. 태평스러운 성격도 아니었다. 가혹하고 추한 온갖 일이 그에게 상처를 줄 것이다. 그리고 그 여자에게도 상처를 줄 것이다.

그러나 설사 클리퍼드 경과 자신의 아내에게서 벗어난다 해도, 다음에는 그들이 무엇을 할 것인가? 그 자신은 무엇을 할 것인가? 삶을 어떻게 살아갈 것인가? 무슨 일이든지 해야 했다. 그녀의 돈과 몇 푼 안 되는 자신의 연금에 기대 살아가는 식객이 될 수는 없었다.

그것은 도저히 해결이 안 되는 문제였다. 미국으로 가서 새로운 일을 시작해 보는 것 말고는 아무 생각도 떠오르지 않았다. 그는 달러를 전혀 믿지 않았다. 그러나 어쩌면, 어쩌면 다른 것이 있을지도 모른다.

그는 편히 쉴 수도, 잠자리에 들 수도 없었다. 자정까지 고민을 하며 망연자실하게 앉아 있다가, 그는 갑자기 의자에서 벌떡 일어나 외투와 총을 집어 들었다.

「자, 나가자.」 그가 개에게 말했다. 「밖에 나가는 게 제일 좋겠다.」

별이 총총한 밤이었지만 달은 뜨지 않았다. 그는 천천히 꼼꼼하게 살펴보며 소리 나지 않게 살금살금 순찰을 돌았다. 그가 싸워야 할 유일한 대상은 토끼를 잡으려고 덫을 놓는 광부들, 특히 메어헤이 쪽의 스택스 게이트 광부들이었다. 그러나 지금은 번식철이라 광부들조차 그것을 조금은 배려해 주었다. 그럼에도 불구하고 밀렵꾼들을 찾아 살금살금 순찰을 돌다 보면 신경이 진정되었고 마음속에서 여러 가지 생각을 떨쳐 버릴 수 있었다.

그러나 천천히 주의 깊게 담당 구역을 순찰하고 나자 ─ 거의 8킬로미터를 걷는 거리였기 때문에 ─ 피곤했다. 그는 언덕 꼭대기로 가서 사방을 살펴보았다. 작업을 한 번도 멈춘 적이 없는 스택스 게이트에서 들려오는 기계 끌리는 소리를 제외하고는 아무 소리도 들리지 않았고, 공장에 줄지어 늘어선 환한 전깃불을 제외하고는 거의 아무 불빛도 보이지 않았다. 세상은 어둠과 자욱한 연기 속에 잠겨 잠자고 있었다. 2시 반이었다. 그러나 잠들어 있으면서도 세상은 불안하고 잔인해서 기차 소리나 도로를 달리는 큰 화물차 소리로 들썩거렸고, 용광로에서 솟구치는 번개 같은 장밋빛 섬광으로 번

쩍거렸다. 그것은 철과 석탄, 철의 잔인함과 석탄의 연기, 그 모든 것을 몰아대는 끝없는, 끝이 없는 탐욕의 세계였다. 오로지 탐욕, 잠든 상태에서도 꿈틀대는 탐욕이었다.

날씨가 추워서 그는 기침을 했다. 날카로운 찬바람이 언덕 위로 불어왔다. 그는 그 여자를 생각했다. 지금 이 순간 그녀를 따뜻하게 껴안고, 같이 담요 한 장에 감싸여 잘 수만 있다면 자신이 갖고 있거나 앞으로 갖게 될 모든 것을 내놓을 수 있을 것 같았다. 지금 이 자리에 그녀가 있어 담요 한 장에 같이 따뜻하게 감싸여 함께 잠을, 그저 잠을 잘 수 있다면, 영원에 대한 모든 희망과 과거로부터 얻은 모든 것을 내줄 수 있을 것 같았다. 그 여자를 품에 안고 잠드는 것, 그것만이 유일하게 필요한 것처럼 여겨졌다.

그는 오두막으로 가서 담요로 몸을 감싸고 바닥에 누워 잠을 청했다. 그러나 추워서 그럴 수가 없었다. 게다가 그 자신의 불완전한 본성이 참담하게 느껴졌다. 홀로 존재하는 자신의 불완전한 상태가 참담하게 느껴졌다. 그는 그녀를 원했다. 그녀를 만지고 싶었고, 그녀를 꼭 껴안으며 한순간 완전함을 느끼며 잠이 들고 싶었다.

그는 다시 일어나서 밖으로 나가 이번에는 공원 출입문 쪽으로 발을 내딛고는 천천히 저택으로 가는 오솔길을 따라 걸었다. 거의 4시가 되었고 날씨는 여전히 맑고 추웠지만 새벽이 올 기미는 보이지 않았다. 그는 어둠에 너무나 익숙해져 있어서 어둠 속에서도 잘 볼 수 있었다.

천천히, 천천히 큰 저택이 마치 자석처럼 그를 끌어당겼다.

그는 그녀 가까이에 있고 싶었다. 그것은 욕망이 아니었다. 그런 게 아니었다. 그것은 불완전하게 홀로 있다는 참담한 의식, 자신의 품에 말없이 안겨 있을 여자를 원하는 참담한 의식이었다. 어쩌면 그녀를 볼 수 있을지도 모른다. 어쩌면 그녀에게 소리쳐서 자기에게 오라고 하거나 그녀를 찾아갈 수 있는 길을 알아낼 수 있을지도 모른다. 그만큼 그 필요성이 너무도 절실했다.

그는 천천히, 조용히 저택으로 가는 오르막길을 올라갔다. 그런 다음 언덕 꼭대기에 있는 커다란 나무들을 돌아 자동차 진입로로 갔다. 자동차 진입로는 현관 앞의 마름모꼴 풀밭을 웅장하게 빙 두르며 이어져 있었다. 저택의 넓고 평평한 마름모꼴 풀밭에 서 있는 두 그루의 우람한 너도밤나무가 어두운 대기 속에 거무스름한 형체를 우뚝 드러낸 모습이 벌써 그의 눈에 들어왔다.

저택은 낮고 길고 어렴풋하게 서 있었고 아래층의 클리퍼드 경의 방에서만 불빛 하나가 타오르고 있었다. 그는 그곳이 클리퍼드 경의 방이라는 것을 알고 있었다. 그러나 그녀가, 이토록 무자비하게 그를 끌어당기는 약한 끈의 한쪽 끝을 붙잡고 있는 여자가, 어느 방에 있는지는 알지 못했다.

그는 총을 손에 쥐고 더 가까이 다가가서 저택을 바라보며 자동차 진입로에 꼼짝도 하지 않고 서 있었다. 어쩌면 이제는 그녀를 찾아내 어떻게든 그녀에게 갈 수 있을지도 모른다. 저택은 난공불락이 아니었다. 그는 도둑처럼 영리했다. 그녀에게 가지 못할 이유가 어디 있겠는가?

그가 꼼짝도 하지 않고 서서 기다리는 동안 새벽이 등 뒤에서 희미하게, 눈치채지 못하게 밝아 오고 있었다. 그는 집 안의 마지막 불빛이 꺼지는 것을 보았다. 그러나 그는 볼턴 부인이 창가로 와서 진한 파란색의 낡은 실크 커튼을 걷고 어두운 방에 서서 새벽이 다가오면서 어슴푸레하게 밝아 오는 밖을 내다보고 있는 것을 보지 못했다. 그녀는 간절히 바라던 새벽이 오기를 기대하면서 클리퍼드가 이제는 정말로 날이 밝았다고 확신하게 되기를 기다리고, 또 기다리고 있었다. 왜냐하면 그는 새벽이 왔다는 것을 확인하고 나면 금세 잠이 들었기 때문이다.

그녀는 창가에서 잠에 취해 거의 아무것도 보이는 않는 눈으로 기다리고 있었다. 그렇게 서 있다가 그녀는 깜짝 놀라 비명을 지를 뻔했다. 왜냐하면 자동차 진입로에 한 남자가 새벽의 어스름 속에 검은 형상을 한 채 서 있었기 때문이다. 그녀는 창백한 얼굴로 지켜보았지만 클리퍼드 경이 깨지 않도록 아무 소리도 내지 않았다.

새벽은 바스락거리며 세상으로 들어오기 시작했고 검은 형체는 점점 더 작아지고 더 또렷해지는 것 같았다. 그녀는 총과 각반과 헐렁한 웃옷을 알아보았다. 사냥터지기인 올리버 멜러스 같았다. 맞았다. 왜냐하면 그곳에는 개가 그림자처럼 킁킁거리고 냄새를 맡고 돌아다니며 그를 기다리고 있었기 때문이다!

저 남자가 대체 뭘 원하지? 집안사람들을 깨우고 싶어 하는 걸까? 무엇 때문에 저곳에 꼼짝도 안 하고 서서 암캐가 사는 집 밖을 서성이는 상사병 걸린 수캐처럼 저택을 올려다보는 걸까?

어머나! 한 가지 깨달음이 총알처럼 볼턴 부인의 뇌리를 스치고 지나갔다. 그가 채털리 부인의 연인이었다! 그였다! 바로 그였다!

맙소사! 세상에, 그녀, 아이비 볼턴 자신도 한때 그를 살짝 사랑한 적이 있었다. 그가 열여섯 살 청년이고 그녀가 스물여섯 살 때였다. 그때 그녀는 공부를 하고 있었고 그는 해부학과 그녀가 배워야 하는 여러 가지 공부를 많이 도와주었다. 그는 똑똑한 청년이었고 셰필드 문법학교에서 장학금을 탔으며 프랑스어와 여러 가지를 배웠다. 그러다가 결국에는 말편자를 만드는 대장장이 십장이 되었는데, 말을 좋아하기 때문이라고 그 이유를 말했다. 그러나 사실은 밖으로 나가 세상과 대면하기가 무서워서였지만 그는 그것을 절대 인정하지 않았다.

그러나 그는 정말로 훌륭한 청년이었고, 그녀를 많이 도와주었으며, 여러 가지를 명쾌하게 이해시켜 주는 재주가 있었다. 그는 클리퍼드 경만큼 똑똑했고 항상 여자들에게 인기가 있었다. 사람들 말로는 남자들보다 여자들과 더 잘 지냈다.

스스로를 괴롭히기 위해서인 것처럼 그가 버사 쿠츠와 결혼해 버릴 때까지는 그랬다. 어떤 사람들은 스스로를 괴롭히기 위해 결혼하는 경우가 있는데, 그것은 그들이 뭔가에 실망했기 때문이다. 그리고 그런 결혼이 실패하는 것은 당연하다. 전쟁 내내, 몇 년간 그는 사라졌다. 그리고 중위 비슷한 지위에 올랐고 진짜 신사가, 정말로 진짜 신사가 되었다! 그러다가 테버셜로 돌아와 사냥터지기가 되었다! 사실 어떤 사람들은 기회가 생겼을 때 그것을 잡지 못한다! 그가 실제로는 신사처럼 말하는 법을 알고 있다는 것을 그녀가, 아이비 볼턴이 알고 있는데도 그는 최하층 사람처럼 다시 걸죽한 더비셔 사투리를 썼다.

아니, 저런! 그러니까 마님이 그에게 반한 것이었다! 하기야 그 남자에게 반한 게 마님이 처음은 아니었다. 그에게는 뭔가 특별한 점이 있었다. 하지만 기가 막혀서! 테버셜에서 태어나 자란 청년과 랙비 저택의 마님이 연인 사이라니! 세상에, 그것은 지체 높고 막강한 채털리 가문에 대한 모욕이었다!

그러나 그는, 사냥터지기는, 날이 밝아 오자 깨달았다. 소용없는 짓이다! 자신의 고독함을 없애려 노력해 봐야 소용없는 짓이다. 그냥 떠안고 살아야 한다. 평생 동안 말이다. 단지 가끔, 아주 가끔씩만 그 빈자리가 채워질 것이다. 가끔씩만! 그러나 그럴 때를 기다려야 한다. 우리 자신이 혼자라는 사실을 받아들여서 그것을 평생 떠안고 살아야 한다. 그런 다음 가끔씩 그 빈자리가 채워질 때가, 그때가 오면 그것을 받아들여야 한다. 그러나 그런 때란 스스로 찾아오는 것이지 억지로 오게 할 수는 없는 것이다.

그녀를 쫓아 이곳으로 그를 이끌었던 피 말리는 욕망이 딱 하고 꺾였다. 그래야만 한다고 생각했기 때문에 그는 욕망을 꺾어 버렸다. 양쪽에서 함께 다가오는 것이어야 한다. 그래서 그녀가 그에게 다가오지 않으면 그가 그녀를 쫓아다니지는 않을 것이다. 그래서는 안 되었다. 그는 그녀가 다가올 때까지 멀리 떨어져 있어야만 했다.

그는 고독을 다시 받아들이며 천천히, 생각에 잠긴 채 돌아섰다. 그는 그렇게 하는 것이 더 낫다는 것을 알고 있었다. 그녀가 그에게 다가와야 했다. 그가 그녀를 쫓아다녀 봐야 소용없었다. 아무 소용없었다!

볼턴 부인은 그가 사라지는 것과 개가 그 뒤를 쫓아 달려가는 것을 보았다.

「이런, 세상에!」 그녀가 말했다. 「저 남자일 줄은 꿈에도 생각 못 했는데. 하지만 저 남자일 거라고 짐작할 수는 있었을 것 같아. 총각 때 나한테 참 잘해 주었는데. 내가 테드를 잃은 뒤에 말이야. 나, 참! 저기 누워 있는 저 사람이 안다면 과연 뭐라고 말할까!」

그리고 그녀는 조용히 방을 걸어 나오면서 이미 잠들어 있는 클리퍼드를 의기양양하게 힐끗 쳐다보았다.

# 제11장

 

 

 

코니는 잡동사니를 넣어 두는 랙비의 방 하나를 정리하고 있었다. 그런 방이 여러 개 있었다. 저택에는 방이 토끼장처럼 빽빽이 들어서 있었고 채털리 가문 사람들은 물건을 절대 팔지 않았다. 제프리 경의 아버지는 그림을 좋아했고 제프리 경의 어머니는 16세기 이탈리아 가구를 좋아했다. 제프리 경 자신은 교회에서 제구를 넣는, 조각이 새겨진 오래된 참나무 궤들을 좋아했다. 그렇게 물건을 수집하는 일이 대대로 계속되었다. 클리퍼드는 매우 현대적인 그림들을 수집했는데, 무척 싼값으로 사들였다.

그래서 창고로 쓰는 방에는 형편없는 에드윈 랜시어[86]와 한심한 수준의 윌리엄 헨리 헌트[87]의 새 둥지 그림들이 있었다. 또한 왕립 미술원 회원의 딸인 코니를 경악하게 하는 수준의 다른 왕립 미술원 화가의 그림들도 있었다. 어느 날 그

---

86 Edwin Landseer(1802~1873). 동물을 주로 그린 영국의 인기 화가.
87 William Henry Hunt(1790~1864). 과일, 채소, 새와 새장 같은 정물화로 가장 잘 알려진 화가.

녀는 방 안을 샅샅이 조사해서 그것들을 치우기로 결심했다. 그녀는 기묘하게 생긴 가구들에 흥미가 생겼다.

파손되거나 썩지 않게 보관하기 위해 꼼꼼하게 포장해 놓은 것이 있었다. 자단(紫檀) 나무로 만들어진, 가문 대대로 내려오는 오래된 요람이었다. 그녀는 그것을 풀어서 살펴보지 않을 수가 없었다. 그 요람에는 어떤 매력이 있었다. 그녀는 그 요람을 한참 동안 들여다보았다.

「이 요람을 앞으로 쓸 일이 없다니 참 유감이에요.」 코니를 거들던 볼턴 부인이 한숨을 쉬며 말했다. 「저런 요람들이 요즘에는 구식이 되긴 했지만요.」

「앞으로 쓸 일이 생길지도 모르죠. 내가 아기를 가질 수도 있으니까요.」 코니는 새 모자가 하나 생길지도 모른다고 말하는 것처럼 아무렇지 않게 말했다.

「마님 말씀은…… 클리퍼드 경이 혹시 어떻게 되신다면 그렇다는 말씀인가요?」 볼턴 부인이 더듬거리며 물었다.

「아니요! 지금 이런 상태에서도 그럴 수 있다는 말이에요. 클리퍼드 경은 그냥 근육이 마비된 것뿐이에요. 그게 그 사람의 능력에는 아무 영향도 미치지 않아요.」 코니는 숨 쉬는 것처럼 자연스럽게 거짓말을 했다.

그런 생각을 그녀에게 불어넣어 준 사람은 클리퍼드였다. 그가 전에 이렇게 말한 적이 있었다. 〈물론 나도 아직은 아기를 가질 수 있을지 모르오. 내가 정말로 병신이 된 것은 절대 아니니 말이오. 설사 엉덩이와 다리 근육은 마비되었다 해도 성적 능력은 쉽게 돌아올지 모르오. 그러면 그때 정자를 당신

에게 옮길 수 있을 거요.〉

그는 힘이 솟구쳐서 탄광 문제에 몰두해서 열심히 일할 때면 정말로 자신의 성적인 능력이 회복되고 있는 것 같은 기분을 느꼈다. 그런 그의 모습을 코니는 깜짝 놀라서 바라보았다. 그러나 그녀는 그가 넌지시 비친 생각을 자신을 보호하기 위해 이용할 만큼 충분히 머리가 잘 돌아갔다. 왜냐하면 그녀는 할 수만 있으면 아이를 가질 작정이었지만 그것이 그의 아이는 아닐 터였기 때문이다.

볼턴 부인은 놀라서 잠깐 동안 숨이 막혔다. 그러다가 그녀는 그 말을 믿지 않게 되었다. 그녀는 그 말에 계략이 숨어 있다는 것을 알아차렸다. 그러나 요즘에는 의사들이 실제로 그런 일을 할 수 있다. 어쩌면 정자를 이식할 수 있을지도 모른다.

「그래요, 마님. 그렇게 되기를 바라며 기도드릴 뿐이에요. 그렇게 되면 마님께, 그리고 모두에게 정말 기쁜 일일 거예요. 정말이지, 랙비에 아기가 생긴다면 이곳이 굉장히 많이 달라질 거예요!」

「그럴 거예요!」 코니가 말했다.

그런 다음 그녀는 60년 전에 왕립 미술원 화가가 그린 그림 세 점을 쇼틀랜즈 공작 부인이 주최하는 다음 자선 바자회에 보내기 위해 골라 놓았다. 〈바자회 공작 부인〉으로 불리는 그녀는 항상 상류 계급의 모든 인사에게 바자회에서 팔 물건들을 보내 달라고 요청했다. 그녀는 액자에 끼운 왕립 미술원 화가의 그림 세 점을 받고 기뻐할 것이다. 어쩌면 그 그림들을 구실로 랙비를 방문할지도 모른다. 그녀가 방문했을 때 클리퍼드가 얼마나 불같이 화를 냈는지!

그런데 맙소사! 볼턴 부인은 혼자 속으로 생각하고 있었다. 〈마님이 지금 우리에게 마음의 준비를 시키고 있는 게 바로 올리버 멜러스의 아이죠? 이런, 세상에. 랙비 가문의 요람에 테버셜의 아기가 누워 있게 되겠군요, 저런! 그건 너무 수치스러운 일 아닌가요?〉

이 창고용 방에 있던 여러 끔찍한 물건 중에는 옻칠이 된 커다란 검은색 상자가 있었다. 60~70년 전쯤에 훌륭한 솜씨로 독창적으로 만들어진 이 상자에는 상상할 수 있는 온갖 물건이 갖추어져 있었다. 맨 위 칸에는 소형 화장 도구 일습이 있었는데 솔, 병, 거울, 빗, 작은 상자들 그리고 심지어는 안전 칼집 속에 들어 있는 작고 예쁜 면도칼 세 개, 면도용 사발과 온갖 것이 있었다. 그 아래 칸에는 문방구 일습이 들어 있었는데 압지와 펜, 잉크병, 종이, 봉투, 메모용 수첩이 갖추어져 있었다. 다음 칸에는 크기가 다른 가위 세 벌, 골무, 바늘, 명주실과 무명실, 감침질용 둥근 돌 등 바느질 도구 일습이 완벽하게 갖추어져 있었다. 모든 것이 최상의 품질로 완벽하게 완성된 제품들이었다. 다음 칸에는 아편 팅크제,[88] 몰약 팅크제, 정유(精油),[89] 정향(丁香) 등의 딱지가 붙은 빈 병들이 들어 있는 작은 약장이 있었다. 모든 것이 완전히 새것이었

---

88 동물이나 식물에서 추출한 약물이나 화학 물질을 알코올이나 알코올 수로 침출하거나 용해한 것으로 일반적으로 10퍼센트 정도의 농도이다.

89 향수.

다. 그리고 전부 다 닫아 놓으면 상자 전체가 작고 불룩한 주말여행용 가방 정도의 크기밖에 되지 않았다. 그리고 안쪽은 모든 것이 퍼즐 조각처럼 꼭 들어맞았다. 병 안에 든 것들이 흘러넘칠 일은 전혀 없었다. 꽉 차서 그럴 틈이 없었다.

이 물건은 기가 막히게 잘 고안되고 만들어진 것으로, 탁월한 솜씨로 제작된, 빅토리아 시대 양식의 정수를 보여 주는 작품이었다. 그러나 어딘지 기괴해 보였다. 채털리 가문의 누군가도 틀림없이 그렇게 느꼈던 것 같았다. 그것은 한 번도 사용된 적이 없었다. 그것은 묘하게도 영혼이 빠져 있는 것처럼 보였다.

그러나 볼턴 부인은 전율했다.

「얼마나 아름다운 솔들인지 좀 보세요! 굉장히 비싼 거예요! 심지어는 면도용 솔도 있어요! 예쁘고 훌륭한 칫솔들 좀 보세요! 완벽한 칫솔이 세 개나 있어요! 아니, 저 가위들 좀 보세요! 돈으로 살 수 있는 것 중 최고네요. 아, 정말 **훌륭**하다고 밖에는 할 말이 없네요!」

「그래요?」 코니가 말했다. 「그럼 가져요.」

「아, 아니에요. 마님!」

「정말이에요! 어차피 세상이 끝날 때까지 여기 내팽개쳐져 있을 텐데요. 부인이 받지 않으면 그림들과 함께 공작 부인에게 보낼 거예요. 그런데 공작 부인한테 그렇게 많이 주기는 아까워요. 어서 받아요!」

「아이고, 마님! 뭐라 감사드려야 할지 모르겠네요……」

「그럴 필요 없어요.」 코니가 웃었다.

그리고 볼턴 부인은 커다란 검은 상자를 품에 안고 흥분해서 빨갛게 달아오른 얼굴로 가볍게 걸어내려 갔다.

베츠 씨가 이륜마차에 그 상자와 함께 그녀를 마을에 있는 그녀의 집으로 태워다 주었다. 그녀는 친구 몇 사람을 초대해 상자를 자랑하지 않을 수가 없었다. 학교 선생님과 약제사의 아내, 그리고 출납계장의 아내인 위던 부인이 왔다. 그들은 상자를 훌륭하다고 생각했다. 그러고는 채털리 부인의 아기에 대해 쑥덕거리기 시작했다.

「놀라운 일들이 끝이 없네요!」 위던 부인이 말했다.

그러나 볼턴 부인은 아이가 정말로 태어난다면 그것이 클리퍼드 경의 아기일 것이라고 확신한다고 말했다. 그러니 다른 소리 말라고!

얼마 지나지 않아 교구 목사가 클리퍼드에게 조심스럽게 말했다.

「그런데 랙비에 상속자가 태어날 것이라는 기대를 정말로 해도 될까요? 아, 그렇게 된다면 하느님께서 자비로운 손길로 도우신 거겠죠. 정말로요!」

「글쎄요! 희망을 가져도 되겠죠.」 클리퍼드가 약간 빈정거리면서도 동시에 어떤 확신을 가지고 말했다. 그는 얼마 전부터 정말로 자기 아이가 태어날지도 모른다고 믿기 시작한 터였다.

그러던 어느 날 오후에 모두가 지주 나리 윈터라 부르는 레슬리 윈터가 찾아왔다. 그는 마르고 티 하나 없이 깔끔한 일흔 살의 노인으로 볼턴 부인이 베츠 부인에게 말했듯이 구석구석 완벽한 신사였다. 머리부터 발끝까지 속속들이 정말로 신사였다! 그리고 구식으로 허허 웃으며 이야기하는 그는 주머니 가발[90]보다 더 구식처럼 보였다. 시간은 쏜살같이 날아가면서 이렇게 멋진 헌 깃털들을 떨어뜨린다.

그들은 탄광에 대해 이야기를 나누었다. 클리퍼드는 자기 탄광에서 나오는 질이 썩 좋지 않은 석탄조차 단단한 농축 연료로 만들어, 일정한 습기와 산성기를 함유한 공기를 상당히 강한 압력에서 가하면, 엄청난 열을 내며 연소할 것이라고 생각했다. 오랫동안 관찰된 바에 따르면, 특별히 강하고 습기 찬 바람이 불 때면 갱구가 매우 선명하게 불타면서 거의 연기를 내지 않은 채 분홍색 자갈로 서서히 변하는 대신 고운 재를 남긴다고 했다.

「그런데 그런 연료를 연소시킬 수 있는 적당한 기계 장치를 어디서 구할 건가?」 윈터가 물었다.

「제가 직접 그런 기계를 만들어 제가 직접 만든 연료를 사용할 겁니다. 그렇게 해서 전기를 팔려고요. 틀림없이 그렇게 할 수 있을 겁니다.」

「자네가 그렇게 할 수만 있다면 더할 나위 없이 좋은 일이지. 여보게, 허! 대단할 걸세! 내가 조금이라도 도움이 될 수 있다면 기쁘겠네. 난 조금 시대에 뒤떨어진 사람이고 내 탄광들도 나와 비슷하지. 그러나 누가 알겠는가! 내가 가고 나면 자네 같은 사람들이 뒤를 이을지 말이야. 대단해! 그렇게 되

---

90 18세기에 유행했던 것으로 늘어뜨린 머리를 싸는 주머니가 달린 가발이다.

면 사람들을 전부 다시 고용하게 될 것이고, 자네는 석탄을 팔 필요가 없거나, 팔려고 할 때 팔지 못하는 일이 없어지겠지. 멋진 생각이야. 성공하기를 바라네. 나한테 아들이 있다면 그 애들도 시플리를 위해 현대적인 생각을 해낼 텐데 말이야. 틀림없이 그럴 텐데! 그런데, 여보게. 랙비에 상속자가 태어날 것이라는 희망을 가져도 된다는 소문이 있던데 무슨 근거라도 있는 건가?」

「그런 소문이 있나요?」 클리퍼드가 말했다.

「글쎄, 이보게. 필링우드에 사는 마셜이 내게 묻더군. 내가 소문에 대해 아는 건 그게 전부일세. 물론 근거 없는 말이라면 다시는 그런 말을 입에 올리지 않겠네.」

「글쎄요, 영감님.」 클리퍼드가 어색해하면서, 그러나 이상하게 반짝이는 눈빛으로 말했다. 「희망이 있습니다. 희망이 있어요.」

윈터가 방을 가로질러 걸어와서는 클리퍼드의 손을 꽉 쥐었다.

「여보게, 그 말이 내게 얼마나 큰 의미인지 자네는 모를 걸세! 자네가 아들을 얻을 수 있다는 희망을 가지고 노력하고 있고, 테버셜 사람들을 전부 다시 고용할 수 있을지도 모른다는 말을 듣게 되다니. 아, 여보게! 자네 가문의 지위를 유지하고, 일하고 싶어 하는 사람 누구에게나 일자리를 줄 수 있게 된다니!」

노인은 정말로 감격해했다.

다음 날 코니는 유리 화병에 기다란 노란색 튤립을 꽂고 있었다.

「코니.」 클리퍼드가 말했다. 「당신이 랙비에 아들을, 상속자를 낳아 줄 거라는 소문이 돈다는 걸 알고 있소?」

코니는 깜짝 놀란 나머지 정신이 아득해지는 기분을 느꼈지만 가만히 서서 꽃을 만졌다.

「아니요!」 그녀가 말했다. 「농담인가요? 아니면 악의로 그러는 건가요?」

그는 잠시 뜸을 들이다가 대답했다.

「둘 다 아니길 바라오. 난 그게 예언이기를 바라오.」

코니는 꽃을 계속 꽂았다.

「오늘 아침에 아버지한테서 편지를 받았어요.」 그녀가 말했다. 「알렉산더 쿠퍼 경이 7월과 8월 동안 베네치아에 있는 에스메랄다 별장으로 나를 초대했대요. 아버지가 초대를 수락했는데 내가 그것을 알고 있는지 궁금해하세요.」

「7월과 8월이라 했소?」 클리퍼드가 말했다.

「아, 두 달 동안 꼬박 머물진 않을 거예요. 당신은 정말 안 갈 거예요?」

「난 외국 여행은 하지 않을 거요.」 클리퍼드가 곧바로 말했다.

그녀는 꽃을 창가로 가져갔다.

「내가 가는 것도 싫어요?」 그녀가 말했다. 「이번 여름에는 그렇게 하기로 약속했던 거 알잖아요.」

「얼마나 가 있을 거요?」

「3주 정도요.」

잠깐 동안 침묵이 흘렀다.

「글쎄!」 클리퍼드가 천천히, 약간 우울하게 말했다. 「3주 정도는 견딜 수 있을 것 같소. 당신이 돌아오고 싶어 한다는 걸 내가 완전히 확신할 수만 있다면 말이오.」

「돌아오고 싶을 거예요.」 그녀가 조용히 간단하게, 굳게 확신하는 태도로 말했다. 그녀는 마음속으로 다른 남자를 생각하고 있었다.

클리퍼드는 그녀가 확신하고 있다고 느꼈고 어쨌든 그녀를 믿었다. 그는 돌아오겠다는 그녀의 확신이 자기 때문이라고 믿었다. 그는 무한한 안도감을 느끼며 즉시 기분이 밝아졌다.

「그렇다면 말이오.」 그가 말했다. 「그렇게 해도 괜찮을 것 같소. 그렇지 않소?」

「나도 그렇게 생각해요.」 그녀가 말했다.

「당신은 변화를 즐기겠지?」

그녀는 묘하게 푸른 눈으로 그를 올려다보았다.

「베네치아를 다시 보고 싶어요.」 그녀가 말했다. 「그리고 호수 건너편에 있는 조약돌이 깔린 섬에서 수영하고 싶어요. 그렇지만 당신도 알다시피 리도[91]는 정말 싫어요. 그리고 알렉산더 쿠퍼 경과 쿠퍼 부인이 마음에 들 것 같지는 않아요. 그래도 힐다 언니랑 함께 있으면…… 그리고 우리끼리 따로 곤돌라를 쓰게 된다면, 그래요, 상당히 괜찮을 거예요. 당신도 함께 가면 정말 좋을 텐데요.」

그녀는 진심으로 말했다. 그녀는 이런 식으로라도 정말로

91 아름다운 해안으로 유명한 베네치아 근처의 섬으로 지금은 베네치아 영화제가 열리는 곳이다.

그를 행복하게 해주고 싶었다.

「아, 그렇지만 파리 북부 정거장[92]이나 칼레의 부두에서 내가 하고 있을 꼴을 생각해 보시오!」

「그게 뭐 어때서요? 전쟁에서 부상당한 다른 남자들이 들것 모양의 의자를 타고 여행하는 모습이 보이던데요. 게다가 우리는 계속 모터 달린 의자로 다닐 거잖아요.」

「장정 둘을 데려가야 할 거요.」

「아, 아니에요! 필드가 있으니까 나머지 한 사람은 거기서 언제든지 구할 수 있을 거예요.」

그러나 클리퍼드는 고개를 저었다.

「올해는 말고, 여보! 올해는 안 되오! 내년에는 어쩌면 시도해 볼 수 있을 거요.」

그녀는 우울한 마음으로 그곳을 나왔다. 내년이라! 내년에는 무슨 일이 일어날까? 그녀는 사실 베네치아에 가고 싶지 않았다. 지금은 아니었다. 지금은 다른 남자가 있었다. 그러나 그녀는 일종의 훈련 삼아 갈 예정이었다. 그리고 또한 아기가 생기면 클리퍼드는 베네치아에서 그녀에게 연인이 생겼다고 생각할 수 있을 것이다.

벌써 5월이었고 6월에 출발할 예정이었다. 항상 이렇게 계획된 일들! 항상 계획된 일이 있는 생활! 우리를 일하게 하고 몰아대지만 우리가 전혀 통제할 수 없는 수레바퀴들!

---

92 영국에서 가는 승객들을 실은 기차는 칼레의 배-기차 부두를 경유해서 파리의 북부 철도 터미널에 도착한다. 클리퍼드는 이 여행에 대한 자신의 당혹감을 상상한다.

5월이었지만 다시 추워졌고 비가 왔다. 옥수수와 목초가 자라기에 좋은, 춥고 비 오는 5월! 요즘에는 옥수수와 목초가 대단히 중요하니까! 코니에게 어스웨이트에 가야 할 일이 생겼다. 그들 소유의 작은 읍인 그곳에서 채털리 가문 사람들은 여전히 바로 그 지체 높은 채털리 가문 사람들로 대접받고 있었다. 그녀는 필드가 운전하는 차로 혼자 그곳에 갔다.

5월이고 신록이 만발했음에도 불구하고 그 고장은 음울했다. 날씨는 다소 쌀쌀했고, 비에는 연기가 섞여 있었으며, 공기 속에서는 일종의 배기가스 같은 증기가 느껴졌다. 사람들은 자신들의 저항력으로 살아야만 할 뿐이었다. 이곳 사람들이 험악하고 거친 것은 당연했다.

자동차는 길고 지저분하게 흩어져 있는 테버셜 마을과 검게 때가 탄 벽돌집들, 날카로운 모서리를 번쩍이는 검은 슬레이트 지붕들과 석탄 가루로 시커먼 진흙, 비에 젖은 검은 포장도로 사이로 오르막길을 힘겹게 달렸다. 그것은 마치 음울함이 모든 것들 속으로 구석구석 젖어 든 것 같았다. 자연의 아름다움이 완전히 사라지고, 삶의 즐거움이 완전히 사라져 버린, 모든 새와 짐승이 지닌 균형미에 대한 본능이 완전히 부재하는, 인간의 직관력이 완전히 죽어 버린 풍경은 무시무시했다. 잡화점에 산더미처럼 쌓인 비누들과 야채 가게의 대황과 레몬들, 모자 가게에 걸려 있는 끔찍한 모자들이 모두 흉하고, 지저분하고, 보기 싫은 모습으로 지나갔다. 그다음에는 〈한 여자의 사랑!〉이라고 적힌 영화 광고판이 비에 젖은 채 걸려 있는, 회반죽에 금박을 입힌 혐오스러운 모습의 영화관이 지나갔다. 그 뒤를 이어 새로 지은 커다란 초기 감리교파 예배당이 나타났는데, 삭막한 벽돌 건물에 초록빛과 자줏빛 유리로 된 커다란 창들이 달린 모습은 원시적이라고 하기에 충분했다. 좀 더 높이 솟은 웨슬리파 예배당은 거무스름해진 벽돌 건물로 철제 울타리와 거무스름해진 관목 숲 뒤쪽에 서 있었다. 스스로를 더 우월하다고 생각하는 조합 교회파[93]의 예배당은 앞면을 거칠게 처리한 사암으로 지어졌고 그리 높지 않은 첨탑이 있었다. 바로 그 너머에 있는 새로 지은 학교 건물들은 비싼 분홍색 벽돌로 지어졌고 자갈 깔린 운동장을 철제 울타리가 둘러싸고 있어서 모두 아주 웅장해 보였고 예배당과 감옥을 동시에 연상시켰다. 5학년 여학생들이 음악 수업을 받으면서 라 ― 미 ― 도 ― 라 발성 연습을 막 마치고 「즐거운 어린이 노래」를 시작하고 있었다. 그보다 더 노래답지 않은 것을, 자연스러운 노래답지 않은 것을 상상하기란 불가능할 것이다. 이상한, 내지르는 고함소리가 대충 곡조를 따라갔다. 그것은 야만인들이 내는 소리와 달랐다. 야만인들이 내는 소리에는 미묘한 리듬이 있었다. 그것은 짐승들이 내는 소리 같지도 않았다. 짐승들이 큰 소리를 낼 때는 무엇인가를 의미한다. 세상의 그 어떤 소리와도 비슷하지 않았음에도 불구하고 그 소리는 노래라고 불렸다. 코니는 필드가 차에 연료를 채우는 동안 우울한 마음으로 앉아서 그 소리를 들었다. 살아 있는 직관력은 완전히 상실하고, 그저 기묘하고

93 각 교회가 신도들의 자치를 통해 독립적으로 운영되는 영국 청교도의 한 종파.

기계적인 고함 소리와 섬뜩한 의지력만 남아 있는 그런 국민이 도대체 어떻게 될 것인가?

석탄 마차가 빗속에 절거덕거리는 소리를 내며 언덕 아래로 내려오고 있었다. 필드는 언덕 위를 향해 차를 몰기 시작했고 크기는 하지만 따분해 보이는 포목점과 옷 가게들과 우체국을 지나 쓸쓸한 곳에 있는 작은 시장으로 들어섰다. 선술집이 아니라 여관이라고 자처하는, 외판원들이 묵고 가는 〈태양〉 여관의 문간에서 샘 블랙이 밖을 내다보다가 채털리 부인의 차에 대고 꾸벅 절을 했다.

교회는 멀리 왼쪽에 검은 나무들 속에 서 있었다. 차는 언덕 아래로 미끄러지듯 내려가서 〈광부들의 팔〉 옆을 지나갔다. 차는 이미 〈웰링턴〉과 〈넬슨〉, 〈세 개의 술통〉, 〈태양〉 여관을 지났고 이제는 〈광부들의 팔〉을 지나 〈기계공들의 회관〉을, 다음에는 새로 지은, 거의 현란해 보이는 〈광부들의 복지관〉을 지났고 새로 지은 몇 채의 〈별장들〉을 지나 거무스름한 산울타리와 진녹색 들판 사이로 난 시커먼 길로 들어서서 스택스 게이트로 향했다.

테버셜! 그것이 바로 테버셜이었다! 즐거운 영국[94]이라고! 셰익스피어의 영국이라고! 아니었다. 코니가 이 속에 들어와 살게 된 후 깨달은 것처럼 이곳이 바로 오늘날의 영국이었다. 그것은 돈과 사회적, 정치적 측면에서는 지나치게 의식적이

94 바질 후드Basil Hood(1864~1917)의 가사에 에드워드 저먼Edward German(1862~1936)이 곡을 붙인 영국의 희극 오페라로 중세부터 산업혁명 초기까지 널리 퍼져 있던 목가적인 전원생활 방식에 토대를 둔 영국 사회와 문화에 대한 유토피아적인 개념을 보여 준다.

면서, 자연스럽고 직관적인 측면에서는 죽어 있는, 그저 죽어 있을 뿐인 새로운 인류를 만들어 내고 있었다. 그들 모두 반은 죽은 시체였지만 나머지 반은 끔찍하고 고집스러운 의식을 지니고 있었다. 그 모든 것에는 섬뜩하고 비밀스러운 뭔가가 있었다. 그것은 저승 세계였다. 그리고 전혀 헤아릴 수 없었다. 반쯤 죽은 시체들 속에 나타나는 반응을 어떻게 이해할 것인가? 매틀록으로 소풍을 가려고 떠나는 셰필드의 철강 노동자들을, 인간같이 생긴 기묘하고 뒤틀린 자그마한 존재들을 가득 태운 커다란 화물 트럭들을 보았을 때, 코니는 창자에 기운이 빠지는 것 같았고 다음과 같은 생각이 들었다. 〈아, 하느님. 도대체 인간은 다른 인간에게 무슨 짓을 한 건가요? 도대체 인간의 지도자들은 동료 인간들에게 무슨 짓을 해오고 있는 건가요? 그들은 동료 인간들을 인간답지 못한 수준으로 전락시켜 버렸고 이제는 더 이상 동료애라는 것이 전혀 존재할 수 없게 되었습니다! 그저 악몽 같은 세상이 되었습니다.〉

그녀는 물밀듯이 밀려오는 공포 속에서 그 모든 것에 대해 잿빛의, 생생한 절망을 다시금 느꼈다. 저런 존재들이 산업 노동자 대중을 형성하고 있고, 상류 계급은 그녀가 아는 대로라면 희망은, 더 이상 희망이라곤 없었다. 그럼에도 불구하고 그녀는 아기를, 랙비의 상속자를 원하고 있었다! 랙비의 상속자! 그녀는 두려움으로 몸을 떨었다.

그러나 멜러스도 이 모든 것 속에서 나왔다. 그랬다. 그러나 그는 그녀만큼이나 이 모든 것에서 동떨어져 있었다. 그에게조차 인간에 대한 동료애는 전혀 남아 있지 않았다. 그것은 죽어 있었다. 동료애는 죽어 있었다. 이 모든 것에 관한 한, 멀리 떨어져 있는 것과 절망만 남아 있었다. 그리고 이것이 영국, 거대한 몸집을 지닌 영국이었다. 그 중심에서 차를 타고 지나오면서 코니는 그것을 깨달았다.

차는 스택스 게이트를 향해 올라가고 있었다. 비가 그쳐 가고 있었고 대기 중에는 묘하게 맑은 5월의 빛이 나타나기 시작했다. 그 지방은 남쪽으로는 피크 고원 지대를 향해, 동쪽으로는 맨스필드와 노팅엄을 행해 길게 굽이치듯 기복을 이루며 뻗어 나갔다. 코니는 남쪽으로 가고 있었다.

높은 지대로 올라감에 따라 왼쪽으로, 기복을 이루며 굽이치는 땅 위의 높은 곳에 웅장한 크기의 워숍 성이 짙은 회색 빛으로 어렴풋이 보였고, 그 아래로는 불그스름한 회벽을 바른 새로 지은 광부들의 주택들이 보였으며, 그 아래로는 공작과 다른 주주들의 호주머니를 매년 수천 파운드씩 채워 주는 커다란 탄갱에서 시커먼 연기와 흰 수증기가 구름처럼 솟아오르는 것이 보였다. 웅장한 고성은 폐허가 다 되었지만 여전히 그 큰 덩치를 나지막한 지평선 위에 걸치고, 아래쪽의 축축한 대기 위로 물결치는 검은 뭉게구름과 흰 뭉게구름을 내려다보며 솟아 있었다.

모퉁이를 돌아서 그들은 높은 평지를 계속 달려 스택스 게이트를 향해 갔다. 큰길에서 보이는 스택스 게이트의 풍경이라고는 거대하고 호화로운 새 호텔, 빨간색과 하얀색에 금박을 입힌 〈코닝스비 문장(紋章)〉이 길에서 벗어나 황량하게 동떨어져 서 있는 모습뿐이었다. 그러나 자세히 바라보면 왼편으로 줄줄이 서 있는 멋진 〈현대적인〉 주택들이 도미노 게임을 하기 위해 세워 놓은 패처럼 놓여 있었는데, 공터와 정원이 딸려 있어서 마치 어떤 괴상한 〈도미노 도사들〉이 놀란 땅 위에서 묘한 도미노 게임을 벌이고 있는 것 같았다. 그리고 이 주택가 너머 뒤쪽으로는 거대할 뿐만 아니라 인간에게 이전에는 전혀 알려지지 않았던 형체를 지닌 정말로 현대적인 모습의 광산과 화학 공장들과 긴 갱도들이 너무나 놀랍고 무서울 정도로 머리 위로 높이 솟아 있었다. 탄광의 주축대와 갱구 자체는 거대한 신식 시설들 속에서 보잘것없어 보였다. 그리고 이 탄광 앞에는 도미노 패처럼 세워진 집들이 일종의 놀라움에 사로잡힌 채 계속 서서 게임이 시작되기를 기다리고 있었다.

이것이 전쟁 이후 지상에 새로 생겨난 스택스 게이트였다. 그러나 사실 코니조차 모르고 있었지만 〈호텔〉에서 아래쪽으로 1킬로미터쯤 내려간 곳에는 오래된 작은 탄갱과 거무스름한 낡은 벽돌집들, 예배당 한두 곳, 가게 한두 곳, 작은 술집 한두 곳이 있는 옛 스택스 게이트가 있었다.

그러나 그곳은 더 이상 스택스 게이트에 포함되지 않았다. 연기와 증기가 만들어 내는 거대한 구름들이 위쪽의 새 공장들에서 솟아올랐고 그곳이 이제는 스택스 게이트였다. 예배당도, 술집도, 가게조차 없었다. 단지, 모든 신들을 숭배하는 신전들이 있는 현대의 올림피아라 할 수 있는 거대한 〈공장들〉, 다음으로는 시범 주택들, 그다음으로는 호텔만 있었다.

호텔은 일류처럼 보였지만 사실 광부들의 술집일 뿐이었다.

코니가 랙비에 온 이후 이 새로운 곳이 지상으로 솟아올랐고, 시범 주택들은 어딘지 모를 곳에서 몰려온 어중이떠중이들로 가득 채워졌다. 그들은 다른 일을 하면서 틈틈이 클리퍼드의 토끼를 밀렵했다.

차가 고지대를 따라 계속 달리자 기복을 이루며 펼쳐진 그 고장의 모습이 보였다. 이 고장! 한때는 자랑스럽고 당당한 고장이었다. 앞쪽으로 지평선 마루 위에 걸쳐서 다시 어렴풋이 모습을 드러낸 것은 거대한 덩치의 화려한 채드윅 저택으로, 벽보다 창이 더 많은 부분을 차지하는 그 건물은 엘리자베스 여왕 시대의 가장 유명한 저택 중 하나였다. 저택은 커다란 공원 위로 홀로 당당히 서 있었지만, 구식이 되어 수명이 다한 곳이었다. 저택은 여전히 유지되고 있었지만 그것은 일종의 구경거리로써 그랬을 뿐이었다. 〈우리 조상들이 이곳에서 얼마나 군림했는지 보라!〉

그것은 과거였다. 현재는 아래쪽에 있었다. 미래가 어디에 있는지는 오직 신만이 알고 있다. 차는 이미 방향을 바꿔 거무스름하게 변한 작고 오래된 광부들의 오두막집들 사이를 지나 어스웨이트로 내려가고 있었다. 그리고 어스웨이트는 습기 찬 날이면 깃털처럼 퍼지는 연기와 증기를, 그 어떤 신이 됐든 간에 하늘에 있는 신들에게로, 잔뜩 올려 보내고 있었다. 셰필드로 가는 철도가 강철로 된 실처럼 관통하고 있고, 탄광과 제강 공장들이 긴 관을 통해 연기와 불꽃을 하늘로 쏟아내고 있으며, 교회의 애처로운 작은 나선형 첨탑이 곧 무너질 것 같으면서도 연기 구름 사이로 뾰족하게 솟아 있는 계곡 아래쪽의 어스웨이트를 볼 때마다 코니는 항상 묘한 감동을 받았다. 그곳은 시장이 서는 오래된 읍으로 여러 골짜기의 중심이었다. 그곳의 주요한 여관 중 하나가 〈채털리 문장〉이었다. 그곳 어스웨이트에서 랙비는 타지방 사람들이 생각하듯이 그저 한 채의 집이 아니라 마치 한 지역 전체를 가리키는 것처럼 알려져 있었다. 즉 테버셜 근처의 랙비 저택 마을, 랙비 〈영지〉 하는 식이었다.

거무스름하게 변한 광부들의 집은 포장도로 가에 같은 높이로 백 년도 넘은 광부들 주택가가 그렇듯이 다정하게 옹기종기 붙어 서 있었다. 광부들의 집이 길을 따라 죽 줄지어 있었다. 길은 넓어져서 거리가 되었고, 밑으로 내려갈수록, 성과 대저택 들이 유령처럼 보이지만 여전히 군림하고 있는, 확트이고 기복이 진 이 고장의 풍경을 금방 잊어버리게 되었다. 이제 복잡하게 엉켜 있는 노출된 철로선들 바로 위쪽에 이르렀고, 다음에는 주물 공장과 다른 〈공장들〉이 주변을 빙 둘러 높이 솟아오른 곳이 나타났는데 너무 크고 높아서 담밖에 보이지 않았다. 쩌렁쩌렁 부딪치는 쇳소리는 엄청나게 크게 울려 퍼졌고 거대한 화물 트럭들 때문에 땅이 흔들렸으며 기적소리는 비명을 질러 댔다.

그러나 일단 다 내려가서 이리저리 꼬이고 구불거리는 읍내 중심부로 들어선 후 교회 뒤쪽으로 가면 두 세기 전의 세계 속으로, 〈채털리 문장〉 여관과 오래된 약국이 서 있는 구불거리는 거리 속으로 들어가게 된다. 이 거리는 머리를 쳐들고 웅크린 짐승 같은 모양새로 웅장하게 자리 잡은 저택들과 성이 있는 확 트인 거친 세계로 나가는 길목이었다.

그러나 모퉁이에서 경찰관 한 사람이 손을 들어 차를 세웠고 그동안 쇠를 가득 실은 세 대의 화물 트럭이 불쌍한 낡은 교회를 흔들어 놓으며 지나갔다. 그리고 화물 트럭들이 지나가고 나서야 그는 마님에게 경례를 할 수 있었다.

그곳은 그런 곳이었다. 오래되고 구불구불한 시가지 길가에는 낡고 거무스름해진 광부들의 주택이 무리를 지어 빽빽하게 들어서 있어서 그 사이로 길의 윤곽이 나타났다. 그리고 그곳을 지나자마자 좀 더 최근에 지은, 분홍색을 더 많이 띤 상당히 더 큰 집들이 줄지어 나타나서 골짜기에 다닥다닥 붙어 있었다. 더 현대적인 일을 하는 일꾼들의 집이었다. 그리고 다시 그 너머 성들이 있는 드넓은 구릉 지역에서는 연기가 수증기와 뒤섞여 물결치듯 피어오르고 있었고, 거칠고 불그스름한 벽돌 건물들은 다닥다닥 이어져서 때로는 분지에, 때로는 비탈의 능선을 따라 섬뜩할 정도로 보기 흉한 모습으로 생긴 지 얼마 안 된 탄광촌을 이루고 있었다. 그리고 그 사이로, 바로 그 사이로, 마차를 타고 다니고 오두막집에서 살던 옛 영국의, 심지어는 로빈 후드가 살던 시절의 영국의 자취들이 너덜너덜 망가진 채 남아 있었다. 그곳에서 광부들은 일이 없을 때면 억압된 모험 본능으로 음울하게 길거리를 배회하곤 했다.

영국이여, 내 영국이여![95] 그러나 무엇이 내 영국인가? 영국의 웅장한 저택들은 근사한 사진감이고 엘리자베스 여왕

316

시대의 영국인들과 연관되어 있다는 환상을 만들어 낸다. 멋지고 고풍스러운 저택들은 훌륭한 앤 여왕[96] 시대와 톰 존스[97] 시대부터 그곳에 존재했다. 그러나 이미 오래전에 금빛을 잃은 우중충한 벽토 위로 검댕이 떨어져서 점점 더 시커멓게 변해 갔다. 그리고 웅장한 저택들과 마찬가지로 고풍스러운 저택들은 하나씩 버려져서 이제는 헐리고 있었다. 영국의 오두막집들로 말하자면 그것들은 그곳에 그대로 남아 있었다. 희망 없는 시골에 회반죽을 덕지덕지 바른 벽돌 주택들의 모습으로 말이다.

이제 웅장한 저택들은 헐리고 있었고, 조지 왕조[98]의 저택들이 사라지고 있었다. 조지 왕조의 완벽한 고풍스러운 저택인 프리칠리조차 바로 지금, 코니가 차를 타고 지나는 순간에 헐리고 있었다. 보수가 완벽하게 되어 있고 전쟁 전까지 웨더비 가문이 화려하게 살았던 저택이었다. 그러나 이제는 너무 컸고, 유지비가 너무 비싸졌으며, 이 지방과 너무 어울리지 않는 곳이 되었다. 상류 사회 사람들은 좀 더 쾌적한 곳을 찾아 떠나고 있었고, 그곳에서는 자신들이 어떻게 돈을 벌어들이고 있는지 봐야 하는 부담 없이 돈을 쓸 수 있었다.

95 윌리엄 어니스트 헨리William Ernest Henry(1849~1903)의 시 「영국을 위해For England's Sake」(1900)의 구절.

96 Anne(1665~1714). 1702년부터 1714년까지 재위했다.

97 헨리 필딩Henry Fielding(1707~1754)이 쓴 소설 속에 등장하는 주인공이다.

98 1714년부터 1830년까지 하노버 왕가 출신의 조지 1세George I(1660~1727), 조지 2세George II(1683~1760), 조지 3세George III(1738~1820), 조지 4세George IV(1762~1830)가 통치했던 시기.

이것이 역사이다. 하나의 영국이 다른 영국을 지워 버린다. 광산들은 저택들을 부유하게 만들어 주었다. 광산들은 전에 이미 오두막집들을 지워 없애 버린 것처럼 이제는 저택들을 지워 없애고 있었다. 산업사회의 영국이 농업 사회의 영국을 지워 없앤다. 하나의 의미가 다른 의미를 지워 없앤다. 새로운 영국이 옛 영국을 지워 없앤다. 그리고 그것은 유기적인 연속성이 아니라 기계적인 연속성이다.

코니는 유한계급에 속해 있었기 때문에 옛 영국의 자취에 집착했다. 이 무시무시하고 섬뜩한 새 영국에 의해 옛 영국이 정말로 지워져 없어지고 있으며 완전히 지워져 없어질 때까지 지워 없애는 과정이 계속될 것이라는 사실을 그녀가 깨닫는 데는 몇 년이 걸렸다. 프리칠리가 사라졌고 이스트우드가 사라졌으며 시플리가 사라지고 있었다. 지주 나리 윈터 씨가 사랑하는 시플리가 사라지고 있었다.

코니는 잠깐 시플리에 들렀다. 공원의 뒤쪽 출입문들이 탄광 철로 건널목 바로 근처에 나 있었다. 시플리 탄광 자체는 나무들 바로 너머에 있었다. 광부들이 이용하는 통행로가 공원 사이로 나 있었기 때문에 출입문들은 개방되어 있었다. 광부들은 공원 안을 어슬렁거렸다.

차는 광부들이 던진 신문지가 떠 있는 장식용 연못들을 지나 저택으로 가는 사유 도로로 들어섰다. 저택은 위쪽에 뚝 떨어져 서 있었는데, 18세기 중반에 지어진 것으로 치장 벽토를 바른 아주 보기 좋은 건물이었다. 주목들이 늘어선 아름다운 오솔길은 오래된 저택으로 이어져 있었고 저택은 차분하게 펼쳐진 채 조지 왕조풍 창유리들을 즐거운 듯이 반짝거리며 서 있었다. 뒤에는 정말로 아름다운 정원들이 있었다.

코니는 랙비보다 이 저택의 내부가 훨씬 더 마음에 들었다. 그것은 훨씬 더 밝고 더 활기찼으며, 맵시 있고 우아했다. 방의 벽은 크림색을 칠한 판자로 널벽이 대어져 있었고 천장은 금박으로 장식되었으며 모든 것이 정교하게 정리되어 있었고 모든 시설이 비용을 아끼지 않고 완벽하게 갖춰져 있었다. 복도조차 넓고 아름답게 꾸며져 있었고 부드럽게 곡선을 이루며 생기로 가득 차 있었다.

그러나 레슬리 윈터는 혼자였다. 그는 자기 집을 대단히 좋아했다. 그러나 그의 공원은 그가 소유한 탄광 세 개와 인접해 있었다. 그는 마음이 너그러운 사람이었다. 자기 공원에 광부들이 들어오는 것을 환영하다시피 했다. 탄광 덕에 그가 부자가 되지 않았던가! 그래서 보기 흉한 광부들이 무리를 지어 자신의 장식용 연못가에 — 공원의 사유지 구역은 안 되었다. 그곳은 안 되었다. 그는 그것에 대해서만큼 분명히 선을 그었다 — 어슬렁거리는 모습을 보면 그는 다음과 같이 말하곤 했다. 〈광부들은 장식용으로 사슴들만큼 운치는 없겠지만 훨씬 더 유익하지.〉

그러나 이것은 빅토리아 여왕[99] 통치 후반부의 황금기 — 금전적으로 — 에 나왔던 말이었다. 그 당시 광부들은 〈훌륭한 일꾼들〉이었다.

윈터는 손님으로 와 있던 당시 웨일스 황태자[100]에게 변명

99 Victoria(1819~1901). 1837년부터 1901년까지 통치했다.

조로 이렇게 말했다. 그리고 황태자는 목구멍 깊은 곳에서 나오는 특유의 영어로 대답했다.

「당신 말이 천 번 만 번 옳소. 만약 샌드링엄[101] 밑에 석탄이 매장되어 있다면 나도 잔디밭에 광산을 만들며 그것을 일류 조경술로 생각할 것이오. 아, 나는 기꺼이 노루를 광부들과 맞바꾸겠소. 당신네 일꾼들이 훌륭하다고도 들었소.」

그러나 그때만 해도 황태자는 돈의 아름다움과 산업주의의 축복에 대해 과장된 생각을 지니고 있었던 것 같다.

그러나 황태자는 국왕이 되었고 그 국왕이 죽어서 지금은 또 다른 국왕[102]이 통치하고 있었는데 그의 주된 임무는 빈민을 위한 무료 급식소를 여는 것처럼 보였다.

그리고 그 훌륭한 노동자들이 어떻게 된 일인지 시플리를 점점 에워싸 들어오고 있었다. 새로운 탄광 마을들이 공원 위로 가득 들어섰고 지주 나리에게는 어쩐지 그 주민들이 이방인처럼 느껴졌다. 그는 예전에는 온화하지만 상당히 위엄 있게 자신이 소유한 영지와 자신이 거느린 광부들에 대해 지배자라고 느꼈었다. 그런데 지금은 새로운 정신이 은연중에 퍼지면서 그는 어쩐지 밀려나게 되었다. 더 이상 그곳에 속하지 않는 사람은 바로 그였다. 그것은 분명한 사실이었다. 광산들, 즉 산업은 그 자체의 의지를 지니고 있었고, 이 의지는 신사 소유주를 배척했다. 모든 광부들은 그 의지에 동참했고

---

100 에드워드 7세를 말함.
101 노퍽에 있는 왕실의 별장 영지로 1862년부터 왕실 소유가 되었다.
102 조지 5세.

그 의지에 대항하며 살아가기는 힘들었다. 그 의지는 대항하는 사람들을 자리에서 밀어내거나 아니면 삶에서 완전히 밀어내 버렸다.

지주 나리 윈터는 군인이었기 때문에 그 의지에 완강하게 맞섰다. 그러나 그는 저녁 식사 후에 공원으로 산책을 나가고 싶어 하지 않게 되었다. 그는 집 안에 거의 숨어서 지냈다. 한번은 그가 모자를 쓰지 않은 채 자주색 비단 양말에 에나멜 구두를 신고 코니와 함께 그 특유의 점잖으면서도 허허 웃는 스타일로 이야기를 나누면서 출입문으로 걸어 내려간 적이 있었다. 그러나 경례나 그 비슷한 것도 전혀 없이 그냥 서서 빤히 쳐다보는 몇몇 광부 무리를 지나가게 되었을 때 코니는 이 마르고 점잖은 노인이 움츠러드는 것을, 우리 안의 우아한 영양(羚羊)이 천박한 시선들에 움츠러드는 것처럼 움츠러드는 것을 느꼈다. 광부들은 개인적으로는 적대감을 가지고 있지 않았다. 전혀 아니었다. 그러나 그들의 마음은 차가웠고 그를 밀쳐 내고 있었다. 그리고 마음속 깊은 곳에는 뿌리 깊은 원한이 도사리고 있었다. 그들은 〈그를 위해 일하는〉 사람들이었다. 그리고 추한 모습을 한 그들은 우아하고 고상하며 점잖은 그의 존재에 분개했다. 〈저 작자는 도대체 누구야!〉 그들이 분개한 것은 바로 그 차이였다.

그리고 영국인다운 그의 속마음 어딘가에 군인으로서의 면모가 상당히 많이 남아 있었기 때문에 그는 그들이 그런 차이에 분개하는 것이 당연하다고 믿었다. 그는 자신이 모든 이익을 독차지하는 것이 조금 옳지 않다고 느꼈다. 그럼에도 불구하고 그는 한 체제를 대표하고 있었고 절대 밀려나려 하지 않았다.

죽음에 의해 밀려나는 것을 제외하고 말이다. 그러나 그 죽음은 코니의 방문 직후에 갑자기 그에게 닥쳤다. 그리고 그는 유언장에 클리퍼드에게 후하게 유산을 남긴다고 적어 두었다.

상속자들은 즉시 시플리를 허물어 버리라고 명령했다. 유지비가 너무 많이 들었다. 어느 누구도 그곳에서 살려 하지 않았다. 그래서 저택은 헐렸다. 오솔길의 주목들은 베여 나가 없어졌다. 공원에서는 나무가 전부 잘려 나갔고 여러 구획의 택지로 나뉘었다. 그곳은 어스웨이트에 충분히 가까웠다. 또 하나의 이 임자 없는 땅의 기묘하게 벌거벗은 황무지에는, 벽 한쪽이 옆집과 붙어 있는 집들이 늘어선 작은 거리들이 새로 급조되었다. 무척 바람직한 일이지 않은가! 시플리 저택 주택 단지라!

코니가 마지막으로 방문하고 나서 1년이 채 안 되는 동안에 그런 일이 일어났다. 그곳에 시플리 저택 주택 단지가, 새로운 거리에 벽 한쪽이 옆집과 붙어 있는, 붉은 벽돌로 지어진 〈교외 주택들〉의 대열이 서 있었다. 그곳에 1년 전에만 해도 치장 벽토를 바른 저택이 서 있었다고는 어느 누구도 상상하지 못할 것이다.

그러나 이것은 잔디밭에 장식으로 탄광을 만들겠다는 식으로 에드워드 왕이 말한 조경술의 후기 단계라 할 수 있다.

하나의 영국이 다른 영국을 지워 없앤다. 지주 윈터 같은 사람들과 랙비 같은 저택들의 영국은 사라져서 죽어 버렸다. 지워 없애기가 아직 완전히 끝나지 않았을 뿐이다.

그 후에는 어떻게 될 것인가? 코니는 상상할 수가 없었다. 새로운 벽돌 길들이 들판으로 퍼져 나가고, 새로운 건물들이 탄광에서 솟아오르며, 비단 스타킹을 신은 새로운 소녀들과 새로운 광부 청년들이 무도장이나 복지관으로 몰려가 빈둥거리는 모습만 그려질 뿐이었다. 젊은 세대는 옛 영국에 대해 아는 것이 전혀 없었다. 의식의 연속성에 커다란 단절이 있어서 거의 미국이나 다름없었지만 그것은 산업 발달로 인한 단절이었다. 다음에는 어떻게 될까?

코니는 다음이라는 것은 없다고 항상 느꼈다. 그녀는 모래 속에 머리를 처박고 숨고 싶었다. 아니면 적어도 살아 있는 남자의 가슴에라도 머리를 묻고 싶었다.

세상은 너무나 복잡하고 기묘하고 섬뜩했다! 평민 대중은 너무 많았고 사실 너무 무서웠다. 그녀는 집으로 가는 도중에 그렇게 생각하며, 광부들이 거무튀튀하고 뒤틀린 얼굴로 한쪽 어깨가 다른 쪽 어깨보다 처진 채 징 박힌 무거운 장화를 질질 끌며 줄지어 탄갱에서 나오는 모습을 바라보았다. 지하에서 일하는 사람들의 잿빛 얼굴. 흰자위를 희번덕거리는 두 눈. 탄갱 지붕에 부딪히지 않으려고 움츠리는 목. 삐뚤어진 양어깨. 남자들이여! 남자들이여! 아, 어떤 면에서는 참을성 많고 착한 남자들이었다. 하지만 또 다른 면에서는 존재성을 잃어버린 남자들이었다. 남자가 반드시 가져야만 하는 어떤 것이 그들에게서는 퇴화되어 사라져 버렸다. 그러나 그들은 남자들이었다. 그들은 자식을 낳았다. 여자에게 자식을 낳게 할 수 있었다. 끔찍했다! 생각만 해도 끔찍했다! 그들은 착하고 친절했다. 그러나 그들은 반쪽짜리 인간, 잿빛의 반쪽짜리 인간일 뿐이었다. 아직 그들은 〈훌륭했다〉. 그러나 그것조차 반쪽의 훌륭함이었다. 그들에게서 죽은 반쪽이 언젠가 되살아나 일어난다면! 그러나 아니었다. 그건 생각하는 것만으로도 너무 끔찍했다. 코니는 산업 대중이 대단히 두려웠다. 그녀에게 그들은 너무 섬뜩해 보였다. 그들은 아름다움이나 직관이라곤 전혀 없이, 항상 〈탄갱 속에서〉 삶을 보내는 존재였다.

그런 남자들에게서 자식들이 태어난다니! 아, 하느님! 맙소사!

그러나 멜러스도 그런 아버지에게서 태어났다. 그러나 꼭 그런 것만은 아니었다. 40년의 시간 동안 남성성에 차이가, 엄청난 차이가 생겼다. 쇠와 석탄이 남자들의 몸과 영혼 깊숙한 곳까지 파먹어 버렸다.

살아 있지만 추함의 화신들! 그들 모두 어떻게 될 것인가? 혹시 석탄이 사라지면 그들도 지상에서 다시 사라질지 모른다. 석탄이 부르자 그들은 수천 명씩 떼를 지어 어디선가 불쑥 나타났다. 어쩌면 그들은 석탄층의 기괴한 동물군(群)에 불과한지도 모른다. 다른 실체를 지닌 존재로서 그들은, 금속 노동자들이 철이라는 원소를 위해 봉사하는 원소 정령인 것처럼, 석탄이라는 원소를 위해 봉사하는 원소 정령이었다. 그들은 남자이지만 사람이 아니라 석탄과 철과 진흙으로 만들어진 동물이었다. 탄소, 철, 규소 같은 원소들로 이루어진 동물군, 즉 원소 정령이었다. 그들은 석탄의 광택, 철의 무게와 푸르스름한 빛깔과 저항력, 유리의 투명함 같은 광물질의 기묘하고 비인간적인 아름다움을 다소 띠고 있었다. 광물계의 기묘하고 뒤틀린 원소 정령 같은 존재들! 물고기가 바다에 속하고 구더기가 썩은 나무에 속하는 것처럼 그들은 석탄과 철과 진흙에 속했다. 광물의 분해에서 생겨난 영혼!

코니는 집으로 돌아오게 되어, 현실을 회피할 수 있어서 기뻤다. 클리퍼드에게 재잘대는 것조차 기뻤다. 광산업과 제철업으로 이루어진 중부 지방에 대한 두려움으로 그녀는 묘한 감정을 느꼈고 그것이 독감처럼 온몸으로 퍼져 나갔기 때문이다.

「물론 벤틀리 양의 가게에서 차를 마셔야 했어요.」 그녀가 말했다.

「정말이오? 윈터가 당신에게 차를 대접해 주었을 텐데.」

「아, 그랬죠! 그래도 차마 벤틀리 양을 실망시킬 수가 없었어요.」

벤틀리 양은 얼굴이 창백한 노처녀로 코가 상당히 크고 낭만적인 성격을 지녔다. 그녀는 성찬식에나 걸맞을 정도로 세심하게 신경을 써서 차를 대접했다.

「그녀가 내 안부를 물었소?」 클리퍼드가 말했다.

「물론이죠! 〈외람되지만 클리퍼드 경이 어떻게 지내시는지 마님께 여쭤 봐도 될까요!〉 하고 묻더군요. 그녀는 당신을 카벨 간호사[103]보다 훨씬 더 높이 우러러보는 것 같아요!」

「그래서 당신은 내가 활짝 피고 있다고 했겠지.」

「그럼요! 그랬더니 천국이 당신에게 열렸다는 말을 들은 것처럼 황홀한 표정을 짓더군요. 혹시 테버셜에 올 일이 있으면 꼭 당신을 보러 오라고 말해 줬어요.」

「날! 무슨 일로! 날 보러 온다고!」

「그럼요, 클리퍼드. 그렇게 숭배를 받는데 약간이라도 보답을 해야죠. 그녀의 눈에는 카파도키아의 성 조지[104]도 당신에 비하면 아무것도 아니에요.」

「그런데 그녀가 올 것 같소?」

「아, 그녀의 얼굴이 빨개지던데요! 그리고 잠깐 동안 정말 예뻐 보이더라고요. 불쌍한 여자예요! 왜 남자들은 자기를 정말로 숭배하는 여자와 결혼하지 않는 거예요?」

「여자들이 너무 늦게 숭배를 시작하기 때문이오. 그런데 그녀가 오겠다고 했소?」

「아!」 코니는 숨이 막혀 제대로 말을 못 하는 벤틀리 양을 흉내 냈다. 「마님, 어찌 감히 제가 주제넘게!」

「감히 주제넘게라니! 정말 어이가 없군! 어쨌든 난 그녀가 나타나지 않으면 좋겠소. 그런데 차는 어땠소?」

「아, 립턴[105] 차였는데, 아주 진했어요! 그런데 클리퍼드, 당

103 Edith Cavell(1865~1915). 연합군 병사들이 점령당한 벨기에에서 네덜란드 국경으로 탈출할 수 있도록 도와준 영국인 간호사이다. 1915년 10월에 독일군에게 처형당했다.
104 카파도키아는 소아시아 동부, 지금의 터키 카파도카에 있었던 고대국가로 서기 17년에 로마에 정복당했다. 코니는 알렉산드리아의 주교(?~361)와 영국의 수호성인인 성 조지를 혼동하고 있다.

신이 벤틀리 양과 그녀 같은 많은 다른 여자들에게 『장미 이야기』[106]에 나오는 인물 같은 존재라는 건 알고 있어요?」

「설사 그렇다 해도 난 전혀 우쭐하지 않소.」

「그들은 화보 신문에 실린 당신 사진을 전부 소중히 간직하고 있고, 어쩌면 매일 밤 당신을 위해 기도를 드릴 거예요. 상당히 놀라운 일이죠.」

그녀는 옷을 갈아입으러 위층으로 올라갔다.

그날 저녁 그가 그녀에게 말했다.

「결혼 생활에 뭔가 영원한 것이 있다고 생각하지 않소?」

그녀가 그를 바라보았다.

「그런데 클리퍼드, 영원이라는 말이 마치 뚜껑 같은 것처럼, 아니면 아무리 멀리 가더라도 우리 뒤에서 계속 질질 끌려오는 길고 긴 쇠사슬 같은 것처럼 들리네요.」

그가 짜증난 표정으로 그녀를 바라보았다.

「내 말은 말이오.」 그가 말했다. 「당신이 베네치아에 갈 때 아주 심각하게 *au grand sèrieux* 받아들일 수 있는 어떤 연애를 해보겠다는 희망을 품고 가는 건 아닐 거라는 말이오, 그렇소?」

「베네치아에서 아주 심각한 연애를요? 아니에요, 분명하게 말해 줄게요! 안 해요, 베네치아에서 연애를 한다면 아주 하찮

---

105 글래스고 지방의 상인이자 차 판매상인 토머스 립턴Thomas Lipton(1850~1931)이 대량 생산해서 판매했던 값싼 차로, 널리 보급되었다.

106 *Roman de la Rose*. 기욤 드 로리Guillaume de Lorris(1210?~1240?)가 1225년부터 1240년까지 쓰다가 1280년 경에 장 드 묑Jean de Meun(1240?~1305?)이 이어서 쓴 작품으로, 궁정 사회 내에서의 한 처녀의 연애를 우화적으로 묘사한 작품이다.

은*au très petit sèrieux* 연애만 할 거예요.」

그녀는 묘하게 경멸하는 어조로 말했다. 그가 이마를 찌푸리며 그녀를 바라보았다.

그녀가 아침에 아래층으로 내려오자 사냥터지기의 개, 플로시가 클리퍼드의 방문 앞 복도에 앉아 아주 작은 소리로 낑낑대고 있었다.

「어머나, 플로시!」 그녀가 부드럽게 말했다. 「여기서 뭐하니?」

그리고 그녀는 조용히 클리퍼드의 방문을 열었다. 클리퍼드는 침대용 탁자와 타자기를 옆으로 밀쳐 놓고 침대에 일어나 앉아 있었고 사냥터지기는 침대 발치에 차렷 자세로 서 있었다. 플로시가 안으로 뛰어 들어왔다. 멜러스가 고개를 살짝 움직이며 눈짓으로 개에게 다시 문밖으로 나가도록 명령했고 개는 살금살금 밖으로 나갔다.

「아, 잘 잤어요? 클리퍼드!」 그녀가 말했다. 「당신이 바쁜 줄 몰랐어요.」 그리고 나서 그녀는 사냥터지기를 보고 〈안녕하세요?〉라고 인사했다. 그는 웅얼거리듯 대답했고 그녀를 멍하게 바라보았다. 그러나 그녀는 그가 옆에 있다는 사실만으로도 열정이 확 밀려오는 것을 느꼈다.

「내가 방해했나요, 클리퍼드? 미안해요.」

「아니, 별로 중요한 일은 아니오.」

그녀는 다시 조용히 방에서 빠져 나와 파란색으로 칠한 위층의 내실로 올라갔다. 그녀는 창가에 앉아 멜러스가 눈에 띄지 않게 특유의 조용한 동작으로 자동차 진입로를 따라 내려가는 것을 보았다. 그에게는 타고난, 조용한 남다름과 초연한 자부심이 있었고 또한 어딘지 모르게 연약해 보였다. 고용인! 클리퍼드의 고용인 중 한 사람! 〈브루투스여, 우리가 아랫사람인 것은 우리 별자리 탓이 아니라 우리 자신 탓이라네.〉[107]

그가 아랫사람인가? 그런가? 그는 그녀를 어떻게 생각할까?

어느 화창한 날 코니는 정원에서 일하고 있었고 볼턴 부인이 옆에서 돕고 있었다. 어떤 이유에서인지 두 여자는 사람들 사이에 존재하는 설명할 수 없는 공감의 물결이 밀려왔다 밀려가는 가운데 서로에게 이끌렸다. 그들은 버팀대에 카네이션을 고정시키고 여름용 작은 화초를 심고 있었다. 그것은 두 사람 모두 좋아하는 일이었다. 코니는 특히 어린 모종의 부드러운 뿌리를 부드럽게 이긴 검은 흙 속에 넣고 자리를 잡아 주는 것에서 기쁨을 느꼈다. 이런 봄날 아침에는 그녀 역시, 마치 햇살이 자궁을 어루만지며 행복하게 해주기라도 하는 것처럼, 자궁 속에서 떨림이 이는 것을 느꼈다.

「남편을 잃은 지 오래되었나요?」 그녀는 어린 모종을 하나 집어 들어 그것을 흙구덩이 안에 넣으면서 볼턴 부인에게 말했다.

「23년요!」 볼턴 부인이 어린 매발톱꽃 모종 다발을 조심스럽게 하나씩 낱개로 분류하면서 말했다. 「사람들이 그이를 집으로 떠메고 온 지 23년이 되었어요.」

그 말에 담긴 끔찍한 결말에 코니의 심장이 갑자기 요동을 쳤다. 〈집으로 떠메고 왔다니!〉

107 셰익스피어의 「줄리어스 시저Julius Caesar」, 1막 2장 140~141행.

「왜 그가 죽었다고 생각해요?」 그녀가 물었다. 「당신하고 행복했죠?」

그것은 여자 대 여자로서의 질문이었다. 볼턴 부인은 얼굴에 흘러내린 머리카락을 손등으로 쓸어 올렸다.

「모르겠어요, 마님! 그이는 세상일에 그대로 따르는 부류의 사람은 아니었어요. 다른 사람들과 정말로 똑같이 하려 하지 않았죠. 또한 세상에 어떤 일이 있더라도 고개를 숙여 피하는 걸 싫어했어요. 일종의 옹고집인데, 망하기 딱 좋은 성질이죠. 그 사람은 사실 매사에 신경을 안 쓰는 무심한 사람이었어요. 전 그게 탄광 탓이라고 생각해요. 절대 탄광에 내려가지 말았어야 해요. 그렇지만 소년일 때 그이 아버지가 탄광에 집어넣었대요. 그러고는 스무 살이 넘으면 빠져 나오기가 정말 쉽진 않죠.」

「그 일이 싫다고 그가 말했나요?」

「아니요! 한 번도 없어요! 그이는 어떤 일도 싫다고 한 적이 없었어요. 그냥 익살스러운 표정을 짓기만 했어요. 절대 어떤 일에도 상관하지 않으려고 하는 그런 사람이었어요. 너무나 즐겁게 맨 먼저 지원해서 전쟁에 나갔다가 곧장 전사하고 마는 그런 젊은이 같았죠. 그이는 사실 생각이 없는 사람은 아니었어요. 그러나 매사에 무심했어요. 그래서 제가 그이에게 〈당신은 어느 것에도, 어느 누구에게도 무심한 사람이야!〉라고 말하곤 했어요! 그러나 사실 그이는 관심을 가졌어요. 첫애가 태어났을 때 그이는 꼼짝도 하지 않고 앉아 다 끝났을 때 소름끼쳐 하는 그런 눈으로 절 바라보았어요! 저도 힘들었지만 오히려 그이를 위로해야 했어요. 〈괜찮아요, 여보. 괜찮아요!〉라고 말해 줬어요. 그러자 그이가 절 바라보며 특유의 익살스러운 미소를 지었어요. 그이는 아무 말도 하지 않았어요. 그러나 확신하건대 그 뒤로는 밤에 저와 자면서 제대로 즐거움을 맛본 적이 한 번도 없었어요. 그이는 사실 자신을 완전히 풀어서 끝까지 간 적이 한 번도 없었어요. 그래서 제가 그이에게 말하곤 했죠. 〈이봐요, 서방, 그냥 좀 끝까지 가서 확 푸러 보라고요!〉 ── 그이에게는 때때로 사투리를 쓰곤 했어. ── 그러면 그이는 아무 말도 하지 않았어요. 하지만 그이는 절대 자신을 완전히 풀어서 끝까지 가려 하지 않았어요. 아니, 그렇게 할 수가 없었던 거죠. 그이는 제가 아이를 더 낳는 걸 원하지 않았어요. 저는 그이를 아기 낳는 방에 들여놓은 그이 어머니를 항상 탓했어요. 그이에게는 거기 들어올 권리가 전혀 없으니까요. 남자들은 일단 생각하기 시작하면 필요 이상으로 일을 훨씬 더 심각하게 만들어요.」

「남편이 그렇게 많이 꺼려 했나요?」 코니가 놀라서 물었다.

「네. 그이는 그 모든 출산의 고통을 당연한 것으로 받아들이지 못했어요. 그리고 그것 때문에 부부생활에서 얻는 그이의 즐거움이 망가지고 말았죠. 그래서 그이에게 말해 줬어요. 〈내가 괜찮다는데 왜 당신이 신경을 써요? 그건 내 소관이라고요!〉 그러나 그이는 항상 〈그건 옳지 않아!〉라는 말만 했어요!」

「아마 너무 예민한 사람이었던가 보군요.」 코니가 말했다.

「예, 바로 그거예요! 남자들은 알고 보면 다 그런 것 같아요. 쓸데없는 일에 너무 예민한 거죠. 그리고 그 사람은 모르고 있었지만 전 그이가 탄광을 싫어했다고 믿어요. 죽었을 때 그 사람 표정이 마치 자유로워진 것처럼 너무 평온했어요. 그이는 정말 잘생긴 젊은이였어요. 마치 죽고 싶어 했던 것처럼 그렇게 평온하고 순수해 보이는 그이를 보고 가슴이 찢어지는 것 같았어요. 아, 마음이 정말 아팠어요. 정말 그랬어요. 하지만 그건 탄광 때문이었어요.」

그녀가 서럽게 눈물을 조금 흘렸고 코니는 더 많은 눈물을 흘렸다. 따뜻한 봄날이었고, 대지와 노란 꽃들에서는 향기가 만발했다. 수많은 초목이 싹을 틔우며 솟아나오고 있었고, 정원에는 햇살의 순수한 생기가 고요하게 넘쳐흐르고 있었다.

「정말 끔찍했을 것 같아요.」 코니가 말했다.

「아, 마님! 처음에는 실감이 나질 않았어요. 전 그냥 〈아, 여보! 도대체 왜 날 떠나고 싶어 한 거예요?〉라는 말만 했어요. 그렇게 울부짖기만 했죠. 그런데 어쩐 일인지 그이가 돌아올 것 같은 기분이 들었어요.」

「그렇지만 남편이 당신을 떠나고 싶어 한 것은 아니잖아요.」 코니가 말했다.

「아, 그럼요! 마님, 그건 그냥 제가 바보같이 울부짖은 소리였어요. 그리고 전 계속 그이가 돌아올 거라고 기대하고 있었어요. 특히 밤에는 더 그랬어요. 전 계속 잠에서 깨서 〈어머나, 그이가 나와 침대에 같이 누워 있지 않네!〉라고 생각했어요. 그이가 이 세상에 없다는 사실을 제 감정이 믿으려 하지 않는 것 같았어요. 그이가 반드시 돌아와 제 곁에 살을 맞대고 누워 제게 그이의 몸을 만질 수 있게 해주어야 한다는 느낌

뿐이었어요. 그게 제가 바라는 전부였어요. 제 곁에 누운 그이의 몸을 제 살로 따뜻하게 느끼는 것 말이에요. 그리고 수천 번 충격을 받고 나서야 비로소 그이가 절대 돌아오지 않을 거라는 사실을 깨달았어요. 몇 년이 걸렸죠.」

「남편의 촉감 말이군요.」 코니가 말했다.

「맞아요, 마님! 그이의 촉감! 지금까지도 그것을 극복하지 못했고 앞으로도 절대 그러지 못할 거예요. 그리고 저 위에 천국이 있다면 그이는 아마 그곳에 있을 거예요. 제가 그곳에 가면 제 곁에 살을 맞대고 누워서 잠들 수 있게 해줄 거예요.」

코니는 두려움을 느끼며 생각에 잠긴 볼턴 부인의 당당하고 기품 있는 얼굴을 힐끗 바라보았다. 테버셜 출신의 또 다른 열정적인 사람이군! 남편의 촉감이라. 사랑의 결박은 풀어내기 힘드나니!

「일단 한 남자를 피 속에 받아들이고 나면, 참 무서워지는 군요!」 코니가 말했다.

「아, 마님! 그리고 바로 그 때문에 그렇게 쓰라린 기분이 드는 거예요. 사람들이 그이가 죽기를 바랐던 것처럼 느껴지고 탄광이 그이를 죽이고 싶어 했다고 느껴지니까요. 아, 탄광이 없었다면, 그리고 탄광을 경영하는 그 사람드리 업서따면 그이가 절 떠나는 일은 절대 업써쓸 거 같은 기분이 들었어요. 그러나 그 사람들은 모두 여자와 남자가 함께 있으면 둘을 떼어 놓고 싶어 해요.」

「육체적으로 함께 있으면 말이죠.」 코니가 말했다.

「맞아요, 마님! 세상에는 무정한 마음을 지닌 사람들이 많아요. 그리고 매일 아침 그이가 일어나서 탄광에 갈 때면 전 그것이 잘못되었다고, 틀렸다고 느꼈어요. 그렇지만 그이가 그것 말고 달리 뭘 할 수 있었겠어요? 남자가 뭘 할 수 있겠어요?」

그 여자의 마음속에서 묘한 증오심이 확 타올랐다.

「그렇지만 촉감이 그렇게 오래 지속될 수 있나요?」코니가 갑자기 물었다. 「당신이 그렇게 오랫동안 남편을 느낄 수 있다니!」

「아, 마님! 그것 말고 지속되는 게 뭐가 있겠어요? 자식들은 자라서 훌쩍 떠나 버려요. 그렇지만 남자는……! 하지만 그것마저, 그이의 촉감에 대한 바로 그 생각마저 사람들은 없애 버리고 싶어 해요. 그것조차요! 자식들조차 말이에요! 아, 글쎄요! 우리 사이가 멀어졌을지도 모르죠. 그거야 누가 알겠어요? 그러나 그런 감정은 뭔가 달라요. 어쩌면 그런 것에 전혀 신경 쓰지 안코 사는 게 더 나을지도 모르죠. 하지만 저기, 한 번도 남자에 의해 정말로 온몸이 뜨겁게 달구어져 본 적이 없는 여자들을 볼 때면…… 글쎄요, 그들이 아무리 옷을 잘 차려입고 돌아다니건 제게는 결국 불쌍한 처녀 귀신처럼 보인다니까요. 그래요, 전 그냥 제 생각대로 살래요. 다른 사람들에 대해서는 그다지 신경 쓰지 않는답니다…….」

〈하권에 계속〉

열린책들 세계문학 **225** **채털리 부인의 연인** 상

**옮긴이 이미선** 경희대학교 영어영문학과를 졸업하고 동 대학원에서 박사 학위를 받았다. 옮긴 책으로는 『욕망이론: 자크 라캉』(공역), 『자크 라캉』, 『연을 쫓는 아이』, 『프랑켄슈타인』, 『로스트 페인팅』, 『프랭크 바움』, 『아동문학 작품 읽기』, 『순수의 시대』, 『제인 에어』 등이 있고 저서로는 『라캉의 욕망이론과 셰익스피어 텍스트 읽기』가 있다.

**지은이** 데이비드 허버트 로런스 **옮긴이** 이미선 **발행인** 홍지웅 · 홍예빈
**발행처** 주식회사 열린책들 **주소** 경기도 파주시 문발로 253 파주출판도시
**전화** 031-955-4000 **팩스** 031-955-4004 **홈페이지** www.openbooks.co.kr
Copyright (C) 주식회사 열린책들, 2014, *Printed in Korea.*
**ISBN** 978-89-329-1225-7 03840 **ISBN** 978-89-329-1499-2 (세트)
**발행일** 2014년 8월 25일 세계문학판 1쇄 2020년 5월 25일 세계문학판 2쇄

이 도서의 국립중앙도서관 출판예정도서목록(CIP)은 서지정보유통지원시스템 홈페이지(http://seoji.nl.go.kr)와 국가자료공동목록시스템(http://www.nl.go.kr/kolisnet)에서 이용하실 수 있습니다.(CIP제어번호 : CIP2014022925)